CACCIA FREDDA

CACCIA FREDDA

GIUSTIZIA FREDDA

TONI ANDERSON

Traduzione di
DANIELA ROSSETTI

Giustizia Fredda (Cold Justice)

Un Luogo Freddo e Oscuro (Libro 1)

Caccia Fredda (Libro 2)

La Luce Fredda Del Giorno (Libro 3)

Alle mie sorelle,
Julie e Eileen

CAPITOLO UNO

Le montagne russe tuonavano sopra di loro, nel centro commerciale, e la gente gridava. Gli occhi azzurri del figlio di Vivi Vincent si spalancarono per la meraviglia mentre le guardava con evidente felicità. Le afferrò la manica e le fece un gran sorriso, proprio come un normalissimo bambino di otto anni.

I colori brillanti delle giostre e il sole accecante che penetrava dal soffitto di vetro le fecero lacrimare gli occhi. Si convinse che fosse quello il motivo, e non il disastroso incontro che aveva avuto in mattinata col dottor Hinkle.

Accarezzò la mano di Michael e lui le catturò lo sguardo. L'intelligenza che emanavano i suoi occhi le tolse il respiro, come se tutti i segreti dell'universo fossero racchiusi in quella testolina giovane e brillante.

Lui continuava a tirarle la manica, cercando di convincerla a fargli fare un giro. Solo l'idea di andare sulle montagne russe le rivoltò lo stomaco. E per nulla al mondo l'avrebbe lasciato andare da solo. E se qualcosa fosse andato storto? Chi sapeva cosa poteva accadere. Non se lo sarebbe mai perdonato se si fosse ferito perché lei era troppo paurosa per salire sulle montagne russe.

«Vuoi andare a fare un giro nel negozio di giocattoli?» suggerì.

Lui annuì e sorrise, ma Vivi sapeva che era rimasto deluso, glielo lesse nello sguardo bramoso che rivolse a quel mostro alto ventun metri, dietro di lui. Passarono di fianco a giostre dal design antiquato e a gigantesche altalene a forma di fungo, tutte cose a lei molto più congeniali. Il Minneapolis Mall era il cugino più piccolo del Mall of America, che si trovava a poche miglia di distanza dall'altra parte della città, ed era il paradiso dei bambini.

Raddrizzò le spalle. Okay, Michael si sarebbe goduto la giornata, a costo per lei di affrontare il terrore di salire su quella cosa mostruosa. Forse così avrebbe ricompensato Michael per esser stato punzecchiato e pungolato dal dottor Hinkle quella mattina, e poi trattato con condiscendenza, al limite della sanità mentale, da una reporter di una TV locale che trasmetteva uno speciale sul programma di ricerca del famoso neuroscienziato psichiatrico. La donna li aveva intervistati riguardo i *problemi* di Michael e le sue abilità nel disegno, e Vivi sperava che ci fossero notizie più succulente da dare nelle Città Gemelle di Minneapolis-St Paul.

Michael avvistò il serpentone verde attorcigliato che faceva da guardia al negozio di giocattoli e tutto il disappunto sparì dal suo volto. Rimasero entrambi in silenzio per alcuni minuti, affascinati dagli oggetti esposti nell'enorme vetrina. C'era un orsacchiotto vestito da cowboy in sella a un cavallo, un dinosauro su una motocicletta e, sopra tutti, torreggiava un gigantesco clown, la cui vista mise Vivi molto a disagio. Ma cos'era tutta sta mania dei clown?

«Okay, entriamo. Puoi scegliere una cosa nel negozio, poi andremo a mangiare e più tardi faremo un giro sulle giostre.»

Lui rispose con un gran sorriso e corse dentro. Anche Vivi sorrise tra sé e sé, mentre lo guardava sgambettare, e stava per seguirlo all'interno quando andò a sbattere dritta contro un uomo grande e grosso che la fece cadere. Finì a terra mentre lui continuò a camminare ignorandola. Rimase a bocca spalancata di fronte a tanta maleducazione e si mise a gattoni, stringendosi il polso, che le faceva male per colpa della caduta inattesa.

«Bisogno di aiuto?» Un uomo s'inginocchiò accanto a lei. Aveva capelli neri corti e occhi marroni, pieni e profondi, che si increspavano ai lati in modo attraente. Le sue dita solide e forti l'aiutarono a rialzarsi, tenendola per il braccio buono.

«Grazie.»

Si aggrappò a lui per tenersi in equilibrio, mentre s'infilava la scarpa che le era scivolata via. L'uomo aveva un naso dritto, due labbra piene e una fossetta sul mento. Quegli occhi scuri la scrutarono, per valutare se stesse bene, poi a un tratto divennero più caldi e pieni di approvazione mascolina. Lei gli lasciò andare la mano e le ginocchia le tremarono. Diede la colpa ai tacchi, che indossava raramente.

Un altro giro di grida, proveniente dalle montagne russe, la riportò alla realtà.

«Grazie di nuovo, ora farei meglio ad andare a cercare mio figlio» disse, indicando con il capo il negozio di giocattoli. Era diventato automatico usare Michael come scudo, e la cosa le dava sui nervi. Forse un giorno sarebbe riuscita a superare i problemi di fiducia verso il prossimo che le aveva instillato il suo ex marito.

Forse.

Un giorno.

«Buona fortuna. Per riuscire a trascinarlo fuori di qui.» L'affascinante sconosciuto aveva in mano una busta di plastica con il logo del negozio, che pareva incompatibile con l'abito nero che indossava, abbinato a camicia blu e cravatta viola. Dal portamento era possibile capire molto delle persone. La sua postura suggeriva un background militare, e forse era un poliziotto. Inoltre, aveva un'aria competente e autoritaria, che Vivi conosceva bene dai tempi in cui aveva lavorato per le Nazioni Unite. L'ultimo tizio che aveva provocato questo effetto su di lei le aveva insegnato che un bel viso e modi autorevoli non erano necessariamente indice di compassione o principi morali. Però doveva ammettere che era piacevole guardare quel bel viso.

«Ho appena preso un regalo per il figlio di un'amica.» Un'ombra oscurò i suoi tratti, ma solo per un millesimo di secondo, poi sparì. Forse se l'era immaginata. Vivi fece un passo indietro. «È sicura di stare bene?»

Lei annuì e sorrise, lui ricambiò il sorriso e se ne andò.

Andato. Gli occhi di Vivi brillarono.

Era passato un sacco di tempo da quando un uomo l'aveva guardata come se non fosse una madre single, esausta, di oltre trent'anni. La sensazione di essere una donna in carne e ossa le scivolò addosso come un abito di seta stretto, riaccendendo una parte di sé che aveva dimenticato. *Perfetto!* Un'altra cosa da aggiungere alla lista delle frustrazioni.

Camminando verso l'interno del negozio, si toccò il polso dolorante e decise che era solo una lieve distorsione. Ci avrebbe messo del ghiaccio una volta tornati in hotel.

Un forte rimbombo eruppe dal centro dell'atrio, Vivi fece un balzo e si voltò di scatto. Le grida aumentarono e per un attimo pensò che le montagne russe si fossero rotte. Poi però uno strano rumore tempestò l'aria, un rumore vagamente familiare, ma che non riuscì a identificare subito. Infine, capì. *Oddio, una sparatoria.* La gente iniziò a correre, un uomo di fronte al negozio di caramelle cadde a terra e la vetrina dietro di lui si frantumò, coprendolo di schegge di vetro, mentre una pozza di sangue si spargeva intorno al suo corpo.

Oh, buon Dio.

C'era un cecchino nel centro commerciale.

Michael!

Con uno scatto corse dentro il negozio, frenetica. La gente correva di qua e di là, cercando disperatamente i propri figli e i propri cari. Una vetrina si sbriciolò e un manichino esplose in migliaia di pezzi. Vivi scivolò tra i frammenti, ma si raddrizzò subito, evitando di cadere. Una donna le urtò con violenza una caviglia con il passeggino, mentre con foga tentava di raggiungere il figlio che stava correndo verso l'uscita. Vivi afferrò al volo il bambino e lo riportò tra le braccia della madre.

«Grazie.» Il volto della donna era cadaverico. Aveva un neonato e un bambino di pochi anni a cui badare, insieme alla massa di buste e pacchetti.

«Lasci il passeggino, prenda i bambini ed esca di qui il prima possibile» le disse Vivi. Questo era quello che intendeva fare lei. Scrutò il negozio cercando la testa rosso carota della persona più importante della sua vita. Eccolo. Si fece strada tra la gente che vagava confusa e impaurita.

Michael stava iniziando ad agitarsi, e se ne stava immobile e tremante. Lo raggiunse e gli prese il volto con una mano, scostandogli i capelli con l'altra. Doveva calmarlo se volevano uscire di lì sani e salvi. «Sono qui, Michael. Ci penso io, però devi ascoltarmi adesso, ti devi concentrare, capito?» *Ti prego non dare di testa.*

Gli occhi blu, chiari e attenti. Il suo incredibile bambino coraggioso raddrizzò le spalle e annuì, prendendole la mano e stringendogliela forte. Aveva capito che erano in pericolo. L'amore che provava per lui le si gonfiò dentro come se volesse scoppiare e passarle attraverso la pelle. Anche il terrore crebbe, però, strisciando nelle sue vene per mangiarsela viva.

Avrebbe fatto qualsiasi cosa per proteggere il suo bambino. Qualsiasi.

Uno dei cassieri era al telefono, presumibilmente con la

sicurezza. Un altro gridò: «I poliziotti ci hanno detto di stare seduti a terra vicini e non muoverci mentre loro valutano la situazione.»

Seduti a terra vicini? Neanche per sogno.

Il rumore della sparatoria divenne più intenso, i proiettili facevano esplodere vetri e cemento. Metallo contro metallo, poteva udire i fischi e i rimbalzi delle pallottole che sfrecciavano impazzite, trasformando il centro commerciale in un flipper mortale. L'aria era pregna di polvere da sparo che le occludeva la gola. Poi altri spari, ma questi erano vicinissimi, dall'altra parte del negozio. Le si seccò la bocca.

Erano in due a sparare.

E lei, Michael e gli altri clienti e impiegati erano intrappolati tra di loro.

Camminò veloce verso una delle porte sul retro e sbirciò fuori con cautela. Un uomo era in piedi dalla parte opposta del corridoio, e brandiva una grossa mitragliatrice. Era lo stesso uomo che l'aveva buttata a terra poco prima e che, per fortuna, non si era fermato. Guardava nell'altra direzione, scrutando l'area, e a un tratto sparò una raffica di colpi. Si alzarono grida che furono subito orribilmente zittite da altre mitragliate.

Le pallottole piovevano dai balconi di sopra e gli enormi manichini appesi al soffitto del negozio tremarono.

Sudò freddo. C'erano almeno tre uomini armati. Erano intrappolati in piena zona di guerra.

Vivi si guardò alle spalle e si pietrificò. Uno dei tiratori stava attraversando la zona delle giostre e si dirigeva verso il negozio. Aveva il viso coperto, ma la sua postura era rilassata, quasi indolente. Questo era un uomo che aveva appena ucciso degli esseri umani e che non avrebbe mostrato alcuna pietà nei loro confronti. Aveva lavorato con questo genere di persone alla Casa Bianca e alle Nazioni Unite.

Cos'avrebbe potuto fare, lei? Il secondo cecchino era troppo vicino, nel corridoio dietro il negozio. Erano in trappola. Altri notarono il pericolo imminente e iniziarono a correre verso il retro gridando, inclusa la donna coi due bambini, che ancora spingeva il passeggino e si trascinava dietro le borse dello shopping. Michael provò a seguirli, ma Vivi lo tirò a sé e gli nascose il viso contro la sua pancia, mentre la gente che si era messa a correre veniva abbattuta senza pietà.

I corpi cadevano, si contorcevano agonizzanti, e il sangue inzuppava il pavimento. La donna col passeggino crollò sopra il figlio, che agitava le gambette per liberarsi.

Non ti muovere!

Le si rivoltò lo stomaco e la bile le salì in gola. I muri bianchi del centro commerciale si erano trasformati in quelli di un mattatoio.

Michael tremava addosso a lei. Lo abbracciò più stretto. «Non lascerò che ti facciano del male» mormorò, ma non aveva idea di come ci sarebbe riuscita. Tenne un occhio sull'uomo che si stava avvicinando dal parco giochi e sbirciò per vedere dove fosse l'altro. Era a circa sei negozi di distanza. Guardava dentro le vetrine. A meno che non si fosse girato e se ne fosse andato, li avrebbe visti subito, se avessero provato a fuggire. Se fosse stata sola, avrebbe anche potuto cercare di scivolargli accanto inosservata, ma farlo tirandosi dietro un bimbo di otto anni sotto una pioggia di proiettili era impensabile. Era indecisa se valesse la pena tentare di fuggire in quella direzione o se fosse meglio andare verso la fermata della metro e dei bus. Da come erano organizzati i terroristi — perché cos'altro potevano essere se non terroristi? — come minimo avevano bloccato tutte le entrate principali. E i negozi? Alcuni erano collegati con l'esterno da porte sul retro, ma lei non sapeva quali.

A un tratto notò il mobiletto sotto la cassa, e le venne un'idea. «Michael» gli sussurrò all'orecchio. «Adesso giochiamo a nascondino, però stavolta il gioco è serio perché queste persone vogliono farci del male e tu non ti devi far vedere, capito?» Lui annuì con gli occhioni blu pieni di paura, ma aveva capito. Non era stupido, come alcune persone pensavano, ma la sua intelligenza non avrebbe avuto alcuna importanza se uno di questi tre mostri gli avesse infilzato un proiettile in testa.

Se gli fosse accaduto qualcosa, sarebbe morta anche lei.

Lo abbracciò quasi con ferocia, poi si accovacciò e fece in modo che Michael la seguisse, mentre lei gattonava verso la cassa. Aprì piano una porta scorrevole del mobiletto: era pieno di graffatrici, rotoli di carta per gli scontrini e buste di plastica. Spostò tutto da un lato e ordinò a Michael di entrare. Lui si stese e si rannicchiò, tremando con gli occhi pieni di terrore.

«Devi stare qui e non fare alcun rumore.» Rise quasi isterica per quelle parole e aggiunse: «Non battere i piedi e la testa contro le pareti, altrimenti ti sentiranno, capito?»

Lui annuì, ma le strinse forte la mano, come una supplica disperata.

«Io farò una corsa verso quei due negozi laggiù.» Lui scosse la testa rapidamente. Aveva visto cos'era successo a quelli che avevano provato a scappare. «Aspetterò che l'uomo cattivo guardi da un'altra parte prima di andare. Corro veloce, io.» Si tolse i tacchi e gli strinse la mano. «Ti giuro che tornerò a prenderti, ma qualsiasi cosa succeda, mi devi promettere che non uscirai di qui e non farai rumore, prometti?» Lo strinse a sé così forte che quasi barcollò, ma lui annuì, anche quando cominciarono a scendergli le lacrime. Vivi si portò le sue dita alle labbra e poi gli baciò la guancia. «Tornerò a prenderti, Michael, non lascerò che ti facciano del male. Ti fidi di me, vero?»

Lui fece cenno di sì col capo.

«E io mi fido di te, perché lo so quanto sei intelligente.» Le lacrime le offuscavano la vista, ma le ricacciò indietro e un'ondata di determinazione la pervase. Lo baciò di nuovo. «Non muoverti di qui, finché non torno a prenderti. Non importa quanto mi ci vorrà.» Lo guardò fisso. «Tornerò prima che posso. Te lo prometto.»

L'agente speciale dell'FBI Jed Brennan non era il tipo da centri commerciali, soprattutto durante il periodo natalizio. Avrebbe di gran lunga preferito farsi devitalizzare un dente.

In via ufficiale era fuori servizio dall'Unità 4 del Dipartimento di Analisi Comportamentale dell'FBI per smaltire il lungo periodo di ferie arretrate che si erano accumulate. In via non ufficiale, le cose erano ben più complicate.

Il suo capo lo aveva caldamente invitato a prendersi un po' di tempo lontano dal lavoro, dopo che aveva usato eccessiva forza su un sospetto. Ecco cosa si riceveva per aver dato un cazzotto in faccia a un ricco serial killer durante l'arresto. Non era importante che Miles Brandon lo avesse colpito così forte alla testa che il cranio ancora gli doleva, o che avesse anche cercato di infilargli una lama tra le costole. Senza contare quello che aveva fatto alle sue ignare vittime rimorchiate nei bar gay di Washington. Non aveva importanza. Rompere il naso a quel figlio di puttana era contro le regole.

Aveva oltrepassato una linea sottile e non si era aspettato che l'agente speciale al comando, Lincoln Frazer, si comportasse in modo diverso, fresco fresco di promozione com'era, dopo che il vecchio capo dell'unità era andato in pensione all'improvviso la settimana prima.

Per fortuna, lui e Frazer erano buoni amici da più di dieci anni. Da quando Jed era stato assegnato alla base dell'Aeronautica di Kandahar e aveva chiamato l'FBI per investigare su un sospetto serial killer. Il giovane soldato e l'inesperto agente speciale dell'FBI avevano catturato il serial killer, ma Jed non era riuscito a salvare in tempo Mia, la donna che amava. Il caso aveva reso Frazer una superstar agli occhi dei media, ma era sempre stato un valido investigatore e aveva dedicato la sua vita intera all'Unità di Analisi Comportamentale.

Amici o non amici, Frazer aveva il potere non solo di metterlo in panchina, ma anche fuori dai giochi per sempre, se lo avesse voluto.

C'erano mille altri agenti federali pronti a scalzarlo dal suo posto, quindi avrebbe aspettato pazientemente che il suo capo sbollisse.

Aveva dei casi su cui lavorare nel tempo libero, ed era intenzionato a sfruttare al massimo le ferie forzate. Cosa rara, avrebbe finalmente passato il Natale con la sua famiglia. Le feste di solito peggioravano la generale pazzia dell'umanità, perciò era difficile prendersi giorni di pausa in quei periodi. Il mondo era pieno di squilibrati e sadici che non avevano nulla di meglio a cui badare che scovare modi per fare del male alla gente, e durante le feste la voglia di sangue aumentava in modo esponenziale. Il suo lavoro era mettere un freno alla pazzia, anche se alcuni giorni era dura, e temeva che la sua stessa mente potesse cedere per tutti gli orrori provati.

Fanculo, forse il suo capo aveva ragione. Avrebbe passato un po' del suo tempo a riposo in uno dei luoghi più tranquilli e pacifici della terra: la foresta di Northwoods nel Winsconsin. Il fatto che dovesse far visita alla vedova e al figlio di Bobby non c'entrava con la sua decisione di andare lì. Avrebbe già dovuto farlo mesi prima.

La sera precedente aveva incontrato un vecchio amico dell'esercito: Jack Donovan, un detective della Squadra Omicidi di Minneapolis che non vedeva da un paio d'anni. Oggi invece aveva preso la strada per il Winsconsin. Natale era alle porte e avrebbe potuto espletare i suoi obblighi familiari in un'unica incursione relativamente indolore. Ecco perché il centro commerciale.

Decisamente meglio la devitalizzazione, e pure senza anestesia.

La donna dai capelli rosso brillante e gli occhi intriganti, però, era stata un bonus inatteso. Il coglione che l'aveva buttata a terra non si era neanche accorto di quello che aveva fatto. Per un attimo, Jed aveva titubato tra inseguire l'uomo e aiutare la donna a terra, ma l'istinto protettivo che lui e suo fratello avevano ereditato dal padre non gli aveva permesso di abbandonarla.

Anche lui aveva quasi perso l'equilibrio, destabilizzato dalla sua bellezza. Inoltre la donna aveva proprio quell'innata eleganza e quella sicurezza di sé che lo mandavano fuori di testa. Si scrollò di dosso il breve rimpianto dovuto al fatto che non l'avrebbe più vista. Amava le donne, erano le relazioni che evitava come la peste. Il suo non era esattamente il classico lavoro dalle nove alle cinque, e l'aver perso Mia in Afghanistan anni e anni prima aveva racchiuso il suo cuore in una corazza. E tutto questo gli stava più che bene.

Comunque, guardare non avrebbe fatto del male a nessuno.

Un negozio di caccia catturò la sua attenzione. Migliaia di coltelli di ogni dimensione e colore. *Oh, sì.* Entrò e si mise a cercare lame per suo padre e i suoi fratelli e un coltellino svizzero per sua madre. Due negozi e avrebbe fatto.

Buon Natale.

BOOM!

Un'esplosione riverberò dalla zona del parco giochi. *Ma che c...?* Poi rumore di spari. Cristo, terroristi o rapinatori? Jed fece per prendere la pistola e imprecò quando si ricordò di non averla con sé. Aveva lasciato la sua Sig Sauer in macchina perché era intenzionato a farsi un giro sulle montagne russe, come lui, Bobby e suo fratello Liam facevano sempre da adolescenti, e non voleva avere un'arma addosso mentre provava l'ebbrezza della forza di gravità.

Mostrò il distintivo alla guardia di sicurezza del negozio. «Chiama il 911 e la sicurezza del centro commerciale. C'è un modo per uscire all'esterno?» Indicò la porta nascosta sul retro del negozio.

Il ragazzo annuì, con il telefono pressato sull'orecchio. Jed lo seguì verso il retro, e una donna, probabilmente la manager, infilò la chiave nella toppa.

«Aspetta. Ci sono coltelli da caccia sotto la cassa?» Ci poteva essere chiunque dietro quella porta. Voleva un'arma. La sua auto era nel parcheggio dall'altra parte del centro commerciale, se no sarebbe andato a prendere la sua pistola. Adocchiò una vetrina chiusa a chiave contro il muro. Avrebbe potuto spaccarla, ma non voleva attirare troppa attenzione su di sé e le altre persone nascoste.

Il tizio della sicurezza lo guardò dubbioso.

Jed gli spinse il distintivo sotto il naso. «Agente dell'FBI fuori servizio. Dammi un cazzo di coltello... adesso!» Certo, un coltello poteva fare poco contro un mitra, ma di sicuro era meglio del giocattolo di plastica che aveva nella borsa. Posò il pacchetto sul pavimento, sperando di riuscire a riprenderlo più tardi.

Delle pallottole schizzarono lungo il corridoio fuori del negozio, e altre furono sparate dal livello sopra il loro. La gente si rannicchiò in un silenzio tombale. Dalle grida lancinanti provenienti da fuori, capì che dei civili stavano morendo e lui non avrebbe potuto salvare nessuno di loro finché non avesse trovato una pistola. La guardia trafficò sotto il bancone e gli diede un coltello con una lama da quindici centimetri. *Meglio.*

«Cosa vuoi che faccia?» gli chiese.

«Questo posto ha un centro di sicurezza interna, giusto?»

Il ragazzo annuì, ma pareva dubbioso. «Il centro di sicurezza è su questo piano. Vicino a dove c'è stata la prima esplosione. Non hanno risposto quando li ho chiamati.»

Merda. Se i tizi avevano preso d'assalto il centro di sicurezza prima di iniziare l'attacco voleva dire che erano ben organizzati e determinati a fare più danni possibili. Oppure a portarsi via un cospicuo malloppo senza riguardi nei confronti delle vittime.

Jed guardò le decine di persone che vagavano incerte. «Falli uscire di qui e di' ai poliziotti là fuori quello che sai. Quali altri negozi in questo blocco hanno uscite sul retro?»

«Noi e il ristorante alla fine della galleria. Una volta che sei sul corridoio, ci sono uscite verso il parcheggio e le piattaforme di carico che usiamo per le consegne.»

Jed annuì. «Esci prima che puoi, ma fai attenzione a eventuali cecchini all'esterno. Di' alla polizia che c'è un...» controllò la punta del coltello, «... agente dell'FBI quasi disarmato, dentro.»

Prese il cellulare dalla tasca e chiamò l'ufficio dell'FBI locale. Occupato. Mandò un messaggio al suo capo e rimise il telefono in tasca. Il relax e il divertimento erano finiti.

Con cautela aprirono la porta sul retro del negozio e controllarono il corridoio... via libera. La guardia di sicurezza prese il comando. I civili iniziarono a scivolare verso quella che Jed sperava fosse la via di fuga.

Un'ombra scura passò davanti al negozio e Jed trattenne il fiato. Era il figlio di puttana che aveva buttato a terra l'attraente rossa. Tutti nel negozio rimasero immobili per un attimo e poi si spinsero frenetici fuori della porta, mentre il tizio si voltava piano verso di loro. Jed lo vide imbracciare il fucile e mirare dritto a loro e non ebbe scelta. Si lanciò anche lui insieme agli altri fuori della porta, e la chiuse con forza dietro di sé, mentre un proiettile trapassò il muro accanto.

«Correte» gridò agli altri, indicando frenetico la parte opposta. Rimase immobile e cercò di captare il rumore di passi. Era entrato in modalità attacco come aveva fatto un milione di altre volte. La differenza era che stavolta aveva in mano solo un coltello ed era circondato da civili innocenti che potevano venir colpiti dal fuoco incrociato.

CAPITOLO DUE

Vivi chiuse piano la porta scorrevole dell'armadietto, lasciando un minuscolo spiraglio, così che Michael non sarebbe rimasto completamente al buio. Nessuno lo avrebbe visto a meno che non avesse aperto l'anta. Soddisfatta, sbirciò da sopra il bancone.

Il centro commerciale era avvolto da un silenzio inquietante, come se tutte le persone intrappolate lì dentro stessero trattenendo il fiato, nascoste. Nessun segno degli attentatori. Si immaginò, con orrore, un cecchino fermo in attesa che la gente provasse a fuggire. Le giostre lampeggiavano ancora di mille colori, ma erano immobili. Guardò le montagne russe in lontananza. Se avessero fatto un giro, come voleva Michael, ora probabilmente sarebbero morti. Le tremarono le gambe mentre realizzava l'intera situazione. Aveva visto queste cose nei telegiornali, ma non si sarebbe mai aspettata di trovarcisi nel mezzo, specialmente non con suo figlio.

C'erano piccoli gruppetti di persone rannicchiate che si nascondevano nei vari punti del negozio. Incontrò gli occhi terrorizzati di un uomo di mezza età che stringeva una bambina al suo fianco, e sembrava supplicarla di aiutarli, ma cosa poteva fare lei? Non era addestrata e non aveva armi. Gli rispose comunque con un cenno del capo. Avrebbe tentato il possibile per portarli fuori di lì.

Dalla posizione in cui si trovava, sfruttò il riflesso di alcune vetrine dei negozi di fronte per controllare se arrivava qualcuno. S'immobilizzò quando scorse uno di quegli uomini aggirarsi a poca distanza in cerca di vittime, lungo il corridoio. Il bimbo sul pavimento di fronte a lei iniziò a sgambettare cercando di liberarsi dal braccio inerme della madre. Gli occhi di Vivi guizzarono di nuovo sul cecchino. Lui entrò in un negozio, e lei si fece coraggio e si mosse. Un rumore assordante di spari si diffuse nell'aria dal posto in cui era entrato. *Non pensarci.* Corse verso il bambino, lo trascinò via da sotto la madre e lo prese in braccio. Si voltò un attimo, e vide che nella carrozzina c'era la neonata, tutta infiocchettata di rosa, che la guardava con gli occhioni spalancati e un gran sorriso.

Oh, merda. Non poteva lasciare lì quella creatura.

Vivi fece scendere il bambino sul pavimento e lui le si aggrappò alla gamba. Alzò le copertine per slacciare le cinture che tenevano la bambina. Le tramavano le mani e non riusciva a far scattare le dure fibbie di plastica. Lanciava continue occhiate per vedere dov'era l'uomo. Ancora altri spari. Il sangue le pulsava nelle orecchie così forte che sentiva solo il battito del suo cuore. Finalmente la liberò e la prese in braccio. Afferrò la mano del bambino e lo incitò a correre verso il negozio di vestiti di fronte a loro.

Scrutò velocemente l'interno. Era vuoto, il che forse indicava che c'era una via di fuga. Si diresse verso i camerini. La porta del magazzino era chiusa a chiave. Lei bussò piano. «C'è nessuno? Ho due bambini con me, fatemi entrare.»

Nessuno rispose da dietro la porta e il peso della paura la colpì come un'ondata. *Fanculo.* Certo, non poteva biasimarli per non voler rischiare la loro pelle, ma...

La piccola si accucciò contro la sua spalla e iniziò a gorgogliare. Le si strinse il cuore al pensiero di sua madre e di tutte le altre persone che erano già morte in quella crudele e inutile perdita di vite umane. Chi erano quei tre mostri? Cosa volevano?

Il pensiero di aver lasciato Michael la stava logorando al punto che faticava a reggersi in piedi, ma doveva farsi forza. Era nascosto e sarebbe stato al sicuro finché lei non avesse trovato una via di fuga. Stare in un posto angusto e stretto lo confortava, anzi più era stretto e meglio era. Ma se gli fosse accaduto qualcosa? O a lei? Dubbi e incertezze si accavallavano nel suo cervello, e il cuore iniziò a pompare così forte che temette di stare per avere un infarto. Si costrinse a calmarsi. *Respiri yoga. Non lasciare che questi bastardi ti spaventino a morte.*

Aprì tutte le porte non chiuse a chiave del negozio, ma erano solo sgabuzzini. Non c'era via di fuga. Tornò all'entrata principale e si accucciò dietro a una barra appendiabiti. Il bimbetto stava abbarbicato a lei e si muoveva come una terza gamba. Gli passò una mano tra i ricci. Povera creatura, sarebbe rimasto traumatizzato a vita.

Usando il riflesso nello specchio, scrutò di nuovo il corridoio. Non c'era nessuno in vista. Si infilò nel ristorante lì accanto e si nascose. Era poco illuminato, con molti angoli bui. Forse era un buon posto per nascondersi, ma non vedendo nessuno sperò di nuovo che ci fosse una via di uscita da quell'incubo infernale. Nel caso, sarebbe corsa a riprendere Michael.

Premette la piccola contro la sua spalla, lanciando occhiate in ogni angolo prima di andare avanti. Raggiunse la cucina e fu colpita da uno strano mix di odori. Cibo bruciato sui fornelli e odore di morte violenta.

Tre corpi giacevano a terra contorti. *Oh, no.*

Si voltò, prese in braccio il bambino sull'altra spalla e

scavalcò i corpi per andare in fondo alla cucina vicino a due enormi celle frigorifere.

Dove diavolo erano i poliziotti?

La sensazione collosa del sangue sui suoi piedi inguainati dalle calze le fece venire i conati. Le braccia le dolevano per il peso dei due bambini, ma strinse i denti e andò avanti. Intravide una porta con su scritto «USCITA ANTINCENDIO». Eccola!

Il click metallico di un'arma la raggelò e la fece voltare piano. L'uomo che l'aveva buttata a terra prima le stava puntando in faccia un fucile da assalto, nero opaco. Strinse forte a sé la piccola e mise a terra il bambino, cercando di spingerlo dietro le sue gambe.

Il killer era alto, più di un metro e novanta, aveva fattezze arabe e piccoli occhi duri color ebano su un viso tondo che non dimostrava più di trent'anni. La sua pelle olivastra non era sudata. Nessun segno visibile di rimorso.

«Perché lo fai?» gli domandò.

Lui allargò le narici.

Glielo chiese di nuovo, in arabo.

Gli occhi dell'uomo si spalancarono e poi passarono in rassegna i capelli scoperti di Vivi. Lo vide inspirare profondamente e sapeva che avrebbe sparato una volta liberato il respiro, perciò si lanciò a terra dietro il bancone della cucina. Provò a fare da scudo al bambino, che cominciò a piangere per l'improvviso balzo e per il rumore sordo di pallottole che bucavano il muro davanti al quale si erano trovati solo due secondi prima. Le pallottole presero a seguirla, mentre il killer si avvicinava. Lei inciampò, là dietro, mentre trascinava i bambini per gli abiti, come dei sacchi, cercando di fuggire. Il nylon delle calze la fece scivolare sul pavimento coperto di sangue. Cadde scomposta e provò a rimettersi in piedi artigliandosi al pavimento. L'uomo arrivò dietro l'angolo del bancone e lei chiuse gli occhi e si preparò a morire. Invece, udì un suono soffocato e altri spari colpire il metallo intorno a loro, mancandoli. Il silenzio che seguì era rotto solo dai respiri affannosi. Aprì gli occhi, ma non vide nessuno.

Rimase immobile, insicura di quello che era successo.

«È morto, puoi uscire.» La voce era stranamente familiare.

Si rimise in piedi e vide l'uomo che prima l'aveva aiutata a rialzarsi. Dal coltello che aveva in mano colavano gocce di sangue color cremisi sul pavimento. Il terrorista giaceva a terra agonizzante, ai suoi piedi. Le si rivoltò lo stomaco, il sollievo che lottava contro la paura. Il suo salvatore afferrò il fucile del killer e gli frugò i vestiti per cercare altre armi e munizioni, che si mise in tasca.

«Grazie. Di nuovo.» La voce di Vivi era roca come se avesse la gola piena di sassi. Se non fosse stato per lui, lei e quei bambini sarebbero morti.

Lui fece un cenno col capo. «Agente speciale dell'FBI Jed Brennan al suo servizio.»

Non era solo attraente, adesso era anche un supereroe.

«Molto lieta di fare la sua conoscenza, agente speciale Brennan. Ci ha appena salvato la vita.» La piccola iniziò a piangere e lei la fece sobbalzare lievemente e le baciò la fronte. Si diresse verso l'agente dell'FBI. Adesso poteva andare a prendere Michael e sarebbero finalmente usciti da quell'incubo. Gli porse la bambina, lui gliela ripassò.

«Non capisce» gli disse. «Io devo andare a prendere mio figlio. L'ho lasciato nascosto dentro un armadietto dietro le casse del negozio di giocattoli.»

Lui si accigliò, confuso. «E questi chi sono?» le chiese, indicando i bambini.

«Li ho trovati fuori. La loro madre è morta.» La voce le si strozzò. Provò di nuovo a dargli la bambina ma lui fece un passo indietro. Okay, ora era meno supereroe e più ufficiale delle forze dell'ordine, un'altra tipologia di uomo con cui aveva avuto a che fare in passato. Non osò alzare la voce per non attirare attenzione, ma era disperata. «La prego. Devo portare il mio bambino fuori di qui. Ci sono altre persone.»

«Quanti?»

«Almeno una quindicina, forse venti solo in quel negozio. E ci sono molti bambini.»

Al suono di passi che correvano nella loro direzione, il tizio dell'FBI li spinse dietro di sé e si accucciarono tutti dietro il bancone. Il signore di mezza età che aveva visto prima nel negozio di giocattoli irruppe frenetico in cucina seguito da un lungo corteo di gente che gli correva dietro. Si bloccarono tutti quando videro l'agente Brennan con in mano una pistola.

«Tranquilli, è dell'FBI» li rassicurò lei.

Le facce di quei poveretti si rilassarono un istante, ma il terrore per la situazione era tutt'altro che svanito. Non erano affatto al sicuro.

Lei scrutò la folla e si acciglio. «Dov'è mio figlio?»

L'uomo dai capelli grigi fece un passo in avanti. «Ho provato a farlo uscire ma non c'è stato modo di farlo muovere.»

Il cuore le si schiantò. Oh, no. Gli aveva fatto promettere di non muoversi.

«Dobbiamo uscire di qui.» L'agente Brennan parlò piano, ma era chiaramente un ordine. Aprì la porta dell'uscita antincendio e guardò fuori nel corridoio. «Da questa parte, veloci. Tenete le mani alzate in caso ci siano poliziotti. Potrebbero pensare che siete parte della banda. E tenete gli occhi aperti per eventuali cecchini.»

Vivi provò a passare la piccola a un'altra donna, ma la bambina non la mollava e anzi iniziò a piangere più forte.

«Cosa sta facendo?» le chiese impaziente l'agente. Quegli occhi color cioccolato ora erano neri come la pece.

«Devo andare a prendere mio figlio. Gliel'ho promesso.»

«Se continua a piangere ci mette tutti in pericolo.» Lo sprazzo vivido di intelligenza nei suoi occhi le ricordò Michael. «Facciamo uscire tutti e poi torneremo a prenderlo, okay?» Tentò di mettere un po' di calore e dolcezza nella voce.

La stava manipolando, e lei lo odiò per questo. Non la bevve, ma l'idea che quei mostri li trovassero per colpa della bambina che piangeva tra le sue braccia era qualcosa che non si sarebbe mai perdonata. «Non può capire, agente. Mio figlio non si muoverà mai senza di me.» Cercò di calmare la bambina sulla sua spalla. «Perciò, se mi sta mentendo...»

«Non mento mai alle belle donne.» Il brevissimo accenno di sorriso non era un complimento, era più un *muovi il culo prima che te lo faccia muovere io.*

Non era intimidita, l'unica cosa che le interessava era portare fuori Michael sano e salvo. Aprì la bocca per protestare, ma fu spinta dalla calca. Il bambino si aggrappò di nuovo alla sua gamba, e lei lo tirò su in braccio anche se pesava come un macigno. Le bruciavano i bicipiti. Si ritrovò stipata in mezzo a tutta quella gente terrorizzata, mentre correvano lungo il corridoio verso il parcheggio sotterraneo. *Fanculo.* Digrignò i denti. Okay. Avrebbe portato fuori questi e sarebbe tornata dentro per prendere il suo bambino. Cinque minuti al massimo. Ti prego, Dio, tienilo al sicuro finché non torno. Il suo corpo tremò per lo shock e lo sforzo, ma si dovette concentrare sui bambini. Poi sarebbe tornata e avrebbe salvato Michael.

Un'ondata di aria fredda li colpì quando arrivarono nel parcheggio. I suoi piedi nudi si gelarono immediatamente contro il cemento impietoso. Jed Brennan fece dondolare l'arma che aveva preso al terrorista e mostrò il distintivo.

Vivi sentiva che le braccia stavano per cederle. Si alzarono grida e alcuni uomini in uniforme nera li radunarono verso un cordone di sicurezza. I poliziotti li tenevano sotto tiro e ordinarono loro di mettere le mani dietro la nuca. Ma non lo capivano che erano le vittime? Entrambi i bambini iniziarono a piangere quando qualcuno glieli prese dalle mani. Ora erano al sicuro e potevano fare tutto il rumore che volevano, anche se il suono di quei pianti disperati le spezzava il cuore. Sperava che avessero una famiglia amorevole che si prendesse cura di loro.

Si voltò verso Jed Brennan e lui la stava guardando con quegli occhi attenti, neri come la notte.

«Andiamo a prendere mio figlio, forza» lo incitò.

Un poliziotto la spinse verso gli altri, ma lei rimase ferma e protestò. «Questo agente dell'FBI mi ha detto che una volta portati fuori quei bambini, sarei potuta tornare a prendere il mio.»

«L'agente non è al comando delle operazioni, e nessuno che non sia delle forze dell'ordine rientrerà lì dentro, signora. Lei stia qui, finché non l'avremo identificata.»

«Agente speciale Brennan!» si mise a gridare. Lui stava parlando con qualcuno che sembrava avere il comando delle operazioni. La guardò con un'espressione vuota, e poi le voltò le spalle. Non era più attraente. Era solo un altro tizio che le aveva mentito per ottenere quello che voleva, e poi aveva sputato sulle promesse fatte.

Gridò più forte. «Ha promesso che sarei potuta tornare a prendere mio figlio!» Le montò una rabbia cieca, mentre tentava di eludere i poliziotti di guardia. Un attimo dopo si ritrovò a terra, col mento sull'asfalto bagnato e sporco, mentre veniva ammanettata. «Mi ha mentito. Se succede qualcosa a mio figlio io... fermi aspettate!» disse sibilando di rabbia al poliziotto che la stava maltrattando. «C'è una cosa che deve sapere di Michael!» Crollò, perché se gli fosse successo qualcosa niente avrebbe avuto senso. Brennan la guardò di nuovo, mentre il poliziotto la tirava su da terra e la spingeva lontano dalla porta del centro commerciale. Lei non staccò lo sguardo da quello dell'agente dell'FBI, neanche quando inciampò e cadde. «Lo faccia uscire, la prego. O giuro su Dio...»

Jed non riusciva a togliersi di dosso il senso di colpa, né il pensiero della rossa isterica, neanche mentre cercava di concentrarsi sugli aggiornamenti del comandante della squadra d'assalto. Il fatto che le avesse mentito per farla uscire da quell'inferno non avrebbe dovuto disturbarlo, ma aveva lasciato suo figlio là dentro, e il bambino era in estremo pericolo. Quel pensiero gli faceva contorcere le budella.

Non pensarci. Non lasciare che l'empatia per le vittime ti annebbi la capacità di giudizio. Le parole che gli aveva detto il suo capo erano un ottimo consiglio. Cristo, ci stava provando.

I terroristi avevano preso il centro sicurezza prima di attaccare e tutte le telecamere erano state disattivate, perciò non c'erano occhi all'interno del centro commerciale, a parte un paio di guardie di sicurezza armate, bloccate nell'area nordovest, e dei civili intrappolati che twittavano coi poliziotti per farsi aiutare. Era stato detto loro di stare lontani dai social in caso anche i terroristi li tenessero sotto controllo. Non era un'idea geniale condividere col mondo la tua posizione geografica mentre un gruppo di terroristi armati fino ai denti tentava di ucciderti. Si parlava già di molte vittime e almeno sette terroristi, se non di più. Due per piano e uno che vagava nel centro di transito con un fucile d'assalto, aspettando che la gente provasse a scappare o gli agenti a entrare. Molte persone erano uscite. Molte altre erano ancora intrappolate, come il figlio della rossa. Il suo nome era Michael, a quanto pareva, visto che la madre non aveva smesso un attimo di gridarglielo contro.

Il fatto che avesse ucciso uno di quegli stronzi iniziò a farlo stare un po' meglio, in quella che era diventata una delle peggiori giornate della sua vita... e lui di tipi tosti da combattere ne aveva incontrati. La rossa gli gridò ancora qualcosa e un poliziotto l'abbrancò. Lui aprì la bocca per dirgli di andarci piano, quando incontrò lo sguardo della donna.

Odio e disperazione trasudavano da tutti i pori. Le aveva mentito per farla uscire di lì, ma ora il suo bambino era intrappolato nel mezzo di una sparatoria sanguinosa che sarebbe diventata, a breve, molto peggio. *Merda.*

Poteva reggere l'odio, ma era la disperazione nei suoi occhi blu scuro che gli rivoltava lo stomaco. Come la certezza che se non fosse stata trattenuta con la forza, sarebbe corsa nella zona di morte armata solo della sua lingua affilata e di un paio di enormi palle, e avrebbe provato a salvare suo figlio da sola.

Perché è questo che fa un vero genitore. La voce dentro di sé era quella di suo padre.

«La scongiuro, Brennan, lo porti fuori di lì, la prego» gridava come un'ossessa.

Lui deglutì a fatica e annuì.

Il tizio della squadra d'assalto lo guardò come se fosse un idiota.

«Devo rientrare.»

«Non abbiamo bisogno di eroi morti.»

«Tu non hai visto i corpi di tutta quella povera gente che è già stata uccisa. Non vogliono ostaggi, vogliono sangue.» Si grattò la nuca. «Io torno lì dentro.»

«Non da solo.» Il capitano lo guardò nello stesso modo in cui lo guardava il suo capo quando pensava che stesse facendo qualcosa di stupido, poi disse qualcosa nel suo microfono.

Jed si raddrizzò e si piantò davanti a lui con le gambe aperte. «Sono addestrato per le squadre speciali d'assalto. Sette anni nell'FBI e prima nell'esercito... cecchino professionista. Dammi degli uomini e inizieremo a pareggiare i conti, proteggendo i civili.»

Gli occhi del capitano guizzarono verso la donna ammanettata. «Che cosa le è successo?»

«Ha lasciato suo figlio nascosto in un mobiletto nel negozio di giocattoli, mentre cercava una via di uscita. Le ho promesso che saremmo tornati a prenderlo insieme, e si è appena resa conto che le ho mentito.»

Il tipo sospirò. «Hai fatto quello che dovevi per portarla fuori di lì.»

«E ora tornerò a prendere suo figlio, come le ho promesso.» Jed resse sguardo fermo dell'uomo. «Dammi un paio di uomini, se no rientrerò solo.»

L'espressione del capitano sembrò quasi divertita. «Ti darò due uomini, ma solo perché avevo già pensato di farlo. Tu sarai di supporto. Ora andate, e provate a tirare fuori il ragazzino vivo.»

Jed annuì. Sapeva che non avrebbe dovuto fare promesse che non poteva mantenere, ma non sopportava di vedere la feroce passione materna sul volto della donna, senza almeno provarci. «Grazie.»

Lo sguardo del capitano si posò di nuovo sulla donna furiosa che stava lanciando sguardi d'odio a entrambi. «Non sperare di riuscirci con quella, ragazzo.»

Jed sbruffò una mezza risata. «Scherzi? Ho più chance di aiutare i Packers a vincere il Super Bowl.»

Due agenti armati fino ai denti si avvicinarono a lui. Uno di loro gli passò un giubbotto antiproiettile, un dispositivo per le comunicazioni, un'arma d'assalto carica e una semiautomatica. Jed si preparò e mise altre munizioni in tasca, controllò entrambe le armi e annuì. «Andiamo.»

Gli altri due, Wright e Marcos, fecero strada verso l'ingresso che conduceva all'interno del centro commerciale. Lui si sentiva molto più tranquillo ora, a rientrare nell'inferno con loro due, di quando ne era uscito con tutti quei civili disarmati.

Ciò non significava che le cose non si sarebbero fatte più pericolose.

Li condusse all'uscita di sicurezza del ristorante. Si fermò a fotografare l'uomo che aveva fatto fuori prima e mandò la foto via email al suo capo. Una squadra per la gestione delle emergenze stava arrivando.

Wright liberò l'area della cucina e con una telecamera inviò immagini al comandante che così poteva vedere e sentire tutto.

Si mossero piano, verso l'entrata del ristorante. Jed contava i corpi stesi a terra. Tre fino ad allora, senza contare quello del terrorista che lui stesso aveva aiutato ad andare al Creatore. Arrivarono all'ingresso e si accovacciarono dietro una roccia finta. Merda. La carneficina gli fece rivoltare lo stomaco. Uomini e donne giacevano a terra, scomposti, sparpagliati per tutto il centro commerciale sfavillante di luci, con i pezzi di vetro che sembravano diamanti su un letto di sangue rubino.

Non tutti erano morti. Coglieva dei movimenti qua e là. Un respiro corto e affannoso, il tremolio di una palpebra. Ma tutti erano feriti e vulnerabili e, maledizione, stavano soffrendo. Gli montò una furia rabbiosa che ricacciò indietro. Le emozioni non lo avrebbero aiutato. Addestramento e pallottole ben assestate sì.

Vide il negozio di giocattoli, che da lì sembrava vuoto. L'armadietto bianco dietro la cassa era ancora chiuso e non era crivellato dai proiettili. Buon segno.

Stavano per muoversi, quando apparve alla loro vista uno dei terroristi, che camminava avanti e indietro nel negozio. Tutti e tre rimasero immobili. Il tizio indossava un passamontagna arrotolato sulla fronte. Portava dei Ray-Ban e aveva una corta barba nera. Era difficile individuarne i tratti. Wright prese la mira.

«Non sparare» gli mormorò Jed vedendo un'altra figura all'interno del negozio di giocattoli, riflessa sulla vetrina dal lato opposto. Un altro tiratore, e un'altra persona ancora, che sembrava una donna sotto gli abiti larghi e la testa coperta da un foulard. Che fosse una delle famose vedove nere? Parlava rapidamente con gli altri due, ma Jed non riuscì a vederle il viso. Erano tutti e tre armati fino ai denti, e senza dubbio stavano confabulando sui loro sadici piani di battaglia.

La porta dell'armadietto si mosse appena.

«No, piccoletto, non uscire adesso.» Era in mezzo al gruppo di terroristi e l'ultima cosa che voleva era una sparatoria con un bambino al centro.

CAPITOLO TRE

«Qualche possibilità che qualcuno crei un diversivo dall'altra parte, così che noi possiamo entrare lì e prendere il bambino?» Guardò Marcos.

Accovacciato sulle ginocchia, Marcos si diresse sul retro per parlare col capo.

Jed scrutò il centro commerciale e individuò diversi tiratori nelle varie ali, tutti intenti a guardare e aspettare. Che cazzo aspettavano? Vittime? I poliziotti? Babbo Natale?

«Credi che siano fondamentalisti islamici?» gli domandò Wright a bassa voce.

«Non ne ho la più pallida idea! Potrebbero essere islamici, oppure americani che fanno finta di essere islamici per creare scompiglio. Ne sapremo di più quando identificheremo il tizio morto. Quello che so per certo è che mia madre viene a fare shopping qui di tanto in tanto, e uno di quei corpi a terra potrebbe essere il suo. L'idea che potrebbero spararle con la stessa noncuranza con cui hanno ammazzato tutta quella gente mi fa davvero incazzare.»

Sempre a carponi, Marcos arrivò alle loro spalle. «Il capo dice che c'è una squadra pronta a entrare dalla parte nord.

Stanno cercando di raggiungere le due guardie di sicurezza ancora asserragliate, così magari ci daranno più informazioni.» Guardò l'orologio. «Dieci secondi.»

Jed fece il conto alla rovescia dentro di sé. Dieci secondi sembravano un'eternità.

Ci fu un'esplosione e i terroristi scattarono sull'attenti. Tre corsero nella direzione del fuoco, un quarto uscì dal negozio e iniziò a pattugliare il corridoio di fronte a loro, con l'arma alzata. Non appena si voltò, Marcos tirò fuori il coltello e corse verso di lui, prendendolo da dietro e tagliandogli di netto la gola. Wright uscì per coprirlo, scandagliando i livelli superiori con la pistola puntata in alto. Con uno scatto, Jed entrò nel negozio prima che il terrorista ucciso toccasse il suolo. Si fermò un attimo e aprì la porta dell'armadietto. Un paio di enormi occhi azzurri lo fissarono, pieni di terrore.

«Sono venuto a portarti via...»

Il ragazzino si rannicchiò ancora di più sul fondo dell'armadietto. Poi chiuse gli occhi e iniziò a dondolare su e giù. Il movimento del suo corpo rimbombava contro le pareti del mobile, facendo troppo rumore.

C'è qualcosa che devi sapere... la rossa *aveva provato* a dirglielo. Che testa di cazzo era stato a non darle ascolto.

Parlò in modo calmo ma deciso. «Michael. Mi ha mandato tua mamma a tirarti fuori di qui.»

Lui smise di muoversi.

«Non mi credi?»

Il bambino aprì gli occhi. Jed sperò dicesse qualcosa. Dovevano sbrigarsi e uscire prima che gli altri tornassero e iniziassero a sparare. Gli mostrò il distintivo.

«Tua mamma ha i capelli rossi come te, giusto? Ma è più carina» scherzò. «Quando si arrabbia strilla forte, vero? E si è arrabbiata moltissimo con me perché non le ho permesso di tornare a prenderti come ti aveva promesso.» Jed deglutì a fatica la saliva che gli si era formata in bocca. «Mi ha sgridato urlando davvero forte. Quindi, credo che abbia un temperamento di fuoco come i suoi capelli, no? Fiammeggiante, direi.» *Passionale.* Si mandò affanculo da solo per la direzione che stavano prendendo i suoi pensieri, mentre c'erano persone che stavano morendo e lui era lì per salvare un bambino. Eppure, era sempre un uomo e l'adrenalina stava pompando, moltiplicando per mille il suo quoziente di idiozia.

Gli occhi del bambino si agganciarono ai suoi. Connesso. Concentrato. Jed l'aveva convinto e non lo avrebbe mollato. «Non credo di piacerle tanto, ma se ti porto fuori di qui, come le ho promesso, forse smetterà di urlarmi contro. Credi di potermi aiutare, Michael?»

C'era qualcosa di strano nella testa di quel ragazzino, ma di certo non era stupido. Forse era solo traumatizzato. Jed lo capiva, anche lui avrebbe voluto passare la giornata in modo diverso. Gli tese la mano e lo tirò fuori, stringendogliela appena per rassicurarlo. Il bambino si piegò e tirò su un paio di scarpe col tacco, dal pavimento.

«Brennan, muoviti» disse Marcos, che insieme a Wright stava scrutando l'area per coprirlo. Jed strinse forte la mano di Michael e corsero verso il ristorante. Una donna stesa a terra gemette. Wright e Marcos non persero tempo e l'afferrarono per le ascelle trascinandola con loro. Poi, dal nulla, una sfilza di pallottole iniziarono a bersagliare il pavimento dietro di loro. Jed afferrò Michael e si mise a correre. Una volta dentro il ristorante si voltò e vide Wright fermarsi e mirare in alto, sopra di loro. Due secondi dopo si udì un grido e il sibilo del corpo del terrorista che cadeva a meno di tre metri da dove si trovavano loro. Jed coprì gli occhi di Michael e lo forzò a proseguire.

Scattarono attraverso la cucina e uscirono dalla porta di sicurezza lungo il corridoio, con Jed in testa, Wright che gli copriva il culo e Marcos che teneva in braccio la donna gravemente ferita.

Wright comunicò via radio che stavano uscendo. L'aria fredda li colpì con una sferzata quando alzarono le mani per farsi identificare come i buoni. Un'altra squadra passò loro a fianco, in direzione dell'ingresso del centro commerciale. Marcos consegnò la donna ai paramedici e Jed udì uno strillo acuto che gli bucò i timpani.

«Michael!»

Sentendo il rumore di qualcuno che correva nella sua direzione, il bambino si preparò all'impatto.

La rossa scatenata si era liberata dalla polizia ed era schizzata verso il figlio come un petardo. Per fortuna le avevano tolto le manette. Afferrò il figlio tra le braccia e lo sollevò tenendolo stretto a sé, baciandolo e stritolandolo così forte che Jed si fece indietro.

«Sta bene.» Jed ripose la sua Glock nella fondina.

Gli occhi azzurri della donna gli stavano dicendo di andare a farsi fottere. A quanto pareva, l'aver salvato suo figlio non era abbastanza per riconquistare punti. Peccato. Michael passò a sua madre le scarpe e Jed notò, per la prima volta, che era scalza e coi piedi insanguinati.

«Grazie, agente speciale Brennan.» Rimase sorpreso. Le parole erano dure e rabbiose, ma la donna riuscì a pronunciarle senza soffocare. Chiuse gli occhi per un attimo prima di rimettersi le scarpe.

«Prego. E mi spiace di averle mentito, dicendole che l'avrei fatta rientrare...»

«Non si preoccupi.» Arricciò le labbra. «Non è il primo uomo che mi mente.»

Ahia! Ecco di nuovo lo sguardo letale. Lui alzò le mani in segno di resa. In un altro momento, avrebbe almeno provato a rientrare nelle sue grazie, ma ora c'erano persone intrappolate e dei cattivi che correvano a destra e a manca per la città cercando di ammazzare poveri innocenti.

La rossa notò la donna ferita che stavano mettendo su una barella. «Oddio, credevo fosse morta.» Si voltò in fretta e fece un cenno al poliziotto che l'aveva in custodia. Jed non sapeva chi fosse questa rossa scatenata, ma di certo l'autorità non la intimoriva. «Quella è la madre della neonata e del bambino» gridò all'agente, indicando i bambini che lei stessa aveva trascinato fuori dal centro commerciale. Jed si rese conto che quella donna aveva compiuto un atto davvero molto coraggioso, e non c'era proprio nulla di cui doveva ringraziarlo.

«Dovrebbero stare insieme.»

Il poliziotto annuì e si mosse per sistemare la cosa. Lei si voltò di nuovo verso Jed e Michael si ritrasse dalle braccia della madre con un gran sorriso. Nonostante l'inferno a cui aveva assistito, il piccoletto sembrava stare bene.

I flash dei giornalisti iniziarono a lampeggiare e Jed si coprì gli occhi con la mano. «Ma che cazzo ci fanno questi, così vicino. Mandateli via, subito.» Un paio di agenti accorsero nella loro direzione, spingendoli verso una zona di sicurezza.

Jed guardò la donna. Madre e figlio si assomigliavano molto, anche se il viso di lei era così bianco che poteva intravedere il blu pallido di una piccola vena sotto la pelle. «Era esattamente dove lo aveva lasciato.» Arruffò i capelli del bambino. «È stato fantastico. Non ha fatto alcun rumore, neanche quando ci hanno sparato addosso.»

Il bambino si accese di orgoglio, come una fiamma, ma la donna fulminò Brennan con lo sguardo e aprì la bocca come per mangiarselo vivo. *Merda, non era la cosa giusta da dire.*

Jed alzò un dito per stoppare sul nascere la raffica di rimproveri che si stava per prendere. «Ho promesso al suo super coraggioso figlio che avrebbe smesso di sbraitarmi addosso se fosse uscito da lì dentro e fosse venuto con me.»

Lei richiuse la bocca. Poi guardò in basso verso la testolina color carota e inghiottì qualsiasi cosa avesse in mente di dire. «Davvero?»

Michael annuì in fretta, ma le spalle iniziarono a tremargli. Eccolo, lo shock stava finalmente sopraggiungendo. I bambini avevano una straordinaria capacità di ripresa, ma di sicuro quelle creature avrebbero avuto bisogno di un supporto psicologico, perché ci sarebbero state delle ricadute nel breve termine.

«Bene.» Pareva distrutta. «Smetterò di urlarle addosso, allora. Possiamo andare adesso?»

L'idea di non rivederla mai più gli sembrò pessima, ma si trovavano in una situazione altamente pericolosa che coinvolgeva spietati terroristi, e non era il momento di chiederle il numero o fare programmi per un caffè insieme.

«Dobbiamo parlare con entrambi riguardo a quello che ha visto o sentito quando era chiuso lì dentro. Come si chiama?»

«Veronica Vincent, ma tutti mi chiamano Vivi per via delle mie iniziali.» Le si inumidirono gli occhi, e il bambino si guardò le scarpe sporche. «Non potremo dirvi nulla di più di quello che già sapete.»

«Non capisce» le disse lui a bassa voce. «Michael ha passato del tempo in quel negozio insieme ai terroristi. Forse ha visto o sentito una conversazione che potrebbe sembrare insignificante per lui ma cruciale per le indagini.»

«No, è *lei* a non capire.» Prese in braccio suo figlio, che si rannicchiò col naso nascosto sul suo collo. «Ho provato a dirglielo prima, ma facevo un po' fatica da stesa a terra ammanettata.» Quegli occhi sputavano rabbia e recriminazioni. «Michael non parla, agente speciale Brennan. Non scrive e non sa fare la sua firma. Perciò, mi spiace, ma non può aiutarvi. Inoltre io ho già rilasciato la mia deposizione a quell'affabile poliziotto laggiù.» Voltò la testa verso il tipo che l'aveva ammanettata. «Possiamo andare, adesso? Vorrei portarlo in ospedale per un controllo.»

La bocca di Jed si seccò. Annuì. Lei si voltò, ma non prima che lui cogliesse un velo di angoscia sui loro volti.

Perplesso e frustrato, non ebbe neanche il tempo di chiedere spiegazioni. Suo figlio non parlava? Mai?

Merda. Si grattò la fronte e si diresse verso il centro di comando. Ora doveva tirare fuori il resto di quella gente da là dentro. La rossa e il figlio non erano un suo problema.

I compagni di Pilah corsero verso il punto in cui le autorità avevano lanciato la granata stordente. I poliziotti stavano iniziando il loro attacco. Lei si staccò da loro, si voltò e vide Jamal venire colpito e cadere dalla galleria superiore.

Tre, no, quattro figure stavano scappando dentro il ristorante, dove c'era un'uscita di sicurezza. Guardò l'arma che aveva in mano e prese una decisione. Ora o mai più, e lei non era pronta a morire. Corse verso il corpo di Jamal, pulì velocemente dalle impronte l'arma che le avevano dato e la lasciò cadere accanto all'uomo.

Aveva delle ferite tremende e le si rivoltò lo stomaco. Ma aveva visto così tanta distruzione e morti violente negli ultimi anni che ormai le registrava a malapena. Jamal non era qualcuno a cui voleva bene, anzi, non gli era neanche mai piaciuto.

I federali avrebbero potuto rintracciare il telefono usa e getta che aveva usato, perciò ripulì anche quello strofinandolo contro la coscia e lo mise nella tasca di Jamal.

Nuovi spari le fecero fretta. Corse verso il negozio di vestiti di fianco al ristorante e prese un paio di pantaloni, una camicia, un maglione e una giacca. Portò tutto dietro il bancone e rimosse gli antitaccheggio e le etichette, gettandoli nel bidone. Si tolse gli stivali e gli abiti, rimanendo in mutande. I rumori degli spari si avvicinavano sempre di più. I piedipiatti avrebbero fatto irruzione molto presto. Indossò veloce i nuovi vestiti e infilò i suoi sotto alla cassa, insieme al foulard che le copriva i capelli. Infine, prese lo sterilizzante per mani dal bancone e se lo passò sulla pelle, sperando di eliminare i residui di polvere da sparo. Afferrò gli stivali e corse a nascondersi dietro un appendiabiti ben coperto, in fondo al negozio.

Si allacciò le scarpe e rimase immobile ad ascoltare la battaglia che si stava consumando poco lontano da lei, mentre il cuore le pompava furioso nel petto. L'avrebbero scoperta? Avrebbero sospettato di lei, come parte del gruppo di terroristi?

Dopo dieci minuti buoni, intravide una sagoma passare ed entrare nel negozio. Il rumore ovattato dei passi le vibrava nella spina dorsale. Poi udì delle voci e vide un gruppo di gente in fuga precipitarsi fuori dal magazzino. Quando il poliziotto che li scortava le diede le spalle, si mosse veloce e decise di unirsi a loro. Una commessa la guardò, e Pilah si mise a piangere. «Credevo di morire» disse e singhiozzò.

La donna le circondò le spalle con un braccio, stringendola forte a sé. Adesso era parte del gruppo. «Lo abbiamo creduto tutti, tesoro, tutti.»

Uscirono dal negozio verso i larghi corridoi del centro commerciale, seguendo il poliziotto che li conduceva fuori. Le altre donne ebbero dei conati alla vista del sangue e delle budella sparse in giro. Pilah si coprì il volto con le mani. Jamal aveva compiuto il suo ultimo sacrificio e la sua battaglia era finita. Lo stesso valeva per Razur. Sarebbero stati venerati come martiri, proprio come era successo a suo marito. Ma a cosa serviva? Il suo fantasma era un compagno freddo nel letto e un debole sostituto come padre per le loro figlie.

L'immagine di sua figlia maggiore, Sabreena, le balenò in mente. Uccisa dalle truppe governative solo perché si trovava nel posto sbagliato al momento sbagliato. Ecco perché Adad aveva deciso di imbracciare le armi. Vendetta. Ora, però, le altre loro figlie erano intrappolate in Siria, un paese annientato dalla guerra civile, mentre l'Occidente se ne stava a guardare rifiutandosi di agire.

Sargon aveva detto che l'obiettivo era dimostrare come l'instabilità interna della Siria potesse sfociare fin dentro il cuore dell'America, e a quel punto gli americani sarebbero intervenuti per forza. Briciole di prove avrebbero puntato il dito dritto contro il governo siriano e forse l'Occidente avrebbe finalmente armato i ribelli, aiutandoli a espellere il brutale tiranno dal potere.

Sargon aveva richiesto il suo aiuto, promettendole di crescere le sue figlie insieme alle proprie, in caso le fosse capitato qualcosa, e di portarle al sicuro se avesse raggiunto gli obiettivi prefissati.

Be', li aveva raggiunti, a quanto pareva. Aveva lavorato in un negozio del centro commerciale per mesi e aveva fornito tutte le informazioni necessarie per pianificare l'attacco. Le si strinse lo stomaco. Molte delle persone con cui aveva lavorato oggi erano state uccise.

Singhiozzò forte e qualcuno le diede dei colpetti sulla spalla per confortarla. I volti delle persone morte le lampeggiavano davanti agli occhi e singhiozzò ancora più forte. Poi tra quei volti apparvero quelli delle sue adorate figlie e di suo marito.

Non doveva finire così. Erano una famiglia normalissima, che conduceva una vita ordinaria e tranquilla. E ora si ritrovava a dover tirare fuori le sue due figlie dalla Siria, lontano dal pericolo. Doveva salvare le sue bambine prima che la vera guerra scoppiasse.

Sargon Al Sahad sedeva nella sua villa a Rabieh, appena fuori dal centro urbano di Beirut, e ridacchiava guardando le notizie in TV. Aveva già controllato il suo conto in banca e trasferito la prima parte del pagamento su un conto svizzero. Ora era davvero un uomo molto ricco.

Certo, ricco lo era già, ma attendeva con ansia la seconda parte del pagamento insieme al lusso di avere il tempo per godersi le sue ricchezze.

Si infilò un fico succulento in bocca e ne assaporò la dolcezza, che gli inondò tutti i sensi. Il telefono accanto a lui sul divano suonò. Aspettava quella chiamata.

«Ottimo lavoro» disse la voce senza presentarsi.

Sargon si pavoneggiò. «Non ti avevo detto che potevo farlo?»

«La tua gente sospetta qualcosa?» La voce dell'uomo era profonda e pregna di un immenso potere.

Sargon bramava quel tipo di potere. «Credono tutti che stiamo cospirando contro il regime così che l'Occidente intervenga, il che suppongo sia vero. Nessuno sospetta altro. Il nostro segreto è intatto, come promesso.» Siriano di nascita, Sargon era stufo marcio di vedere il suo paese sistematicamente distrutto dall'interno. Nel bene o nel male, la sua terra natia sarebbe stata ripulita del vecchio regime e pronta per essere ricostruita. E quando la guerra sarebbe terminata, era intenzionato ad assumere un ruolo di rilievo sul fronte politico. Fino ad allora, avrebbe passato il suo tempo in Libano, anche se la gente che aveva reclutato negli Usa pensava che lui stesse ancora combattendo in prima linea. Un sotterfugio necessario.

«Basta che gli americani non sospettino da dove proviene realmente l'attacco.»

Il nemico del mio nemico è mio amico. «Sarebbe una condanna a morte per entrambi» convenne Sargon.

L'uomo sospirò. «È tutto a posto per la seconda parte del piano?»

Un velo di sudore gli coprì la schiena, e il sottile cotone della camicia si incollò alla pelle. Questa era la parte che lo rendeva nervoso. Era un complotto molto ben organizzato, ma che poteva crollare da un momento all'altro. Pregò che tutto funzionasse come doveva.

«Non preoccuparti, amico mio.» Se il suo coinvolgimento in tutto questo fosse venuto a galla, sarebbe diventato l'uomo più ricercato del pianeta. Non voleva né la fama di Bin Laden né fare la sua fine. «Entrambi abbiamo troppo da perdere perché il piano non vada in porto. Nessuno ci assocerà all'attacco. Le prove puntano altrove.» Nulla poteva ricondurli a lui o ai suoi potenti alleati.

«Non ti contatterò più» disse l'uomo.

Sargon rimise il telefono sul tavolo e si alzò piano. Tempo di muoversi. La gente pigra non viveva abbastanza da diventare vecchia, e Sargon aveva intenzione di diventare molto, molto vecchio.

La neve oscurò la vista di Elan, rendendogli difficile la visuale dalla sua posizione sul tetto di un palazzo di assicurazioni, a mezzo chilometro dal Minneapolis Mall. Il centro commerciale era circondato da veicoli d'emergenza. La gente correva per le strade, cercando di allontanarsi dal caos e dal pericolo. Come nel suo paese, ma le persone qui parevano non accorgersene.

Degli elicotteri ronzarono sopra la sua testa; rischiavano parecchio, col tempo che preannunciava una tempesta artica.

Nelle strade sotto di lui, le ambulanze andavano a sirene e luci spiegate, mentre attraversavano gli incroci con un senso di impellente urgenza.

Fino ad ora, tutto stava andando secondo i piani, ma non era così stupido da affidarsi alla fortuna cieca. Un elicottero virò e puntò nella sua direzione, tornando verso l'aeroporto. Si nascose nell'ombra.

Il fiato si condensò sul binocolo, costringendolo a pulirlo. Aveva il cuore pesante. La vita era preziosa, ma la posta in gioco era troppo alta per perdere il controllo. Aveva ordini da eseguire: osservare, controllare, e ripulire qualsiasi casino che potesse ricondurli a loro. Era bravissimo a ripulire i casini degli altri.

CAPITOLO QUATTRO

Vivi era seduta accanto a Michael, steso su un letto dell'ospedale. Il sollievo di vederlo al sicuro fuori dal centro commerciale si era trasformato in panico quando era svenuto nel parcheggio. L'ambulanza aveva corso nel traffico a sirene spiegate, anche se il medico era certo si trattasse solo di un calo di zuccheri combinato allo stress. Le funzioni vitali erano stabili, ma la sua pressione sanguigna era scesa pericolosamente. L'altro paziente sull'ambulanza era una donna sulla cinquantina con una ferita da schegge di proiettile alla gamba. Si affannava a rassicurarla che Michael se la sarebbe cavata.

Quella povera donna aveva un animo nobile.

Vivi non riusciva a rendersi conto di quanto fossero andati vicini alla morte, oggi. Il fatto che stessero respirando era di per sé un miracolo. Toccando ferro!

I medici l'avevano rassicurata che Michael stava bene, ma il suo visino era pallido come la cera contro le lenzuola bianche, e la preoccupazione la mangiava viva.

Gli prese la mano, ma lui la ritirò, e ogni volta che lo vedeva perdersi dentro se stesso doveva forzarsi a non stringerlo forte a sé, perché questo avrebbe solo aumentato il suo bisogno di fuggire. David, il suo ex, le aveva sempre detto che si preoccupava troppo, mentre lui semplicemente lo ignorava o sminuiva. Trattava Michael come una recluta fallita, gridandogli ordini e, peggio, insulti. Questo prima di smollarli per una sexy agente della Sicurezza Nazionale con una quinta di reggiseno e un master in astrofisica.

Quella donna aveva fatto un favore a entrambi.

Vivi aveva sposato uno stronzo, ma almeno aveva ricevuto in dono il suo splendido figlio. Perciò, anche se augurava a David un grave caso di disfunzione erettile, non si era mai pentita di essersi innamorata di lui. Era stato il prezzo da pagare per ricevere la cosa più preziosa della sua vita.

Michael.

Gli prese la mano calda nella sua fredda, cercando di non stringere troppo. Era naturale che fosse così perso nel suo mondo dopo gli avvenimenti della giornata. Lei non aveva neanche iniziato a elaborare quello che era accaduto, ed era un'adulta.

Una minuscola ma persistente vocina dentro di lei continuava a ripeterle che forse avrebbe dovuto chiamare il padre di Michael, anche se la sola idea di parlare con lui in quel momento le faceva venire la nausea. Inoltre, lui avrebbe potuto renderle le cose difficili, se avesse voluto. Perciò meglio liquidarlo con una dose di informazioni fredde e cliniche sulle condizioni di Michael e un invito a venirlo a trovare se fosse stato preoccupato per lui. Questo avrebbe dovuto tenerlo a debita distanza.

L'ospedale era in pieno fermento. Avevano messo in atto un piano di emergenza e ogni letto che erano riusciti a liberare era stato assegnato ai feriti dell'attacco. Michael era nel reparto ortopedia insieme ad altre persone che riportavano ferite minori. Vivi aveva chiuso le tende intorno al letto, per cercare di ricreare un'atmosfera di privacy, ma c'era molto rumore e la tensione nell'aria si tagliava col coltello. Tutti erano all'erta.

L'attacco era finito, grazie a Dio. I terroristi erano apparentemente tutti morti. Le forze dell'ordine stavano ripulendo la zona cercando civili ancora vivi e potenziali inneschi esplosivi.

La tenda si aprì e l'infermiere entrò trascinandosi dietro un'asta per flebo.

«Come sta questo piccoletto?» Era un ragazzone muscoloso con un viso tondo e sorridente e una voce tonante. Michael si voltò dall'altra parte.

«È esausto.» Vivi voleva stringerlo a sé.

Non trattarlo come un neonato.

«E ci credo. Hai detto che è stato nascosto in un mobiletto nel negozio di giocattoli con i terroristi a pochi passi da lui, e non si sono accorti di nulla?»

Vivi riusciva a malapena a pensarci, ma le labbra di Michael si sollevarono agli angoli in modo impercettibile. Era evidentemente compiaciuto che la gente sapesse quanto fosse stato eroico.

Ne approfittò. Provò a coinvolgerlo cercando di riportarlo alla realtà. «Oh, sì, è stato davvero molto coraggioso. Vero, Michael? Sei stato lì zitto e buono finché la polizia non è venuta a prenderti, e i cattivi non sapevano nemmeno che eri sotto il loro naso.»

Lui annuì piano. L'accenno di interesse nei riguardi della conversazione le tirò su il morale.

«Sei un ragazzino coraggioso. Io me la sarei fatta addosso.» L'infermiere gli mise una flebo per reidratalo e ristabilire i livelli di glucosio nel sangue. Le labbra di Michael apparivano secche e screpolate. Se le leccò provocando a Vivi un moto di pietà.

«Posso dargli dell'acqua?» chiese all'infermiere che stava scrivendo qualcosa sulla cartella in fondo al letto.

Lui annuì. «Certo, ma solo un sorsino o due ogni tanto. Non

ci vorrà molto perché si riprenda, adesso che lo stiamo reidratando. Fra un paio d'ore potrebbe essere fuori.» *Perché avevano bisogno di liberare i letti il prima possibile...*

Fece un sorriso triste al ragazzone e lui le poggiò una mano sulla spalla. «Andrà tutto bene. È finita.»

Lei provò a non pensare a tutta la sofferenza, ma le immagini continuavano a tornarle in mente con dettagli orribili. La madre colpita e caduta sopra al figlioletto, a cui probabilmente aveva salvato la vita facendo da scudo umano. La posa innaturale dei corpi stesi in cucina. Le gocce di sangue cremisi sulle mattonelle bianche...

La nausea l'assalì, ma cercò di ricacciarla indietro. Doveva essere forte per Michael. Come avrebbe potuto affrontare qualcosa di cui non poteva parlare? Non lo sapeva. Doveva ricontattare il dottor Hinkle. Se avesse accettato di vedere Michael, lei avrebbe a sua volta preso in considerazione l'idea di una terapia a lungo termine, a patto che non prevedesse ulteriori risonanze magnetiche. Quella mattina Michael era andato in panico dentro il macchinario e Vivi era assolutamente decisa a non esporlo ad altri traumi.

La diagnosi era complicata. I medici non sapevano con certezza se Michael fosse autistico o no. La mancanza totale di risposte aveva reso le decisioni riguardo ai trattamenti e al tipo di istruzione ancora più difficili, ma in qualche modo andavano avanti. A malapena.

O almeno, fino ad ora.

Non voleva mentire a suo figlio riguardo a quello che era successo. Era importante che sapesse esattamente cosa aveva rischiato e come ne era uscito. Il mondo poteva essere un luogo molto pericoloso. Allo stesso tempo, però, non voleva terrorizzarlo.

«Ci sono molti feriti?» domandò lei.

Gli occhi dell'infermiere si spensero un momento, poi

annuì. «Centinaia di persone con ferite minori. Una trentina in pericolo di vita.»

Vivi appoggiò con delicatezza la mano sul gomito dell'uomo e si avvicinò a lui per non farsi sentire da Michael. «Hanno portato qui una donna. È stata colpita e ha perso molto sangue. Aveva due bambini con sè, un bimbo di tre, quattro anni e una neonata. Mi sa dire se è...?»

L'infermiere arricciò la fronte. «Mi sa che ho capito di chi parla. L'ultima volta che l'ho vista era in sala operatoria. Provo a indagare e le faccio sapere.»

«Grazie.» Sperava davvero che fosse viva. L'idea dei due piccoli che crescevano senza madre era terribile... ma non peggiore di non crescere affatto.

L'infermiere passò al paziente successivo. Vivi diede a Michael un altro sorso d'acqua. Lui le strinse forte le dita per un attimo, poi la presa si allentò. Chiuse gli occhi, e il petto prese a salire e scendere con un ritmo lento e cadenzato. Si era addormentato.

Lei chiuse gli occhi e recitò una preghiera silenziosa. Poi districò piano le sue dita da quelle del bambino e si alzò. Indossava delle ridicole ciabatte usa e getta blu. Le piante dei suoi piedi erano coperte di piccole lacerazioni, che erano state pulite e disinfettate, e ora iniziavano a pulsare in reazione alla violenza subita. Non sarebbe riuscita a rimettersi i tacchi. Si stirò la schiena e sentì lo scricchiolio delle vertebre che si riallineavano.

Aveva bisogno del bagno e voleva sapere le condizioni dei due bambini che aveva salvato. Inoltre, doveva chiamare il suo ex.

Allungandosi verso Michael, gli baciò piano la guancia e toccò la fossetta che aveva sul mento, l'unica cosa che aveva ereditato da suo padre.

Anche l'agente speciale Jed Brennan ne aveva una. Per un momento, ripensò all'intensità bruciante dei suoi occhi proprio nell'attimo prima di tornare indietro a salvare Michael. Un po' della tensione si allentò. L'aveva odiato a morte, ma lui aveva mantenuto la promessa e le aveva riportato Michael sano e salvo. Le probabilità di rivederlo erano minime, ma se fosse accaduto, gli avrebbe chiesto scusa.

Il suo ex non rispose al telefono quando lo chiamò. Gli lasciò un breve messaggio e risparmiò a entrambi l'angoscia di doversi parlare. Poi andò dall'infermiere e gli chiese se poteva dare un'occhiata a Michael per cinque minuti. Era tutto il tempo che le serviva. Lisciandosi gli abiti, che quella mattina erano parsi così eleganti e ora erano bucati e coperti di sangue, uscì zoppicando dalla corsia. Doveva tornare prima che Michael si svegliasse.

Pilah giaceva nel letto ascoltando con attenzione. Era stata portata in ospedale dopo che aveva finto un malore nel parcheggio, battendo la testa sul pavimento e procurandosi un'emorragia dal naso. A parte un leggero mal di testa, si sentiva bene. Poteva camminare e avrebbe potuto correre, se avesse dovuto.

Il bambino del letto accanto era rimasto chiuso in un mobiletto nel negozio di giocattoli? Li aveva forse sentiti pronunciare il suo nome? O quello di Sargon? Avrebbe potuto compromettere il loro piano di incastrare il governo siriano. Provò a ricordare di cosa avevano parlato, ma l'intera operazione era stata un turbinio di azioni rivoltanti e rumore assordante di spari.

Avevano nomi in codice, ma Bazal non era proprio una cima e più di una volta durante la giornata si era sbagliato. Anche il fatto che fosse una donna era un'informazione che non voleva trapelasse. Avevano per caso menzionato il secondo attacco previsto?

Sargon Al Sahad le aveva garantito che avrebbe salvato le

sue figlie se avesse aiutato con l'attacco al Minneapolis Mall. Ma cosa sarebbe successo se l'avessero catturata? Non ne avevano mai discusso. Si aggrappò con tutte le sue forze alle lenzuola e strinse così forte la mascella che la sentì scricchiolare. Avrebbe ucciso le sue figlie piano e con dolore, se solo avesse pensato che l'aveva tradito.

Doveva disfarsi del bambino. Non avrebbe messo a rischio la vita delle sue figlie per quella del figlio di qualcun altro.

Il suo cuore iniziò a pompare ferocemente al pensiero di quello che doveva fare. Non aveva una pistola o una bomba. Era più facile uccidere qualcuno quando non dovevi guardarlo negli occhi, o tenergli fermo il corpo caldo mentre lottava per non soffocare.

L'immagine di Sabreena, contorta e rotta come una bambola, le passò rapida di fronte agli occhi e cementò la sua risoluzione. I bambini morivano continuamente. A nessuno importava.

La donna aveva chiesto all'infermiere di controllare il ragazzino per cinque minuti, poi Pilah l'aveva sentita andare via. Poteva essere l'unica chance, ora che l'occhio d'aquila della madre non vigilava sopra di lui. *Non dovreste mai lasciare i vostri bambini incustoditi.* L'aveva imparato sulla sua pelle.

Se avesse chiuso del tutto le tende intorno al suo letto, avrebbe potuto soffocare il bambino con un cuscino. Sarebbe stato silenzioso e tutti avrebbero pensato a cause naturali, almeno nel breve termine. Lei sarebbe uscita di lì, come se nulla fosse.

Alla fine avrebbero sospettato di lei, ovvio...

Si morse il labbro. Non voleva che nessuno sospettasse di lei, ma cosa poteva fare?

L'infermiere rispose al cercapersone e se ne andò in fretta e furia.

Il sudore le bagnò la pelle quando fece penzolare i piedi

fuori dal letto. Quando toccarono il pavimento, un'ondata di gelo la pervase. Un lieve capogiro la fece fermare, per cercare di ritrovare l'equilibrio. Nessuno avrebbe saputo che il bambino era stato soffocato fino all'autopsia, che non sarebbe avvenuta a breve, considerati gli eventi della giornata. Aveva chiuso tutte le tende. L'unica persona che poteva averla notata era una donna che era stata sedata perché urlava troppo. Solo l'infermiere che l'aveva curata l'aveva vista in faccia, ma lei era una delle centinaia di facce che si era trovato davanti durante la giornata. Data la confusione generale, nessuno si sarebbe ricordato né avrebbe sospettato di lei, se non fosse andata nel panico. Doveva giocarsela.

E doveva essere coraggiosa. La vita delle sue bambine dipendeva da lei. La mano era sulla tenda che la separava dal letto del bambino, quando l'infermiere entrò nella stanza.

«C-credevo di a-averlo sentito piangere» disse con la voce rotta. Sprizzava colpa da tutti i pori e le guance le si imporporarono.

L'uomo non parve accorgersene. «Renderebbe felice molte persone, se fosse così.»

Lei corrugò la fronte. «Non capisco.»

L'infermiere si avvicinò e le parlò piano all'orecchio. «È muto. Lo è da anni. Il piccoletto non può parlare.»

La nube nera che le era crollata sulle spalle evaporò con un'ondata di sollievo che la fece barcollare. «Oh, povero piccolo» gli fece eco.

L'infermiere serrò le labbra. «Può firmare le dimissioni alla reception. Sa ha capogiri o problemi di vista, torni qui o vada dal suo medico, okay? C'è qualcuno con lei a casa?»

Annuì. «Sì, mia madre.»

«Bene, allora si riposi.» Le sorrise e se ne andò.

Pilah si abbassò per prendere le scarpe da sotto il letto. Non viveva con sua madre. Sua madre era morta poco dopo che lei era venuta negli Stati Uniti per starle accanto quando si era ammalata. Adad l'aveva fatta rimanere negli Usa, visto che aveva la doppia cittadinanza, così da poter richiedere il visto per portare via le loro figlie dal pericolo. Ma il governo siriano aveva bombardato la loro casa e ucciso la figlia maggiore prima che arrivassero i documenti.

Si mise il giubbotto nuovo. Ecco perché aveva aiutato Sargon a compiere quella terribile strage, ma non era parte del movimento ribelle. Non era una terrorista. Aveva rispettato la sua parte del patto, perché per nulla al mondo avrebbe perso le due figlie che le rimanevano in vita.

Quando lasciò il reparto, non guardò il bambino che era stata pronta a uccidere per assicurarsi il silenzio. Rifiutava di provare empatia per la famiglia di chissà chi, quando a nessuno importava niente della sua. Non pensava sapesse nulla di vitale, e fu grata di non essere stata costretta a fargli del male. «Lode ad Allah» mormorò tra sé mentre lasciava l'ospedale, tenendo la testa bassa nel caso ci fossero telecamere di sicurezza. La sua parte in tutto questo era quasi finita.

Un altro pensiero prese il sopravvento. Forse sarebbe potuta rientrare in Siria passando per la Turchia e trovare un modo di portare le sue figlie al sicuro. L'idea di un campo profughi era terrificante, ma sarebbe stato meglio che starsene a casa ad aspettare una lettera che non sarebbe mai arrivata.

Si incamminò con determinazione. La polizia non l'avrebbe trovata. La sua parte era finita.

Jed si inginocchiò di fianco al terrorista ucciso da Wright, che era caduto dalla balconata superiore. Non era rimasto molto del suo volto, ma il suo DNA era ovunque. Con guanti di lattice, per non contaminare le prove, controllò le tasche dell'uomo. Tirò fuori un cellulare e lo accese. Sembrava un telefono usa e getta, ma Jed era certo che i tecnici informatici avrebbero scovato un bel po' di informazioni da quell'affare. Avevano bisogno di più dati possibili sulle loro attività, e il più velocemente possibile, per intercettare eventuali altri attacchi. Il pensiero che in quel momento altri terroristi se ne stessero beati nel loro paese di fronte alla TV a darsi il cinque per l'ottimo lavoro svolto gli fece rivoltare lo stomaco.

Cercò in un'altra tasca.

Erano morti uomini, donne e bambini. Un massacro indiscriminato nel cuore degli Stati Uniti. La maggior parte della sicurezza del centro commerciale era stata neutralizzata prima dell'inizio dell'attacco, e questo dimostrava quanto l'assalto fosse sofisticato e ben pianificato. Di certo non era la prima volta che i terroristi colpivano gli USA, e probabilmente non sarebbe stata neanche l'ultima, ma questo attacco era stato vicinissimo a casa. Non era l'Iraq o l'Afghanistan. Era il Minnesota, Cristo santo!

Trovò un altro cellulare identico e si accigliò. Forse uno non funzionava? Li accese entrambi. No, si erano attivati perfettamente.

Perché due cellulari?

Qualcuno forse non si era presentato all'ultimo momento? Era una precauzione in più in caso di guasto? Era stato portato via a un collega ucciso?

«Ehi!» gridò al tecnico della scientifica. Si chiamava Cindy, era una piccoletta coi capelli scuri e aveva quella particolare e meticolosa attenzione per i dettagli che la rendeva eccellente nel suo lavoro. Le mostrò i due cellulari. «Bisogna fotografarli e imbustarli immediatamente.»

Cindy tirò fuori alcune buste di plastica, sigillò le prove, le nominò e le porse a un altro agente, il quale le consegnò immediatamente a quelli del laboratorio di stato, dove i federali e i medici legali locali stavano lavorando a stretto contatto. Decifrare comunicazioni e dati biometrici era la via più veloce per scoprire chi fossero quelle persone e assicurarsi che l'intera banda fosse morta o catturata. Si diresse verso un AK-47 lasciato a terra sul pavimento. Guardò di nuovo l'uomo morto e poi spostò lo sguardo sul cadavere di un altro terrorista appena più in là. Entrambi avevano il fucile in spalla. Entrambi avevano le pistole fissate alla cintura. Perché questo giaceva qui?

Jed non lo sapeva, ma aveva intenzione di scoprirlo. Imbustarono anche il fucile.

L'aria puzzava di fumo, sangue e polvere da sparo. L'odore rivoltante gli formò un grumo in gola e gli venne la nausea, ma doveva portare a termine il suo lavoro, e il tempo gli era nemico. Alzò lo sguardo e vide il negozio di caccia, e ricordò di non aver pagato il coltello che aveva salvato la sua vita e quella di Vivi e dei due bambini. Si diresse verso il negozio, controllando che non ci fossero altri feriti o persone nascoste. Il muro in fondo era crivellato di colpi. Un senso di irrealtà lo travolse mentre valutava i danni. Si era trovato a un passo dalla morte, oggi. Lo aveva colto di sorpresa, a guardia abbassata. Forse il suo capo aveva ragione sul fatto che avesse bisogno di una pausa, ma le chance che potesse prendersela ora erano ridotte all'osso.

Lasciò una banconota da cento dollari sul bancone e un post-it sul monitor della cassa per spiegare il perché di quei soldi. Afferrò la busta di plastica con gli acquisti fatti, che aveva lasciato lì qualche ora prima. Il giocattolo era per il figlio di Bobby. Bobby era stato il migliore amico suo e di suo fratello gemello. Tutti e tre erano entrati nell'esercito insieme. Suo fratello, Liam, ora era il capo della polizia nella cittadina in cui erano nati e cresciuti e Jed era entrato nell'FBI. Bobby, invece, aveva messo il piede sopra una mina ed era stato spedito al Creatore.

Le emozioni lo colpirono allo stomaco come un cazzotto. Il suo amico gli mancava da morire, ogni singolo giorno.

I tendini del collo erano così tesi che sentì un dolore alla mandibola. Provò a sciogliere le spalle, ma ci rinunciò. In quei momenti, essere un fascio di nervi era la norma. Almeno era vivo, doveva smettere di frignare e mettersi al lavoro.

Tornò al negozio di giocattoli. L'idea che un uomo potesse sparare in un luogo pieno di bambini lo fece incazzare da morire. I bastardi avevano traumatizzato quelle povere creature a vita.

I capelli color carota e i grandi occhioni blu di Michael Vincent apparvero all'improvviso tra i suoi pensieri. Che bambino coraggioso.

Si acciglò. Perché non parlava? Era una cosa fisica o psicologica? Forse aveva subito violenze.

Erano cose che succedevano.

Lo vedeva quasi ogni giorno.

Tuttavia sua madre non pareva il tipo. Nel loro breve incontro aveva visto amore e devozione nei confronti del figlio, insieme a un coraggio che di solito mostra chi serve la patria, tratti che non combaciavano affatto con il profilo delle teste di cazzo che abusavano dei più deboli. Il suo temperamento impetuoso, invece, andava di certo d'accordo col colore dei suoi capelli. Sorrise per la prima volta da quello che gli parve un secolo. Forse, una volta finito tutto questo, avrebbe potuto rintracciarla e invitarla per un caffè. Si grattò la nuca. Sì, certo, come se lei avesse accettato di andare a bere un caffè con un tizio che aveva lasciato suo figlio in un negozio pieno di uomini armati fino ai denti.

A un tratto, ricordò un particolare, che lo colpì in pieno volto come uno schiaffo.

Uomini armati.

E l'assassina che aveva visto?

Provò a chiamare il capo dell'FBI locale, ma non ci riuscì.

Allora chiamò il suo capo. Lincoln Frazer rispose al primo squillo.

«Ehi, ti stai godendo le ferie?»

«Già, ferie esplosive, potrei ben dire. Ho una domanda. Avete trovato nessuna donna tra i cadaveri dei terroristi?»

«No, tutti uomini. Perché?»

Jed guardò in alto, verso il soffitto crivellato. «Non ne sono certo.» Riattaccò, il che avrebbe fatto incazzare a morte il suo capo, ma doveva pensare. Aveva visto davvero una donna? L'individuo era più basso degli altri, non magro ma nemmeno grasso. *Fanculo.* All'improvviso non era più sicuro al cento percento e non voleva piantare su un casino per niente. Girovagò per il negozio di vestiti vicino al ristorante. Avevano liberato il retro e il magazzino, ma non erano ancora stati controllati per eventuali prove. Questo era parte del suo lavoro. Cindy era la sua ombra, lo seguiva scattando foto a tutto.

«Strano...» disse lei a un certo punto.

«Cosa?»

Il flash della fotocamera lo accecò per un attimo. Chiuse gli occhi e si accovacciò accanto a lei dietro il bancone. C'erano dei tessuti appallottolati, ma non erano abiti nuovi, o il tipo di abiti che quel negozio vendeva. Oggetti personali di qualche commessa? C'era qualcosa di appiccicoso e umido. Sangue? Tirò fuori il mucchio di stoffa con cautela, poteva essere una bomba. Spostò il tessuto e per fortuna non vide nessun filo elettrico sbucare. Solo abiti. Li allargò sul bancone. Una felpa nera e pantaloni larghi sempre neri. Tirò fuori anche un foulard per capelli. Il cuore iniziò a pulsargli forte. Cindy fece altre foto, lui richiamò il suo capo.

«Cosa vuoi?»

«Credo che uno dei terroristi fosse donna, e credo anche che se la sia svignata.»

«Sei sicuro?»

«Abbiamo appena trovato degli abiti nascosti, identici a quelli che credo indossasse la tizia che ho visto. Erano sotto il bancone di un negozio di vestiti da donna. Fanculo!» Era furioso con se stesso per non averne parlato prima. Sapeva meglio di chiunque altro quanto fosse essenziale condividere ogni dettaglio, anche quando sembrava insignificante. Infilò la mano fra i capelli. Dovevano assolutamente trovare quella donna. «Se solo il bambino che era nel negozio potesse parlare.»

«Che bambino?»

«Un bambino di nome Michael Vincent. È rimasto nascosto nel negozio di giocattoli durante l'attacco. Ho visto almeno tre terroristi lì, ma sua madre insiste nel dire che lui non parla e non comunica in nessun modo.»

«Sua madre la rossa sexy?»

Jed scostò il telefono dall'orecchio e trasalì. Era diventato veggente? «Scusa?» domandò.

«Trova un televisore e guarda il telegiornale locale. Anzi, un qualsiasi notiziario. La cosa è di dominio pubblico.»

«La cosa, cosa?» Jed si diresse in un negozio di elettronica e tentò di non guardare i corpi che il reparto di Medicina Legale stava cercando di portare via. I corpi della gente che non era riuscito a salvare.

«La stampa sta diffondendo la notizia al mondo intero» disse Frazer.

Su un'intera parete di televisori, quelli ancora funzionanti, c'era una composta e bella Vivi Vincent che veniva intervistata. Doveva essere la mattina, prima dell'attacco, perché le calze non erano smagliate e i suoi abiti non erano stracciati e sporchi di sangue. La scena passò poi su Michael seduto dietro un paravento, che disegnava la figura della giornalista con un'incredibile accuratezza di dettagli, anche se non la poteva vedere.

Memoria eidetica.

«Dicono che sia un prodigio che riesce a ricreare su carta

tutto quello che ha visto anche per pochi secondi. Ha una memoria fotografica, perciò anche se non può parlare...»

«Potrebbe comunque aiutarci a identificare i terroristi.» *Oh, cazzo.* Jed non sapeva come la stampa fosse venuta a conoscenza della storia del ragazzino, ma non aveva importanza. «Se uno dei terroristi è sopravvissuto, questa notizia ha praticamente messo un bersaglio addosso al bambino. Trovali, Frazer.» Jed riagganciò e tornò al negozio di vestiti. Si mise a frugare nel bidone vicino alla cassa. Raccolse dal cestino le etichette e le lanciò sul bancone. Cindy lo guardava con interesse perché sapeva che avevano trovato qualcosa di grosso. «Dobbiamo risalire agli abiti da questi.» Se il suo presentimento veniva confermato, avrebbero scoperto la taglia e la corporatura della donna, gli abiti che indossava e, con un pizzico di fortuna, anche il DNA e le impronte.

Jed chiamò un agente dell'FBI locale che stava lavorando da qualche parte nel centro commerciale e gli disse di muoversi e portare le chiappe da lui.

«Devo andare» disse a una Cindy sorpresa, ignorando le sue proteste.

Poi Jed si mise a correre fino al suo SUV. Dei terroristi che attaccavano gente innocente, intenta a fare shopping poche settimane prima di Natale, non avrebbero avuto esitazioni a eliminare un bambino. Vivi Vincent e suo figlio erano in grave pericolo. Doveva trovarli al più presto.

CAPITOLO CINQUE

Michael si rifiutava di mangiare. Anche se gli dava caramelle o bibite gassate si rifiutava di mangiare.

Vivi doveva trovare un modo per farlo tornare da qualsiasi mondo parallelo all'interno della sua testa in cui fosse finito, e doveva farlo subito, prima di compromettere mesi, se non anni, di progressi.

L'hotel dove alloggiavano aveva un parco acquatico al suo interno. Era il motivo per cui aveva scelto quella sistemazione, insieme alla vicinanza col centro commerciale.

«Ecco.»

Lui la guardò con occhi letargici.

Gli lanciò un paio di shorts e un asciugamano. «Andiamo in piscina.»

Michael si voltò. *Finalmente.* La sua espressione era un mix di vago interesse e paura accumulata. Lui amava l'acqua. Vivi sperava tanto che quella passione bastasse a rimettere in moto il processo di ripresa, così da poter tornare alla loro routine. L'importante era consumare i pasti a orari regolari e dormire molto, perciò aveva pianificato di farlo stancare a morte, dargli da mangiare e infine farlo riposare.

Lei si era già messa il costume, sotto i pantaloni da yoga e la maglietta bianca, e indossava un paio di crocs rosse che Michael le aveva regalato l'estate scorsa per il suo compleanno. «Muoviti, forza. Io vado a fare una nuotata e non ti lascio qui da solo.»

Lui si mosse con riluttanza, sapendo che sarebbe stata irremovibile, ora che aveva deciso. Questo era un lato del carattere che condividevano entrambi, perciò Michael si diresse verso il bagno per cambiarsi, senza protestare.

Due minuti dopo erano nella hall dell'hotel, che brulicava di gente nonostante l'atto terroristico fosse accaduto così vicino. La vita andava avanti. La presenza della polizia era massiccia in tutta la città. Era ora di cena e gruppi di persone si dirigevano al ristorante. Qualcuno era visibilmente traumatizzato e molti sfoggiavano bende e cerotti. Una donna lanciò loro una strana occhiata, che Vivi attribuì al suo aspetto da zombi.

Zoppicava, ma cercava di nasconderlo. Le ferite ai piedi erano più dolorose di quello che aveva immaginato, e pulsavano senza pietà. Aveva bende spesse, e sperò di riuscire a far salire Michael su uno scivolo, prima che si accorgesse che lei non poteva entrare in acqua con quelle ferite.

Una mossa subdola che come genitore di solito disapprovava, ma a mali estremi, estremi rimedi.

Entrarono nell'area delle piscine e furono colpiti da un'ondata di vapore caldo e odore di cloro. Lo scroscio dell'acqua che fluiva costante dagli scivoli intersecati l'uno con l'altro era assordante, ma anche rilassante, in un certo senso. Un rumore bianco che sovrastava perfino i ricordi degli spari e delle grida. L'area era quasi vuota. Un bene, perché adesso l'idea di trovarsi in un qualsiasi luogo affollato la terrorizzava. Era qualcosa con cui avrebbe dovuto fare i conti, prima o poi.

Un gruppetto di bambini, tremanti e in fila indiana, passò loro accanto. Qua e là i genitori straniti, appostati davanti alle sedie sdraio, sembravano vedette mentre controllavano che i figli stessero bene.

Michael lanciò uno sguardo a uno degli scivoli, le diede l'asciugamano e corse a giocare. Un'ondata di sollievo la pervase e le tremarono le ginocchia. Si sedette su un lettino lì vicino, sfinita e spaventata che le energie le venissero meno.

Suo figlio si lanciò da uno scivolo e riemerse dall'acqua ridendo.

Un'esplosione di gioia e sollievo le riempì il petto. Sarebbe andato tutto bene. Tutto. Michael si aggregò a un ragazzino della sua età e insieme si lanciarono di nuovo giù per lo scivolo. Era un ottimo nuotatore, e Vivi decise di concedersi un attimo di relax. Dopo aver scoperto che i bambini autistici erano molto attratti dall'acqua, gli aveva fatto prendere lezioni tre volte a settimana e ora nuotava a livelli agonistici. Autistico o no, era un gran nuotatore. I bagnini controllavano gli scivoli con occhi di falco, perciò si permise di liberare la mente.

Respira.

Era tutto finito.

Erano andati tutti all'inferno, quei bastardi.

Ma loro erano sopravvissuti.

Un istinto sconosciuto la fece girare per guardare fuori della porta di vetro, verso l'entrata principale dell'hotel. C'era un uomo che la fissava. Era alto circa un metro e settanta, coi capelli e gli occhi scuri, barba e pelle olivastra. Quando si accorse dello sguardo di Vivi, si voltò. Lei si girò di nuovo verso la piscina, poi di nuovo verso la porta, ma l'uomo se n'era andato al bar.

Perfetto. Adesso si sarebbe messa a stereotipare tutti in base alla razza. Odiava i pregiudizi, erano una delle cose peggiori contro cui aveva dovuto lottare, quando aveva deciso di mandare Michael alla scuola pubblica invece che in una *speciale*.

Lo cercò agitata, con un senso di panico per avergli tolto gli occhi di dosso per qualche secondo.

Lo sapeva che era ossessionata e che non andava bene, ma non poteva evitarlo. Aveva quasi perso il suo bambino, *prima*. Non aveva alcun appoggio nella sua vita, poteva contare solo su se stessa. Non aveva famiglia. David era troppo occupato a essere una *persona importante* anche solo per pensare di aiutare Michael, e lei si sarebbe mangiata il suo stesso fegato crudo piuttosto che affidare suo figlio, così sensibile e circondato da ostacoli, ai metodi educativi militareschi del padre. Non aveva mantenuto il suo cognome, e lui non aveva obiettato neanche quando aveva cambiato quello di Michael in Vincent.

Lui si vergognava di suo figlio, e lei si vergognava del suo ex marito.

Si alzò e intravide i ciuffi rossi di Michael, scuriti dall'acqua, appiccicati alla testolina tonda. Stava correndo verso un altro scivolo con un sorrisone stampato in faccia.

«Non correre» mormorò, troppo lontana per essere udita sopra il rumore dell'acqua anche se avesse urlato.

Allenta le briglie, Vivi. Finirai per strangolarlo, quel bambino.

Vaffanculo, David.

Strepitoso, ora litigava col suo ex persino nei pensieri, come se già non fosse terribile la realtà. Alzò gli occhi al cielo e sospirò, stendendosi di nuovo. Provò a rilassarsi, respirò profondamente, aprì il libro che aveva portato con sé e lesse la prima riga. Due volte. Immagini di sangue e morte continuavano a introdursi tra le parole e i suoi pensieri. Mise via il libro.

Quella giornata era stata un inferno, ma almeno era tutto finito. L'indomani sarebbero tornati a casa, a Fargo.

Fargo. Non certo il posto in cui aveva pensato di finire a vivere. Dopo il divorzio, una vecchia amica di quelle parti le aveva offerto di diventare socia della sua agenzia di traduzione, e anche se Vivi non aveva necessariamente bisogno di abitare a Fargo per svolgere quel lavoro, non c'erano motivi per vivere altrove.

In più, amava l'isolamento, che era la scusa per non tornare alla sua vita a Washington o a New York. Gli inverni in North Dakota erano terribili e le estati infestate di insetti. Ogni gennaio pensava di trasferirsi in qualche posto più mite e temperato, ma Michael amava quel luogo. La sua scuola, i suoi insegnanti, i suoi amici erano tutti lì. Avrebbe sopportato qualsiasi cosa per la felicità di suo figlio. Cristo, avrebbe venduto l'anima per fargli tornare la voce.

Non era sempre stato muto.

Aveva sempre avuto comportamenti strani, al limite dell'autismo o della sindrome di Asperger. Aveva bisogno di routine, voleva che le sue cose fossero nel posto esatto in cui per lui dovevano essere, e riusciva meglio nei compiti ripetitivi. Ma oltre a ciò, non aveva evidenti disabilità, a parte quando in situazioni di stress si estraniava e si rintanava in posti stretti per ore.

La ricerca di risposte era estenuante, la preoccupazione costante.

Si piegò in avanti e vide Michael uscire fuori dall'acqua dopo un tuffo, dalla parte alta della piscina. Impavido e coraggioso. Quel volto felice ricompensava tutti gli sforzi fatti per trascinarlo fin lì. Ricambiò il sorriso. L'agente Brennan aveva lodato Michael per il suo coraggio. Il fatto che lui avesse capito subito ciò che serviva a Michael l'aveva toccata profondamente; era qualcosa che lei aveva il terrore di dargli.

Intravide il tizio che l'aveva fissata poco prima dalla porta a vetri. Ora indossava un paio di pantaloncini verdi fluo, che parevano un po' troppo larghi. Si ricordò di respirare e che il mondo era pieno di gente buona che cercava di andare avanti. Chiuse gli occhi e contò fino a dieci. Non si trovava in un film in cui erano tutti sulle sue tracce. Non c'era una cospirazione o un complotto ai suoi danni. Di certo stava fissando la piscina e non lei. Il tipo lasciò cadere l'asciugamano sul lettino semi nascosto da una grossa palma e si diresse verso lo scivolo più vicino.

Michael le passò accanto e la salutò con la mano. Il suo amichetto pareva un po' spaesato, probabilmente perché Michael non gli parlava, ma anche lui fece un timido sorriso e un piccolo cenno con la mano. Lei ricambiò il saluto e controllò l'ora. Gli avrebbe concesso un'altra mezz'ora e poi sarebbero andati a mangiare.

Sentì un'ombra su di lei. Alzò lo sguardo e rimase a bocca aperta quando vide l'agente speciale Jed Brennan torreggiare sopra il suo lettino. Si sentì in imbarazzo perché era senza trucco e coi capelli tirati in una coda severa, e la cosa era ridicola. A lui non importava del suo aspetto.

«Dov'è Michael?» domandò.

Lei indicò il punto in cui si stava arrampicando su un altro scivolo. «Perché?»

Le spalle di Brennan si rilassarono, mentre alzava gli occhi al soffitto con espressione sollevata. Lei si sedette su un lato del lettino. Cosa stava succedendo? Perché era qui? Indossava un cappotto di lana pesante e faceva così caldo in piscina che aveva già la fronte sudata. L'ombra della barba fatta la mattina gli scuriva appena la mascella. Si tolse il cappotto e si sedette sulla sdraio accanto. Le loro ginocchia si sfiorarono e Vivi trasalì.

«Come faceva a sapere dove trovarci?»

La guardò di traverso. «FBI, ricorda?»

«Ma qui» insistette. «In piscina.»

«La reception ha chiamato in camera e non ha risposto, perciò ho deciso di dare un'occhiata in giro. Michael ha otto anni, quindi ho pensato fosse il primo posto in cui guardare.» L'agente Brennan indicò la vetrata che dava sulla lobby. «L'ho vista da lì. È difficile non notare i suoi capelli.»

Se li lisciò, imbarazzata, ma lui non era lì per parlare dei suoi capelli. Jed sostenne il suo sguardo con gli occhi così scuri che quasi non si capiva dove la pupilla incontrasse l'iride. C'era qualcosa in quello sguardo che la metteva a disagio, una sorta di tensione silenziosa. Un brivido di paura le percorse il corpo. «Cosa succede?»

Lui serrò le labbra, come se stesse pensando a cosa dirle.

«Non osi mentirmi» lo mise in guardia.

La luce nei suoi occhi si smorzò. «Vorrei tanto sapere chi è che l'ha trattata così male da farle pensare come prima cosa che chiunque le stia mentendo.» Si spinse in avanti. «Per ora, le dirò il motivo per cui sono qui, e cioè che *probabilmente* sono solo un paranoico agente federale che ha visto troppe cose brutte e che *probabilmente* sta reagendo in modo esagerato.»

Vivi si afferrò le ginocchia. Aveva creduto che fosse tutto finito, ma dal modo in cui Brennan serrava le labbra capì di essersi sbagliata. «Mi dica tutto.»

«Ha visto i notiziari in TV?»

Lei scosse il capo.

«Hanno mostrato una clip su Michael che disegna a memoria la figura di una giornalista.»

«L'abbiamo filmata stamattina.» Non capiva. «L'hanno mandata in onda? Anche dopo quello che è successo oggi?»

«Già.» Brennan annuì. «Poi hanno collegato le sua abilità nel disegno al fatto che è rimasto intrappolato nel negozio con i terroristi.»

Il sangue le iniziò a defluire dal cervello. *Oddio.* Si voltò verso il punto in cui l'aveva visto l'ultima volta. Si alzò in piedi. Iniziò a scrutare la piscina, cercando tra gli scivoli, ma non c'era traccia di suo figlio. Dove diavolo era andato? Dov'era Michael?

Jed toccò il braccio di Vivi. «Ehi, vedrà che è in cima a qualche scivolo che aspetta il suo turno.» Ma non riusciva a vederlo e dopo quello che era successo oggi, si stava cominciando a preoccupare anche lui. «Stia qui» le ordinò.

Raggiunse a grandi passi il bordo della vasca. Avrebbe potuto benissimo ordinare al sole di non splendere, perché Vivi lo ignorò e iniziò a correre verso l'altra parte della piscina. Era un'area molto vasta, con tanti anfratti e scivoli che si intersecavano. Lui si guardò attorno, cercando un bagnino e ne notò tre chini sopra un quarto tizio che indossava una maglietta rossa. Corse in quella direzione. Una delle ragazze stava gridando, un'altra chiamava un'ambulanza.

«Cos'è successo?» domandò.

«Non lo so. Ho trovato Ray svenuto» rispose una di loro agitata.

«Il fischietto. Usi il fischietto» le ordinò Jed. Aveva un orribile presentimento. Quando le vide esitare, mostrò loro il distintivo. «Fate uscire tutti da quel cazzo di piscina, adesso!»

Finalmente una delle ragazze si mise il fischietto in bocca prima che lui glielo strappasse di mano. Fecero uscire i bambini, ma Michael non c'era. Un'orribile sensazione lo pervase, e cioè che aveva fatto un casino. Era stato più occupato a fare la corte a sua madre che a proteggere il bambino. *Dilettante. Stronzo.* Intravide qualcosa di verde dentro l'acqua e il cuore gli si fermò. Era troppo grande per essere il corpo di un bambino di otto anni. Poi mise a fuoco quello che stava vedendo. Si sfilò la giacca e diede l'arma al bagnino più vicino, togliendosi scarpe e calze nel frattempo. Si mise a correre e si tuffò in acqua, col freddo che gli risaliva in corpo, e nuotò fino alla parte più profonda della piscina.

Gli ci volle un'eternità per raggiungere l'uomo che stava tenendo il piccolo sott'acqua. Jed colpì l'uomo alla testa e poi lo afferrò da dietro, stringendogli il collo e facendogli mollare la presa su Michael. Il ragazzino non nuotò verso la superficie, ma fluttuò via da loro senza vita. Il potenziale killer di bambini si voltò di scatto e ora era Jed che veniva strangolato. Con tutto il peso del corpo sul suo stomaco, lo spinse con forza contro il muro, sperando di liberarsi per raggiungere Michael e portarlo in salvo.

Non ce ne fu bisogno. Uno tsunami di bolle eruppe intorno al bambino e un intenso color rosso fuoco lo circondò. Vivi si era tuffata e stava tirando su suo figlio.

Jed tornò sul bastardo che era così miserabile da cercare di annegare un bimbo di otto anni, ma iniziò a mancargli l'aria. Il figlio di puttana, però, era sotto da più tempo e aveva più bisogno di aria di lui. Lo tenne fermo finché il tizio non iniziò ad andare in panico, dimenandosi e cercando di risalire a galla. Jed sentiva il cuore pulsargli nelle orecchie e cercò di calmarsi e rallentare il battito. L'addestramento da cecchino gli permise di rilassare il corpo nonostante l'adrenalina e il testosterone pompassero a mille nelle vene. Lo sguardo negli occhi di quello stronzo valeva qualsiasi sforzo e disagio. Attese che inalasse acqua e iniziasse a soffocare. *Devi morire, figlio di puttana.* Poi lo riportò a galla e lasciò che i bagnini lo trascinassero fuori. Uscì dall'acqua, esausto e sfilò le manette dalla tasca dei pantaloni zuppi. Serrò i polsi del terrorista, nonostante le proteste del bagnino che gli stava praticando la respirazione bocca a bocca.

Jed riprese la sua arma, non era preoccupato per quella testa di cazzo. Non si poteva annegare uno scarafaggio, e infatti iniziò a tossire e a sputare acqua. Jed corse verso il punto in cui Michael giaceva pallido tra le braccia di sua madre. Era cosciente e tremava senza controllo. Gli occhi di lei erano cerchiati di rosso, non sapeva se per il cloro o per le lacrime.

Che cazzo di giornata di merda!

Si accovacciò e le mise una mano sulla sua, stringendole le

dita, desiderando non sentirsi responsabile per tutto questo casino. «Sta bene?»

Lei deglutì e annuì, con un'espressione esausta e fragile, ma al tempo stesso battagliera. L'ammirazione per questa donna cresceva sempre di più. A parte la bellezza, aveva una struttura granitica. Aveva attraversato due volte l'inferno, eppure non se ne stava lì a versare lacrime. Era una combattente.

Lui prese un asciugamano grande da una pila posata lì accanto, e glielo avvolse sulle spalle, sentendola irrigidirsi al contatto. «Va tutto bene, Vivi.» Le accarezzò su e giù la schiena cercando di confortarla e farla sentire al sicuro, anche se sapeva che non doveva fare stupide promesse. «Andrà tutto bene.»

Jed guardò verso il bagnino che era stato messo ko. Pareva che stesse tornando in sé. Jed riprese la sua giacca e le scarpe dal pavimento bagnato e tirò fuori il telefono. Aveva freddo ed era fradicio, ma cazzo, era felice di aver salvato Michael in tempo. Chiamò l'ufficio. «Ho appena preso uno di loro che stava tentando di uccidere il figlio della Vincent nella piscina dell'hotel.» Diede solo qualche dettaglio, abbastanza perché capissero dove fosse e cosa fare.

L'hotel era a pochi chilometri dal Minneapolis Mall, e in meno di tre minuti arrivarono un paio di federali. Vivi e suo figlio se ne stavano abbarbicati l'uno all'altra tremando come foglie. Michael piangeva in silenzio. Qualcosa in quel dolore muto gli trafisse il cuore.

Consegnò il presunto terrorista a uno degli agenti, mentre l'altro raccoglieva le sue cose nell'armadietto. Non gli fu permesso di asciugarsi o vestirsi, e Jed sperò che gli si staccassero le palle dal freddo nel tragitto fino alla centrale.

Afferrò il cappotto e la borsa di Vivi dalla sdraio. Quando si voltò, vide che lei lo guardava. I suoi occhi blu e sinceri erano pieni di domande. Tante domande su cosa sarebbe accaduto ora. Domande a cui non voleva rispondere.

«Andiamo.» Li spinse verso la porta e poi all'ascensore. Una volta dentro, tirò fuori la pistola. «Che piano?»

«Ottavo.»

«Che stanza?»

Lei cercò nella tasca laterale della borsa e gli porse la chiave a tessera. 801.

Jed fece strada, ordinandole di stare dietro mentre lui ispezionava la stanza. Vuota. Immaginò che i tizi avessero mandato gente a controllare gli hotel della zona, e questo stronzo era stato fortunato. Esisteva la possibilità che l'uomo arrestato avesse in qualche modo avvisato i compagni, che ora potevano essere diretti qui, ma c'erano comunque federali e agenti ovunque nell'hotel, e le strade circostanti erano monitorate a vista. Nonostante ciò, non voleva che Vivi e suo figlio scivolassero in un buco della rete. «Vestitevi, il più velocemente possibile.»

«E lei?» lei guardò i suoi abiti bagnati.

Almeno il cappotto e i piedi erano asciutti. Adesso andava bene così. «Mi cambierò una volta in centrale, ho degli abiti in macchina.»

Vivi iniziò ad asciugare i capelli del figlio, ma Jed le prese con delicatezza un polso e la spinse da un lato. «Mi occuperò io di Michael. Lei si vesta.»

Le pupille di Vivi si infiammarono istintivamente al contatto, qualcosa di animalesco che nessuno poteva controllare. Anche lui lo sentì, e lo fece incazzare. Non voleva mischiare lavoro ed emozioni. Non questa volta. Avevano tutti troppo da perdere se non avesse portato a termine la partita.

Poi l'espressione della donna si tramutò in sorpresa, e questo lo fece incazzare ancora di più. Come se nessuno si fosse mai offerto di aiutarla prima. Di colpo muta come il figlio, annuì, afferrò una manciata di vestiti e si diresse in bagno. Jed svestì il bambino, lo asciugò e gli mise abiti asciutti. Si asciugò lui stesso alla meglio con un asciugamano, ignorando la sensazione sgradevole della pelle bagnata. Mai e poi mai sarebbe entrato in centrale in accappatoio, neanche morto, non sarebbe mai sopravvissuto a quello.

Poco dopo, si mise a impacchettare la roba dei Vincent. Infilò tutto ciò che trovò nei cassetti e nell'armadio nella loro valigia di media dimensione e si soffermò per un secondo sulla biancheria intima di pizzo. Una sensazione contraddittoria gli annodò lo stomaco. Quei pezzi di seta colorata gli ricordarono che lei non era solo una vittima, ma anche una donna forte e bella, la cui vita stava per prendere un'altra virata improvvisa, in una giornata già di merda. Non c'era nulla che potesse fare per evitarlo. E non gli piaceva, come non gli piaceva che fosse proprio quella donna dai capelli rossi a essere finita in una spirale di odio e codardia che aveva messo in pericolo la sua vita e quella di suo figlio. Soprattutto, non gli piaceva l'idea che lui avesse avuto un ruolo in tutto ciò, perché adesso era diventata una cosa personale, e non andava bene.

Era quello da cui il suo capo lo aveva sempre messo in guardia, perché quando una situazione diventava personale ci si lasciava coinvolgere troppo emotivamente, e da lì in poi si facevano casini madornali per mancanza totale di obiettività.

Stavolta non accadrà.

Michael se ne stava appallottolato sul pavimento, mentre Jed buttava tutto quello che trovava dentro la valigia, alla rinfusa. Non c'era tempo, dovevano andarsene di lì il prima possibile.

Vivi uscì dal bagno di nuovo con un'espressione più simile a quella equilibrata e sicura che aveva prima. I capelli tiratissimi sul capo e legati in una treccia stretta e severa sottolineavano il suo pallore. Aggrottò le sopracciglia guardando la valigia, tornò in bagno e ne uscì con una trousse. La lanciò nella valigia e poi raccolse da sotto il cuscino i pigiami e un animale di pezza che spinse tra le braccia di Michael.

«Può mettergli le scarpe, per piacere?» gli domandò lei.

Jed annuì.

Con la coda dell'occhio la vide mettere via il suo portatile e il caricatore, poi infilare i piedi in un paio di stivali caldi. Le sue calze erano ancora macchiate di sangue, ma non aveva perso tempo a togliersele. «Dove stiamo andando?» domandò.

«Non lo so ancora.»

Lo guardò con aria sospettosa. Sembrava fosse la sua modalità predefinita, ed era un aspetto comune a entrambi. Lui però era un poliziotto, lei che scusa aveva?

«C'è un signor Vincent che posso contattare?» Merda, non aveva pensato ce ne fosse bisogno, perché non indossava anelli, ma ciò non significava che non fosse sposata.

«Nessun signor Vincent.»

Il fatto di sentirsi sollevato alla sua risposta era un terribile segno. *Distanza emotiva... ricordalo!*

«Si gelerà là fuori, con questa tempesta di neve.» Lo guardò come se fosse un perfetto idiota. E menomale che pensava sbavasse per il suo aitante corpo mascolino!

«Posso farci poco, in questo momento. Ci penserò appena arriveremo in centrale.» Chiuse la valigia e mise in piedi Michael. Si chinò e guardò il bambino fisso negli occhi. «Lo so che sei sfinito, Michael. Oggi hai battuto i cattivi ben due volte, e nessuno si merita più riposo di te.» Gli cercò il volto ma lui era perso chissà dove. Non lo biasimava, povero piccolo. «Tutto quello che ti chiedo è di salire in macchina, al resto ci penserò io. Okay, amico?»

Michael non rispose, ma fece qualche passo in direzione della porta. Era già qualcosa. Vivi si mise il cappotto mentre Jed aiutava Michael. Poi prese la mano del figlio e afferrò la maniglia della valigia, la tracolla col portatile pendeva già dalla spalla. Autonoma. Indipendente. Efficiente. Sola. Anche mentre teneva la mano del figlio, Vivi Vincent pareva essere molto sola.

Questa cosa lo colpì di nuovo forte al petto, come un pugno. *Terroristi. Pericolo. Concentrati.*

Jed tirò fuori la sua pistola, posando una mano sulla spalla di Michael prima di aprire la porta con cautela. L'attesa all'ascensore fu un altro momento da cardiopalma, in un giorno già pieno di adrenalina. Scesero al secondo piano e camminarono fino alla fine del corridoio e giù per le scale, verso un'uscita laterale vicino a dove aveva parcheggiato la sua auto. Vivi si arrestò. «Devo fare il check-out.»

Jed scosse il capo, con una mano poggiata sulla parte bassa della schiena, spingendola con delicatezza. «Non si preoccupi di questo. Stiamo cercando di prendere in trappola chiunque vi stia alle costole.»

Gli occhi le uscirono dalle orbite e deglutì più volte a fatica. Cazzo. Non voleva spaventarla più di quello che già fosse.

«Lei come mi ha trovato?»

«Ho rintracciato i suoi acquisti con carta di credito.»

«Anche loro possono farlo?» Strinse gli occhi.

«Ne dubito, ma è possibile.» Dipendeva dalla presenza o meno di una talpa al Minneapolis Mall e lui era certo che ci fosse. Sperava non ne avessero una anche al dipartimento di polizia.

Vivi tirò fuori il telefono dalla tasca. «Possono rintracciare anche questo?»

Lui mostrò il distintivo al tizio in uniforme che stava fuori della porta, poi coprì la mano di Vivi con la sua. Era gelata, ma ciò non evitò che il contatto pelle contro pelle gli provocasse una scossa elettrica ai nervi, con un sussulto caldo e decisamente inopportuno.

«Lo spenga, ma lo tenga in tasca per ora. Stiamo andando in centrale, dove organizzeranno un piano e io mi potrò cambiare gli abiti.» Perché camminare a Minneapolis in abiti bagnati a dicembre significava andare in cerca di morte per congelamento. «Forse i federali potrebbero usare il suo telefono per tendere una trappola e chiudere questa storia.»

«E se non lo facessero?»

Lui non ci voleva neanche pensare.

Lei arricciò le labbra. Gli occhi erano di un blu pungente e intenso. «Lei non starà con noi, vero?»

Lo sguardo di Michael saettò verso di lui, abbastanza perché Jed capisse che il piccoletto stava ascoltando ogni parola e che la sua risposta era importante. «Non so ancora dove sarò, ma non vi abbandonerò.» Aveva abbastanza esperienza da sapere di non dover promettere cose che non avrebbe potuto mantenere, ma evidentemente non era così. Strinse la spalla di Michael e aprì la porta verso il freddo gelido della prima vera tempesta di neve della stagione. *Benvenuti in Minnesota.*

«Saremo bloccati in custodia, vero?» gli gridò, contro il vento che ululava.

«Per adesso, sì.» Cristo, sarebbe morto congelato prima di arrivare a quella cazzo di macchina. Prese la valigia dalle mani di Vivi e provò a fare da scudo per proteggerli dalla tormenta e dalla vista. Scrutò il parcheggio, sapendo che i bastardi potevano essere ovunque. Maledizione. Erano negli Stati Uniti. Questo schifo non doveva succedere qui.

Già! Era esattamente quello il punto. Americani, benvenuti nel resto del mondo! Proprio ciò che quegli stronzi volevano dimostrare.

Il cuore di Pilah batteva impazzito, seduta nella sua Ford Focus blu nel parcheggio dell'hotel col motore acceso per riscaldarsi, mentre la fitta tempesta di neve ricopriva tutto di bianco. La ventola sparava aria calda, ma Pilah non sentiva più i piedi e le mani per il freddo. Non era abituata a questo tempo. Sua madre, una bellissima bionda americana, aveva vissuto in Florida. I suoi genitori avevano divorziato quando lei aveva dieci anni e suo padre l'aveva portata con sé sull'altopiano siriano, senza alcuna obiezione da parte della donna.

Sapeva bene cosa voleva dire vivere senza una madre e non voleva che le sue figlie facessero la stessa fine.

Dopo aver lasciato l'ospedale, Pilah era andata a casa e aveva trovato un uomo di nome Abdullah Mulhadre accampato nel suo salotto. Lui era sembrato sorpreso di vederla. La luce fredda dei suoi occhi l'aveva spaventata a morte, e aveva pensato che fosse lì per ucciderla, per ripulire i casini lasciati indietro, ma poi, pian piano, si era rilassata e aveva abbassato la guardia. Avevano passato il pomeriggio a guardare le notizie sull'attacco, assistendo alla crescente ondata di indignazione che ne era seguita. All'improvviso, era apparsa una foto del bambino e lei era fuggita in bagno a vomitare.

Non poteva credere di aver commesso un errore così stupido, lasciandolo in vita. Era accecata dall'enormità del suo sbaglio. Abdullah l'aveva seguita e lei gli aveva confessato di non ricordare esattamente di cosa avessero discusso nel negozio di giocattoli, e che il bambino poteva aver sentito qualcosa.

Lui l'aveva colpita al volto con violenza.

La guancia le faceva male ancora e se la toccò piano. Non gli aveva detto di aver visto il bambino in ospedale. Quell'uomo l'avrebbe uccisa lì sul posto per non aver eliminato subito il problema. Abdullah le dava i brividi. E infatti rabbrividì. A dire il vero, la maggior parte degli uomini con cui aveva avuto a che fare ultimamente le davano i brividi.

«Perché ti sei immischiato con questa gente, Adad?» domandò al marito defunto, con rabbia, asciugando la condensa del respiro dal parabrezza. Ovviamente lui non rispose, troppo occupato a spassarsela con le sette vergini vestali che gli spettavano, mentre lei doveva trovare un modo per salvare le loro figlie. «Sei sempre stato un folle.» Le si riempirono gli occhi di lacrime. Folle o no, lei lo aveva amato.

Ora, era solo una questione di tempo prima che il bambino fornisse alle autorità il disegno del suo volto e le informazioni per capire che il governo siriano non c'entrava nulla, ma che erano stati i ribelli ad attaccare il centro commerciale, e non avevano nemmeno ancora finito.

Il presidente siriano avrebbe annientato chiunque avesse provato a implicarlo nel terrorismo internazionale, e gli USA non avrebbero fatto nulla per fermarlo. Le sue figlie si sarebbero trovate nel mezzo di una guerra civile e probabilmente sarebbero morte.

Controllò il telefono. Aspettava un messaggio di Abdullah. Dove diavolo era? Con la coda dell'occhio vide un uomo alto e dai capelli scuri – che faceva da scudo a una donna e a un bambino – passare accanto all'auto e dirigersi verso un 4x4 nero. I capelli e i pantaloni dell'uomo erano zuppi, e la neve gli si appiccicava addosso mentre procedeva contro l'aria gelida. Erano loro. Le si bloccò il respiro in gola. Ringraziò la neve accumulata sul vetro che l'aveva nascosta alla vista.

Cos'era successo? Forse Abdullah non li aveva trovati in tempo. Dov'era, adesso?

Pensò alla pistola nel cruscotto, ma l'uomo era chiaramente uno sbirro e la durezza dei suoi tratti le fece salire un brivido lungo la schiena. Prima di riuscire a decidersi se occuparsi o no della faccenda lei stessa, il SUV nero svanì nella neve. Memorizzò la targa.

Abdullah aveva fallito la sua missione.

Era stato catturato? Forse avrebbe fatto meglio ad andarsene. Quell'uomo arrogante era il preferito di Sargon e lei non aveva intenzione di mettersi contro nessuno dei due. Se

Abdullah fosse uscito in quel momento, senza neanche la giacca che aveva lasciato sul sedile posteriore, sarebbe stato incazzatissimo. Il volto le bruciò al ricordo dello schiaffo di prima, e la testa le pulsò, in un mix di offesa, freddo e paura.

Auto della polizia sfrecciavano nelle strade vicine. Se non se ne fosse andata subito sarebbe rimasta intrappolata. Chiaramente aspettavano che i terroristi tornassero a uccidere il bambino e la madre, ma loro erano appena andati via, anzi, erano appena stati portati via in tutta fretta.

Doveva andarsene.

Il telefono squillò e lei controllò il numero.

La sensazione di inquietudine si mischiò alla speranza di sentire la voce delle sue bambine.

«Pronto.»

«Consegnato il pacchetto?»

Come sapeva del bambino? Forse Abdullah lo aveva chiamato senza dirglielo. Probabile.

«Non ancora.» Erano molto cauti con la scelta delle parole, in caso qualcuno intercettasse le chiamate. Il fatto che l'avesse chiamata su un nuovo cellulare usa e getta che le aveva dato Abdullah doveva essere abbastanza per farla stare tranquilla, ma in ogni caso avrebbe preferito che non avesse chiamato affatto. La necessità impellente e improvvisa di sentire la voce delle sue figlie la rese quasi isterica. «Posso parlare con Dahlia e Corinne?» domandò.

«No.» Le parole uscirono più secche di un deserto. «Fai l'ultima consegna e poi potrai parlare con loro.»

Rabbrividì.

Trovare il bambino ora sarebbe stato praticamente impossibile. La voglia di parlare anche solo per un secondo con le sue bambine la mangiava viva. «Ti prego.»

Udì delle risate e poi delle grida. «Mamma! Mamma!» Poi il silenzio.

La voce di Sargon si addolcì. «Sono troppo occupate a giocare per fermarsi a parlare. Cosa mi dici?»

«Siamo arrivati troppo tardi.» L'emozione le chiuse la gola. Sargon odiava i fallimenti e lei non voleva che sfogasse la rabbia per quel fallimento sulle sue figlie. «Però ho la targa dell'auto che hanno usato per portarlo via.» Di certo valeva poco, ma lo mise sul piatto lo stesso.

«Lo metteranno nel programma di protezione dei testimoni». Ci fu un lungo silenzio mentre lui rimuginava sulle informazioni. «Nulla è perduto. Ho qualcuno che potrebbe dirmi dove li stanno portando. Ho un altro compito per te. Vai a casa e attendi istruzioni.»

Ma che cazzo stava dicendo? No! No! Lei aveva finito. Fi-ni-to. Aprì la bocca per dirglielo... «Ragazze, presto, venite a parlare con vostra madre...»

La speranza si illuminò per un istante per spegnersi subito dopo, quando cadde la linea. Si lasciò sfuggire un singhiozzo, poi appoggiò la fronte al volante lasciando che lacrime calde le solcassero il viso. I collegamenti telefonici erano notoriamente poco affidabili da quelle parti, oppure lo aveva fatto di proposito per ricordarle il controllo che aveva su di lei?

Lanciò il telefono sul sedile di fianco. «Adad, se non fossi morto ti ucciderei io con le mie stesse mani.» Si asciugò le lacrime e mise in moto l'auto. O Abdullah era stato catturato, oppure era scappato da un'altra parte. Lasciò il parcheggio, dando un'ultima occhiata per vedere se per caso stesse arrivando. Poi svoltò dalla parte opposta a quella del suv.

La bocca le si seccò. Cosa avrebbe voluto che facesse ancora? Sargon non aveva mai menzionato quello che sarebbe accaduto dopo l'attacco. Certo che no... lei non sarebbe dovuta sopravvivere. Girò a sinistra e si perse nell'intrico di strade secondarie, perché quelle principali erano tutte chiuse.

Ecco il motivo dello stupore di Abdullah nel vederla rientrare. Non si aspettava che sarebbe tornata. L'appartamento era stato affittato sotto falso nome e lui aveva di sicuro pensato di poterlo usare a suo piacimento perché lei doveva morire nell'attacco. Quello che la ferì profondamente fu il tradimento e l'insensibilità nei confronti della sua stessa vita. Ma cosa si aspettava, in fondo, da queste persone?

Le gomme dell'auto slittarono sull'asfalto liscio e per poco non fece un testacoda.

Sembrò quasi un riflesso della sua vita, alla mercé di cose che non poteva controllare. Riuscì a mantenere l'auto nella giusta direzione e ci riprovò. Aveva bisogno di tornare a casa. Bisogno di un attimo di pace in quel giorno in cui era scoppiato l'inferno. Il pensiero di quanto fosse sola la scioccò. Niente amici, niente famiglia, nessuno che l'avrebbe aiutata, o rivendicata, se fosse stato scoperto il suo ruolo. Sarebbe dovuta morire oggi, e di certo sarebbe stato più semplice così che affrontare il futuro.

***

Elan guardava da lontano.

Quello strascico era una minaccia per tutti. Aveva pensato che l'ex soldato sarebbe riuscito a eliminarli, e invece ora il bambino e la madre erano sotto custodia dei federali e il siriano era stato arrestato. Non andava affatto bene.

La seconda fase dell'operazione era la più delicata e critica, e non dovevano essere commessi errori. Sperava che il ragazzino non avesse udito nulla, ma in ogni caso era una minaccia che andava eliminata.

Imprecò.

Non amava uccidere bambini, ma i bambini sarebbero cresciuti e diventati adulti combattenti e, a volte, erano dei sacrifici necessari. Forse doveva occuparsene lui stesso? Non voleva intervenire a meno che non ne fosse stato costretto. Sargon doveva essere al corrente del problema, altrimenti non avrebbe mandato la donna e il suo pupazzo a occuparsi della faccenda. Il vecchio siriano si stava di certo cagando in mano nella sua villa-rifugio in Libano, per il timore di perdere il resto dei suoi soldi e la chance di acquisire potere.

Elan strinse gli occhi. Avrebbe osservato e atteso, dando a Sargon l'opportunità di mantenere le sue promesse senza bisogno del suo intervento. La donna nell'auto blu era un'altra faccenda lasciata in sospeso, ma Sargon la teneva al guinzaglio. Sarebbe potuta tornare utile, ora che il soldato era stato arrestato.

Elan amava la sua famiglia, ma era grato di non aver avuto figli. Era troppo facile sfruttarli e fin troppo semplice ucciderli. Svanì nella neve. Nulla più che un fantasma.

CAPITOLO SEI

Le stelle brillavano nel cielo blu scuro, che si rifletteva sul fresco strato di neve candida, mentre loro guidavano su un lungo viale d'accesso ricurvo. Erano caduti quindici centimetri di neve da quando avevano lasciato l'hotel. Un carico aggiuntivo per le risorse della città, già tirate al limite, che faticavano a gestire gli effetti del devastante attacco terroristico.

Vivi era esausta, ma la rabbia le dava l'energia di fare quello che doveva fare. Come osava, chiunque fosse, decidere che suo figlio doveva morire? Come osava, uno sconosciuto qualsiasi, entrare nella piscina di un hotel come se niente fosse, e tenere la testa di suo figlio sott'acqua fino a fargli perdere conoscenza?

L'attacco al centro commerciale non era stato un attacco personale, ma questo? Questo lo era eccome.

Per la prima volta, rimpianse di non aver dato retta al suo ex marito ed essersi rifiutata di imparare a usare un'arma da fuoco. Forse avrebbe dovuto ascoltarlo quando discutevano di questioni di sicurezza. Non che sarebbe corsa da lui per avere un aiuto. Il bastardo senza cuore aveva cercato di rinchiudere Michael in un istituto, anni prima, dimenticandosi che era un bambino innocente che aveva bisogno di tutto l'amore possibile della sua famiglia. Dimenticandosi che era suo figlio. Era sempre stato geloso di lui. A David non era mai andato giù il fatto che lei dedicasse così tanto tempo a Michael, che non si vestisse più di tutto punto e che non lo accompagnasse più sottobraccio alle serate mondane. Non gradiva che fosse troppo stanca e preoccupata per scoparlo a piacimento ogni volta che schioccava le dita.

Be', fanculo a lui e fanculo a quei bastardi che volevano uccidere il suo bambino. Non avrebbe permesso a nessuno di loro di avvicinarsi.

Vivi guardò fuori del finestrino verso la casa che sarebbe stata la sua prigione per un tempo indefinito. Si trovava lungo le rive del Mississippi, vicino a un burrone dalle pareti frastagliate. Molto pittoresco, indubbiamente, ma comunque una prigione. Aprì la portiera prima che Brennan avesse il tempo di raggiungere la maniglia e aprirla per lei. Non si aspettava che li avrebbe accompagnati, ma lo aveva fatto e di sicuro aveva cose ben più importanti a cui pensare che fare da balia a lei e Michael.

Uscì dall'auto, gli stivali scricchiolavano sulla neve. I piedi feriti le pulsavano. Aveva sostituito le bende, mentre aspettava nell'ufficio dell'FBI, ma erano ancora doloranti. Ferite comunque superficiali, rispetto a quello che era accaduto ad altra gente, ma erano sufficienti a ricordarle quanto fosse stata fortunata. Si voltò per far uscire suo figlio, quando all'improvviso sentì due mani sui fianchi che la spostarono di peso. Brennan. Lui tolse le mani, lasciandole però la sensazione delle sue dita sulla pelle. Quell'uomo cercava sempre di toccarla. Non era abituata a un tale contatto, ma non gli disse nemmeno di smetterla.

Lui si allungò sui sedili e ne uscì con Michael fra le braccia, sollevando un sopracciglio confuso verso di lei che lo guardava a bocca spalancata.

Le parole le morirono in gola. Quell'uomo la lasciava

sempre senza parole, non per quello che diceva, ma per i suoi gesti. Aveva salvato la vita di suo figlio due volte quel giorno, ed era ancora in prima linea per lui, un bambino che neanche conosceva. Sapeva che stava solo facendo il suo lavoro, ma era arduo separare le emozioni dai meri fatti.

Provare attrazione sembrava una cosa da pazzi e da adolescenti, visto che stavano scappando per salvarsi la pelle, ma era passato un secolo da quando aveva provato qualcosa di simile, e si sentiva molto turbata.

Un altro agente prese la sua valigia e il portatile. I federali l'avevano criptato, così che lei potesse usarlo senza il rischio di rivelare la sua posizione a qualcuno, tranne a loro. Avevano inoltre impostato un'esca da qualche parte, che potevano monitorare e magari usare come trappola per attirare i terroristi.

Trappole.

Stavano preparando trappole a destra e a sinistra perché una qualche organizzazione misteriosa voleva uccidere suo figlio.

Inalò una quantità tale di aria fredda da spaccarle le costole. Voleva imprecare e gridare contro il mondo intero, ma il rumore si propagava in fretta da quelle parti, perciò rimase in silenzio, mentre seguiva i due federali verso l'ingresso della casa, tenendosi dentro ogni frammento della frustrazione e della paura che la stavano mangiando viva.

«Siamo al sicuro qui?» domandò.

Avevano guidato per mezz'ora, ma lei sapeva che in realtà avevano girato intorno per depistare chiunque cercasse di seguirli. Probabilmente si trovavano solo a un quarto d'ora dal centro di Minneapolis, un posto abbastanza vicino da poter essere raggiunto subito da una squadra di emergenza, ma anche nascosto il giusto per assicurare loro la privacy necessaria. O così sperava.

Brennan si era cambiato gli abiti nell'ufficio locale e ora appariva decisamente più alla mano e molto più al caldo con indosso un gilet imbottito, jeans consumati, una camicia di lana a scacchi e un paio di scarponi invernali. La sua corporatura alta e snella e il bel viso continuavano a farsi beffa di Vivi, sventolandole sotto il naso quanto fosse attraente quando, invece, avrebbe dovuto concentrarsi sugli sforzi che faceva per metterli in sicurezza. Solo che quando ci pensava, poi le veniva voglia di urlare di paura e frustrazione.

Era una situazione assurda.

«È una casa sicura usata dai gruppi operativi mobili, e dovrebbe essere a posto, almeno per ora.» Le lanciò uno sguardo paziente, che le placò un po' la rabbia e la disperazione.

Un uomo pelato con un paio di baffi a manubrio aprì la porta e lei, Brennan e Michael scivolarono dentro silenziosi. Gli altri federali rimasero in macchina.

L'agente indicò a Brennan di seguire su per le scale un'avvenente bionda tutta curve e in divisa, e Vivi andò con loro. Avevano preparato una stanza con un letto matrimoniale. Brennan sfilò gli stivali di Michael e li posò con delicatezza sul pavimento. Tirò le coperte e lo stese sul letto con molta attenzione, slacciandogli il giubbotto per liberare quel corpicino fiacco.

Vivi osservò la scena affascinata.

Era quello che avrebbe dovuto fare David. Quello che mancava a suo figlio. Ed era patetico che ci fossero voluti diversi tentativi di ucciderlo perché un uomo gli rimboccasse le coperte. Le lacrime che aveva trattenuto tutto il giorno le bruciavano gli occhi dalla voglia di rotolare giù, ma le ricacciò indietro e quando si voltò, vide che l'agente bionda la guardava.

La donna allungò una mano e disse: «Vice Sceriffo Keene, ma può chiamarmi Penny. È un bambino davvero carino.»

«Grazie.» Vivi le strinse la mano. Non le sfuggì il modo in cui l'avvenente bionda squadrò Brennan, un modo che suggeriva quanto trovasse davvero carino anche lui. Non erano affari di Vivi. *Lui* non era affar suo.

«Per quanto tempo dovremo rimanere qui?» domandò proprio mentre Brennan usciva dalla stanza, accostando piano la porta alle sue spalle e lasciando aperto uno spiraglio.

«Andiamo di sotto, ne discuteremo lì» disse lui.

L'agente Keene fece strada. Brennan era sempre vicino a Vivi, come un'ombra.

Una sorta di consapevolezza sfrigolò tra loro. O forse la sentiva solo lei. Doveva averlo investito di un'aura da supereroe. O forse faceva questo effetto a qualsiasi donna gli si avvicinasse. Magari non era neanche consapevole che la sua bellezza, unita al suo fare protettivo, era un richiamo irresistibile per le donne, specialmente per madri single, sfinite, terrorizzate e sull'orlo di una crisi di nervi. E di sicuro lei stava perdendo la testa, se pensava a un uomo attraente quando suo figlio era in pericolo di vita.

Le stava per esplodere il cervello.

Si toccò la fronte e fece un respiro profondo per calmarsi. Lui le appoggiò una mano sulla parte bassa della schiena e la stabilizzò in un modo che la lasciò sorpresa. Come se sapesse che dentro stava per scoppiare e volesse aiutarla. Forse doveva solo permettersi di lasciarsi un po' andare e pensare a qualcosa di diverso dalle terribili immagini di morte e sangue che le passavano davanti agli occhi di continuo.

Andarono in cucina, dove le fu presentato il tizio coi baffoni, l'agente Bob Townsend.

Vivi non voleva apparire ingrata, ma tutto ciò che desiderava era tornarsene a casa e dimenticare quello che era successo. «Per quanto tempo dovremo rimanere qui?» chiese di nuovo.

L'agente guardò Brennan, probabilmente perché l'FBI era capo dell'operazione. *Oddio.* Le si contorse lo stomaco al pensiero.

«Dipende» disse.

Vivi incrociò le braccia al petto e lo guardò dritto negli occhi. «Da cosa?»

«Dipende se riusciamo a catturare tutti quelli coinvolti nell'attacco, oppure...» Fece una pausa.

«Vada avanti...»

«Oppure se Michael riesce a disegnare i volti di chi ha visto nel negozio, così da neutralizzare la minaccia.»

Il silenzio piombò nella stanza.

«Non capisce.» Quante volte aveva detto queste parole in relazione a suo figlio, negli ultimi anni? Nessuno capiva. Nemmeno lei. «Dopo tutto quello che è successo, non so quando e se ricomincerà a disegnare.»

«Deve farlo provare.»

Lei scosse il capo. «Se provo a forzarlo si rinchiuderà ancora di più in se stesso. Non posso costringerlo a fare le cose.»

Trasalì quando Brennan le prese la mano chiusa a pugno. Le massaggiò le dita, come se sapesse che era così tesa che stava per implodere.

«Vivi» la sua voce profonda e dolce le accarezzava i nervi lacerati, ma non si sarebbe fatta abbindolare e non avrebbe permesso che lo facessero con Michael. «Non c'è un manuale delle istruzioni per questa situazione. Dico solo che il modo più veloce per neutralizzare la minaccia per Michael è riuscire a sbloccare e avere accesso a tutte le informazioni racchiuse nella sua mente. Solo allora cesserà di essere una minaccia per la loro organizzazione. Nel frattempo, faremo il possibile per cercare di catturare questi bastardi e porre fine a questa brutta storia seguendo un'altra strada. E a questo proposito, devo tornare in ufficio per vedere a che punto siamo.» Ma non le lasciò la mano. La massaggiò e la strinse finché lentamente la tensione si allentò e lei rilassò la mascella serrata, facendo un lungo sospiro. Era passato tantissimo tempo da quando qualcuno l'aveva toccata per consolarla, e secoli da quando qualcuno lo aveva fatto per desiderio.

Le si infiammarono le guance e ritirò la mano. Era colpa sua, lo sapeva. Lei spingeva via le persone. Chiunque, tranne suo figlio.

Entrambi gli agenti osservarono quello scambio con curiosità. Non sapeva cosa pensassero, o cosa fosse normale in quel tipo di situazioni. Forse quella era la normalità, che ne sapeva lei. Un attaccamento istintivo verso colui che aveva saltato la vita di suo figlio. Non poteva essere altrimenti.

«Scriva una lista delle cose che vi servono, e proverò a portarvele domattina.» I suoi occhi scuri erano caldi e pieni di paziente preoccupazione.

Lei fece un passo indietro. Non voleva reagire in questo modo nei suoi confronti. O nei confronti di nessuno. L'unica cosa che voleva era andarsene a casa.

Buttò giù in fretta una breve lista, mentre i suoi protettori discutevano su quanto tempo ci sarebbe voluto perché arrivassero i rinforzi e sulla potenza di fuoco presente sul posto. Ogni parola che udiva le faceva venire i brividi. Era stata un'idiota a pensare che la sua vita fosse complicatissima quando si era svegliata quella mattina, o dopo che Michael era uscito traumatizzato dalla risonanza magnetica. La sua vita prima era rosa e fiori in confronto ad ora, era solo stata troppo stupida per capirlo.

Per quanto le piacesse Brennan e fosse attratta da lui – a dire il vero dal momento in cui l'aveva aiutata a rialzarsi da terra quella mattina, nel centro commerciale affollato – non aveva intenzione di lasciarsi manipolare e finire per fare qualcosa che non voleva.

Se ne andò senza dire una parola, lasciandoli a confabulare e complottare da bravi esperti di sicurezza quali erano. La verità pura e semplice era che lei non si fidava di nessuno, soprattutto quando c'era di mezzo suo figlio. Andò di sopra e si accucciò sul letto di fianco a Michael, stringendo piano il suo piccolo corpo contro il suo. Sentiva il cuore del figlio battergli forte sul palmo, quel piccolo organo vitale era la parte più rumorosa del suo corpo.

Diciotto ore dopo l'attacco, Jed si trovava negli uffici dell'FBI a Freeway Boulevard, in attesa che cominciasse la riunione. Era buio fuori, ma la neve irradiava una luce spettrale sulla parte sud della città.

Ogni singolo dipartimento governativo, da quello della Sicurezza Nazionale a quello delle emergenze, era venuto a Minneapolis per far fronte all'attuale minaccia terroristica, ancora considerata critica. L'intero paese era in massima allerta, i voli sospesi fino a nuovo ordine.

Più di cinquanta corpi erano stati trovati nel centro commerciale, inclusi tredici bambini, il più giovane dei quali aveva tre anni. Era nauseante e sarebbe potuta andare molto peggio. Tra i pensieri gli apparve il viso di Vivi Vincent. Quando se n'era andato dalla casa sicura poche ore prima, aveva lasciato la versione svuotata della donna che aveva incontrato quella mattina. Impaurita, stremata e sospettosa di tutto e tutti. Stupidamente, sentiva di volerle far tornare il sorriso, che in circostanze normali sarebbe stato semplice, ma non quando lei e suo figlio erano stati marchiati a morte da qualche oscura banda terrorista dai piani ignoti.

Si appoggiò al muro della stanza. L'Unità di Pronto Intervento dell'FBI aveva il compito di creare una Task Force Antiterrorismo locale, cosa questa che aveva fatto non poco incazzare la Sicurezza Nazionale, il Ministero della Difesa e la Task Force Antiterrorismo Nazionale, perché tutti volevano avere il comando delle operazioni. Gli esperti del dipartimento di Analisi Comportamentale dell'FBI sarebbero arrivati con i primi mezzi militari disponibili.

Aveva omesso di dire che lui era fuori servizio.

Jed conosceva il tizio che conduceva il gioco. Avevano lavorato entrambi a Quantico, al Centro Nazionale di Analisi Comportamentale per crimini violenti. L'agente speciale supervisore Steve McKenzie era un soldato con un'eccellente reputazione. Jed voleva far parte della task force, anche se questo lo avrebbe tenuto lontano dalla Virginia per alcuni mesi. Di certo il suo capo l'avrebbe trovata un'ottima idea. Voleva eliminare questa cellula terrorista con tutto se stesso, così che non avrebbero più potuto fare del male a nessuno, soprattutto a un bambino dai capelli rossi a cui si stava affezionando.

Il fatto che lui fosse stato presente quando l'attacco era avvenuto poteva dargli un vantaggio, e lo avrebbe sfruttato. L'unica cosa che rimpiangeva era che se solo fosse stato armato a dovere, avrebbe potuto salvare molte più vite. Anche se una SIG contro un fucile d'assalto non sarebbe stato proprio alla pari, e a pensarci bene, probabilmente sarebbe morto.

La riunione stava iniziando. La stanza era piena di gente, ma incombeva un silenzio tombale. Scioccati e stremati, tutti ascoltavano con attenzione. McKenzie iniziò col riepilogare quello che sapevano fino ad ora.

«Sette terroristi morti. Uno in terapia intensiva sotto stretta sorveglianza.»

«Ce la farà?» chiese un tizio in jeans e maglietta sbiadita dell'università del Minnesota, che era arrivato in ritardo. Sembrava un hippie, e Jed non sapeva chi fosse o per che agenzia governativa lavorasse.

«I medici dicono che le probabilità sono cinquanta e cinquanta. Un proiettile gli ha perforato un polmone, causando grossi danni.»

«Fate in modo che sia sorvegliato a vista ventiquattr'ore su ventiquattro, e cercate se ha pillole per suicidarsi. Nessuno parli con lui, se non io.»

CIA... Jed lo riconobbe dai tempi in Kandahar.

Lui continuò: «Né i dottori, né le infermiere, né le guardie. Solo io. Fate togliere tutti gli orologi, i televisori, e ogni altra forma di comunicazione via radio o internet. Quando si sveglierà, voglio che si trovi completamente isolato, senza avere idea di che giorno sia o cosa succeda nel mondo esterno. E, ovviamente, voglio essere informato subito se accade.» Il luccichio nei suoi occhi fece capire a Jed che il tizio sapeva come estorcere informazioni da quella gente. Bene. Voleva che quegli stronzi venissero messi sotto torchio fino a dissanguarli di informazioni, e poi fatti marcire in qualche prigione puzzolente per tutto il resto della loro squallida vita.

«Abbiamo in custodia nei locali dei federali il tipo che Brennan ha catturato in piscina. Si rifiuta di dare le sue generalità e fino ad ora il suo profilo biometrico non ha dato alcun risultato. Lo stronzo continua a dire di aver visto il bambino affogare e aver tentato di salvarlo. Vuole il suo avvocato per denunciare Brennan per aggressione» disse McKenzie al gruppo.

«Buona fortuna da parte di Guantanamo» bofonchiò Jed tra sé e sé.

L'agente dell'Intelligence gli lanciò uno sguardo divertito.

«Abbiamo identificato quattro dei sette terroristi morti.» McKenzie pronunciò nomi che a lui non dicevano assolutamente nulla. Non lavorava nel terrorismo dai tempi del tirocinio al Dipartimento di Analisi Comportamentale, e le cose si muovevano velocemente sulla scena internazionale, con tutte quelle reclute sempre pronte a farsi saltare in aria. L'agente della CIA si scrisse tutti i nomi. «Li stiamo confrontando simultaneamente in tutti i database, ma a occhio, nessuno di loro è nelle liste nere degli USA». Ciò era strano e inquietante. «Tutti musulmani, due dei quali cittadini americani.»

Fu un brutto colpo. La comunità musulmana sul territorio nazionale stava cercando duramente di riguadagnare fiducia e ricostruire relazioni, e le conseguenze di questo avvenimento avrebbero reso vani dieci anni di sforzi e radicalizzato un'intera nuova generazione.

«E la donna nella banda?» Il senso di colpa per essersela fatta sfuggire mangiava vivo Jed.

McKenzie parve irritato dalle continue interruzioni, ma Jed era più preoccupato per l'incolumità di Vivi e di suo figlio. Non voleva che la loro sicurezza scivolasse in silenzio tra le pieghe di quell'enorme operazione. Inoltre, questo tizio tecnicamente non era il suo capo, perciò se lo avesse fatto incazzare non lo avrebbe mandato via. Ma non sarebbe stato nella task force. Ricacciò indietro la frustrazione.

«Grazie alla tua intuizione nel negozio di vestiti, sappiamo che ha lasciato il centro commerciale con indosso pantaloni neri, una maglietta bordeaux e un cappotto di lana grigio. È alta poco meno di un metro e settanta e pesa una sessantina di chili. Stanno facendo un'analisi del DNA proprio in questo momento.»

Jed si era sincerato che l'agente della squadra emergenze che lo aveva assistito si prendesse il suo merito, e aveva citato l'efficienza della ragazza nel suo rapporto. «Trovato niente dalle foto di chi ha lasciato il centro commerciale?»

McKenzie scosse il capo. «Stiamo sollecitando i media e i social per farci arrivare immagini o video, ma ci vorrà un po' di tempo. Non vogliamo mandare tutto a puttane come è successo a Boston, o fare altre cazzate da vigilanti improvvisati.»

«Tutte le videocamere erano disabilitate?» chiese qualcuno dal retro.

McKenzie annuì. «Dal momento dell'esplosione in poi. Chiunque fossero quei tipi, hanno di certo avuto un aiuto importante nella pianificazione dell'attacco. Gli analisti esamineranno tutte le riprese di oggi fino a prima dell'esplosione, poi procederanno con un'analisi accurata dei giorni e delle settimane precedenti. Sperando che coi programmi di riconoscimento facciale si arrivi a scovare qualcuno di loro mentre era intento a ispezionare il luogo.» Si grattò la fronte. «Stiamo chiedendo a chiunque abbia fatto video o riprese del centro commerciale nelle settimane precedenti l'attacco di inviarcele online. È un processo lento, però, e noi dobbiamo assicurarci di risolvere questa minaccia terroristica il prima possibile.»

Il problema nel mondo attuale non era la mancanza di informazioni, ma al contrario la sovrabbondanza. I responsabili dell'attacco avrebbero avuto il tempo di svignarsela, prima che tutto il materiale a disposizione venisse visionato.

Nessuno voleva che questo accadesse.

McKenzie continuò: «Le armi sono state tutte importate illegalmente e stiamo rintracciando i numeri seriali. Stessa cosa per le munizioni. La NRA[1] e le varie lobby contro le armi da fuoco ci andranno a nozze per supportare la loro causa.» Come se ci fosse bisogno di ulteriore pressione politica durante le indagini su quella faccenda. «No-comment coi media, mi raccomando. È chiaro?» Li guardò tutti in modo severo.

«Io sono a favore del controllo delle armi, a patto che possa tenermi la mia» scherzò un agente.

Jed non disse nulla. Meno pistole in giro avrebbero reso di sicuro la sua vita meno pericolosa, ma la gente era capacissima di uccidere con piedi di porco, auto, cacciaviti, coltelli, fuoco, elettricità e mille altri oggetti di uso quotidiano. Le pistole erano strumenti come gli altri, ma di certo molto efficaci quando si trattava di uccidere il maggior numero di persone nel minor tempo possibile.

Cambiare le leggi sulle armi negli USA avrebbe richiesto un intervento divino. Tutta la sua famiglia aveva il porto d'armi, persino sua madre. Si sarebbero fatti ammazzare pur di non lasciarle andare, e considerato il fatto che suo fratello gemello era il capo della polizia locale, non credeva la cosa possibile.

«E riguardo al bambino?» domandò il tizio della CIA. «Cosa può dirci?»

Cinquanta paia di occhi puntarono su Jed. *Merda.* «È un bambino muto e autistico di otto anni. Sì, può disegnare ma non credo che abbia visto nulla» disse Jed con un'alzata di spalle. «È traumatizzato e non sembrava neanche capace di ricordare il suo nome quando me ne sono andato ieri.»

«È in una casa sicura?» L'agente si annotò qualcosa.

Jed non aveva intenzione di discutere degli spostamenti dei Vincent di fronte a cinquanta persone. Si alzò dritto e guardò l'uomo fisso negli occhi. «Non interrogherai il bambino, CIA.»

Le labbra del tizio si curvarono in un sorriso di traverso. «Non mi è mai passato per la testa.»

«Stento a crederci.» La tensione gli fece serrare i muscoli tanto da farsi dolere la mascella.

«La madre?» Il sorriso dello stronzo era una sottile linea di astuzia. Aveva i capelli biondi, lunghi e sporchi, e un atteggiamento rilassato da surfista che non ingannava neanche un po' Jed.

«Non ha visto nulla.»

«Sei sicuro?»

«Al cento percento.»

«Be', in questo caso, se sei sicuro...» Le sue labbra si indurirono per un attimo. «È un'interprete, giusto?»

«Lavorava per le Nazioni Unite.» Jed aveva fatto qualche ricerca superficiale, ma non c'era nulla di eclatante. Fino a pochi anni prima, aveva avuto il nulla osta di sicurezza per il trattamento di informazioni riservate.

«Ci sono possibilità che fosse lei il target dell'attacco?»

«No, nessuna.» Jed scosse il capo, ricordando come uno di

loro l'avesse buttata a terra senza neanche voltarsi indietro. Se fosse stata lei il target, avrebbero iniziato a sparare in quel momento.

«Per fortuna che eri lì, se no adesso dovremmo fare delle indagini vere.» Il tono dell'agente della CIA era alquanto canzonatorio, e qualcuno rise.

«Ma io c'ero, appunto.» Jed si drizzò, staccando la schiena dal muro. «Se fosse stata il target dell'attacco, sarebbe morta.» I due si guardarono fissi. «L'ultima cosa di cui abbiamo bisogno è che le indagini prendano una direzione sbagliata.» C'era qualcosa, in effetti. «Ha parlato in arabo con uno dei terroristi quando lui l'ha messa all'angolo nella cucina del ristorante. Qualsiasi cosa gli abbia detto, lo ha fatto esitare per un istante prima di iniziare a sparare. Ha avuto un gran culo a uscirne illesa, ma non credo che l'uomo avesse intenzione di uccidere lei nello specifico. Era euforico e andava a caccia di qualsiasi cosa respirasse.»

«Come ho detto, infatti, fortuna che c'eri.» L'uomo replicò guardandolo impassibile.

Cristo santo. Jed sapeva quando stava per incazzarsi. Era quasi tentato di lasciare che interrogasse Vivi Vincent, a patto che lui fosse presente. Lei non gli avrebbe mai permesso di avvicinarsi a suo figlio. Jed non si faceva infinocchiare dal modo di fare di quel tizio dell'Intelligence. Era un esperto di interrogatori, e dopo l'undici settembre tutti sapevano cosa comportava subirne uno. Il tizio avrebbe provato a parlare con Vivi e suo figlio. *Merda.* A dire il vero, *avrebbe dovuto* farlo, Jed lo sapeva, anche se l'idea non gli piaceva affatto. I Vincent avevano già attraversato l'inferno ben due volte.

Passarono a discutere della lista di coloro che lavoravano al centro commerciale. Centinaia di persone. Alla forense erano in panico per l'enorme quantità di informazioni da esaminare.

«I cellulari sono stati acquistati in due posti diversi, a Madison. Gli acquirenti hanno pagato in contanti e le telecamere che abbiamo controllato mostrano solo individui con cappuccio e occhiali da sole. Potrebbe essere il tizio che Brennan ha beccato in piscina. La stazza è quella, dobbiamo solo trovare qualcosa di solido che lo inchiodi» disse McKenzie.

«Il suo DNA potrebbe essere su uno dei cellulari, o sulle SIM» suggerì Brennan.

McKenzie fu d'accordo. «Ci stiamo lavorando. Faremo un controllo incrociato il prima possibile.» Osservò l'orologio. «Ma ci vorranno ancora un paio d'ore prima di avere i risultati preliminari del DNA.»

Brennan represse la sua impazienza. Rispetto a come si muovevano le cose di solito, qui si stava andando alla velocità della luce. E sapeva che l'uomo in piscina era uno dei terroristi. Non aveva bisogno di prove.

«I telefoni sono stati usati solo per comunicare tra di loro. Su ogni dispositivo erano salvati gli stessi dieci numeri » continuò McKenzie. «I dati dicono che i cellulari sono stati attivati e programmati ieri mattina.»

Proprio per l'attacco. «Nessuna attività extra nel telefono del killer in piscina?» domandò Jed.

«Non abbiamo trovato né un telefono né un portafoglio tra le sue cose.»

Non aveva alcun senso. Pochissime persone giravano senza cellulare, e il tipo di certo non aveva pianificato di venire preso, essendo un professionista. Jed si sforzò di ricordare se per caso aveva notato un telefono vicino alla piscina, ma non gli venne in mente nulla.

Il capellone della CIA alzò la voce per farsi sentire sopra il chiacchiericcio. «Dobbiamo assolutamente identificare la donna sconosciuta. Non è stato un attacco di un singolo, ma un atto portato avanti da una cellula terrorista, e queste sono sempre connesse a qualcuno, attraverso l'addestramento, l'ideologia e il denaro. Dobbiamo trovare la donna, scoprire chi li ha mandati e annientarli prima che colpiscano un altro centro commerciale o Disney World, perdio!»

«Grazie per averlo sottolineato, non ci saremmo mai arrivati da soli.» McKenzie alzò gli occhi al cielo in modo molto eloquente. Aprì la cover del tablet che aveva in mano. «Stiamo inserendo dati, ma ci sono centinaia di testimonianze da esaminare, pile e pile di prove da analizzare e più immagini da visionare che a Hollywood. Agente Killion, le suggerisco di iniziare con i sospetti che abbiamo già in custodia. Mi è stato detto dal direttore dell'Intelligence Nazionale, quando l'ha proposta, che è la sua specialità.» Il sopracciglio alzato metteva in discussione le abilità di Killion, ma lui non ne parve affatto turbato. Jed lo studiò più attentamente. Il Direttore dell'Intelligence Nazionale non veniva coinvolto spesso nelle operazioni, del resto non accadevano tutti i giorni attacchi terroristici ai centri commerciali nel cuore degli Stati Uniti, grazie a Dio.

«È tutto per ora, gente. Ci rivedremo di nuovo alle 12:00, nel frattempo tenetemi aggiornato su ogni sviluppo, anche il più insignificante.» McKenzie lasciò la stanza insieme agli altri esponenti della Sicurezza Nazionale. Killion li guardò andarsene, poi si voltò con scioltezza verso Jed, ghignò, raccolse le sue cose e di diresse verso la porta.

Jed non si fidava affatto di lui, ma se era stato mandato espressamente dal Direttore dell'Intelligence Nazionale probabilmente non era solo chiacchiere e distintivo.

Tutti si mossero in direzioni diverse, sapendo che li attendevano lunghe ore di lavoro. Prima di mettersi sotto con l'esame dei documenti, però, Jed decise che doveva controllare una cosa. Qualcosa che il suo istinto gli diceva che non quadrava.

Pilah sedeva nel suo appartamento, lo sguardo fisso a terra. Abdullah non era tornato e ne era sollevata. Era seduta lì da ore, in attesa di istruzioni, di un segnale. Quello che voleva davvero fare era salire su un aereo per Damasco, trovare le sue figlie e non lasciarle più. Ma Sargon l'avrebbe saputo nel momento stesso in cui avesse messo piede in aeroporto, e le aveva detto di attendere. Era troppo spaventata per disobbedire.

Aveva per caso tenuto conto di tutto questo, il suo caro marito, quando aveva deciso di arruolarsi?

Oh, capiva la rabbia che accompagnava il dolore. Aveva assaporato la voglia di vendetta, che però alla fine si era tramutata in un vortice di odio da cui nessuno sarebbe riuscito a fuggire. Le immagini delle persone che aveva visto morire le rimbombavano di continuo nella mente. Anche quando aveva provato a dormire, le loro grida disumane glielo avevano impedito.

Cosa aveva fatto? Cosa aveva fatto? Pianse, si dondolò avanti e indietro e pregò, ma nulla avrebbe cambiato il passato. Niente le avrebbe riportato suo marito e le sue figlie.

La consapevolezza arrivò come un fulmine... ma troppo tardi.

Si mise a camminare su e giù per la stanza. Se solo fosse riuscita a portare le sue figlie fuori dalla Siria, avrebbero potuto ricominciare da un'altra parte e ricostruire le loro vite. Sarebbero potute andare lontano, in Indonesia o Australia, un posto dove nessuno le conosceva. Lei avrebbe potuto dimenticare tutte le cose orribili che aveva fatto e diventare un'altra persona.

Il telefono squillò. Lei sobbalzò e lo fissò, con il terrore che le montava dentro in forma di panico. Suonò di nuovo e lo afferrò dalla base. «Pronto.»

«C'è un uomo in ospedale. Il suo nome è William Green.»

«N-non capisco.»

«È rimasto ferito durante l'attacco.»

Voleva che finisse il lavoro incompiuto? L'idea la fece ritrarre.

Attese. Non voleva dire la cosa sbagliata e fare arrabbiare Sargon.

«È in coma e non ha parenti prossimi, a quanto pare. Voglio che tu gli faccia visita.»

«Perché?»

«Sarebbe un gesto di gentilezza.»

Sentiva l'impazienza nella sua voce. Voleva che la catturassero? Si grattò la fronte e ricominciò a camminare per la stanza. «Davvero non capisco.»

«Non occorre che tu capisca. Devi solo andare a far visita a un uomo ferito in ospedale, magari come sua nipote.» La voce era piena di fredda risolutezza, celata da compassione.

«Ascolta, io ho detto che ti avrei aiutato al centro commerciale e niente più. Non ho mai detto che avrei fatto altro.» Sentiva le dita rigide a contatto con la plastica del telefono. «Vengo a prendere le mie figlie...»

«Basta così! E non osare mai più mettere in discussione i miei ordini.» La sua furia si propagò per la stanza.

«No, non lo farò.» La voce le si spezzò. «Non posso farlo.»

«E allora di' addio alle tue figlie e sappi che se soffriranno sarà solo per colpa tua.»

Si sentì quasi svenire. «Ma hai promesso...»

«Non osare contraddirmi!». Lei sentì il suo respiro affannoso, ma la voce era molto più calma quando continuò. «Ti ho assegnato un compito. Direi che è facile andare a trovare un uomo malato in ospedale, no?» La sua voce si addolcì ancora, divenendo sempre più allettante e adulante. «Fai quello che ti chiedo e nulla cambierà. Le tue figlie continueranno a essere allevate insieme alle mie, e le rivedrai non appena avremo raggiunto il nostro obiettivo.»

Ma Pilah si rese conto che lei non sapeva esattamente quale

fosse l'obiettivo, e probabilmente non lo avrebbe mai saputo. La sua risolutezza si sbriciolò in un mucchietto di polvere. Le facevano male le dita da quanto stringeva il telefono. «Mi devi promettere che non farai loro del male, mai.»

«Questo dipende da te. Cosa decidi?»

Ma non c'era scelta, e lui lo sapeva.

«In che ospedale è?» domandò.

---

1. La National Rifle Association è un'organizzazione statunitense che agisce in favore dei detentori di armi da fuoco.

CAPITOLO SETTE

Dopo quella che gli era sembrata la notte più lunga della sua vita, fuori era ancora buio. La neve scendeva su autostrade deserte e strade desolate, il mattino che seguiva la tremenda giornata della strage. Jed entrò a grandi passi nell'hotel e si diresse verso lo spogliatoio degli uomini in piscina. Era impossibile che il tizio che aveva provato ad affogare Michael non avesse un telefono cellulare. Diede un'occhiata all'area circostante. Salì su una delle panchine tra le file di armadietti per vedere se ci fosse qualcosa lì sopra. Niente. Nada. Troppo semplice, troppo ovvio.

Gli agenti avevano guardato dentro ogni armadietto, perciò lì non c'era di sicuro.

Dove avrebbe nascosto, lui, qualcosa che avrebbe potuto aver bisogno di riprendere più tardi, in tutta fretta? C'era un mobiletto con un'anta azzurra a sinistra dell'ingresso alle docce. Jed provò ad aprirla, ma la maniglia era chiusa a chiave. C'era anche un'enorme palma finta, che si trovava in un angolo. Si diresse da quella parte e si infilò i guanti di lattice, poi immerse la mano nel terriccio. Rovistò e trovò subito qualcosa di duro.

Beccato! Tirò fuori un portafoglio di pelle nero tenendolo per un angolo.

Dentro c'era del denaro, svariate migliaia di dollari, carte di credito con tre nomi diversi, patenti e falsi passaporti. Erano contraffazioni eccellenti, ma non c'era nessun telefono cellulare. Infilò il portafoglio in una busta di plastica e se lo mise in tasca.

Rovistò ancora nel grosso vaso blu, ma stavolta non trovò nulla. Si pulì le mani e provò a pensare come se fosse un'operazione militare. Dunque, il tizio aveva nascosto il portafoglio perché se le cose si fossero messe male, non voleva che nessuno lo scoprisse.

Sapeva, quindi, che era un'operazione ad alto rischio. Di sicuro non era pianificata, perché Michael Vincent era una complicazione imprevista. Jed si fermò a pensare. Il fatto che l'uomo non fosse nel centro commerciale durante l'assalto armato voleva dire che era un pezzo grosso all'interno dell'organizzazione. Serviva di più vivo che martirizzato per la causa.

Perciò perché rischiare di essere scoperto, per il bambino?

C'era qualcosa che non gli tornava.

Se gli avessero dato una serie di corpi smembrati, avrebbe potuto fare una descrizione accurata del killer, ma i terroristi uccidevano per altri motivi. Loro ammazzavano per credo ideologico. Ora, con l'attentato alla vita di Michael Vincent, la motivazione era diventata più precisa; uccidere per eliminare. Michael era un inconveniente, un problema, un pericolo per loro. Solo, Jed non capiva perché.

Erano terroristi organizzati, altamente organizzati, in questo caso. Il fatto che avessero corso un tale rischio per rincorrere un bambino... Forse la donna terrorista che era fuggita era coinvolta personalmente con il tipo della piscina, e lui non aveva voluto che si esponesse perché magari erano amanti. Erano loro che forse stavano pianificando altri attacchi? Questa opzione sembrava più plausibile considerando il fatto che lei sarebbe facilmente potuta morire durante l'attacco. La sua fuga si era rivelata coraggiosa e audace.

Era per caso lei, la mente dietro l'organizzazione? Oppure stavano solo cercando di proteggere l'identità del vero mandante?

Cosa poteva celare la testolina rossa di Michael?

Si incamminò verso l'area della piscina, e sentì l'umidità appiccicargli la pelle e il cloro bruciargli gli occhi. Del sudore gli colò sulla fronte. Si tolse la giacca e iniziò a scrutare il bordo della piscina. Era presto, ma c'erano già diverse persone. I bambini stavano giocando e schizzando acqua, come se nulla fosse accaduto il giorno prima... e perché non avrebbero dovuto? Meglio così piuttosto che permettere a quei sadici del cazzo di continuare a distruggere la vita delle persone solo per odio. Era esattamente quello il loro scopo. Un paio di occhi blu e dei capelli rossi gli balenarono nella mente. Prima avrebbe chiuso questa faccenda e prima Vivi Vincent e suo figlio sarebbero tornati a casa.

Okay, allora.

Pensa.

Il bagnino ferito sfoggiava un bernoccolo grosso come un uovo d'oca nel punto in cui era stato colpito. Con cosa l'aveva colpito? Jed si incamminò verso la zona nascosta in cui stazionava il bagnino il giorno precedente, non lontano da dove aveva visto Michael sotto l'acqua.

L'impianto di riscaldamento sbuffava aria calda sulle enormi finestre, creando una spessa condensa che colava dai vetri. C'era un kit di pronto soccorso appeso alla parete. Jed controllò dentro, ma non trovò nulla. Vide un'altra grossa palma finta lì vicino. Non poteva essere così semplice! Rovistò di nuovo con la mano inguantata e toccò qualcosa di freddo e duro, non nascosto sotto il terriccio, ma solo celato alla vista.

Una pistola. *Porca puttana!* La tirò fuori e riconobbe una

Browning Hi-Power. *Merda!* Il bagnino era stato molto fortunato che l'avesse solo stordito e non gli avesse sparato. Probabilmente, il terrorista non voleva creare un casino rischiando di perdere Michael Vincent nel caos. Perciò aveva atteso con pazienza e si era gettato su di lui come un coccodrillo.

Jed infilò la mano più a fondo e riemerse con l'ambito premio sporco di terra. Un cellulare. *Bingo!* Sogghignando lo imbustò e se ne andò. Questo tizio era importante, Jed lo *sentiva*. E i suoi oggetti avrebbero fornito abbastanza informazioni e li avrebbero aiutati a catturare i restanti membri di quella cellula terroristica.

Si rimise la giacca e si diresse verso gli spogliatoi per uscire, ma rimase di stucco quando vide il tizio della cia a carponi, che esaminava un vaso di felce nel corridoio. Notò che tutti i vasi nella hall avevano tracce di terra, ai loro piedi. Jed si appoggiò al muro e lo guardò per dieci secondi buoni, prima di parlare.

«Hai un ottimo fiuto, cia.»

L'uomo si sedette sui talloni. «Perché non lo dici più ad alta voce? Non credo ti abbiano sentito in Canada.»

Jed ghignò. Non c'era nessuno nelle vicinanze che potesse sentirlo, e lui lo sapeva. Il capellone alzò lo sguardo. «Trovato?»

Jed trattenne un sorrisetto soddisfatto. I boriosi non piacevano a nessuno. «Sì.»

Lui strinse gli occhi. «Intendi condividere?»

«La domanda giusta è: tu intendi condividere?»

«L'fbi è al comando» disse alzandosi in piedi e pulendosi le mani sulle cosce. «Che ne dici se gli do un'occhiata mentre tu guidi?»

«E dove dovrei portarti?» Era davvero troppo sicuro di sé e impertinente. No, non si fidava per niente di lui.

«Dalla donna e suo figlio.» Jed aprì la bocca per ribattere, ma lui lo interruppe. «Ascolta, mi piaci Brennan. Mi piace come ragioni e mi piacciono i risultati che hai ottenuto fino ad ora. Lei si fida di te. Lavora con me e ti prometto che eviterò il cello-phane e le secchiate d'acqua.»

«Non è divertente, stronzo.»

«Umorismo da CIA. E dai, Brennan, lavora con me.» Lo seguì lasciandosi dietro la sporcizia che aveva prodotto perché la pulisse qualcun altro. Un chiaro esempio di come lavorava la CIA, c'era sempre qualcuno che ripuliva i loro casini.

Lo sciattone non se ne voleva stare zitto. «Andrà tutto liscio se ci sarai anche tu. Voglio solo parlare con loro, per valutare entrambi. Ehi, che ne sai, magari le piaccio.» Il sorrisetto dolce e studiato fece venire voglia a Jed di buttargli giù tutti quei denti bianchi storti.

La tensione della sua mascella aumentò di una tacca, e si grattò la nuca. Prima risolvevano questa cosa e prima Vivi e Michael sarebbero tornati alle loro vite. Questo tizio in fondo era dalla loro parte.

«Okay, ma voglio avere accesso a tutte le informazioni che hai.» Si mise a camminare più in fretta nella neve alta. Un agente della CIA, pensò, era in grado di seguirlo fino all'auto senza perdersi, no? Salì sul SUV e avviò il motore. Si soffiò tra le mani per riscaldarle, mentre Killion correva per raggiungerlo. «Dov'è la tua macchina?»

«Sono venuto in taxi.»

Perché non aveva voluto dire a nessuno dove stesse andando e cosa stesse architettando.

«Dove abiti?» gli chiese Jed.

«Ovunque mi mandino»

«Non è una gran vita.»

Lui alzò le spalle. «Ci sono abituato.»

«Come ti devo chiamare?» domandò Jed. «A parte CIA.» Gli fece un sorriso forzato. Non voleva che questo tizio pensasse che non sapeva quale fosse il suo obiettivo, e cioè arrivare all'origine del problema, a migliaia e migliaia di chilometri di distanza da lì.

Jed lo capiva, e lo ammirava anche, ma non voleva essere il fantoccio di nessuno. Vivi e Michael non erano pedine nel suo gioco.

«Patrick Killion, ma tutti mi chiamano Killion.»

«Okay, Killion, dobbiamo fermarci in un paio di posti, prima.» Gli passò dei guanti di lattice che aveva nel cruscotto, poi tirò fuori il portafoglio e il cellulare, tenendo la pistola per ultima. «Serviti pure.»

Killion accese il telefono proprio mentre uscivano dal parcheggio. «E intanto abbiamo un nome. Abdullah Mulhadre.» Tirò fuori il suo, di telefono, e parlò con qualcuno, presumibilmente Langley.

«Niente?» chiese Jed impaziente dopo un minuto di silenzio, mentre Killion continuava a far scorrere il dito sullo schermo.

L'espressione di Killion si fece cupa quando riattaccò. «Sì, c'è un Abdullah Mulhadre registrato all'ambasciata siriana. Stanno controllando se benefici dell'immunità diplomatica, anche se nessuno è immune in caso di attacco terroristico.» Gli occhi di Killion si illuminarono. «Se è lo stesso tizio, è un membro della Guardia Repubblicana siriana.»

Un'ondata di terrore si infranse contro il corpo di Jed. «Stai dicendo che questo attacco viene dal governo siriano?». Aveva visto da vicino il costo della guerra. Cazzo, no. Aveva perso il suo migliore amico così, e non voleva che accadesse anche lì.

Le labbra di Killion si appiattirono. «Non dire una parola a riguardo, Brennan. Non aprire quella cazzo di bocca finché non ho notizie da Langley.»

Sbuffò, frustrato. *Fanculo.* Doveva mentire ai suoi colleghi? No, ma condividere le informazioni con chiunque in ufficio significava rischiare che trapelassero, e se fossero trapelate avrebbero creato un'escalation di eventi che sarebbero potuti sfociare in una vera e propria guerra. Non voleva di certo rischiare migliaia di vite. E i Vincent? Se quello che stavano affrontando era l'intero governo siriano, allora le loro vite non sarebbero mai più state al sicuro. E in ogni caso, se fosse stato questo il grande segreto dei terroristi, rivelare pubblicamente che il governo siriano aveva attaccato i cittadini americani negli Stati Uniti avrebbe fatto passare in secondo piano la questione del ragazzino.

Sarebbe scoppiata una guerra.

Era troppo alta la posta, per fare cazzate.

«Lo diremo a McKenzie e a nessun altro. In questo modo noi controlleremo il flusso delle informazioni e lui le passerà ai livelli superiori.» Jed non voleva che le indagini ignorassero quella pista o che virassero nella direzione sbagliata, ma non voleva neanche sentirsi responsabile di aver fatto scoppiare una guerra. Non si fidava della CIA, del resto neanche la CIA si fidava dell'FBI. *Merda*. Si trovavano di fronte a un bel cazzo di casino.

***

Vivi si svegliò con un sobbalzo. Una porta aveva sbattuto di sotto e il cuore le martellava nel petto. Poi sentì il mormorio di conversazioni e risate sommesse. Gli agenti si stavano preparando alla loro giornata di lavoro.

Okay, non erano i cattivi. Erano al sicuro.

Si sollevò su un gomito e fissò Michael. Aveva gli occhi chiusi stretti stretti. Fingeva di dormire.

«Okay, bell'addormentato. È ora di alzarsi e fare colazione.» Lui strinse ancora di più gli occhi. *Dio mio*. Anche se questo era meglio dello stato di trance in cui era arrivato lì, non era esattamente la solita routine. «Che ne dici se ti porto la colazione a letto? Una coccola speciale.»

Lui non rispose, e una fitta di panico le trafisse le costole. L'assalto alla piscina della sera precedente aveva minato tutti i progressi raggiunti dopo l'attentato al centro commerciale. Lei gli aveva promesso che nessuno gli avrebbe fatto del male, e poi uno sconosciuto l'aveva quasi affogato tenendolo con forza sotto l'acqua.

Ma che madre era?

Inadeguata.

Piena di difetti.

Che arrancava.

Normale.

Tempo. Ecco, sì, Michael aveva bisogno di tempo e distanza da quello che era successo. Ce l'avrebbero fatta.

Uscì dal letto, gemendo di dolore quando i piedi toccarono il pavimento. Si fece una doccia, cercando di ignorare le ferite pulsanti, poi si cosparse i piedi di unguento e li bendò di nuovo. Tirò fuori dalla valigia un paio di jeans, un top verde e dei calzettoni spessi. Un'occhiata veloce allo specchio la convinse immediatamente a tirare fuori i trucchi. Aveva visto zombi meno pallidi di lei. Il mascara, un leggero velo di ombretto e una passata di lucidalabbra la resero più umana.

Gettò un'altra occhiata alla sagoma dormiente di Michael, che si era riappisolato, e andò di sotto per vedere di trovargli qualcosa di appetitoso da mangiare.

Due sconosciuti erano in piedi in cucina, entrambi indossavano completi neri e fondine ascellari. Una sberla di realtà in piena faccia. I due alzarono lo sguardo quando entrò.

«Mi domandavo quando ti avremmo incontrata.» Un tizio non alto, ma biondo e di bell'aspetto, si diresse verso di lei con un modo di fare un po' grezzo e movimenti duri, tendendole la mano. La stretta fu vigorosa. «Siamo qui per il turno di giorno. Io sono l'ispettore Patton e questo è il vice capo del dipartimento di polizia, Rogers.»

Lei fece un cenno col capo a Rogers, quello che pareva il più vecchio dei due. Una cinquantina d'anni, capelli grigi e fattezze dure che lo facevano sembrare competente e pericoloso insieme.

«Come sta suo figlio?» le chiese Patton. Portava la fede al dito e sembrava un tipo alla mano. Il titolo di ispettore le fece capire che era lui il capo.

Vivi si schiarì la voce. «Non benissimo, a dire il vero. Infatti vorrei portargli di sopra un po' di latte caldo e dei cereali, per dargli un po' di benzina.»

«Si sieda e beva un caffè. Penserò io alla colazione.» Patton era già davanti al frigo. Doveva essere un padre di famiglia o aver avuto molti fratelli minori da accudire. «Gli piacciono i Cheerios?»

«Sì. Grazie.» Non tutti gli uomini ci sapevano fare coi bambini, né si sentivano a proprio agio a fare le cose per gli altri.

Anche l'agente dell'FBI Brennan ci sapeva fare con Michael, le venne in mente all'improvviso. Forse loro erano la norma, e le sue aspettative nei confronti del genere maschile erano distorte a causa del padre di Michael. Era molto triste che trovasse più conforto in perfetti sconosciuti di quello che aveva trovato nel suo ex.

L'altro agente, Rogers, le porse una tazza di caffè e scherzò. «Grazie a Dio è sveglia. Lui mica riesce a stare seduto in pace. Se non fosse arrivata, la prossima mossa sarebbe stata ridecorare le pareti in caldi colori pastello, per renderla più *casa*, e poi cucire nuove tende.» Le fece l'occhiolino. «Sta marciando verso la pensione alla velocità della luce, e onestamente non vedo l'ora che ci arrivi.»

«Sì, sì. Aspetta più tardi quando ci sarà Extreme Makeover Home Edition in TV, poi vedremo chi è la vera casalinga» replicò Patton prendendolo in giro. Rogers le fece di nuovo l'occhiolino. Si vedeva che erano due che lavoravano insieme da una vita, entrambi a loro agio nei confronti dell'autorità che li distingueva, ed entrambi che provavano a turno a farla rilassare. Lei rivolse loro un sorriso. Aveva dimenticato quanto le piacesse la compagnia maschile. Il suo mondo adesso era solo Michael, i suoi amichetti e un paio di mamme che aveva conosciuto a scuola. Lei lavorava da casa, non aveva amici maschi e di certo nessun amante.

Il morale le crollò sotto i piedi.

Il senso di colpa di madre le impediva di apprezzare un qualsiasi aspetto di quella situazione terribile. Erano morte delle persone. Michael era quasi morto, due volte. Ma tutto quello che era successo le aveva anche fatto capire quanto solitaria fosse la sua vita. Non aveva nessuno che si sarebbe preso cura di lei, se e quando fosse tornata a casa. Era un pensiero sconfortante.

Si sedette su uno sgabello. Patton fece scivolare un piatto con due toast alla marmellata verso di lei, lungo l'isola della cucina attorno a cui erano seduti. Erano buonissimi e Vivi era affamata.

Il cellulare di Rogers squillò e lui andò alla finestra a controllare il lungo e tortuoso viale d'ingresso. «Fate in modo di avere i documenti pronti e le mani fuori dalle tasche, finché non identifico il nuovo tizio.» Rogers agganciò e chiamò qualcun altro. «Abbiamo visite» disse a lei e Patton, che smise subito di cucinare e andò a controllare la porta sul retro.

«Chi è?» chiese Vivi nervosa.

«Jed Brennan con un agente dell'intelligence.»

Il suo stomaco si ribaltò. Avevano capito chi era il padre di Michael? Cosa avrebbe fatto se avessero provato a portarglielo via o peggio a rinchiuderlo da qualche parte? Un macello, ecco cosa avrebbe fatto. No, impossibile, David non l'aveva nemmeno richiamata. Aveva perso interesse nei loro confronti anni prima, ma amava esercitare il suo potere, solo per provare che poteva farlo. Era impietrita dal dubbio, poi si disse da sola che era un'idiota. In quel momento, ogni singola agenzia antiterrorismo del mondo avrebbe voluto sapere cosa nascondesse Michael nella sua mente. Lo vedevano come un informatore, uno strumento.

Anche se Michael fosse stato un bambino come gli altri, quello sarebbe stato un momento traumatico, ma il suo cervello così precariamente in equilibrio tra questo mondo e qualche luogo sconosciuto rendeva tutto più difficile. Non avrebbe permesso loro di fargli pressioni.

Rogers le fece un gesto con la mano, indicandole di nascondersi dietro il bancone. Lei si accovacciò, sapendo che questi tizi stavano facendo il loro lavoro. Stava a lei renderglielo facile o difficile. La sicurezza e il benessere di Michael erano tutto ciò che contava. Non David. Non la CIA. Non Jed Brennan. Solo Michael.

Udì voci alla porta, poi dei passi. Quando alzò gli occhi, si trovò di fronte l'agente speciale Brennan. C'era una sorta di distacco nel suo sguardo che l'aiutò a vederlo come un agente federale e non come un uomo attraente. Si calmò e pensò che forse ce l'avrebbero fatta. Si alzò in piedi, sentendosi un po' sciocca. Un altro uomo parlava con l'agente all'ingresso, ma non poteva vederlo.

«È tutto okay, qui?» Brennan sembrava stanco. Aveva gli occhi arrossati dalla fatica, e la barba non rasata gli ombreggiava le guance. Indossava ancora i jeans e la camicia di lana a scacchi che aveva messo il giorno prima, e stava addirittura meglio così che con il completo. Per una donna che aveva sempre amato i completi da sartoria era un bel guaio.

«Michael sta dormendo.» Vivi storse la bocca quando si rese conto che si stava di nuovo nascondendo dietro suo figlio.

«E lei? Ha dormito?» Brennan la guardò con un'espressione piena di... compassione. Il fatto che lui le leggesse dentro le fece desiderare di rinchiudersi nelle spalle e voltarsi.

Invece, raddrizzò la schiena e fu onesta. «Io tengo duro. E lei, come sta?»

«Un po' troppo occupato per dormire.» I suoi capelli erano arruffati, come se ci avesse passato le mani mille volte, e le orecchie rosa per il freddo.

«Avete arrestato qualcuno?»

Brennan scosse il capo. «Ci stiamo lavorando. Ho chiamato l'ospedale come mi ha chiesto. La madre dei bambini che ha salvato si è svegliata in rianimazione. Pare che se la caverà.»

«Oh, grazie al cielo.»

Lui le fece un gran sorriso e quell'ondata di attrazione la colpì di nuovo, questa volta più forte.

Era alto, scuro di capelli e attraente come l'uomo che l'aveva conquistata dieci anni prima. Avevano entrambi spalle larghe, la figura snella e gli stessi modi sicuri di sé e competenti. Ma qui finiva la somiglianza con il suo ex. Gli occhi di Brennan erano caldi, e il suo sorriso rilassato. Nonostante irradiasse potere, dal modo in cui si atteggiava e da come esigeva attenzione, la sua voce era calma e per nulla minacciosa. Anche il giorno prima, quando aveva visto la sua versione autoritaria, lui non aveva gridato né si era mai arrabbiato. Non aveva perso il controllo in sfuriate inutili.

Poteva essere tutta una finta, però. In fondo era stata fregata già una volta. Non poteva permettersi di dimenticare che anche l'FBI aveva degli obiettivi ben precisi nei riguardi suoi e di suo figlio.

E a ricordarglielo fu l'uomo che apparve dietro le spalle di Brennan.

Lei si immobilizzò e si ammutolì, proprio come un topo quando sente una poiana che le vola sopra la testa. Gli occhi del nuovo arrivato erano di un colore azzurro pallido e la stavano dissezionando come il bisturi di un chirurgo. I lunghi capelli schiariti dal sole addolcivano le sue fattezze, ma lei sapeva bene che tipo di uomo fosse. Freddo. Duro. Inflessibile. Non esisteva una sola possibilità nell'universo che gli avrebbe permesso di avvicinarsi a suo figlio.

Jed li presentò. «Vivi, questo è l'agente dell'Intelligence Patrick Killion. Vorrebbe fare due chiacchiere con lei e Michael riguardo a quello che è successo ieri.» C'era qualcosa nella sua voce che non riusciva a interpretare. Sembrava quasi ironia.

I due poliziotti stavano in piedi poco lontano e osservavano lo scambio.

«Piacere di conoscerla. Speravo di poter fare qualche domanda a Michael.» Killion le porse la mano e lei gliela strinse.

Nonostante la stretta decisa, il suo tocco la fece rabbrividire, ma cercò di non darlo a vedere. «Non le ha detto nessuno che mio figlio è muto, signor Killion?»

Gli occhi dell'agente si indurirono.

«Sì, mi è stato riferito, signora Vincent. Vorrei incontrarlo e vedere in che modo potrebbe *provare* ad aiutarci.»

«*Provare* ad aiutarvi?» Con quella parola aveva aumentato la sua rabbia in maniera esponenziale. «Sta per caso insinuando che Michael lo stia facendo di proposito?» Se ne stava dritta, impettita di fronte all'uomo. Oh, sì, se ne aveva conosciuti di tipi così, anzi ne aveva anche sposato uno. «Ha otto anni e nei suoi giorni migliori è *solo* muto. Mi sta dicendo che lo sta facendo apposta? O forse pensa di poterlo magicamente curare, quando gli esperti brancolano nel buio?»

«Signora,» Killion alzò le mani, «si dia una calmata. Da quello che so non c'è nulla che non vada nelle sue corde vocali, dal punto di vista fisico.» *Come cazzo faceva a saperlo?* «Non è impossibile, mi creda, che il trauma di ieri possa essere l'impulso a portarlo a parlare di nuovo.»

Avvicinò il viso a quello di Killion. «Come osa sventolarmi la carota sotto il naso, così che io la lasci interrogare mio figlio? Non mangia da ieri, a malapena ha aperto gli occhi dopo ore di incoscienza, ma lei arriva qui e si prende il diritto di dubitare di lui, giusto?» Le uscivano fiamme dagli occhi furiosi, e gli diede una spinta. Sentì un braccio intorno alla vita e Brennan che la portava via.

«Ma io ne ho tutto il diritto, signora. Una minaccia per la sicurezza nazionale mi dà questo diritto.» Anche Killion si stava incazzando. Lo vedeva dalla mascella contratta e dagli occhi stretti. Benone. Lei scattò in avanti ma Brennan la tenne salda. L'improvvisa consapevolezza delle sue mani intorno al ventre le fece perdere il filo dei pensieri.

Un po' della rabbia evaporò, ma non la determinazione di proteggere suo figlio. «No. Oggi non ce l'ha questo diritto. Non oggi e non qualcuno come lei.»

Killion guardò il pavimento, col petto che si alzava e abbassava come se stesse racimolando tutta la pazienza che aveva in sé. «Se non io, chi, signora Vincent? E quando? Quando tutti i terroristi saranno rientrati nelle loro tane schifose? O quando lei e Michael sarete morti?» Lo sguardo di Killion passò da incazzato a cinicamente divertito. Ma aveva perso comunque la sua vena di freddezza e Vivi non intendeva lasciare che la riprendesse.

Lui era un camaleonte e lei non amava le persone che tramavano nell'ombra. Aveva bisogno di onestà e verità. Anche questo le aveva insegnato il suo ex marito. Essendo un'interprete, aveva lavorato in casi altamente riservati e sapeva come agiva quella gente. Di certo era un patriota, ma stava anche giocando a un gioco che era troppo grande per la sicurezza di Michael. Quando ci si concentrava sul quadro generale più ampio, le pedine venivano sacrificate e non voleva che ciò accadesse a suo figlio. E sapeva anche che quando si trattava di terrorismo il governo americano non risparmiava colpi.

Ne ebbe subito la prova. «Allora forse dovrei contattare il padre di Michael.»

L'agente della CIA osservò il braccio di Brennan intorno alla sua vita e ostentò un'aria divertita. Adesso lo voleva davvero gonfiare di botte. *Sa di cosa sta parlando, o ci prova?*

Anche se il cuore le stava battendo al ritmo della paura, rimase impassibile. «Non vede Michael né parla con lui da quattro anni. Crede davvero che un giudice gli permetterà di decidere cos'è meglio per mio figlio? Ho la piena custodia. Sono io quella che deve convincere.» La minaccia di andare per vie legali, gettandogli tanta di quella burocrazia addosso da farlo soffocare, poteva funzionare. La velocità era fondamentale in questi casi. Anche un idiota lo avrebbe capito. Il silenzio cadde improvviso, fracassandosi al suolo. «Senta, io voglio che questa gente venga presa tanto quanto lo volete voi». *Forse anche di più.* «Ma Michael non è come gli altri bambini. Non ha emesso un suono dall'incidente. Neanche quando si ferisce o si arrabbia o piange.» Quel pensiero le spezzava il cuore.

Si rese conto che la sua schiena era ancora appoggiata al corpo caldo e solido dell'agente speciale Brennan, e lui doveva aver pensato la stessa cosa nello stesso momento, perché la lasciò andare e fece un veloce passo indietro. Le mancò subito la connessione tra loro.

Uuuh... che immagine attraente, la divorziata affamata di sesso.

Continuò. «C'è un neuroscienziato psichiatrico molto rinomato a Minneapolis, il dottor Hinkle. Lui è il motivo per cui siamo venuti qui ieri.» A Michael era piaciuto il dottore, ma non voleva forzarlo a fare nulla che lo avrebbe spaventato.

Dopo l'attacco terroristico aveva un disperato bisogno di consigli su come andare avanti, ma da un esperto, non da un agente della CIA presuntuoso e arrogante. «Portatelo qui a parlare con Michael. In base a quello che mi dirà lui, deciderò se lasciarla interrogare mio figlio, qui.» Indicò con lo sguardo l'ampia sala. «Se il dottor Hinkle sarà d'accordo.» Si voltò verso Brennan. «E voglio anche che ci sia l'agente speciale Brennan.»

Le pupille di Brennan si allargarono, ma a parte quello non mostrò in atro modo la sua reazione. Nonostante tutto quello che era successo, lei si fidava ancora di lui. Come diavolo era possibile?

Il tizio della CIA la prese alla sprovvista. «Affare fatto. Che cosa ha detto all'uomo che stava per spararle ieri, nella cucina del ristorante?»

«Mi scusi?» lo guardò confusa.

«Hai detto qualcosa all'uomo in un'altra lingua poco prima che... intervenissi» le disse Brennan.

«Ah. *Quello.*» L'immagine del sangue che gocciolava dalla lama le passò in fretta davanti agli occhi. Deglutì il bolo di terrore residuo che il ricordo le aveva fatto riemergere. «Gli ho chiesto in arabo perché lo facesse. Perché ammazzasse tutte quelle persone.»

«L'ha capita?» chiese Killion.

Lei annuì. «Non ha detto nulla, ma dal modo in cui i suoi occhi si sono spalancati ho capito che mi aveva intesa, ed era sorpreso che parlassi la sua lingua.»

«Le ha risposto qualcosa?» Gli occhi blu pallido di Killion si fecero largo dentro di lei.

«Tutto ciò che ha fatto è premere il grilletto del suo enorme fucile e provare a uccidere me e due bambini.»

«Michael capisce l'arabo?» insistette Killion.

Ogni singola cellula nel suo corpo si gelò. Da quando era piccolo gli faceva sentire dei CD in lingua araba. Aiutavano lei a esercitarsi a parlare con scioltezza e sì, sperava che qualcosa rimanesse anche a Michael, ma non sapeva di preciso se avessero funzionato. «No.»

Killion la fissò a lungo e poi annuì. «Lei è fortunata a esserne uscita viva ieri. Farò un giro della proprietà, se siete d'accordo, ragazzi». Il cambio drastico di argomento la lasciò di stucco. Il classico approccio di chi vuole destabilizzare le persone. Tirò un sospiro, domandandosi se le avesse creduto o meno. «Darò un'occhiata alla sicurezza e a come è stata organizzata, mentre lei parla con l'agente Brennan. Magari la convince che non mangerò vivo il ragazzino.»

«Le farò strada» disse Rogers. «La neve è alta almeno trenta centimetri, le conviene indossare questi stivali.»

L'agente della CIA voltò le spalle a lei e Brennan. Vivi proprio non se ne capacitava. Davvero non capiva che Michael era un bambino con un sacco di problemi? O pensava che fosse tutta una messa in scena? Una cosa sapeva di questa gente, e cioè che non si fidavano di nessuno. Mai. Perciò forse avevano in comune più di quello che pensasse.

CAPITOLO OTTO

Jed raccolse la busta di plastica che aveva appoggiato sull'isola al centro della cucina e gliela porse. «La roba che mi hai chiesto ieri per Michael.»

C'era qualcosa di serio e di onesto in questo tizio. Qualcosa che si intrufolava dentro di lei, nascondendosi tra le pieghe delle sue difese. Il suo cervello gridava al pericolo perché, per quanto spossata e scettica fosse, si fidava di quest'uomo e avrebbe dovuto avere più buon senso. Si schiarì la gola. «Lo apprezzo molto, grazie.»

«Posso andare a salutare Michael?» domandò lui.

«Solo se non dirai nulla di Killion.» Ancora non gli aveva neanche fatto fare colazione, perciò prese il latte, i cereali e il toast che aveva iniziato a preparare l'agente e cercò un vassoio. «Dormiva quando sono venuta di sotto. Andiamo su a vedere se si è svegliato.»

Lui la fermò prendendola per un gomito, con delicatezza. «Da quanto tempo è così?»

Il suo cervello andò in pappa a quella semplice domanda. C'erano stati tempi in cui veniva considerata elegante e controllata. Non sapeva se era stata la maternità, il divorzio o le diagnosi incerte di Michael ad averla spogliata di quegli attributi. «Non capisco la domanda...»

«Michael. Da quanto tempo non parla?»

Ah. Mise giù il vassoio e appoggiò la mano sul bancone. Chiuse gli occhi. Questo sarebbe stato il momento giusto per spiattellargli la verità sulla sua vita, invece di alimentare dentro di sé stupide fantasie che esistevano solo nella sua mente. Gli agenti speciali dell'FBI, soprattutto quelli del tipo *posso-avere-tutte-le-donne-che-voglio*, non erano attratti dalle mamme single, divorziate e isteriche. Doveva mettere a riposo i pensieri folli e indietreggiare da quest'uomo. «In qualche modo è collegato alla separazione tra me e suo padre, quattro anni fa.»

Lui la guardò intensamente e lei continuò. «Che a quanto pare è stata tutta colpa mia.»

«Chiaro.»

«David diceva che ero fredda, distaccata e con manie di controllo.»

Lo sguardo di Brennan suggeriva che non era d'accordo, ma lui non la conosceva bene.

«Aveva ragione.» Non le servivano frasi di circostanza o bugie. «Michael era un bambino dolce, normale, che si faceva sentire quando voleva... Il padre aveva sempre odiato i suoi pianti per le coliche. Cercò di scacciare l'immagine dell'uomo dai suoi pensieri. L'aveva infettata col suo cinismo e il suo rancore, e Vivi ne aveva abbastanza. «Era un bambino normale. Verso i due anni ha cominciato a mostrare un lieve grado di autismo, proprio al limite dello spettro. Ad esempio, voleva che le sue cose fossero sempre nel posto in cui le aveva messe lui ed era affascinato dagli schemi e dalle simmetrie. Ancora adesso ama la routine, nel senso che è una parte cruciale ed essenziale della sua vita. Va a letto sempre alla stessa ora, ogni sera, e non ha nemmeno bisogno di guardare l'orologio. Ed è un altro motivo per cui ieri è stata una giornata dura per lui. Da piccolino non aveva alcun segno evidente di disabilità, era considerato un bambino "normale," fino al giorno in cui è stato spinto giù da uno scivolo all'asilo, e ha sbattuto la testa. Ha riportato una commozione cerebrale. Inutile dire che io ero spaventata a morte.»

Guardò Brennan, lasciandogli intravedere la madre folle e isterica che c'era sotto la compostezza esteriore. Anche se in realtà lui l'aveva già vista dare il peggio di sé: ammanettata dalla polizia e stesa a terra sul cemento a urlargli contro. Probabilmente ancora gli doveva delle scuse. «Non sono riuscita a parlare con il padre di Michael dopo l'incidente. Per lui era la norma ignorare le mie chiamate.» A quanto pareva, le cattive abitudini erano dure a morire. «Io e Michael siamo tornati a casa dall'ospedale senza che fossi riuscita a sentirlo. Alle nove di sera è rientrato, lamentandosi perché avevo chiamato in ufficio troppe volte, disturbando lui e il suo staff. Gli ho raccontato dell'incidente di Michael, e lui ha risposto che i bambini si fanno male di continuo al parco giochi. Che era una cosa buona per loro, si tempravano. Poi gli ho spiegato della commozione cerebrale e che da quel momento Michael non aveva più pronunciato una parola. Invece di comportarsi come un padre preoccupato, David ha iniziato a strillargli contro come se avesse di fronte una recluta fallita. Gridava, imprecava e lo insultava, ma Michael non ha detto una parola, non ha emesso neanche un suono, e in tutta onestà mi è sembrato molto compiaciuto di questo. Era come se avesse trovato qualcosa che suo padre non poteva controllare.»

«Pensi che abbia smesso di parlare di proposito?»

Lei sollevò le mani, i palmi rivolti verso l'esterno. «Non lo so. Forse lo shock si è tramutato in rabbia e poi in un meccanismo di difesa contro l'uomo che abusava di lui.» Brennan si irrigidì ma non disse nulla. «O forse il colpo alla testa ha in qualche modo danneggiato la parte del cervello che controlla la parola.

Davvero, non lo so.» L'agitazione iniziò a montarle dentro. «Tutto quello che so è che quando Michael è rimasto in silenzio, David lo ha colpito, due volte.» Strinse la mascella al ricordo. Non lo avrebbe mai perdonato per quel gesto, ma neanche avrebbe perdonato se stessa per aver permesso che accadesse. «Gli ho detto di andarsene e di non tornare mai più. E si è scoperto che non era poi un gran problema, visto che aveva già trovato una bellissima donna di nome Julie che non era né distante, né fredda, né maniaca del controllo.» Gli occhi le divennero duri come due diamanti. «Perciò forse non è stata *tutta* colpa mia, in fin dei conti. Solo la maggior parte.»

Lui le prese la mano stringendole forte le dita, come se non volesse lasciarla più andare, ma era un pensiero assurdo. Le fece capire che sotto le ferite e il cuore spezzato aveva ancora un animo romantico. Abbastanza patetico, a dire il vero.

«Avresti dovuto prenderlo a calci nel culo.»

«Sul serio, se avessi avuto una pistola, l'avrei ammazzato, il bastardo.» Al tempo avrebbe voluto fare del male a David, anche solo una minima parte di quello che lui aveva fatto a lei e Michael. Ma poi l'unico suo desiderio era stato sbarazzarsi di lui.

Un po' della rabbia rimasta evaporò in un sospiro spossato. «Stiamo molto meglio senza di lui, credimi.» Si massaggiò la fronte con la mano libera. Rivangare il passato le faceva sempre venire i capogiri. Vedere i propri errori passarle davanti sul maxi schermo della mente la umiliava. «Il punto è che nessuno sa dirmi se sia stato uno di questi eventi a rubare la voce a Michael, o se non parla come conseguenza dell'autismo, che nemmeno gli esperti sono in grado di diagnosticargli al cento per cento.» L'incertezza era una delle cose che la mangiavano viva. Era difficile risolvere un problema se non se ne conoscevano le cause precise.

«E suppongo che il tuo ex sia la stessa persona che ti ha

portata a credere che tutti gli uomini mentano.» Lui la osservò attentamente.

«È una di quelle, sì.» Lo guardò dritta negli occhi.

Brennan annuì, come se riconoscesse le bugie che anche lui le aveva detto. Ma le sue erano diverse. In quel momento erano necessarie e per compensare aveva poi mantenuto tutte le promesse che le aveva fatto. Vivi la vedeva, la differenza.

Udì dei passi e poi vide l'ispettore Patton camminare fischiettando verso la porta d'ingresso. Ci avrebbe scommesso mille dollari che aveva origliato ogni singola parola. Non che la cosa le importasse più di tanto.

Prese il vassoio e s'incamminò su per le scale, seguita da Brennan. Per essere un omone, si muoveva leggero come un fantasma. La sua vicinanza le provocò un brivido, ma cercò di ignorare la sensazione. Era solo passato troppo tempo da quando si era ritrovata in compagnia di un uomo che considerava lontanamente attraente. Questo le sussurrava, la voce della donna che era stata un tempo.

Brennan la superò e raggiunse la porta. Le fece cenno di passare e sollevò la busta con gli oggetti che aveva comprato. «Ehi, amico! Sveglia, in piedi!»

Fortuna che dovevamo solo vedere se era sveglio...

Alzò gli occhi al cielo quando Brennan entrò a grandi passi nella stanza, e cercò di non trasalire nel vedere il bagaglio aperto e tutta la sua lingerie in bella mostra. Appoggiò il vassoio sul comodino, scostò i capelli dalla fronte del figlio e con un piede richiuse la valigia. Lo sguardo di Michael rimbalzò appena su di lei e poi scivolò di nuovo via, altrove. Quel singolo gesto fece perdere d'importanza ogni pensiero su Brennan e la preoccupazione per la biancheria intima. L'idea che suo figlio sgusciasse via dalla realtà la terrorizzava.

L'agente si sedette sul letto, affossando il materasso. «Come va, piccolo eroe? Hai beccato qualche cattivo, oggi?»

Michael mostrò un invisibile accenno di sorriso e un'infinitesimale scrollata di capo. Vivi sbatté le palpebre. Per qualche ignoto motivo, suo figlio riusciva a connettersi con quest'uomo. Aveva fatto bene a includerlo nell'incontro con quell'agente della CIA calcolatore e freddo.

«Ho delle cose qui, per te. Prima però devi fare colazione. Su, forza.» Brennan sistemò i cuscini, poi sollevò Michael e lo raddrizzò. Per prima cosa gli passò il latte, e Vivi trattenne il fiato quando vide suo figlio berne un sorso. *Finalmente.* «Adesso mangia questo.» Brennan addentò il toast e glielo passò. «Poi ti mostrerò cosa ho portato» continuò, masticando.

Brennan si mise a rovistare nella busta e Michael diede un morso al toast. L'atteggiamento rilassato e la mancanza di preoccupazione funzionavano davvero. A Vivi non importò nemmeno delle briciole sul letto. Suo figlio stava mangiando.

Brennan porse a Michael due libri del genere che il bambino preferiva: un'enciclopedia e un almanacco. Michael adorava i libri non di narrativa, ma Brennan gli aveva anche portato una collezione di adesivi e carte dei Pokémon. Porse a Vivi un libro di Sudoku di livello difficile, ma lei scosse il capo e indicò Michael. Lui non si perdeva una mossa. «Ci sai fare con questi, Mickey? Io sono una schiappa, non ci cavo le gambe.»

Vivi spalancò gli occhi quando udì il nomignolo. I suoi amici a scuola lo chiamavano così. Michael prese il libro e accarezzò la copertina. C'era più che un barlume di luce nei suoi occhi, ora. Amava i giochi matematici, e per la prima volta in ventiquattr'ore le sorrise. Lei ricambiò. L'emozione le strinse il cuore, così forte che quasi temette che si aprisse in due. Gli occhi scuri e penetranti di Brennan cercarono i suoi e poi le sorrise anche lui. Ecco, adesso il suo viso era passato dall'essere di bell'aspetto al tremendamente affascinante.

L'effetto fu devastante. Le farfalle che svolazzavano nel suo stomaco si lanciarono come kamikaze verso parti del corpo che erano dormienti da anni. Provava già per quest'uomo un'immensa gratitudine, ora però si stava trasformando in qualcosa di più forte e profondo, che si manifestava come un'attrazione incontrollabile, a cui non era affatto preparata.

I loro occhi si cercarono, come se anche lui si sentisse allo stesso modo.

Lei distolse lo sguardo.

Non poteva permettersi di innamorarsi di questo tizio. Michael non poteva permettersi di affezionarsi troppo a lui, perché se lo avesse fatto e Jed se ne fosse andato... non voleva neanche pensare a che effetto avrebbe avuto su suo figlio. E su di lei. Ci era passata e non aveva molta voglia di ripetere l'esperienza.

Alcuni rumori provenienti dal piano di sotto li avvisarono che l'agente e Killion erano tornati.

«Brennan?» gridò Killion dalle scale.

«Eccomi.» Brennan si alzò. «Ciao Mickey. Ci vediamo dopo, okay?» Gli arruffò i capelli color carota e in cambio ottenne un altro piccolissimo sorriso. Più di quello che aveva avuto lei nelle ultime otto ore. Avrebbe baciato Brennan solo per quel motivo.

Una volta fuori dalla porta della camera, lui si voltò e quasi le andò a sbattere contro. «Prometto che non permetterò a Killion di stare troppo addosso a Michael o di spingersi oltre la più lieve persuasione. Sempre che il dottore dia il permesso.» Si tolse una piccola piuma dalla camicia. «Ma credo sia più semplice se è lui a fare le domande difficili, e non tu.»

La realtà le si riversò addosso come un acquazzone e incrociò le braccia al petto. Aveva ragione. «Ma non parla, Jed.» Il suo nome le scivolò tra le labbra con estrema facilità. Troppa facilità. Voleva tenerlo a distanza e pensare a lui come a un agente federale — solo un agente federale. «Come può rispondere alle domande di quell'uomo, se non parla?»

«Riesce a scrivere o a digitare su una tastiera?» Brennan era paziente. Non la stava manipolando — cosa questa che l'aveva sempre mandata in bestia — ma la stava aiutando a ragionare.

Le montò dentro una grande agitazione e scosse la testa. «L'ultima volta che ha usato un tablet a scuola, gli è caduto e si è rotto. Da quella volta non ha più voluto toccarne uno.» Troppo spaventato di finire nei guai dopo aver passato i suoi primi quattro anni di vita a essere insultato e sgridato ogni volta che commetteva un errore.

Perché era rimasta con David così a lungo? *Perché credevi nel santo matrimonio, e diciamolo, lui era via per la maggior parte del tempo.* Serrò gli occhi. I vecchi ricordi non aiutavano nella situazione attuale. «Spero che ricominci presto a disegnare, ma non sempre disegna quello che gli chiedo. Spesso disegna quello che gli passa per la testa, e non in ordine logico.»

«Cercheremo di capirlo.» Brennan alzò le spalle, come se non fosse un gran problema, ma la vita di Michael poteva dipendere da questo.

Lei iniziò a tremare.

«Ehi.» Brennan le afferrò le braccia e un po' della sua forza defluì nei muscoli sfiniti di Vivi. «Se non siamo in grado di tenere al sicuro due persone da una minaccia conosciuta, allora possiamo benissimo evitare di alzarci la mattina e andare in centrale, non credi? Prenderemo questa gente, con o senza l'aiuto di Michael. Qui siete al sicuro, lo giuro sulla mia vita.»

«O-k-kay» balbettò lei. «È solo che non sono molto brava a fare affidamento sugli altri o a...»

Un lato della sua bocca si sollevò. «O a fidarti degli uomini.»

Lei espulse un respiro carico di tensione. «Esatto.»

Lo sguardo di Brennan cadde sulle sue labbra e lei si immobilizzò. L'attrazione saettava tra di loro, e lui non pareva contento di questo, proprio come lei.

«Qualcuno qui ha del lavoro da fare!» gridò Killion dalle

scale, impaziente e pressante. Le sue parole riportarono entrambi alla realtà e al perché si trovavano lì.

«Non pensavo di essere il tuo cavolo di autista». Brennan le strinse un braccio un'ultima volta e si precipitò giù per le scale.

Un'ondata di solitudine le passò attraverso. Era una cosa stupida sentire la mancanza di quell'uomo ancora prima che se ne andasse. Era stupido fidarsi di lui dopo così poco tempo. Stava solo facendo il suo lavoro e avrebbe fatto la stessa cosa per chiunque in quella situazione. Ma gli credeva. La faceva sentire al sicuro.

Se non fosse stato per Michael, sarebbe già fuggita; sarebbe sparita fino a che la minaccia non fosse rientrata, ma non poteva correre questo rischio. Non con suo figlio. Era in trappola e in grossi guai.

«Quindi si è attaccata a te come suo cavaliere protettore?» Killion appoggiò i piedi sul cruscotto in radica di noce. «È una gnocca. Non dispiacerebbe neanche a me proteggerla un po'.»

Jed aveva due fratelli ed era grande e stronzo abbastanza da sapere quando qualcuno stava cercando di farlo incazzare. Questo non significava che non li avesse gonfiati di botte quando si erano spinti troppo oltre. Tutti avevano dei limiti.

«Forse perché ho salvato suo figlio.» Guidava il suv con prudenza sul vialetto scivoloso. «Oppure perché sembro un tipo di cui ci si può fidare.»

Killion sbruffò divertito. «Questo fa capire quanto poco ne sappia dei federali.»

Jed fece una smorfia. Forse era lui che stava usando Vivi e l'attrazione incandescente che c'era tra di loro. Aveva persino pensato di baciarla sulle scale. *Idiota*. Ma non intendeva superare quel limite. Il caso era già complesso di per sé senza il suo coinvolgimento con una testimone. Porca puttana, la sua vita era già abbastanza complicata. Però dovevano sapere cosa nascondeva Michael in quella testolina rossa. Cosa aveva visto e sentito. Jed non avrebbe permesso a nessuno di fare del male al bambino per ottenere quelle informazioni, ma erano *davvero* necessarie. Lo erano anche per i Vincent.

«Non dovresti essere intento a infilare chiodi nei palmi di qualche terrorista, in questo momento?» domandò a Killion.

Lui guardò l'orologio. «Proprio ora.»

«Li stai lasciando sulle spine?»

«È una tattica che funziona.» Percepì un'ombra nelle sue parole. Vivi era riuscita a far vacillare il suo sangue freddo durante il loro incontro alla casa sicura. Il ragazzo non era poi così impenetrabile come dava a vedere. «Non ho altra scelta con il tizio in terapia intensiva, visto che ancora non si è svegliato. Abdullah Mulhadre è tutta un'altra faccenda. Non sa che siamo al corrente di chi sia. La CIA sta cercando di reperire più informazioni possibili prima che io lo interroghi.» L'espressione di Killion si fece dura. «Ci stiamo scervellando per capire chi ci sia dietro l'attacco e se ce ne saranno altri. Mulhadre poteva giocarsi la carta dell'immunità diplomatica, ma non l'ha fatto. E questo lo fa apparire ancora più colpevole, sembra proprio che stia lavorando per il suo governo. Ad ogni modo, non possiamo accusare direttamente i siriani di aver organizzato l'attacco senza scatenare una guerra in territorio arabo che coinvolgerebbe Israele, l'Iran, la Russia e la Cina e in pratica fotterebbe l'intero pianeta. Perciò, sì, aspetto di avere più informazioni dall'interno mentre Abdullah se ne sta sulle spine.» Gli occhi di Killion apparivano vitrei per la stanchezza. Nessuno dei due aveva dormito. Jed lo vide premersi le tempie tra il pollice e l'indice. «Questa storia è una merda. Una cosa è quando accade a migliaia di chilometri, a Kabul...»

«Un'altra quando accade a casa tua» continuò Jed per lui.

«Però non credo che le vittime si sentano in modo tanto diverso.»

«Siamo tutti esseri umani, sotto la pelle.»

«Anche la CIA?»

Killion grugnì. «Eccetto la CIA».

«Il Dipartimento della Difesa?»

«Loro sono umani. Sfortunatamente, sono anche un branco di coglioni.» *Le politiche interne tra le agenzie di sicurezza vanno alla grande*, constatò Jed tra sé e sé. «Per fortuna che c'è l'FBI che riporta tutti sotto la bandiera bianca della tregua.» La bocca di Killion si contorse. La politica aveva mandato al creatore più di una persona e ne erano entrambi ben consapevoli. «Non sono un mostro. Non farò alcun male al bambino. Devo solo capire se sa qualcosa. Anche la cosa più insignificante potrebbe aiutarci. La madre non mi sta dicendo tutta la verità.» Sbruffò. «Non mi stupisce.»

«Hai davvero intenzione di metterti in contatto col padre?» gli chiese Jed. Questo non gli avrebbe fatto guadagnare nessun punto agli occhi di Vivi, ma Killion doveva fare il suo lavoro, anche se a Jed non piaceva l'idea.

«Solo come ultima risorsa.» Il ghigno tornò sul suo volto. «È una donna impetuosa. Capisco perché ti piaccia.»

Jed si rifiutò di farsi trascinare in quella direzione.

«Cosa farai per il resto della giornata?» Killion gli sembrava un po' troppo interessato ai suoi programmi. Ma le informazioni erano tutto per questa gente. «Non dovresti abbozzare una sorta di profilo?»

Jed scosse il capo. «Non io. Il Bureau ha mandato della gente dal dipartimento anti terrorismo. Io sono solo uno di quelli che fanno il noioso lavoro di cercare le prove. A proposito, darai il cellulare a McKenzie non appena arriveremo in centrale, okay?»

«Certo.» Killion abbassò il sedile e chiuse gli occhi. «Ma perché mai sei qui? Non lavori a Quantico?»

«Sono in vacanza, in ferie.»

Killion aprì un occhio. «Dici sul serio?»

«Già. Pensa che culo, eh?» Jed svoltò e si immise sull'autostrada principale verso la città. «Ad ogni modo, chiamerò il dottor Hinkle e cercherò di portarlo alla casa sicura in giornata. Poi ho intenzione di studiarmi le testimonianze della gente, e cercare qualcuno che magari abbia visto la Vedova Nera. Spero di reperire abbastanza descrizioni da poter riprodurre uno schizzo e farlo girare tra i media.»

«Così da poter eliminare la necessità di scoprire le informazioni racchiuse nella mente del bambino» affermò Killion, con calma.

«Spero di eliminare la minaccia nei suoi confronti. Potrebbe non aver neanche visto i volti. L'anta scorrevole del mobiletto era praticamente chiusa. Potrebbe non avere alcuna informazione utile.»

«Certo, ma *potrebbe* averne invece. E sai una cosa? Potrebbero essere abbastanza da salvare delle vite. Ed è tutto ciò che mi interessa.»

Una sottile rabbia iniziò a montare in Jed e il cameratismo di prima scomparve. Lo capiva, sul serio, ma Michael non era un tipico testimone.

«È un bambino di otto anni che non parla, Killion. Quel ragazzino ha dei problemi.» Le mani di Jed strinsero forte il volante al pensiero di quello che il padre di Michael aveva fatto a lui e a Vivi. Sembrava proprio un bel pezzo di merda. «E come minore e cittadino americano, buona fortuna se hai intenzione di avvicinarti a lui facendo incazzare la madre oppure scavalcando i suoi diritti costituzionali.»

E questo, detto proprio in soldoni. Ecco perché Killion gli

stava sempre appresso. L'autorità della CIA rimaneva fuori dai confini degli Stati Uniti. Lui aveva bisogno dei poteri dell'FBI e dell'influenza che Jed aveva su Vivi per avere accesso al bambino.

«Vogliamo entrambi la stessa cosa» gli disse Killion leggendogli nella mente.

Sicuro. «Con la differenza che io ho dei principi morali, riguardo a come mi approccio a queste cose.»

«Questo però non ti ha fermato dallo spaccare il naso a quel tipo a Washington, mi pare.»

Jed mostrò i denti in un largo sorriso. «Vedi di non dimenticartelo». Mr. CIA sapeva benissimo fin dall'inizio perché Jed fosse lì. Cos'altro sapeva che non condivideva con lui?

Lo sguardo di Killion divenne più freddo dell'inverno del Minnesota. Ma Jed era cresciuto nel Winsconsin, perciò l'inverno non lo preoccupava. Quando parcheggiarono in centrale, l'altro finalmente chiuse il becco. Grazie a Dio, qualcosa di buono.

***

Pilah entrò in ospedale con un grande mazzo di garofani rosa. Aveva chiamato prima dicendo che stava cercando di rintracciare suo zio, che forse era una delle vittime dell'attacco terroristico al centro commerciale. Il personale le aveva confermato che era un loro paziente. I cartelli alle pareti le indicarono la direzione per la terapia intensiva.

C'erano poliziotti nel corridoio; parlavano con le persone, raccoglievano testimonianze. Un calore improvviso le salì dalle spalle al collo. Il suo terrore era tangibile, e si domandò se lo potessero vedere trasudare dalla sua pelle come vapore. «Sono qui per far visita al signor William Green» disse all'infermiera.

Gli occhi della donna si spalancarono. «Lei è la donna con cui ho parlato al telefono un paio di ore fa?»

Pilah si accigliò. «Ho chiamato, ma non credo di aver parlato con un'infermiera. Sono sua nipote.» *Maledizione.* Stava arrivando qualcun altro? Le sarebbe saltata la copertura. *Oddio.* Sargon non avrebbe esitato a vendere le sue figlie a qualche vecchio schifoso, se lei avesse fallito. Sempre che non decidesse di ammazzarle con un colpo di pistola o di farle morire di fame. Lo stomaco le si rivoltò. «Ha lasciato un nome?»

L'infermiera cercò tra i post-it sul bancone. «Sì, Marie Thomas.»

«Ah, Marie.» Pilah annuì, come se sapesse di chi stavano parlando. «La chiamerò per dirle che sono qui. Ero fuori città e sono rientrata subito non appena ho capito che lo zio Will era stato coinvolto nell'attacco.»

L'infermiera alzò le spalle. «Questa gentaglia dovrebbe vergognarsi di esistere, anche se dubito che abbiano una coscienza. Non so cosa credevano di dimostrare ammazzando e mutilando della gente innocente. Però so cosa gli farei io, se ne avessi l'opportunità.»

L'infermiera era grassa e compiaciuta. Era facile per lei sedere lì e giudicare, quando viveva in una democrazia in cui i suoi diritti valevano qualcosa. Nel paese da cui veniva Pilah, intere città erano state massacrate. Uomini, donne e bambini, torturati e uccisi per volere del loro stesso presidente. Pilah celò i suoi sentimenti, il cinismo e lo sdegno. Gli americani non avevano idea di cosa fosse la sofferenza. Lei stessa non l'aveva mai conosciuta a fondo, finché un bel giorno la guerra civile aveva soffocato la sua nazione in una feroce battaglia per la libertà.

Si aspettava che le speculazioni e le voci sul coinvolgimento della Siria avessero già iniziato a circolare tra i media, invece nulla. Non ancora perlomeno.

Sargon aveva mentito riguardo ai loro piani? Oppure erano

le autorità che tenevano nascosta ogni informazione che avevano trovato? Probabilmente entrambe le cose.

«È ancora in coma?» domandò Pilah.

«È in un coma indotto, finché il rigonfiamento nel cervello non si riduce. Non è così grave come sembra» la rassicurò lei.

La donna le fece strada ed entrarono in un'unità con tre letti. Oh, no... Pilah osservò agitata i pazienti stesi lì. C'erano due uomini sedati, ma non sapeva quale dei due fosse il suo presunto zio.

Pilah si fermò impietrita. «Oh. Mi sono dimenticata che non posso portare fiori qui dentro.» Guardò il mazzo che aveva in mano, prendendo tempo. «Li porterò fuori e chiamerò Marie, poi mi siederò un po' con lui, se posso.» La sua tattica funzionò, perché l'infermiera si diresse verso l'ultimo letto e guardò l'uomo.

«Certo che può. Mi dispiaceva che nessuno venisse a trovarlo. Gli farà bene avere compagnia.»

Lo riconobbe. Era vicino a loro durante il primo scoppio, quando avevano fatto esplodere il centro sicurezza. Amir gli aveva sparato quando si era avvicinato. Sperò con tutto il cuore che non la riconoscesse, in caso si fosse svegliato. Era diversa, indubbiamente. Non aveva il foulard in testa e indossava abiti stretti e occidentali. I suoi capelli erano di un naturale biondo scuro, ereditato da sua madre, uno dei motivi per cui Sargon aveva pensato di poterla usare nei suoi piani. La frangetta le scendeva sopra gli occhi e portava make-up colorato e rossetto rosa.

«Ha un aspetto terribile.» Pilah guardò il volto dell'uomo. La pelle era grigia, la bocca flaccida e aveva delle grosse bende bianche intorno alla testa. Sembrava che sentisse dolore e in qualche modo era peggio che vedere qualcuno morto. Lei aveva contribuito. Lei aveva causato tutta quella sofferenza. Per la prima volta provò rimorso per quello che aveva fatto. «Mi dia due minuti, e torno subito.» Uscì dalla stanza e si incamminò per il corridoio verso l'entrata principale. Digitò il numero che Sargon le aveva dato. Sbagliò due volte da quanto le tramavano le mani.

Quando qualcuno rispose, disse: «Non funzionerà mai. Ha una nipote che ha chiamato poco fa.»

«Nome?»

Si accigliò. «Marie Thomas.»

Sentì digitare su una tastiera, poi la voce le diede un indirizzo. «Vai lì. Non è sposata. Vive sola, a quanto pare.»

«Non posso andarmene e basta?»

«No. Fai esattamente quello che ti è stato detto di fare. Più tardi ti occuperai di lei. Ho altre cose più importanti che richiedono la mia attenzione.»

«Io?»

Uno sbruffo impaziente attraversò il telefono. «Sì, tu. Ti sei dimostrata molto intraprendente fino ad ora, con nostra grande sorpresa. Sai quello che devi fare.»

Ma non voglio farlo!, gridò dentro di sé, ma fuori rimase impassibile. Come sarebbe uscita da quel casino in cui si era cacciata? «Hai trovato il bambino?»

«Non devi parlarne» la rimproverò l'uomo. Poi riagganciò.

Il viso della donna dai capelli rossi e quello di suo figlio avevano iniziato a ossessionarla, come tutti gli altri fantasmi. Erano ancora là fuori? Il ragazzino poteva identificarla? Aveva sentito qualcosa di importante?

Lasciò i fiori nel box delle infermiere, poi spense il cellulare ed entrò in terapia intensiva.

Diede un'occhiata furtiva alla cartella appesa ai piedi del letto, cosa che facevano tutti i parenti in visita. William Green. Cinquantacinque anni. Si sedette di fianco a lui e gli prese la mano. La pelle era fredda e secca. Lei gli strinse le dita, e la leggerissima stretta che sentì in risposta la turbò.

CAPITOLO NOVE

Vivi camminava agitata su e giù per la stanza. Era riuscita a fare alzare e vestire Michael, che però aveva passato la giornata steso sul divano, senza alcuna volontà o forza di reagire. Serrò la mascella. Se ne stava andando via da lei, lo sentiva in ogni assenza di risposta o reazione e ogni volta che evitava il suo sguardo.

«Quando arriverà?» domandò all'ispettore Patton per la quinta volta nell'ultima ora. Il dottor Hinkle aveva acconsentito a venire appena terminate le visite pomeridiane in ospedale. Gli agenti della CIA e dell'FBI erano stati avvisati, ma non riusciva a far passare il tempo nell'attesa. L'attesa stessa la stava facendo impazzire. Si sentiva inutile.

«Sta arrivando.»

L'intera faccenda stava diventando un'enorme perdita di tempo e risorse. La minaccia nei loro confronti pareva quasi ridicola. Più ci pensava e più le sembrava che le autorità stessero reagendo in maniera esagerata. I telegiornali dicevano che tutti i terroristi erano morti e il furore generale stava scemando. Alcune parti del centro commerciale erano già state ripulite.

«Non riesco a credere che qualcuno si metta così nei guai per trovarci. Non sappiamo nulla.»

«Lo sa cosa non riesco a credere io?» rispose Patton con calma. «Che così tanti fratelli americani siano stati ammazzati come cani nel centro commerciale dove di solito vado a fare la spesa. Un po' di cautela non fa male, specialmente se pensa al tizio in piscina.»

La bile le salì in gola. *Oddio, vero!* Ma l'intera situazione le sembrava comunque surreale.

Patton le poggiò una mano sulla spalla. «È normale crollare, sa? Nessuno la giudica per come reagisce.»

«Buono a sapersi.» Fece una mezza risata isterica e scosse la testa. «Ma non posso permettermi di crollare. Ho un bambino da proteggere.»

Patton appoggiò la mano sul suo avambraccio. Sembrava una brava persona. Come Rogers, anche se lui era più rigido. «È anche il mio lavoro quello, non lo dimentichi. Si prenda una pausa.»

Difficile quando era intrappolata lì con nulla da fare se non vedere Michael scivolare sempre più distante da lei. «Apprezzo il vostro aiuto, sul serio. Voglio solo che le cose tornino alla normalità. Ha dei figli?»

«Sì, due ragazzi. Uno al college e uno che sta finendo le scuole superiori.»

«Spero che sappiano quanto sono fortunati ad averla come padre.»

Lui aprì la bocca per dire qualcosa, ma il rumore di un'auto nel vialetto lo bloccò. Si avvicinò alla porta con la pistola in una mano e il cellulare contro l'orecchio. «È Hinkle» disse.

Rogers fece entrare il dottore. Gli occhiali gli si appannarono per lo sbalzo di temperatura. La guardò con un'espressione piuttosto sconcertata. Il giorno prima si era rifiutata di fargli fare altri test su Michael, dopo che la risonanza magnetica era finita male. Ora lo pregava di vedere suo figlio. «Dottor Hinkle, grazie infinite per essere venuto.»

«Signora Vincent. Le direi che è un piacere rivederla così presto, se non fosse per le circostanze...»

Vivi annuì. Le circostanze erano di merda.

Il dottore entrò in cucina e guardò verso il divano dove il figlio della donna giaceva inerme. «È così dall'attacco?»

«Più o meno, sì. Non mangia, a meno che non lo forzi. Non si interessa a nulla e dorme tutto il tempo. Sono preoccupata...» Le tremò la voce. *Preoccupata che se ne vada piano piano e muoia senza che a nessuno importi.*

Il dottore le diede dei colpetti affettuosi sulla mano. «Ovvio che sia preoccupata, signora Vincent. Adesso proverò a parlargli, ma...»

«Ma cosa?»

«È possibile che sia una reazione perfettamente normale a un evento traumatico.»

Normale? «Come la sindrome post-traumatica da stress?»

«Dubito che sia arrivato a quel livello. Credo più che sia una normale reazione al trauma. Tutti abbiamo bisogno di tempo per elaborare la paura e il dolore, e anche il senso di colpa che si prova per essere sopravvissuti quando altri sono morti. Il dolore è un processo. Ci vuole tempo. Giorni, settimane, a volte perfino anni.» Gli occhi azzurri e gentili del dottore incontrarono i suoi. «Anche per lei.»

A Vivi non interessava di se stessa. Era abbastanza forte da affrontare tutto ciò, a patto che ci fosse qualcuno che l'aiutasse con Michael.

«A causa dell'età di Michael e del fatto che non parla, è necessario intervenire con una sorta di terapia ad hoc per lui. In questo modo potrà elaborare in modo corretto sia gli eventi di ieri che le emozioni che ne sono conseguite.»

«Okay». Incrociò le braccia al petto. Intervenire. Era brava a intervenire, quello che la faceva incazzare era lasciare che le cose accadessero.

«Non le sto dicendo che non si deve preoccupare. Dico solo che ci si aspetta questo tipo di comportamento dopo aver assistito a una sparatoria. Anzi, la sua reazione naturale agli eventi è alquanto incoraggiante».

Incoraggiante? *Davvero?*

«Perché sta elaborando la cosa esattamente come mi aspetterei che facesse un bambino neuro-tipico.»

Il suo sorriso paziente la stava facendo innervosire. Quasi come quando aveva spiegato, usando parole semplici, che non tutte le persone con talenti prodigiosi, nella fattispecie l'abilità nel disegno di Michael, fossero dei *savant*. Aveva affermato che le persone con la sindrome del *savant* presentavano tutte delle disabilità cognitive o fisiche, e non era sicuro che il mutismo di Michael rientrasse in quella categoria. "Il paradosso del genio legato alla disabilità", aveva anche sottolineato. Lei aveva ribattuto dicendo che le abilità artistiche di Michael, insieme alla sua eccezionale memoria per i dettagli, erano una prova più che evidente. Gli bastava vedere una cosa per pochi istanti per riprodurla alla perfezione, ma apparentemente non era abbastanza.

Alcune persone avevano semplicemente talento, aveva spiegato il dottore, e altre erano mute. Per quel che ne sapeva lui, Michael era l'unico bambino che aveva entrambe le caratteristiche. Era riluttante a etichettarlo senza condurre ulteriori test.

Non che lei volesse che Michael soffrisse di autismo o sindrome di Asperger, voleva solo delle risposte alle domande che la ossessionavano da quattro lunghi anni, e scovare un modo per aiutare Michael a trovare il suo posto nel mondo, qualunque esso fosse.

Fece un respiro profondo. Non aveva altra scelta, Hinkle era l'esperto e il cervello umano ancora un enorme mistero. Solo un professionista specializzato in questo genere di disturbi poteva provare a raggiungere Michael nel suo mondo. «Non che Michael abbia un *disturbo* specifico» borbottò, pensando ad alta voce.

«Come?» Gli occhi dell'uomo si mossero rapidamente.

«Nulla, mi scusi.» Ingoiò il nodo di frustrazione che le si era formato in gola. Gli aveva chiesto lei di venire, che almeno ascoltasse quello che aveva da dire.

«Andrò a parlare con lui.» Si tolse il cappotto e lo porse a Vivi. «Un caffè sarebbe perfetto, con latte e due cucchiaini di zucchero.»

Il dottore si voltò lasciandola lì con la bocca spalancata. Rogers agitò il dito nella sua direzione, come se le leggesse la mente. Non riuscì a reprimere una risata riluttante. Gli agenti erano meravigliosi, quella combinazione di senso del dovere e dell'umorismo le impediva di soffocare per il terrore.

Mise su il caffè.

Hinkle si sedette sulla sedia di fianco a Michael e iniziò a parlargli dolcemente. Suo figlio si girò dall'altra parte, ma il dottore continuò a parlare. Lei stava in piedi in cucina, e guardava da lontano. Fuori era grigio e buio. Aveva smesso di nevicare, ma l'inverno era appena iniziato. Tamburellò le unghie sul piano di granito della cucina e si allungò per cercare di carpire le parole del dottore. Forse, un giorno, avrebbe smesso con la mania di controllo nei confronti del figlio, oggi però non era di certo quel giorno. Si avvicinò ancora, ma il dottore sospirò, richiuse la cartella e si alzò in piedi. Si diresse verso il punto in cui lei stava versando il suo caffè.

Prese la tazza e mise lo zucchero lui stesso. Tre cucchiaini. «Credo che Michael abbia bisogno di un po' più di tempo per fare i conti con quello che è accaduto. Non voglio spingerlo o forzarlo. Il suo cervello è semplicemente sovraccarico e ultra stimolato. Si è chiuso in sé per proteggersi.»

«Cosa posso fare?» gli domandò lei.

«Gli dia pace e tranquillità. Spazio per esistere e basta, almeno per un po'.»

Tutto qui? Questo era il consiglio dell'esperto? «O-okay.»

«Vuole fare due chiacchiere *lei* su quello che è accaduto?» Gli occhi del medico la guardavano con dolcezza.

Rabbrividì. L'immagine del sangue sparso sulle pareti e il pavimento del centro commerciale le assalì la mente. Poi il rumore assordante degli spari e delle grida. Incrociò le braccia al petto. «No, non voglio parlarne. Non ancora.»

Lui le sorrise paziente.

Forse aveva ragione. Forse suo figlio aveva solo bisogno di tempo, e lei era incapace di dargliene. Il dottor Hinkle era venuto qui per niente. «Mi dispiace averle fatto perdere del tempo, dottore».

«Neanche per scherzo, signora Vincent. Credo anzi che l'introduzione di un viso familiare, dopo l'attacco, sia per Michael una prova che il mondo non è finito ieri. In circostanze normali le consiglierei di tornare a casa e circondarsi del proprio ambiente. Purtroppo, questa è una situazione di emergenza e occorre improvvisare. Provi a ricreare la routine a cui è così legato. Il cibo che mangia, per esempio, e altre piccole azioni quotidiane.»

Vivi si mise a pensare alla routine di Michael. La scuola, gli amici e la casa erano imprescindibili. Ma avrebbe potuto pitturare la sua camera e mettere alcuni dei poster che avevano a casa. Sapeva dove trovarli online. «Grazie per il suo aiuto, dottore.»

«Sono contento di essere utile a qualcosa in questo momento così difficile per la nostra città.»

Vivi si voltò verso Michael, ma lui non era più sul divano. Sbatté le palpebre per la sorpresa.

«Probabilmente è solo andato in bagno» la rassicurò l'uomo, posandole una mano sul braccio. «Provi a dargli un po' di spazio.» Ogni millimetro della sua fronte corrugata gridava "madre iperprotettiva".

Rilassati. Calmati. Starà bene. Tutti mantra che aveva usato durante il suo matrimonio. Il divorzio? Un attestato della sua incapacità di metterli in pratica quando si trattava di suo figlio.

Rivolse al medico un sorriso tirato. «Certo.»

Rogers chiese a Hinkle quanto pesante fosse il traffico e Vivi sgattaiolò in soggiorno. Controllò dietro le tende e sotto le poltrone. Guardò anche dentro un mobiletto posto sotto una mensola, ma non c'era niente, se non un set da scacchi. Buono a sapersi, Michael amava gli scacchi.

Attraversò la porta della sala e uscì su un corridoio che conduceva a un ingresso posteriore. Nulla. Si diresse verso la lavanderia, aprì tutte le ante e guardò persino dietro un lavandino.

«Michael?» chiamò. Udì un rumore provenire dal garage di fianco, dove gli agenti parcheggiavano le loro auto. Aprì la porta e fu colpita da una folata di aria gelida. Si chiuse la porta alle spalle, per evitare che la casa diventasse ancora più fredda di quello che già era. I suoi denti battevano. «Michael, dai, fa troppo freddo per stare qui.» Aveva scoperto che il riscaldamento era basso per evitare di destare sospetti in caso qualcuno controllasse il consumo energetico e si accorgesse dei nuovi abitanti. Per quanto apprezzasse la scrupolosità di quell'operazione, non le sarebbe dispiaciuto un po' più di calore. Il freddo le penetrava gli spessi calzettoni di lana. Le ferite erano ancora fresche, ma guarivano in fretta. Diede un'occhiata intorno al garage, ma non c'erano posti in cui potersi nascondere. Dove diavolo era? Guardò dentro i due veicoli, poi notò che il bagagliaio della berlina argentata di Rogers era appena sollevato. Rilasciò un lungo sospiro di sollievo.

Luoghi piccoli e bui.

Aprì il bagagliaio e lo trovò avvolto in una spessa coperta di lana, vicino a una pala per spalare la neve. «Oh, Michael.» La tristezza nei suoi occhi la supplicava di lasciarlo solo, ma non poteva.

Perciò con cautela si infilò nel bagagliaio con lui. Il tappeto era pulito e si sentiva il tipico odore di macchina nuova. Sospirò al pensiero della sua auto ancora parcheggiata all'hotel. Doveva ricordarsi di chiedere a Brennan di occuparsene. Richiuse il bagagliaio, lasciando appena un piccolo spiraglio, poi si accucciò sotto la coperta accanto al figlio tremante, abbracciandolo stretto. Gli baciò la punta del capo. «Ti voglio bene Michael.»

Lui le strizzò il braccio. Non era molto, ma meglio di niente. Rimasero stesi lì, in silenzio ad ascoltare il rumore del vento che ululava fuori. I suoi ossicini non avevano che pelle intorno. Tremava per il gelo contro il corpo di Vivi, ma evidentemente preferiva stare lì al freddo piuttosto che in un posto più caldo. Per adesso, doveva dargli quello di cui aveva bisogno. Dopo pochi minuti, il calore dei loro corpi li scaldò abbastanza da farli smettere di tremare. I pensieri di Vivi si calmarono. Chi l'avrebbe mai detto che il bagagliaio di un'auto fosse così rilassante. Entrambi quasi si appisolarono.

Il suono di vetri infranti la risvegliò dal torpore. Le si tesero tutti i muscoli. Cos'era stato? Forse qualcuno aveva fatto cadere un bicchiere.

«Stai qui.» Si affrettò a uscire dal bagagliaio, aprì piano la porta e sbirciò dentro casa. Attraversò di nuovo la lavanderia e scivolò lungo il corridoio verso la sala. Cosa stava succedendo? Il dottor Hinkle era accovacciato dietro il piano della cucina. Poi un inconfondibile suono di spari la spinse a fuggire, ma era pietrificata. La porta principale era aperta e vide Rogers, in posizione di attacco, sparare a qualcuno là fuori. Un proiettile le passò sopra la testa e si accovacciò a terra. Un uomo gridò di dolore, Oddio, no! Rogers era stato colpito?

Si abbarbicò al muro e quasi iniziò a singhiozzare per il

terrore. Aveva bisogno di una pistola. Un'arma. Qualsiasi cosa che potesse aiutarla a proteggere suo figlio. Passi pesanti martellarono il pavimento mentre qualcuno saliva al piano di sopra dove c'era la loro stanza.

I terroristi li avevano trovati. Li avevano rintracciati... allora davvero li volevano morti. Si affrettò verso la cucina a carponi per cercare di portare in salvo con sé il dottor Hinkle. Ma prima che potesse raggiungerlo, lo vide sobbalzare e cadere a terra.

Uno sconosciuto mascherato si piazzò di fronte a lei. Non era scuro di carnagione, la pelle intorno ai suoi occhi azzurri era bianca. Inalò aria per gridare, ma il suono di uno sparo, e il buco rosso sangue che si aprì nella camicia dell'uomo di fronte a lei la bloccarono. Il killer cadde a terra e Rogers le cercò lo sguardo.

«Corri» mimò con le labbra. La luce nei suoi occhi si spense all'improvviso e si accasciò da un lato. Proprio davanti ai suoi occhi, era morto l'uomo che aveva giurato di proteggerli.

Udì altri spari al piano di sopra. Gli agenti avevano di sicuro chiamato i rinforzi, ma quanto tempo ci avrebbero messo ad arrivare? Combattere o fuggire? Nessuna delle due opzioni li avrebbe salvati, oggi. Inoltre non aveva né le chiavi della macchina né sapeva come accenderla coi cavi. Doveva proteggere Michael, e giocare d'astuzia e nascondersi era la loro unica possibilità. Afferrò la pistola dalla mano del killer e corse in silenzio verso il garage, chiudendosi piano la porta alle spalle. Udì altri spari di sopra, Patton doveva essere lassù. *Fa' che i rinforzi arrivino prima che rimanga ferito.* S'infilò di nuovo nel bagagliaio. Per fortuna Michael era ancora lì, illeso. Il suono delle sirene riempì pian piano l'aria circostante. *Grazie.*

«Stanno arrivando i soccorsi.»

Michael iniziò a tremare di una nuova paura.

«Non lascerò che ti facciano del male.» Fece scudo a suo figlio e tirò su la coperta, assicurandosi di coprire i loro corpi dalla testa ai piedi. In fretta, tirò giù la portiera del bagagliaio. Il click metallico sembrò quello della porta di una cella. Se quei pazzi criminali li avessero scovati qui, per loro non ci sarebbe stata via di scampo.

Era la cosa migliore che potesse fare. Puntò la pistola in direzione dell'apertura, più che pronta a premere il grilletto. Il guscio di metallo che li circondava silenziava i rumori esterni, ovattando il suono di passi che correvano, uomini che gridavano e altri colpi d'arma da fuoco. Tutto ciò che poteva fare era difendere suo figlio e sperare che i terroristi non li trovassero prima della polizia.

Erano finiti in un incubo senza fine. Le dita piccine di Michael le afferrarono la gonna, pizzicandole la pelle. Vivi si gustò la sensazione con ogni atomo del suo essere. Sarebbe morta per proteggere Michael. Pregava solo che non fosse necessario.

Jed si accorse che si stava addormentando, leggendo la centesima dichiarazione di dove si trovasse al momento dell'attacco l'ennesimo cliente del centro commerciale. Molti si erano chiusi dentro i magazzini dei negozi o nascosti tra gli appendiabiti in mezzo ai vestiti. Un tizio era stato trovato in una cella frigorifera, quasi morto soffocato. A dire la verità era stato un miracolo che così tante persone l'avessero scampata. Era stato orribile. Ma lui stava lavorando no-stop senza dormire, il suo cervello era fritto e aveva bisogno di riposo.

Finora nessuno aveva menzionato la donna che lui sapeva far parte della banda. Il suo DNA e le sue impronte digitali non avevano trovato nessun riscontro nei database. Neanche le foto della stampa avevano prodotto frutti. Aveva evitato le telecamere di proposito.

Il cellulare squillò e vide che si trattava del suo capo,

Lincoln Frazer. Per un attimo fu tentato di non rispondere, ma... merda. «Brennan.»

«Ho appena ricevuto una chiamata dal dipartimento di polizia del Minnesota. La casa sicura è stata attaccata.» Frazer andò dritto al punto senza tanti preamboli.

Quando Jed si alzò in piedi, vide altri agenti afferrare i giubbotti antiproiettile e correre fuori della centrale. «Morti? Feriti?»

«È un casino, Jed.»

Gli si annebbiò la vista. Non ebbe neanche la forza di chiedere se Vivi e Michael fossero illesi, soprattutto non all'uomo che continuava a ripetergli di non farsi coinvolgere. Se fosse accaduto qualcosa a loro, com'è vero Dio...

Non avrebbero dovuto significare così tanto per lui. No, non avrebbe dovuto permetterlo. Corse verso la sua auto e udì un grido. Patrick Killion gli stava correndo dietro. «Ho appena saputo. Entrambi gli agenti sono morti. E anche lo strizzacervelli. Non so nulla di Vivi e Michael.»

«Hinkle era lì?» Nessuno gli aveva detto che l'incontro era già stato organizzato. Jed entrò in macchina, la mise in moto e si allontanò dal marciapiede prima che Killion riuscisse a chiudere lo sportello.

«Sì. Ho ricevuto una chiamata prima, ma stavo facendo due chiacchiere con il nostro amico Abdullah. C'è dentro fino al collo, ma pensa di prendermi per i fondelli come se fossi un povero deficiente.» Killion controllò i proiettili nella sua SIG. Gli agenti della CIA di solito non portavano pistole, ma Jed non fu sorpreso di vedere che lui ne aveva una. «Hinkle deve averli condotti dritti alla casa sicura. Una mossa astuta, tenere d'occhio il dottore.»

«Oppure hanno una talpa all'interno.» Jed non guardò Killion, ma era ovvio cosa stesse pensando.

«Non è proprio una mossa intelligente accusare qualcuno con un'arma in mano di essere parte del gruppo di terroristi» replicò freddo Killion. «Soprattutto quando sta controllando che sia carica.»

Jed si irrigidì.

«Per tua fortuna, non porto rancore e non sono colluso con dei cazzo di fuori di testa che pianificano stragi in un centro commerciale. Posso anche essere uno stronzo, ma sono uno stronzo patriottico.»

«Buono a sapersi.» Non che gli credesse per forza, ma per ora non gli importava. Qualcuno, da qualche parte, aveva fatto trapelare le informazioni, oppure i terroristi avevano occhi e orecchie in molti più posti del dovuto. Ciò suggeriva alleati potenti e fiumi di denaro contante, cosa che pareva non mancare mai a quegli stronzi.

«Non li abbiamo presi tutti» disse Jed.

«Ma davvero?»

«Ci saranno altri attacchi» continuò Jed, ignorando il sarcasmo di Killion. «Perché altrimenti sarebbero già spariti tutti come scarafaggi, invece di preoccuparsi del bambino.»

Era esattamente così. Erano preoccupati che Michael avesse sentito i loro piani.

Le strade erano ghiacciate. Per fortuna aveva messo le gomme da neve prima del suo viaggio nel Winsconsin. Nonostante ciò, slittavano come un giocatore di hockey in scivolata, e fu costretto a rallentare. Solo quella mattina aveva giurato sulla sua vita che Vivi sarebbe stata al sicuro. Che cazzo di valore avevano le sue promesse se i terroristi potevano infiltrarsi all'interno delle forze dell'ordine al punto da localizzare la casa sicura? Perché facevano finta di poter combattere una cosa del genere?

Era in autostrada, attaccato al culo di un'ambulanza che andava a sirene spiegate, facendo strada sulla 77 stracolma di traffico. Non pensò a Vivi e Michael. Era inutile. Se erano morti, non li avrebbe riportati in vita, e se erano stati catturati, non li avrebbe rintracciati. Inghiottì il senso di colpa, insieme alla rabbia, e indossò la versione fredda e distaccata di se stesso. Avrebbe preso quegli stronzi e li avrebbe rinchiusi a vita.

Lui e Killion non parlarono per i successivi cinque minuti, mentre Jed era intento a guidare ad alta velocità in condizioni atmosferiche a dir poco impegnative. Un uomo in divisa provò a fermarlo alla fine del viale d'accesso alla casa, ma Jed mostrò in corsa il distintivo e proseguì. Altre due ambulanze erano parcheggiate lì davanti, ma i paramedici non stavano rianimando nessuno. *Cazzo!* Ovunque c'erano agenti, squadre speciali, sceriffi e vicesceriffi. Le forze dell'ordine brulicavano cercando di capire chi fosse al comando e chi avesse giurisdizione. Con due agenti ammazzati e una casa di sicurezza compromessa, erano tutti al comando, il capo della polizia, il Dipartimento della Giustizia, l'FBI e la Task Force. Jed parcheggiò su un lato della casa, di fronte al garage, per non ostacolare i mezzi di soccorso. Killion balzò fuori, ma lo aspettò. Probabilmente, in quel momento Jed era il più alto in grado dell'FBI sulla scena, ecco perché gli stava così attaccato al culo. Non era di certo per il profumo che indossava o la sua personalità vincente.

La porta d'ingresso era spalancata. Il legno scheggiato e i vetri rotti. Un agente giaceva all'ingresso coperto di sangue. Un uomo sconosciuto con un AK-47 in mano giaceva sulla schiena ai piedi delle scale. Aveva tre buchi nel petto.

Entrarono, cercando di evitare le macchie di sangue. Hinkle era afflosciato a terra col cervello spappolato. Un altro terrorista giaceva accanto a lui, con un buco nella schiena. Jed ci scommise le palle che l'agente l'aveva abbattuto seppure steso a terra, agonizzante e in fin di vita.

Bravi ragazzi. Sì, cazzo, bravi. Cacciò via la pena per i compagni perduti e si concentrò sul suo lavoro.

Trovare Vivi e Michael.

«Quanti erano?» chiese Jed, facendo le scale due alla volta.

«Un agente ha detto quattro uomini armati.»

«Le pattuglie di ricerca sono all'opera?»

«McKenzie ha organizzato posti di blocco e ha messo di nuovo all'erta la città.»

Jed si precipitò in camera di Vivi, preparandosi a quello che avrebbe potuto trovare. Uno degli agenti giaceva a terra in una pozza di sangue. Un medico fece un passo indietro e scosse la testa. Un altro membro del gruppo era riverso a terra con un buco in faccia. *Che schifo.* La saliva nella bocca di Jed si prosciugò all'istante. L'agente aveva difeso con la vita la madre e il bambino. Le ante dell'armadio erano divelte, come se qualcuno avesse cercato qualcosa lì dentro. Jed controllò il bagno, mentre Killion si diresse nelle altre camere.

S'incontrarono nel corridoio.

«Nessuna traccia?» chiese Jed.

«Nulla» confermò Killion.

Jed tornò di sotto. «Avete trovato altri cadaveri in questo piano?» chiese a un collega.

«No, e non c'è una cantina. Ho controllato.»

La disperazione lo colpì e si voltò verso Killion. «Chiama McKenzie e digli che pensiamo che uno dei terroristi abbia preso Vivi e Michael. Ehi...» gridò, facendo cenno a un gruppo di poliziotti di avvicinarsi. «Voglio che cerchiate nel bosco verso il fiume. Controllate ogni impronta, fotografatela e registratela cercando di preservarla intatta. Fate attenzione, c'è almeno un sospettato con due testimoni dispersi qua intorno. Un bambino e sua madre. Hanno entrambi i capelli rossi.»

I poliziotti annuirono e organizzarono una squadra di ricerca, contenti di avere qualcosa di utile da fare.

In cucina, Killion era accovacciato accanto a Hinkle, e gli tastava il collo per sentire le pulsazioni. «È ancora caldo. Non possono essere lontani. Li troveremo.»

Sicuro che li avrebbero trovati. Crivellati di proiettili e gettati sul bordo di una strada come sacchi della spazzatura.

Jed non aveva bisogno di rassicurazioni inutili. «Chiama i tuoi, e trovate chi sta architettando tutta questa merda.» S'incupì guardando i bossoli sparsi sul pavimento. «La task force necessita di informazioni riservate e interne. Solo così possiamo fermare questo massacro, anche a costo di puntare il dito su qualcuno più in alto di noi.» *Siria.* Non lo disse ad alta voce. Non voleva essere lui a far trapelare informazioni ed essere il responsabile di una guerra mondiale. Ma avrebbe spinto per avere risposte, a prescindere da quanto difficili potessero essere.

Non aveva grandi speranze per Vivi e Michael. Il massimo che poteva chiedere era che fossero morti in fretta. Il dolore gli sferrò un cazzotto nello stomaco, facendolo quasi cadere in ginocchio. Nonostante quello che credeva il suo capo, Jed aveva imparato a dividere in scomparti precisi i suoi sentimenti e a cacciare l'aspetto umano delle vittime in fondo a scatole ben chiuse, da dove non avrebbero potuto invadere i suoi sogni. Perdio, aveva a che fare con scenari da incubo ogni santo giorno, perciò doveva essere in grado di mantenere il distacco e fare il suo lavoro. Aveva provato a infilare Vivi e Michael dentro una di quelle scatole, ma aveva fallito.

Questa era diventata una questione personale.

Aveva a cuore i Vincent.

Forse il suo capo non si sbagliava. Forse non era tagliato per questo lavoro, dopotutto. Magari un qualche freddo e spietato figlio di puttana sarebbe stato un agente migliore di lui.

Iniziarono a bruciargli gli occhi, sembravano lacrime che spingevano per scendere. Non voleva scoppiare a piangere davanti agli altri. Si spostò da un lato e s'incamminò verso la porta sul retro, con le mani in tasca, inalando lunghe sorsate d'aria gelida. C'erano delle orme che andavano verso l'entrata principale e giù verso il bosco. Jed trattenne il respiro. Cristo, l'aria era così fredda che era doloroso respirare, ma non gli importava. Non sentiva niente. Era rimasto attratto da Vivi, dalla sua bellezza, dai capelli rossi e dall'atteggiamento deciso, ma aveva visto anche la vulnerabilità che cercava di nascondere in tutti i modi. E poi il ragazzino gli piaceva davvero. Era dolce e coraggioso.

Pressò le labbra tra loro, cercando di combattere le emozioni. *Datti una regolata, Brennan. Fa' il tuo cazzo di lavoro.* Aveva perso altre persone in passato. Bobby, Mia. Lei era morta alla base e l'esercito sarebbe stato più che felice di archiviare il caso, se lui non avesse contattato Quantico e li avesse convinti che c'era un serial killer all'opera. Non aveva mollato il caso finché Lincoln Frazer non aveva arrestato il bastardo. La sua tenacia lo aveva fatto diventare un ottimo agente, ma il suo bisogno di ottenere risultati non gli permetteva di arrendersi mai, e da qui l'infinita mole di lavoro e una vita sociale ridotta all'osso, anzi neanche quello.

Tornò dentro, diede un'occhiata intorno al garage e lo attraversò velocemente. C'erano due auto parcheggiate. Un suv e una berlina. Fece un giro intorno ai due veicoli, non c'erano buchi di proiettili. Sembrava proprio che non fossero riusciti ad arrivare in quest'area. Infilandosi un guanto di lattice, aprì la porta del garage, che cigolò muovendosi. Controllò la neve. Anche se era stata spalata da poco, un sottile strato di neve intatta gli assicurò che nessuno era entrato o uscito da quella parte. Rientrò e richiuse l'enorme saracinesca. Accese la luce.

Un suono sordo lo fece fermare.

Forse veniva da sopra?

Scosse la testa, pensando fosse solo la sua immaginazione. Poi lo udì di nuovo e s'immobilizzò. Il rumore veniva dal bagagliaio della berlina argentata. Tirò fuori la pistola e si tolse le scarpe per muoversi in silenzio sul cemento che era gelido come la morte.

Si mise da un lato, toccò il pulsante del bagagliaio e lo premette, tenendo la pistola al centro, col dito sul grilletto.

Un viso pallido, dominato da due enormi occhi blu, incontrò il suo sguardo attonito. La Beretta stretta tra le mani tremanti era puntata verso di lui. *Vivi.* E dietro di lei si mosse appena un mucchietto di coperte. *Michael.* Erano al sicuro. Erano vivi.

Lei abbassò l'arma. «Mi sa che ci hanno trovati, Jed.»

CAPITOLO DIECI

D opo aver riposto l'arma nella fondina, Jed si chinò verso il bagagliaio, prese il volto di Vivi fra le mani e la baciò appassionatamente. Le labbra di lei erano gelide e sapevano di caffè zuccherato e lacrime. Si aggrappò a lui, ovviamente terrorizzata dalla nuova brutta esperienza. Il baciò durò solo pochi secondi, giusto il tempo perché Jed ricordasse che lei era una testimone e che questo era poco professionale. Ma Dio, aveva un sapore così buono che era un peccato non poterlo fare di nuovo. Si staccò da lei. Poi l'abbracciò stretta. «Cristo santo, mi hai spaventato.»

Vivi tremava così forte che sentì le sue ossa sbattere contro il suo abbraccio.

Gli ci vollero una trentina di secondi per lasciarla andare.

«Gli agenti sono...?» La voce insicura. Lasciò la domanda a metà e si voltò verso Michael.

Morti?

Lui annuì.

«Come ci hanno trovati?»

La domanda lo colse alla sprovvista. Appunto, *come* avevano fatto a trovarli? Avevano seguito il dottore? Forse. O c'era una talpa all'interno di uno dei tanti dipartimenti della sicurezza coinvolti nelle indagini dell'attentato?

«Non lo so.» Stavano sussurrando entrambi. Sentì delle persone parlare all'interno della casa e prese una decisione immediata. Una di quelle che con tutta probabilità gli sarebbe costata la carriera, e il lavoro che adorava più della sua vita. *Fanculo.* Forse lo avrebbero anche arrestato, ma non aveva altra scelta per tenere Vivi e Michael al sicuro. «Aprirò la porta del garage. La mia auto è parcheggiata proprio lì davanti. Lascerò la portiera posteriore aperta, per nascondervi alla vista. Voi due gettatevi dentro e stendetevi sul pavimento con questa coperta addosso. Non fatevi vedere da nessuno.»

Gli occhi di Vivi erano cerchiati da grosse occhiaie nere. Si accigliò.

«Ce la farai con lui?» Jed indicò Michael.

«Certo.» Come se avesse mai ammesso il contrario.

Chiuse a chiave la porta che dava sull'interno della casa e si rimise le scarpe. Poi tornò alla macchina e l'aiutò a uscire dal bagagliaio. Non fu facile come credeva e la dovette sollevare e posare delicatamente a terra, in piedi. Gli arrivava al mento, e la sua corporatura era così fragile che pareva di vetro tra le sue mani. «Ti darei le mie scarpe se non destasse sospetti.»

Le sue labbra formarono un sorriso spaccacuore. Lei e il figlio erano passati attraverso l'inferno negli ultimi giorni, i piedi freddi erano l'ultimo dei suoi problemi.

«Hai fatto abbastanza.»

No, per niente. Fino ad ora aveva fallito nel mantenere le sue promesse, e l'aveva fatta quasi uccidere.

Recuperò Michael da dentro il bagagliaio e lo avvolse nella coperta, poi lo passò a sua madre. «Rimani in quell'angolo là, mentre io controllo che non ci sia nessuno fuori. In caso, lo rimanderò indietro. In poche parole: non voglio che nessuno sappia che siete vivi. Non ancora.»

Lei non chiese il perché. Forse lo aveva già capito. Riaprì la saracinesca del garage e fece finta di prendere qualcosa dal sedile posteriore della sua auto, prima di tornare al garage, lasciando la portiera ben aperta. Vivi guizzò veloce dentro al suv e sparì. Lui tornò poco dopo e richiuse la portiera, cancellando le impronte che portavano alla casa per non sollevare alcun sospetto. Poi si mise il telefono all'orecchio e finse di parlare con qualcuno in centrale che gli chiedeva di rientrare subito. Per fortuna Killion era di sopra a fare foto.

Jed uscì dalla porta principale. Una squadra di agenti stava scendendo da un furgoncino. Vide Keene e Townsend, i poliziotti del turno precedente, uscire con un'espressione scossa e rabbiosa. Se l'attacco fosse avvenuto prima, quei corpi che si stavano raffreddando a terra avrebbero potuto essere i loro. Questa consapevolezza, insieme al dolore per la perdita dei colleghi e amici, li avrebbe tormentati per sempre. Per non parlare del Servizio di Sicurezza degli Stati Uniti, che odiava perdere i testimoni. Se avessero saputo che aveva fatto sparire Vivi e Michael senza dire nulla, l'avrebbero linciato.

Ma la sua aspettativa di vita non era il problema.

Salì sul lato guidatore della sua auto e fece loro un cenno a labbra strette.

«Tenetevi bassi» mormorò, mentre attraversava un nugolo di forze dell'ordine e veicoli di emergenza, in direzione del viale di uscita. I vetri posteriori erano oscurati. Nonostante ciò il cuore gli batteva forte contro le costole al pensiero che qualcuno li vedesse. Si sentiva esposto ogni volta che qualcuno guardava nella sua direzione, ma quando raggiunse la strada principale, nessuno neanche lo considerava più.

Chiamò in centrale e chiese un aggiornamento sui posti di blocco, scoprendone l'esatta collocazione. Ora avrebbe potuto evitarli.

Guardò dallo specchietto, ma non riuscì a vedere né Vivi né

Michael. «Vorrei poterti dire di sederti qui davanti, ma credo che finché non arriveremo a destinazione dovrete rimanere nascosti. Potete stendervi sul sedile però.» Sentì il rumore della coperta e Vivi che provava a far alzare Michael dal tappetino, ma lui non si mosse. Lei si stava agitando sempre di più.

«Vivi, lascialo dov'è. Non si farà del male lì sotto. Tu pensa a stenderti e cerca di calmarti. Prendi la mia giacca a vento dal bagagliaio, se vuoi.» Il suo cellulare squillò. *Killion.* «A questa devo rispondere. Non dire una parola, okay?»

I loro occhi si incontrarono per un attimo nello specchietto. Lei appariva fragile, scossa. Il viso pallido per la paura. Le aveva promesso che sarebbe stata al sicuro e guarda cos'era successo. Due agenti morti e nessun'idea di chi ci fosse dietro tutto questo.

Sapeva che doveva essere concentrato nella parte per far fesso Killion, perciò riportò gli occhi sulla strada e immaginò Vivi e Michael in un bagno di sangue. D'improvviso l'idea di mentire a Mr. CIA non era più così difficile.

Marie Thomas viveva nel quartiere di Camden a Minneapolis, in un bungalow fatiscente degli anni Cinquanta. Le travi di legno, un tempo bianche, erano ormai grigie e scrostate, e le finiture verde menta erano sbiadite e coperte di sporcizia. I tre gradini frontali e il vialetto erano stati spalati con cura, ma il cemento sotto iniziava a sgretolarsi.

Non c'era nessuno per strada. Erano tutti rintanati in casa, cosa che andava a nozze con i piani di Pilah. Aveva con sé una cartella e indossava una giacca nera di lana sopra pantaloni da tailleur neri, entrambi trovati in un negozio dell'usato della zona. Teneva la testa bassa, perché non sapeva se potessero esserci telecamere di sicurezza, anche se questo non era il tipo di quartiere in cui la gente installava tali dispositivi nelle proprie case.

Suonò il campanello, e poi lo pulì dalle impronte col risvolto della giacca.

Dei cani abbaiarono all'interno. *Merda.* Non aveva pensato ci potessero essere dei cani. Passi pesanti, poi una donna aprì la porta. Aveva il viso esausto di chi aveva lavorato duro per molte ore e sapeva che non si sarebbe preso una pausa a breve. Le rughe si irradiarono dai suoi occhi quando sorrise. «Sì? Cosa posso fare per lei?»

C'era della musica in sottofondo.

«Mrs Thomas?» domandò Pilah.

«Ms» la corresse la donna, con fermezza.

Bene. «Mi chiamo Pat Jones e vengo dal County Hospital dov'è ricoverato suo zio.»

La donna si accasciò nelle spalle, contro lo stipite della porta. «Povero zio Bill.» Guardò l'orologio che aveva al polso. «Speravo di andarlo a trovare dopo il lavoro, ma sono troppo stanca ora.» Si scostò i capelli dagli occhi. «Venga dentro, che fuori si gela.»

Pilah accettò con garbo.

«Stai giù, Rhett. Giù, Ginger!» Entrambi i cani smisero di saltare e restarono fermi a scodinzolare. «Non abbia paura, sono buoni.»

Lo stomaco di Pilah si contorse. Non voleva fare quello che doveva. Perché lo faceva? «Cosa fa per vivere, Ms Thomas?»

«Oddio, non dovrò mica provvedere alle spese mediche?» Si passò una mano tra i capelli biondi tinti. «Non guadagno così tanto.»

«No, stia tranquilla. Suo zio ha l'assicurazione.» Se non l'avesse avuta, Sargon avrebbe probabilmente pagato lui stesso le spese. Era ironico. Non sapeva che piani avesse nei riguardi di quell'uomo, ma di sicuro niente di buono.

«Grazie al cielo. Venga in cucina, ho lasciato il gas acceso.»

Pilah accarezzò la testa dei cani e seguì la loro padrona in cucina. Erano dei cagnetti dolci. Cosa gli sarebbe accaduto se fosse successo qualcosa a Marie? Non poteva permettersi di preoccuparsene. Le mani le tremarono e le infilò in tasca, la destra impugnò la pistola che Abdullah aveva lasciato nel cruscotto della sua auto.

«Andrò in ospedale, domani. Ho qualche giorno libero.»

Il che significava che la sua copertura sarebbe crollata nel momento in cui Marie avrebbe parlato con le infermiere. «Che lavoro fa?»

«Lavoro allo *Young*. Mi occupo di programmi per i giovani.»

Le mani di Pilah iniziarono a sudare e se le asciugò sulla coscia. «Sembra un lavoro impegnativo.»

Le spalle rinsecchite della donna si sollevarono sotto la felpa da pochi soldi. «Mi piace.»

«Mr Green ha altri parenti o amici stretti che possiamo contattare?»

«È rimasto solo lui in quel lato della famiglia. Sua moglie è morta e non hanno mai avuto figli. Non conosco i suoi amici. Perché lo vuole sapere?» Gli occhi della donna si erano fatti inquisitivi.

Dall'apparecchio si diffuse il giornale radio. La notizia principale fece irrigidire Pilah. Il bambino dai capelli rossi e sua madre erano dispersi dopo un attacco alla casa sicura. I poliziotti li stavano cercando. Il pericolo si stava intensificando e la minaccia di un fallimento aumentava di ora in ora.

Tornò alla donna consumata e alla sua minuscola e umile cucina. «Avrà bisogno di cure quando uscirà dall'ospedale. Stiamo conducendo un programma sperimentale, con cui cerchiamo di reperire informazioni dai parenti per assicurarci che tutto sia pronto prima delle dimissioni dei pazienti.» Pilah si mise la mano in tasca. Se si fosse permessa di pensarci, non avrebbe mai compiuto la sua missione e le sue figlie sarebbero state sacrificate. La voce calma di Adad tentò di consolarla. Lo cacciò via dai pensieri. Stupido uomo.

Marie Thomas girò un uovo nella padella. «Ci sono solo io, e non siamo mai stati molto vicini, a dire il vero. Però gli hanno sparato e voglio essergli d'aiuto.»

Pilah strinse con forza la pistola nella mano destra e premette il grilletto. Il colpo partì dalla sua tasca e bucò lo stomaco della donna. I cani iniziarono ad abbaiare.

«Mi dispiace» disse lei a bassa voce.

Marie cadde in ginocchio sul pavimento della cucina. Il sangue le scorreva tra le dita mentre premeva forte con le mani la ferita.

«Mi dispiace davvero.»

La donna crollò a terra e rimase immobile. Pilah chiuse gli occhi e fece un lungo respiro, mentre i cani continuavano ad abbaiare, confusi e spaventati. *Perdonami.*

«*Shh...* buoni, buoni.» Si accovacciò ed entrambi gli animali le andarono incontro, con fare un po' incerto. Non capivano cosa fosse appena accaduto. Le si rivoltò lo stomaco, perché neanche lei lo capiva appieno. Quando iniziarono a scodinzolare, li accarezzò per qualche istante, poi si alzò. Non poteva rimanere lì troppo a lungo, qualcuno avrebbe potuto segnalare il rumore.

Vide la borsa di Marie sul tavolo e prese il portafoglio, facendoselo scivolare in tasca.

Usò la manica per spegnere il gas e notò le ciotole dei cani vuote. Aprì la porta della dispensa e trovò un grosso sacco di crocchette. Riempì le due ciotole fino all'orlo, abbastanza per qualche giorno. Poi chiuse le persiane, tirò le tende e pulì le impronte da tutto ciò che ricordava di aver toccato. La radio era alta abbastanza da essere sentita ma non da causare lamentele. Lasciò accesa la luce dell'ingresso.

Con un pizzico di fortuna, nessuno avrebbe trovato il corpo prima di qualche giorno, e nessuno avrebbe collegato la donna agli eventi del centro commerciale.

Pilah se ne andò, tenendo sempre il volto basso e infossato nel bavero della giacca. Non avrebbe mai pensato che sarebbe diventata un'assassina, ma con la pratica stava diventando più semplice. O forse stava solo morendo dentro, lentamente, ogni volta che portava via la vita a qualcun altro, finché di lei non sarebbe rimasto più nulla.

Ancora qualcosa c'era però. La minuscola speranza che sarebbe riuscita in qualche modo a tenere in vita le sue figlie.

Vivi tirò fuori la pistola che aveva infilato nell'elastico dei pantaloni e l'appoggiò sul sedile accanto a sé. Non le piacevano le armi, soprattutto in presenza di Michael. Aveva solo otto anni, e non sempre prendeva le decisioni più sensate. O meglio, quando hai otto anni ti appaiono sensate, ma non lo sono necessariamente per il resto dell'umanità.

Ascoltò la conversazione telefonica di Brennan con l'agente della CIA, e si stupì di come riuscisse a mentirgli spudoratamente. Avrebbe dovuto fare l'attore.

«Dove sto andando? Ma chi cazzo sei, mia madre?» Le sue parole erano dure e irrispettose. Proprio come avrebbero dovuto essere se un testimone, che lui aveva messo sotto protezione, fosse scomparso e presumibilmente morto. Fece un sussulto per il linguaggio scurrile di fronte a Michael, ma al tempo stesso sapeva che doveva sembrare il più naturale possibile. In più, le parolacce erano in fondo alla lista delle sue priorità dopo due giorni di sangue e pallottole.

«Non pensarci nemmeno, CIA del cazzo. Ho chiuso. Sto facendo esattamente quello che il mio capo mi ha detto di fare

quattro giorni fa. E cioè prendermi una vacanza per poter continuare a fare il mio lavoro senza che la mia cazzo di testa esploda.
Ti va bene così o vuoi il certificato medico?»

Ci fu un'altra pausa. Il tizio non mollava. «Non è colpa mia?
Lo so che non è colpa mia, ma io ho promesso che li avrei
protetti e ora invece sono...» Non terminò la frase, come se non
sopportasse di aggiungere altro.

Fu una performance straordinaria, e il panico l'assalì all'improvviso. E se Jed fosse stato in combutta coi terroristi? Poi si
ricordò di come l'avesse salvata nella cucina del ristorante
durante l'attacco.

Forze sconosciute volevano farli fuori e, nonostante la sua
reticenza, se non si fosse fidata di quell'uomo probabilmente lei
e Michael sarebbero morti prima dell'alba. Se c'era una
persona che poteva salvarli da quel terribile incubo, era Jed
Brennan. E Vivi avrebbe fatto di tutto per assicurare a suo
figlio la salvezza.

«Ascolta, Killion. È stato bello, ma io ho chiuso. Trova
qualcun altro a cui attaccarti come una cozza e che ti faccia da
chauffeur personale.» Aveva il fiato corto, come se pensasse
davvero che fossero morti. «Se per caso li trovi... mi puoi cercare
a questo numero oppure mandami una mail. Unica cosa...
niente foto, chiaro?»

Killion disse qualcosa che lei non udì. Brennan riagganciò e
incontrò il suo sguardo nello specchietto. Stava accadendo di
tutto dietro quegli occhi scuri, nulla di buono però. Due agenti
erano morti, così come uno dei più affermati neuropsichiatri del
paese.

«È tutta colpa mia.» Lei si alzò di scatto sul sedile.

«Perché hai chiesto di far venire Hinkle?»

«Sì.» Lo guardò, pronta a sentire recriminazioni. Era
successo tutto perché lei aveva insistito.

Jed alzò le spalle. «Lo avevano nominato nei notiziari, può

darsi che lo abbiano fatto pedinare nell'eventualità che tu volessi rivederlo. Una buona idea, visti i problemi di Michael.»

Vivi avrebbe dovuto immaginarlo, prima di chiedere il suo intervento. Sentiva la gola come se qualcuno si stesse arrampicando su per le pareti infilandole ganci nella carne. Dio mio, quanta gente era coinvolta in questo gruppo terrorista? Come avrebbero fatto a salvarsi?

«Vivi.» Il tono severo di Brennan la fece uscire dallo stato di panico. «È anche possibile che ci sia una talpa, da qualche parte tra le forze dell'ordine, che fornisce loro informazioni. In quel caso la colpa è mia.» Si concentrò sulla strada per un momento, lasciando che le parole sedimentassero. «In tutta sincerità, non so davvero di chi fidarmi.»

Si sorprese di non esserne scioccata. Non più di quanto lo era già. Il modo in cui li aveva portati via alla chetichella dalla casa sicura o come aveva mentito a Killion le avevano fatto venire dei sospetti.

«Dobbiamo capire cosa fare. Per ora le autorità pensano che siate morti, e i terroristi non sanno bene se lo siete o meno. Abbiamo un piccolo lasso di tempo per farvi sparire.»

Già era stato un incubo nascondersi dai cattivi, ora si dovevano nascondere anche dai buoni?

«Se vuoi che ti porti in qualche posto in cui ti senti al sicuro, lo farò e troverò il modo di proteggerti lì. Se no ho un'altra proposta. Ma significa che ti devi fidare di me ciecamente.»

Lei sentiva il proprio cuore pulsare sopra il rumore della strada. Era troppo forte e accelerato per essere rassicurante. Le emozioni uscivano dalla profondità di quegli occhi marroni scuro, emozioni che però non riusciva a decifrare.

«Ti posso nascondere. Posso portarti in un luogo in cui sarai al sicuro finché non sarà tutto finito. Ma non so quanto tempo ci vorrà, e ce la dovremo cavare da soli. Io, te e Michael. Nessun agente, nessuna scorta o rinforzi in caso di pericolo. E non posso assicurare a Michael nessun aiuto specializzato finché saremo lì.»

Il ricordo del sangue che schizzava fuori dalla testa di Hinkle le fece salire un conato di vomito, e si portò una mano alla bocca deglutendo ripetutamente. Non voleva che nessun altro venisse coinvolto in questo casino. Non voleva che nessun altro morisse. Il fatto che Jed avesse tenuto conto delle sue preoccupazioni riguardo a Michael, mentre fuggivano per salvarsi la vita, la lasciò di stucco.

Fece una serie di respiri profondi e provò a tornare in sé. «P-prima dell'attacco il dottore aveva detto che forse tutto ciò di cui Michael ha bisogno sono pace, tranquillità e tempo per elaborare.» Cercò un fazzoletto e si soffiò il naso. «Ha detto anche che Michael stava elaborando gli eventi in modo del tutto normale.»

Del tutto normale.

Il dottore era stato ucciso mentre loro erano nascosti nel bagagliaio di una macchina. Suo figlio ora era arrotolato sul tappetino di un suv. Come poteva essere considerata normale una qualsiasi reazione a questo orrore?

Guardò fuori dalla finestra il paesaggio desolato, coperto di neve.

Una parte di lei voleva solo sparire nel nulla, via da tutti, anche da quest'uomo che le ricordava costantemente la minaccia che stavano affrontando. Rimanere nell'ombra affinché nessuno li trovasse e facesse loro del male. Ma con un bambino come Michael non poteva riuscirci senza un aiuto. Non poteva lasciarlo in auto da solo senza la preoccupazione che se ne andasse a zonzo senza essere in grado di chiedere aiuto. E li avrebbero riconosciuti subito, se fossero entrati insieme in un negozio.

Di sicuro qualcuno stava tenendo d'occhio la sua casetta nel North Dakota, e non sarebbero potuti tornare lì. E anche se in precedenza aveva impugnato un'arma, non aveva davvero idea di come usarla.

David sarebbe probabilmente stato in grado di proteggerla... stracciandole il cuore e calpestando la sua dignità, ma Vivi lo avrebbe sopportato se non avesse saputo che per Michael sarebbe stato ancora peggio che per lei. E se, come pensava Brennan, c'era una talpa tra le forze dell'ordine, non sarebbero stati al sicuro neanche con David. A dirla tutta, non c'era un altro posto in cui si sentiva sicura, se non con l'agente speciale Jed Brennan. Si stese di nuovo e accarezzò la spalla di Michael. Pareva essersi addormentato.

«Perché rischi così tanto per aiutarci?» Sapeva che tutto questo avrebbe avuto un costo. Gli agenti morti avevano già pagato il loro, così come un emerito psichiatra esperto di autismo. Avevano tutti delle famiglie, persone che tenevano a loro. Ed erano morti.

Il prezzo era incalcolabile. Aveva gli occhi troppo secchi per piangere. Era troppo stremata per fare altro se non tremare, nonostante l'aria calda in macchina fosse quasi soffocante.

«Ti ho già delusa una volta, Vivi. Ti avevo promesso che sareste stati al sicuro e vi hanno scovati.»

Lei sospirò profondamente. «Non è stata colpa tua.» Stava facendo il possibile per aiutarli e sapeva che questo gli sarebbe costato la carriera. Le organizzazioni federali amavano la burocrazia e quello che stava facendo di certo non aveva il marchio di approvazione dai poteri alti.

Jed rovistò nel vano portaoggetti. «Ecco, fai una lista delle cose che pensi vi serviranno per almeno una settimana. Tutto il necessario, inclusi abiti e taglie. Andrò io a fare gli acquisti e pagherò con la mia carta di credito.»

«Ti ridarò tutto.»

Jed rise, ma era un suono duro. «I soldi non sono un problema, voglio solo che tu e Michael siate al sicuro.»

«Ti ripagherò non appena potrò avere accesso al mio conto in tutta sicurezza.»

«Quando tutto questo sarà finito.»

«Il prima possibile» insistette lei.

«Che sarà quando avremo chiuso questa brutta faccenda.»

«Agente Brennan, non ho intenzione di essere in debito con te.»

Le fece un sorriso tirato. «Testarda.»

Sbruffò una risata, per nulla divertita. «Costosa. Almeno questo era quello che diceva David.»

«David è il tuo ex?»

Lei annuì.

«Be', scusa se lo dico, ma a parte aver messo al mondo un bambino splendido come Michael, mi pare che sia un gran coglione.»

«Ah, di certo non mi troverai a discutere su questo, agente speciale Brennan.»

«Faresti meglio a iniziare a chiamarmi Jed.» Si voltò a metà verso di lei, tenendo un occhio sulla strada.

Non voleva chiamarlo Jed. Quando lo faceva, sentiva che la cosa era troppo intima e riguardava loro, non qualche grossa minaccia terroristica internazionale. Le ricordava il fatto che lui l'aveva baciata. Se lo era quasi dimenticato nello shock del momento. Si toccò le labbra.

«Se per caso destiamo dei sospetti, dovrai comportarti come se fossi la mia ragazza, altrimenti non avrei avuto motivo di portarti con me.» I suoi occhi le sorvolarono i capelli. «E dovrai tingerti. Bionda o bruna?»

Se li lisciò dietro le orecchie. «Con chi esci di solito?»

«Con le bionde» rispose lui, ridendo.

«Allora sarà meglio che scelga il bruno.»

I loro occhi si incontrarono, e l'aria si fece elettrica. «È solo una facciata, Vivi. Nulla di più.»

Eppure il ricordo di quel bacio, e di tutto il desiderio profondo e oscuro che le aveva scatenato, rifiutava di andarsene.

«Alla mia famiglia dirò la verità.»

Lei si pietrificò. «Non possiamo metterli in pericolo.»

«Non staremo con loro, ma in una delle baite che affittano. Ci sarei dovuto stare per un paio di settimane.»

«Ma...»

Lo sguardo di lui si addolcì. «Va tutto bene. Vivono in un posto isolato, e la mia famiglia è molto attenta alla questione sicurezza. Nessuno li prenderà mai alla sprovvista o indifesi. Cristo, mio padre ha più armi di Quantico. In più il mio fratello gemello è il capo della polizia locale, perciò possiamo fidarci di lui sul mantenere un segreto. Anzi, abbiamo bisogno di lui.»

«Gemello?»

«Non identici... lui è quello brutto» disse Brennan con aria impassibile.

Avere una famiglia e persone di cui potersi fidare. Be', era un pezzo che non si sentiva parte di una cosa simile, e lo trovava straordinario. La maggior parte della gente lo dava per scontato e non sapeva quanto fosse fortunata. Vivi si schiarì la gola. «Non so come ringraziarti, agente speciale Brennan.»

«Jed» la corresse con fermezza.

Okay, se doveva farlo, l'avrebbe fatto per bene. La vita di suo figlio e quella della famiglia di Jed dipendevano da questo. Rivide di nuovo l'immagine del dottor Hinkle trucidato. Fingere di essere la sua ragazza? Non sarebbe stato di certo un problema. Sperava solo che Michael fosse in grado di capire la sottile differenza tra realtà e fantasia. Non che avesse tanta scelta, a dire il vero.

«Va bene. Non so come ringraziarti, *Jed*.»

«Questo è già un inizio.» Il suo sorriso le fece venir voglia di dimenticare il perché fossero lì, ma non ci riuscì. Non quando qualcuno li voleva morti.

CAPITOLO UNDICI

Pilah entrò nel suo appartamento e si fermò un momento con la schiena appoggiata alla porta. Le ci erano volute più di due ore per tornare lì. L'odore di polvere da sparo impregnava la sua giacca di lana, e la puzza di morte le incrostava le narici. Non riusciva a scrollarsi di dosso l'orrenda realtà dei fatti, e cioè che aveva ucciso una povera donna, a sangue freddo. Una donna che non aveva fatto altro che mostrare un po' di compassione verso un lontano parente.

Era buio fuori. Pilah non si prese neanche la briga di accendere le luci. Voleva sparire nell'ombra. I piedi erano pezzi di ghiaccio e il suo intero corpo era insensibile. Nonostante ciò, l'orrore di quello che aveva appena fatto le serrava la gola come una garrota.

Ancora non conoscevano la sua identità, ma era solo questione di tempo. Gli americani l'avrebbero rintracciata e rinchiusa in cella a vita. Sì, sarebbe marcita in una galera puzzolente e schifosa mentre le sue figlie...

Oh, Dio misericordioso... Cosa sarebbe accaduto alle sue figlie? Non l'avrebbero mai conosciuta davvero, già adesso si ricordavano appena di lei. I singhiozzi salirono feroci e uscirono senza controllo. La povera, piccola e innocente Dahlia, e l'esuberante e divertente Corinne. La sua vita era un maledetto casino. Le uniche cose al mondo che davvero contavano per lei erano in pericolo e non poteva fare nulla per proteggerle.

Voleva andare da loro, ma non osava lasciare gli Stati Uniti, il posto in cui era più in pericolo di tutti.

Lacrime calde le uscirono dalle palpebre serrate e scesero copiose lungo le guance, lasciando una traccia larga.

La sirena di un'auto della polizia la fece allontanare dalla porta e avvicinarsi alla finestra. Un'auto della squadra speciale passò a tutta velocità in direzione della città. Il cuore rallentò il battito agitato.

Le notizie dicevano che i poliziotti stavano ancora cercando il bambino e sua madre, che in qualche modo erano riusciti a fuggire all'attacco ed erano spariti. Lui avrebbe potuto identificarla... fare il suo nome. Ma il pensiero del piccolo che moriva ammazzato come Marie Thomas le occludeva il cervello.

Non era giusto.

Era un *bambino*! Non poteva neanche parlare. Perché doveva morire?

Perché tutti gli altri dovevano morire mentre Sargon sedeva al sicuro nella sua piccola oasi, lontano dal suolo americano? Era stato *lui* ad architettare tutto. *Lui* era il motivo per cui Adad era morto. Dopo il bombardamento, Sargon era andato in città e aveva reclutato uomini arrabbiati e pieni di dolore, che ancora piangevano le loro perdite, e li aveva mandati a combattere una guerra che non poteva essere vinta.

Adad e molti dei suoi amici erano morti, ma Sargon riusciva magicamente a schivare tutte le bombe e i proiettili del conflitto. Dettava istruzioni lontano dal campo di battaglia.

Il suo riflesso sulla finestra era vago, come se fosse il fantasma di quella che era stata un tempo. Una pedina da usare e gettare come rifiuto umano. Ma forse era lei che prendeva questa cosa nel modo sbagliato. Magari avrebbe potuto offrire agli americani informazioni da insider a patto che salvassero le sue figlie.

Avevano spie e soldati scelti in abbondanza per stanare Sargon e la sua gente, e sarebbero stati molto interessati di sapere che stava cercando di scatenare una guerra tra USA e Siria. Che aveva organizzato l'attacco con lo scopo di incastrare il regime siriano. Anche lei voleva che il regime cadesse, ma la vita delle sue figlie era più importante.

Non sapeva perché non ci avesse pensato prima... Tranne per il fatto che l'avrebbero rinchiusa e buttato via la chiave.

Non se avesse negoziato con loro.

Terrorizzata ma eccitata all'idea, prese il telefono, per poi barcollare all'indietro.

Un uomo era seduto nell'ombra.

«Chi sei? Cosa vuoi da me?» La sua voce era stridula e il cuore le pulsava con violenza contro il petto. Odiava quella sensazione e odiava quell'uomo. «Sei qui per uccidermi?»

Lui si alzò dalla poltrona su cui sedeva. «E perché mai dovrei ucciderti, Pilah?» La sua voce sembrava calma, ma aveva una sfumatura di durezza che faceva venire voglia di fuggire. Sapeva il suo nome.

«È una domanda naturale quando ti trovi uno sconosciuto dentro casa. Esci di qui, prima che chiami la polizia» rispose indignata.

Lui si avvicinò e lei indietreggiò. Era alto e si muoveva in modo furtivo e oscuro, con il viso che rimaneva nell'ombra.

«Non credo che chiameresti la polizia, a prescindere da quello che potrei farti.» Le accarezzò una guancia e lei si forzò di non rabbrividire. Aveva ragione, lei non aveva alcun potere. Il suo accento era quasi americano, ma parlava la sua lingua madre bene tanto quanto lei. «Hai servito Sargon molto meglio di tutti gli altri, anche se all'inizio ti aveva sottovalutata.»

Pilah si scostò da lui con uno scatto, la voce debole e tremante. «Chi sei e cosa vuoi da me?»

L'uomo si mosse e prese una scatola appoggiata sul divano. Era una scatola che Abdullah aveva lasciato nella busta con il resto delle sue cose. Non ci aveva mai guardato dentro. Lui andò alla finestra e la luce della strada fu abbastanza da permetterle di vedere la sagoma di una pistola. «Sargon vuole che tu introduca questa nell'ospedale.»

«Perché?» Non toccò l'arma, ma non riuscì a nascondere il disagio nella sua voce. «Perché dovrei obbedirvi finché le mie figlie non sono al sicuro da qualche altra parte?»

«Dove sarebbero al sicuro, Pilah?» La derise con una fragorosa risata. «Qui con te? O con un uomo che sta cercando di scatenare una guerra tra la Siria e gli Stati Uniti? Con chi sarebbero più al *sicuro*?»

Lei indietreggiò.

Non sarebbero mai state al sicuro qui con lei. E se gli americani avessero scoperto che era stato Sargon ad attaccarli, cercando di dare la colpa al regime siriano, lo avrebbero fatto saltare in aria, lui e tutti quelli a lui vicino. Cambiò idea. Se avesse fatto un patto con gli infedeli, avrebbe firmato la condanna a morte per le sue figlie.

Che stupida ingenua!

Si passò la lingua sulle labbra secche e screpolate. «Se non saranno mai al sicuro, allora perché dovrei aiutarvi ancora? A che pro? Sono stanca di uccidere e sono già morta comunque.»

«È quasi finita.» Il suo tocco fu delicato quando le sistemò una ciocca di capelli dietro l'orecchio. «Mi accerterò che le tue figlie siano messe al sicuro.»

«E come faccio a fidarmi di quello che dici?»

«Pilah, non sai se ti puoi fidare di me.» La sua risata era un suono caldo e morbido che penetrava fino alle ossa. «Ma non hai altra scelta e io non ho bisogno di mentire. Farai quello che ti ho chiesto, altrimenti la seconda parte del piano fallirà e sarà stato tutto vano. Non hai altra scelta.»

Le tremarono le ginocchia e dovette ritrovare l'equilibrio per non cadere a terra. Aveva ragione. Non aveva scelta. Non avrebbe mai saputo se Corinne e Dahlia sarebbero sopravvissute. Forse sarebbe stato meglio condannarle a una morte veloce sotto una bomba americana... *No*, non poteva farlo. Anche se esigua, la speranza che aveva era meglio di niente.

Si allungò e prese la pistola. Era leggera, sembrava quasi un giocattolo. L'uomo mise la mano sopra la sua. Le dita erano calde e lisce. «Dovrai rimontarla una volta in ospedale, poco prima di usarla.»

Con gesti tremanti fece pratica con il montaggio e lo smontaggio dell'arma.

Alla fine, una volta imparato, lui le prese di nuovo le mani tra le sue. «Mettila tra le cose dell'uomo che andrai visitare.»

«Perché?»

«Lo sai il perché.»

Il corpo di Pilah si pietrificò. Un altro attacco. Ancora morte e distruzione. Ripose l'arma nella scatola e la diede all'uomo. «Non ce la faccio a reggere altro spargimento di sangue.»

«Non c'è nessun altro, Pilah. Solo tu.» La voce dell'uomo si indurì. «Abdullah si è fatto arrestare. Tutti gli uomini di Sargon sono morti, a parte uno che è scappato dalla casa sicura. L'ho beccato che si preparava a negoziare in cambio dell'immunità dal processo. Deve aver capito che il processo era l'ultima delle sue preoccupazioni.» La minaccia nella sua voce era più che palese. «Solo un altro obiettivo, Pilah. È tutto ciò che ti chiediamo, poi sarai libera.» Le spinse la scatola con la pistola fra le mani.

E all'improvvisò capì quale fosse l'obiettivo e perché i veri dettagli non erano mai stati condivisi. «Non funzionerà mai. Controlleranno ovunque in cerca di ordigni o armi.»

«Quest'arma è speciale.» Vide le sue labbra muoversi, e desiderò vedere in volto l'uomo che la stava mandando a morire. «Non se ne accorgeranno.»

«Cercheranno nel mio passato e scopriranno che non sono chi dico di essere» ribatté Pilah.

«La tua copertura terrà, stai tranquilla. Tu nascondi l'arma nel comodino o sotto il materasso. In qualunque posto dove non possa essere notata per qualche giorno. Tuo "zio" è stato spostato in una stanza singola un'ora fa, perciò avrai tutta la privacy che ti serve. Passa con lui più tempo che puoi, in caso accadesse qualcosa all'improvviso.»

La paura le raschiava la gola. «E se si sveglia?»

L'uomo prese dalla tasca un tubetto di pasticche e glielo spinse in mano. «Se inizia a svegliarsi, infilagliene una sulla lingua. Solo una. Lo terrà k.o. per tutto il tempo che ci servirà. Ad ogni modo i medici intendono tenerlo in coma farmacologico per qualche altro giorno. Il sonno è la cura migliore per il suo cervello.»

Avrebbe fatto meglio a non svegliarsi più.

Pilah chinò il capo, cercando di nascondere le sue emozioni. «Mi contatterai quando le mie figlie saranno al sicuro?»

«Presto. Prima devo trovare il bambino.»

No. «Ma potrebbe non sapere nulla.»

«O potrebbe sapere qualcosa.» Per la prima volta lo sconosciuto parve stanco. Spossato.

«Il piano non funzionerà» gli disse in tono disperato.

Un raggio di luce illuminò la bocca dell'uomo mentre sorrideva. «Non agitarti. Il piano funzionerà. L'unico intoppo potrebbe essere il bambino, e farò in modo che non sia più un problema.»

Il vero scopo non era mai stato l'attacco al centro commerciale, ma quello che sarebbe successo dopo. Gli Stati Uniti non avrebbero mai potuto ignorare un evento di *quel* genere.

Avrebbe significato guerra certa. Se fosse stato un fallimento, Sargon se la sarebbe presa con le sue figlie. E se fosse stato un successo, lei sarebbe morta. Sempre che gli americani non scoprissero Sargon, perché in quel caso le sue figlie sarebbero morte comunque. Non c'era via di scampo.

Afferrò un lembo della camicia dell'uomo pronta a implorarlo. «Promettimi che metterai in salvo le mie figlie da Sargon. Ora, prima che sia troppo tardi!»

«Prometto che farò tutto il possibile» rispose lui solennemente.

Il dolore allo stomaco le si intensificò. «Voglio le prove che sono al sicuro prima di fare questa cosa. Non mi farò usare di nuovo.»

Lui rimase immobile a guardarla per un lungo momento, ma lei non aveva più paura di lui. Avevano bisogno l'uno dell'altra.

«Farò del mio meglio, *ghazi*». E poi sparì.

***

Jed si fermò al negozio a fare acquisti. Non aveva dubbi che sua madre avesse riempito il frigo sapendo che arrivava in anticipo, ma sarebbero stati in tre e meno si facevano vedere, meglio era. Aveva comprato abiti e munizioni in un'altra città. Scarponi invernali, giacche, guanti, spazzole, spazzolini, pigiami, assorbenti e tinta per capelli. E fogli, materiale da disegno e un mini tablet per Michael, più un tablet per Vivi. Chi poteva dire quanto a lungo sarebbero rimasti lì? Comprò anche due cellulari usa e getta, che pagò in contanti. A prima vista la maggior parte dei suoi acquisti poteva passare come rifornimento per trascorrere qualche settimana in un cottage nella foresta o regali di Natale, ma non i due telefoni.

Una parte di sé voleva disfarsi di tutti i dispositivi elettronici ma in centrale, specialmente Frazer, sapevano dove si trovava e scomparire del tutto avrebbe allertato l'FBI. Non voleva che accadesse. Doveva comportarsi come se avesse veramente detto la verità a Killion e Frazer, per non destare sospetti.

Per una strana coincidenza, anche Frazer era nato e cresciuto nel Winsconsin. Due *teste di formaggio* insieme all'FBI. Incredibile!

Caricò gli acquisti nel bagagliaio, che era ormai stracolmo. Non dormiva da quarantotto ore e la fatica stava cominciando a farsi sentire pesantemente. Non c'erano né spazio né energie nel suo cervello per prendere decisioni cruciali. Si fermò un attimo a pensare se stesse o meno facendo la cosa giusta. Non condividere il fatto che Vivi e Michael erano sani e salvi avrebbe messo a rischio il suo lavoro. Nessuno amava gli agenti ribelli. Miles Brandon, il cosiddetto Killer Arcobaleno, lo aveva quasi ucciso, e questo perché lui aveva condotto le indagini da solo, fuori dell'orario di lavoro. Aveva iniziato a pedinarlo nel suo tempo libero, senza scorta o rinforzi. Frazer era troppo occupato ad aiutare un'agente novellina a inchiodare un serial killer in West Virginia per accorgersi di cosa stesse combinando Jed. Dire che si era incazzato come una bestia quando lo aveva scoperto era un eufemismo.

Questa situazione avrebbe confermato a Frazer non solo che si lasciava coinvolgere troppo emotivamente, ma anche che non era affatto bravo a seguire le regole. E all'FBI le regole erano tutto.

Voleva davvero perdere il suo lavoro?

No, non lo voleva. E non poteva chiedere aiuto al suo più caro amico Matt Lazlo, perché avrebbe rischiato anche la sua di carriera e l'ex membro dei Navy SEAL era un agente dell'FBI straordinario.

Jed entrò in macchina. Vivi sedeva davanti, con un berretto di lana a trecce che le copriva i capelli rosso brillante. Quel rosso fuoco domani sarebbe diventato castano scuro. Si voltò verso di lui, ma non disse nulla. Michael stava dormendo sul sedile posteriore e lei era agli sgoccioli.

Chiamare Frazer e dirgli la verità? Significava mettere Vivi e Michael in un'altra situazione pericolosa, visto che non sapevano da dove venisse di preciso la minaccia. Non poteva farlo. Gli si contorse lo stomaco. Si era unito all'FBI per aiutare a proteggere le persone, ma ora l'unico modo di proteggere Vivi e Michael era mentire.

Mise la marcia e partì. Guidò intorno al grande lago in cui aveva passato innumerevoli estati a fare sci d'acqua con suo fratello e il loro migliore amico Bobby. Si stava facendo buio. Non voleva che nessuno in città lo vedesse. Non ancora.

La neve cadeva leggera, attraverso un fitto intreccio di alberi, formando a terra uno spesso strato candido. Era meraviglioso, ma poteva anche ucciderti se rimanevi intrappolato lì fuori senza l'attrezzatura adeguata. Contava di usare questo aspetto a suo favore.

Doveva ancora fare visita alla vedova di Bobby e a suo figlio, che vivevano a Sawyerville, a pochi chilometri di distanza. Sospirò, appannando il vetro. Non perché scalpitasse per andarli a trovare, ma il ricordo aveva portato con sé una folata di nostalgia per quei tempi più facili. Se solo il loro unico problema fosse stata ancora la ragnatela di amori adolescenziali e passioni sensuali... ci avrebbe messo la firma. Anche se la passione poteva ancora essere un problema, rimuginò fra sé e sé, pensando all'effetto che Vivi aveva su di lui. Ma non se ne faceva controllare.

Guidò verso sud, dalla parte ovest del lago verso la zona in cui la sua famiglia aveva delle proprietà. Le gomme invernali si aggrappavano bene alla strada, nonostante fossero caduti altri quindici centimetri di neve fresca.

«È molto bello il paesaggio qui fuori» disse Vivi a bassa voce nell'oscurità.

Credeva si fosse addormentata, ma la donna era determinata a non prendersi una pausa. «È il posto più bello degli Stati Uniti, ma non dirlo a nessuno. È un segreto di stato.»

Era difficile non ammirare una donna che provava con tenacia a fare tutto da sola. Ma non riusciva a togliersi dalla testa che fosse più una necessità che una scelta, nonostante l'istintiva sfiducia nelle persone. Il suo ex aveva abusato anche di lei? L'idea gli fece stringere con forza le mani sul volante, ma non poteva fare nulla al riguardo in quel momento. «Non vengo qui così spesso come vorrei.»

«Dove lavori, di solito?» gli domandò lei.

«Quantico.»

«All'accademia?»

«No.» Gli ci volle un momento per rendersi conto che lei non sapeva assolutamente nulla di lui, eppure si fidava. Si schiarì la gola. Glielo doveva. «All'Unità di Analisi Comportamentale che si occupa di crimini violenti.»

«Vai a caccia di serial killer.» La voce di lei si incupì.

Il suo lavoro lo portava in luoghi oscuri, luoghi che le mamme single di solito evitavano. «Ci occupiamo di qualsiasi tipo di indagini criminali. I serial killer sono solo quelli che fanno scalpore sui giornali.»

Gli occhi di lei non si staccavano da Jed. Vivi Vincent non era una stupida. «Ce ne sono stati parecchi ultimamente sui giornali. Eri coinvolto in qualcuno di quei casi?»

La sua unità aveva aiutato a catturare tre serial killer nell'ultimo mese o poco più. Due morti e uno in prigione, dove Jed l'aveva fatto rinchiudere e dove sperava marcisse per il resto della sua vita. In qualche modo alleviava la pena di aver perso Mia, ma non era mai abbastanza. Forse non lo sarebbe mai stato.

«È il mio lavoro» disse semplicemente.

Lei si voltò a guardare fuori del finestrino. «Sei un uomo coraggioso.»

Lui scosse il capo. Il fatto che l'avesse delusa ben due volte, se si contavano anche le bugie dette per farla uscire dal centro commerciale, lo faceva sentire uno stronzo. Ma avrebbe recuperato, con entrambi. Nessun terrorista li avrebbe trovati nel mezzo delle foreste del Northwood.

Negli anni ottanta, prima dell'esplosione dei prezzi, i suoi genitori avevano acquistato una grande porzione di terra che includeva diversi laghi privati. Poi suo padre aveva costruito dieci baite da affittare, facendo quasi tutto il lavoro fisico da solo. Ogni baita era isolata e sperduta e quella che aveva sempre usato Jed era su un'isoletta collegata alla terraferma da un piccolo ponte nascosto alla vista. Era una delle poche che aveva una connessione internet, il che era sia una fortuna che una condanna. Avere internet significava che non sarebbe mai sfuggito del tutto al suo lavoro, anche se con tutti i documenti che si era portato dietro probabilmente non sarebbe sfuggito comunque. Andare in vacanza era uno stato mentale che non aveva mai davvero imparato, almeno da quando era entrato nell'FBI.

La casa dei suoi era situata in una gola ben nascosta e sia sua madre che suo padre erano piuttosto schivi. A volte si era chiesto se non fossero criminali in fuga, visto che facevano così attenzione all'anonimato e alla sicurezza personale. Una volta aveva addirittura fatto ricerche su di loro, ma non aveva trovato nulla. Notò che vicino alla proprietà della sua famiglia non c'erano segni di gomme recenti. Bene. La neve era fantastica per monitorare i movimenti delle persone.

«Sei cresciuto da queste parti?» domandò Vivi.

«Mi sembri sorpresa.» Non tolse gli occhi dalla strada. Non aveva la minima intenzione di slittare oltre gli argini perché troppo occupato a guardare una donna attraente. E lei lo era, nonostante Jed si sforzasse con molta difficoltà di ignorare questo aspetto. Era diventato la sua guardia del corpo. Il suo protettore. E non avrebbe tradito quella posizione di estrema fiducia. Né si sarebbe coinvolto con una donna che si meritava molto di più di un flirt a breve termine, specialmente una con un problema di fiducia enorme come la faglia di Sant'Andrea; e un bambino che aveva bisogno di tutto l'amore del mondo.

«Solo curiosa.» Lo squadrò in attesa di maggiori informazioni. «E comunque non hai risposto alla mia domanda.»

Lui fece una risata restia. Era così stremato e sfinito che ridere gli sembrò una bella sensazione. «Sicura di non essere un avvocato? Non sei come la maggior parte delle donne che conosco.»

Lei trasalì e incrociò le braccia al petto, guardando ostinatamente fuori del finestrino.

«Ehi, non era mica un insulto. La stragrande maggioranza delle donne prende le mie parole come il Vangelo, solo per il mio distintivo dell'FBI. Tu non lo fai. Perché?»

Sollevò le sopracciglia. «Vangelo?»

«Già.» Stava guardando la strada, ma con la coda dell'occhio vide le sue braccia sciogliersi e le mani riposare sul grembo. «E questa volta, sei tu che non hai risposto alla mia domanda.»

Ci fu un sospiro, di quelli che gridavano spossatezza senza possibilità di riposo. «Credo che i miei mi abbiano insegnato a mettere in discussione qualsiasi cosa, e intendo in senso letterale. È un'abitudine difficile da abbandonare.»

«Sono ancora in vita?»

Lei scosse il capo. «No, disastro aereo.»

«Viaggiavano molto?»

«Sì.» Si circondò il corpo con le braccia. «Erano due accademici. Ho passato molto tempo in Africa e Sud America, da bambina.»

Voleva sapere di più della sua famiglia e di lei. Doveva sapere chi fosse veramente, e come avrebbe retto questa prova. «È lì che hai capito di avere un talento per le lingue?»

«A-ah, allora hai indagato su di me.» Incrociò le gambe, e lui non poté fare a meno di indagare su di lei in modo del tutto differente. Li aveva comprati lui quegli stivali neri, solo che nel negozio non sembravano così sexy. *Fanculo.*

Riportò gli occhi sulla strada, ordinandosi di concentrarsi sulle curve invece di schiantarsi contro un albero. «Solo per accertarmi che tu fossi quella che dicevi di essere. Hai qualcosa da nascondere?» Non aveva avuto tempo di dare un'occhiata al report dettagliato che gli aveva inviato Frazer quella mattina via email. Sapeva solo che fino a due anni prima aveva avuto il nulla osta a informazioni altamente riservate. Era stato troppo occupato a cercare la terrorista donna e poi a correre alla casa sicura come un folle.

«Chi è che non ha qualcosa da nascondere?»

La risposta evasiva gli fece rizzare i peli sulla nuca.

Stava sviando l'argomento. Ma in fondo anche lui aveva cose del suo passato che non voleva venissero fuori, incluso il fatto che la moglie del suo migliore amico aveva provato a sedurlo mentre lui rischiava la vita in Afghanistan. Non avrebbe mai voluto che qualcuno lo sapesse.

Un altro motivo per cui non tornava a casa spesso.

Ma questo non riguardava lui. Dovevano fidarsi l'una dell'altro, il che non andava molto d'accordo con la sua necessità di mantenere una distanza tra di loro. E non poteva fare casini. I problemi di fiducia di Vivi erano stati ovvi dal primo momento, eppure lei lo aveva seguito quando le aveva detto di farlo; inoltre, si era fidata per quanto riguardava la cosa più preziosa che avesse, Michael. Non era una cosa da poco.

«Quante lingue parli?» Doveva farla rilassare e aprirsi, per stabilire un terreno comune su cui muoversi.

«Parlo fluentemente francese, spagnolo, arabo, farsi e pashtun. Ho una buona conoscenza dell'italiano e del tedesco e ho anche provato a studiare mandarino, ma il mio cervello si rifiuta.»

«Wow. Mi sento un povero analfabeta.»

Lei rise. «Vuoi che accarezzi un po' il tuo ego, agente speciale Brennan?»

Un calore improvviso gli si diramò dalle spalle, giù per la colonna vertebrale e dritto al cazzo. *Merda.* Sapeva che non era stato intenzionale rendere il commento così spinto, ma quando lei aveva abbassato la voce, il suo QI era precipitato ai minimi livelli.

Le guance di lei si infiammarono, le vedeva anche nell'oscurità dell'abitacolo. «Scusa, non volevo che uscisse così... com'è uscito.»

«Lo so cosa intendevi dire.» Quella donna si era trovata nel mezzo di due sparatorie e qualcuno aveva provato ad annegare suo figlio. Non era di certo dell'umore per flirtare. Stava solo cercando di arrivare alla fine della settimana senza impazzire o morire. E lui doveva tenere a mente che questo era il suo lavoro. Doveva ricordarsi l'addestramento. Non era colpa di Vivi se lo eccitava da morire. I capelli rosso acceso, il corpo sinuoso, gli occhi intensi, e perfino la devozione nei confronti del figlio sembravano mandare in cortocircuito quella parte del suo cervello che controllava il desiderio. Non avrebbe compromesso la situazione mentre era così vulnerabile e fiduciosa nei suoi confronti. Dovevano fermare questo gruppo di terroristi così sarebbero potuti tornare alle loro vite.

Fine della storia.

Il problema era che più tempo passava con lei, più la trovava attraente. Cazzo, non ricordava nemmeno l'ultima volta che era uscito con una donna, figurarsi quando si era sentito vagamente attratto da qualcuna. Negli ultimi nove mesi aveva lavorato come uno schiavo, giorno e notte, per stanare il Killer Arcobaleno. Aveva anche iniziato a frequentare i bar gay nella speranza di captare qualcosa che lo conducesse da lui. E alla fine infatti era andata davvero così. Si grattò la nuca. Per forza non era più uscito con una donna.

Perciò era solo un po' arrapato, tutto qui. Poteva farcela. Era stato un soldato per tre anni e sapeva cosa fosse l'astinenza. Non era per questo che avevano inventato le docce fredde?

Si schiarì la voce. «Hai lavorato alle Nazioni Unite. È lì che hai imparato che avere un distintivo non rende un uomo sincero?»

«Una donna, a dire il vero.»

«Ah.»

«La nuova moglie del mio ex...» disse dando un'occhiata a Michael sul sedile posteriore, che russava come un cucciolo, «... lavora all'Agenzia per la Sicurezza Nazionale. Diciamo che non ho avuto bisogno di investigatori per capire che i due erano intimi quando ancora eravamo sposati. Anche i lavori più importanti sono fatti da uomini e donne. Umanamente difettosi, complicati e imprevedibili. La fiducia va conquistata, io non la do facilmente.»

La schiena le si drizzò, di nuovo sulla difensiva.

Lui rimuginò su quelle parole, ignorando l'avvertimento. Vivi gli aveva già dato fiducia andando via dalla casa sicura con lui, ma evitò di dirglielo perché se lo avesse sottolineato lei ci avrebbe certamente ripensato. Perciò cambiò direzione. «Questa è la definizione di essere umano? Difettoso, complicato e imprevedibile?»

«Per la maggior parte, sì.» Sorrise, lasciando da parte l'imbarazzo di prima. «Allora, sei cresciuto qui?»

Ritornò alla domanda iniziale. Sarebbe stata un avvocato fantastico.

Lui indossava il completo di lana scuro che aveva messo prima della riunione di mezzogiorno. Non era proprio adatto allo stile di vita nel Northwood, ma ciò non significava che questa terra non avesse forgiato le ossa dell'uomo che era divenuto.

«Sì. Sono cresciuto qui. Non avrei mai pensato di andarmene. Poi, dopo l'undici settembre decisi di arruolarmi nell'esercito, dopo la laurea. Credo che quel giorno abbia cambiato la vita di molti americani.» In meglio o in peggio? A volte se lo chiedeva. Era bello voler proteggere il proprio paese, ma poi pensava a suo fratello maggiore, Max, che non vedeva da più di un anno, che faceva dio solo sapeva cosa in chissà quale parte del mondo. E poi pensò a Bobby e gli si chiuse la gola.

Una lepre *scarpa da neve* zampettò di fianco a loro e tre cervi dalla coda bianca li osservarono con cautela da dietro i rami frondosi della foresta. Era andato in guerra per proteggere questa immagine dell'America, ma i terroristi erano ancora là fuori; si moltiplicavano come conigli e ammazzavano la gente, troppo, troppo vicino a casa sua. Questo non era vincere la guerra contro il terrorismo. Non sapeva cosa cazzo fosse in realtà.

«Credo che mi piacerebbe vivere in un posto così.»

Lui rimase stupito. Dal modo elegante con cui si vestiva e si atteggiava, non avrebbe mai immaginato che le sarebbe piaciuto abbracciare la vita di campagna. Anche se, Cristo, viveva a Fargo, la cui attrazione principale era un trita-legname.

Trascinò di nuovo gli occhi sulla strada, perché non solo lei era bella, ma sembrava anche trovare conforto nel mondo in cui la stava portando. Un mondo che lui amava. Molti avrebbero trovato questo tipo di isolamento quasi soffocante ma forse, dopo quello che aveva passato, la reclusione era proprio ciò di cui lei e Michael avevano bisogno.

Fecero una salita e le gomme slittarono di lato. Lei si tenne alla portiera.

«Va tutto bene. Anche le strade da queste parti sono complicate e difettose. Spero che tengano quei criminali fuori dai piedi.» Girò le ruote che avevano slittato e raddrizzò il mezzo. «Ci siamo quasi.»

In fondo la strada si biforcava. Proseguendo a sinistra, sarebbero arrivati a casa dei suoi. Voltò a destra, rallentando a passo d'uomo. Una volpe dal pelo invernale si immobilizzò per un secondo, illuminata dai fari, prima di sparire nella foresta.

Gli erano mancati gli animali e le piante. Era cresciuto in mezzo a un altro mondo che viveva in parallelo con gli umani. Da lì vedeva la Terra come un ecosistema, mentre il suo appartamento in un condominio in Virginia glielo faceva vedere come una bolla piena di umanità. Un'umanità crudele, viziosa e cattiva.

Aveva davvero bisogno di tempo per staccare la testa. Se nessuno li avesse trovati, ci avrebbero tutti ricavato qualcosa.

La neve scricchiolava sotto le gomme mentre lui seguiva le cunette e le curve morbide della strada prima di passare sopra lo stretto ponticello. Vide delle orme nella neve e aprì la fondina.

Poi fecero l'ultima curva e i fanali illuminarono una grande baita in legno.

Sul portico frontale c'era un uomo, impalato coi piedi ben piantati a terra e un fucile da caccia in mano.

«È un tuo amico?» domandò Vivi con un rimarchevole auto-controllo, viste le circostanze.

«Non proprio.» Jed lasciò il motore acceso, uscì e camminò verso l'uomo, più vecchio di lui; lo abbracciò forte sollevandolo da terra. L'uomo ricambiò l'abbraccio. Anche se erano della stessa altezza, l'altro sembrava più piccolo. Ancora forte e atletico, ma decisamente magro. Non era più il gigante della sua infanzia, come ancora lo ricordava.

Era passato davvero troppo tempo da quando era tornato a casa. «È bello vederti, pa'.»

Suo padre si scostò da lui con un luccichio nello sguardo. «Avevo il sentore che saresti arrivato stasera.»

«Sentore o una chiamata?»

Lui storse le labbra. «Il tuo capo ha pensato che fossi un po' scosso per aver perso due testimoni.» Il fruscio della giacca di suo padre si amplificò nella foresta silenziosa. «Pare che tu abbia raccolto una coppia di randagi.» Indicò col capo Vivi attraverso il parabrezza. «E credo proprio che sia ora di qualche spiegazione.»

Se fosse stato chiunque altro gli avrebbe detto di andare a farsi fottere, ma era suo padre. «Non ho avuto molta scelta, papà.»

«Vale così tanto la pena da perdere il lavoro, figliolo?»

Suo padre sapeva quanto contasse la carriera per lui. Assicurare assassini spietati alla giustizia e metterli dietro le sbarre non riportava indietro le persone care, ma almeno aiutava. Jed coprì il suo imbarazzo con un sogghigno. «Non mi licenzierebbero mai. L'FBI sarebbe persa senza di me.»

Suo padre sbuffò. «Sono abbastanza sicuro che ce la farebbero.»

Meglio perdere il lavoro che la vita di Vivi e Michael. «Mi troverai qualcosa da fare qui, per tenermi occupato in caso dovessero licenziarmi?»

Suo padre rise. «Ti faccio assumere da Liam come suo vice.»

Suo fratello per capo? *Neanche morto.* «Speriamo che non si arrivi a questo. Mamma non vorrebbe assistere al suo funerale.»

Suo padre sghignazzò. «Voi due vi azzuffate da quando eravate dentro l'utero. Uno di questi giorni son certo che capirete che ci sono altri modi per esprimere l'amore fraterno.»

«E dov'è il divertimento?»

Vivi uscì dall'auto e rimase in piedi a guardarli, col fiato che si trasformava in vapore. Suo padre sollevò un sopracciglio ispido. «Carina, ma pare molto fragile. Spero proprio che tu sappia quello che stai facendo, figliolo.»

«Lo spero anch'io, papà. Anch'io.»

Faceva caldo dentro la baita di legno. Il padre di Jed aveva acceso sia il riscaldamento generale sia il fuoco in una stufa a legna, e un leggero odore affumicato impregnava l'aria. Vivi seguì Jed in una stanza al piano terra e lo guardò mettere a letto Michael su un lenzuolo con angoli che suo padre aveva appena steso sul materasso. Fece per prendere il lenzuolo di sopra, ma i due uomini la batterono sul tempo in quello che pareva un rituale ben stabilito. Si consolò infilando una federa su un cuscino gonfio e morbido.

Jed allungò la mano e lei gli passò il cuscino, che lui posò con delicatezza sotto la testa di Michael.

Poi i due uomini uscirono, senza dire una parola.

Michael dormiva come un sasso, perciò non lo spogliò nemmeno. Gli stivali e la giacca a vento glieli avevano tolti appena entrati, e avrebbe dormito bene con la maglietta e i pantaloni della tuta. Le occhiaie scure che aveva sotto gli occhi spiccavano sul pallore del viso, e la fronte era appena corrugata, come se provasse dolore. Gliela baciò. «Dormi bene, amore mio.»

Seguì Jed e suo padre nel salone principale, sapendo che avrebbero dovuto discutere di cosa sarebbe accaduto ora e della questione sicurezza.

La baita era fantastica. Se ne rese conto guardandosi intorno per la prima volta da quando era entrata. Non era un nascondiglio rustico, ma un rifugio lussuoso e confortevole. La parte frontale era un open-space con due grandi vani, composto da cucina e sala, divisi da un'isola di granito. Una parete era interamente occupata da un enorme camino in pietra. Numerose finestre si affacciavano sul lago. Un punto perfetto per guardare cadere la neve, che portava con sé un senso di isolamento e sicurezza. Un brivido le attraversò il corpo. La pace era solo un'illusione, ma l'apprezzava ugualmente. Jed stava chiudendo tutti gli scuri, anche se lei dubitava che ci fosse qualcuno nel raggio di chilometri. L'idea che la gente che li voleva morti li trovasse così in fretta era ridicola. Su un lato della parete dietro di lei c'era una scala, che presumibilmente portava ad altre stanze da letto. Un paio di lampade illuminavano la baita di un caldo color ambra, così confortevole da spingerla a trovare la prima superficie piana disponibile e svenire per la stanchezza, ma doveva tenere duro.

Il padre di Jed si voltò verso di lei. L'espressione nei suoi occhi era gentile ma al tempo stesso diceva chiaramente "risparmiamoci cazzate". «Volete dirmi, esattamente, cosa sta succedendo?»

«Mr. Brennan, mi chiamo Vivi Vincent e ha appena conosciuto la versione addormentata di mio figlio Michael.»

«Ho visto le vostre foto al telegiornale. C'è una vera e propria caccia all'uomo per trovarvi, condotta dal gruppo operativo mobile e dall'FBI.» I suoi occhi guizzarono sul figlio.

Si somigliavano molto, padre e figlio, l'unica differenza erano i capelli grigio-bianchi dell'uomo più anziano, che facevano risaltare per il contrasto gli occhi scuri e la pelle abbronzata.

«Il tuo capo pensa che tu sia venuto qui per riprenderti dal dolore della perdita di questi due, ma in realtà sei venuto qui a nasconderli, giusto?»

«Hanno attaccato la casa sicura, papà.» Il tono di voce di Jed rifletteva la gravità della situazione. Vivi si era scordata, per un attimo, il vero motivo per cui erano lì. «E non sono sicuro se abbiano seguito lo strizzacervelli che era andato a visitare Michael, o se qualcuno dall'interno abbia fatto trapelare la notizia.»

Gli occhi scuri e perspicaci dell'uomo tornarono su di lei, inchiodandola. «Come hai fatto a fuggire all'agguato alla casa sicura?»

Un flashback improvviso della testa di Hinkle spappolata le fece venire il voltastomaco. Si accasciò sul divano e desiderò poter tornare indietro nel tempo e scegliere un giorno diverso per venire a Minneapolis. Desiderò non essere mai andata in quel maledetto centro commerciale e non aver mai rilasciato quella stupidissima intervista in TV.

Tuttavia, doveva fare i conti con la situazione reale, perché nascondere la testa sotto la sabbia non li avrebbe portati da nessuna parte. «Dopo che il dottor Hinkle ha esaminato mio figlio, Michael è scappato via e si è nascosto. L'ho trovato nel bagagliaio dell'auto di R-Roger.» Incespicò sul nome dell'agente che le aveva salvato la vita mentre moriva dissanguato a terra, colpito da un proiettile. Non aveva fatto nulla per aiutarlo e il senso di colpa la mangiava viva. Se avesse provato a salvarlo, sarebbe morta anche lei e Michael ora sarebbe solo, ma non aveva importanza. Lei non aveva provato a salvarlo. *Dio.* Respirò profondamente dalla bocca, cercando di essere coraggiosa, calma e capace di fronteggiare tutta questa situazione da incubo. «I posti angusti e bui sono la zona di confort di mio figlio. Li cerca quando è troppo stressato e ha bisogno di fuggire dal mondo. Non ho avuto il coraggio di muoverlo da lì, ma al tempo stesso non volevo lasciarlo solo. Perciò mi sono infilata nel bagagliaio con lui, stringendolo forte e pregando che non ci trovassero.» Sembrava un racconto fuori di testa. Lei era fuori di testa. Non che questa fosse la notizia del giorno.

Jed accese una luce e mise un bollitore pieno d'acqua sulla stufa. Lei osservò il modo in cui si muoveva, così calmo e sicuro di sé anche se aveva appena infranto un milione di regole, rischiando il lavoro. Perché li stava proteggendo?

Finito di preparare, Jed si appoggiò contro l'isola della cucina e proseguì il racconto. «Quando sono arrivato lì, credevo che gli agenti avessero già ripulito tutto. Poi ho sentito un rumore nel garage e li ho trovati nascosti nel bagagliaio.»

«Ero troppo impaurita per muovermi» confessò Vivi. «Non sapevo se i terroristi fossero ancora nella casa o no. Me ne stavo immobile, sotto shock.» Come facevano ad essere ancora in vita, dopo tutte le cose terribili che erano capitate?

Jed annuì. «Sono riuscito a infilarli dentro la mia auto senza essere visto.» Stava in piedi al centro della stanza, riempiendo l'ampio spazio con la sua presenza. Tutto di lui gridava sicurezza, e promesse. «Gli agenti e i federali mi spaccheranno il culo quando lo verranno a sapere, ma se mi ritrovassi nella stessa situazione...» I suoi occhi dicevano che lo avrebbe rifatto.

«I giornali dicono che il bambino è autistico, è vero?» le domandò il padre di Jed.

«Sinceramente?» Il peso di migliaia di dubbi la colpì come un mattone. «Nessuno lo sa con certezza.» Spiegò la condizione di Michael. Era complicata e lei era stanca. Non era sicura che quello che diceva avesse senso.

Jed intervenne salvandola di nuovo, quando lei aveva sempre sbandierato la sua forza e la capacità di cavarsela da sola. Chiuse gli occhi.

«Io credo che sia andata così: i terroristi hanno attaccato la casa sparando a raffica, ma Vivi e Michael non erano dove loro pensavano che fossero, e il fuggitivo deve es, essersela svignata quando ha sentito le sirene.»

Qualcuno si sedette sul divano di fianco a lei. Aprì gli occhi certa di trovare Jed, ma vide suo padre.

I suoi occhi le cercarono lo sguardo. «Perdonami per questa domanda, figliolo, ma chi lo dice che Vivi non abbia ammazzato tutte quelle persone e poi si sia nascosta nel bagagliaio dell'auto?»

CAPITOLO DODICI

Vivi trasalì e si allontanò dall'uomo. Si sentiva come se le avesse dato un cazzotto nello stomaco. Come poteva pensare una cosa simile?

«Be', lo dice il fatto che c'erano tre terroristi morti quando siamo arrivati, e prima che gli sparassero uno degli agenti ha comunicato che quattro uomini armati li avevano attaccati.» Jed si sedette sul bracciolo del divano di fianco a lei, e posò una mano sulla sua spalla per rassicurarla. «Mi ero scordato di dirti che la mia famiglia è complottista e non giudica mai le cose dalle apparenze. Questo ha reso il mio lavoro all'FBI, diciamo, interessante.»

Gli occhi del padre di Jed si addolcirono. «Volevo solo essere sicuro che tu fossi quella che dici di essere, prima di lasciarti da sola con mio figlio.»

«Sono certo che me la caverò, papà.» Jed toccò lo scudo dorato sulla fibbia. «Sono un agente federale, ricordi?»

La risata di Vivi uscì fuori come un singhiozzo. «Mr. Brennan, ammiro davvero il suo istinto genitoriale.» Alzò lo sguardo e incontrò quello di Jed. «Senza suo figlio, non so davvero dove saremmo ora, probabilmente morti. Non sono un pericolo per lui, ma le persone che vogliono uccidere Michael potrebbero esserlo e io non voglio mettere a rischio la vita di nessuno di voi.» Solo l'idea la fece tremare come una foglia. «Forse farei meglio ad andarmene e a trovare un hotel.»

L'espressione del padre di Jed si fece più pacata. «E intendi trascinare quel povero bambino giù dal letto fino a un hotel? Qui è al sicuro. Mi dispiace di averti messo a disagio, ma Jed ha ragione, non giudico mai le cose dalle apparenze. Tuttavia mi fido di mio figlio, e a parte quello che penso dell'FBI in generale, lui è davvero in gamba nel suo lavoro.» L'uomo le porse la mano. «Jeremiah Brennan al suo servizio, signora.»

Gliela strinse, un po' confusa. O lei era congelata o lui aveva la lava al posto del sangue.

«Ma sei gelata.» Le strofinò le mani tra le sue. «Dalle qualcosa di caldo da bere, figliolo.»

«Lo sto preparando. Tu vuoi qualcosa?» Jed riempì una tazza di acqua bollente e ci mise dello zucchero. Vivi non volle infastidirlo dicendogli che lei lo prendeva senza. Anzi un po' di energia le avrebbe fatto bene, anche se in realtà era Jed che non dormiva da un paio di giorni.

«Quindi? Qual è il piano?» chiese il padre di Jed, improvvisamente coinvolto nella situazione.

Questo la colpì con forza, come se non si fosse già sentita abbastanza in imbarazzo negli ultimi giorni.

Jed le passò la tazza di tè bollente, e poi si piazzò di fronte al camino. Sembrava saldo e stabile come la pietra dietro di lui. «Ce ne staremo rintanati qui per qualche giorno, sperando di dare ai federali abbastanza tempo per stanare e catturare i terroristi rimasti. Vivi domani si tingerà i capelli di castano ed eviterà il più possibile la gente. Se qualcuno chiede qualcosa, di' pure che sono in visita con la mia ragazza e che non voglio essere disturbato.»

Le guance di Vivi si infiammarono. Ah, le gioie della pelle chiara. Si nascose dietro la tazza e inalò il vapore.

«Sì, certo, come se il fatto che porti una donna a casa non destasse alcun sospetto» sbuffò Jeremiah. «Lo dici tu a Liam, o vuoi che glielo dica io?»

«Glielo dirò io.»

«Angela?»

Vivi si domandò chi fosse *Angela*. Sorseggiò il tè e fu colpita da un'ondata di dolcezza. Diede un'altra sorsata. Era buono.

«Mi fermerò a farle visita uno di questi giorni.»

«Quante probabilità ci sono che questa gente scopra che la ragazza e il bambino sono qui con te?»

Jed spinse in fuori le labbra, pensieroso. «Poche, ma nulla è impossibile.»

«Hai disabilitato il GPS nella macchina?»

Jed annuì. «Sì, quando mi sono fermato al negozio. Frazer sa dove sono, ma mi fido di lui. Ho spento il GPS anche nel portatile e nel telefono. Se la talpa è qualcuno tra le forze dell'ordine e sospetta che Vivi e Michael siano con me, allora ci troveranno, ma ci vorrà del tempo. Non intendo rendergli le cose semplici.»

Jeremiah indicò Vivi con un gesto delle dita. «Non controllare le email, e non comprare nulla online usando le tue credenziali e la tua carta di credito. Se hai bisogno di qualcosa chiedi a Jed. O Mary lo può ordinare per te. Mary è la madre di Jed.»

«Scusalo, guarda molta TV.» Jed lesse la sua espressione perplessa e le fece l'occhiolino.

L'uomo guardò il figlio. «Non ci sarà modo di tenere fuori tua madre da tutto questo, lo sai.»

Jed annuì, serio. «Credo che il modo più facile di procedere sia partire col piano A, e cioè le mie vacanze di Natale in famiglia già pianificate. Meno persone sanno di Vivi e Michael e meglio è, ma ci sarà chi farà domande, e allora racconteremo la storia della fidanzata timida.»

«Dovrebbe funzionare, a patto che tutti si attengano alle regole. Io, tua madre e Liam non ti tradiremo.» Il suo sguardo si posò su Vivi, come se lei fosse l'anello debole.

«Questa gente sta cercando di ammazzare il mio bambino.» Si chinò in avanti, incapace di trattenere la rabbia dalla sua voce. «Non c'è nulla che non farei per tenerlo al sicuro. Questo include mentire alla gente, nascondermi dal mondo intero ed evitare di fare *shopping* online. Niente conta per me, se non Michael.»

«Tu conti» la interruppe Jed con gentilezza.

Lei scosse il capo e appoggiò la tazza vuota sul sottobicchiere sopra il tavolo di quercia. «Tu pensa a proteggere Michael, non preoccuparti per me. Se gli accadesse qualcosa...»

Il volto del padre di Jed si riempì di comprensione e le diede dei colpetti affettuosi sulla mano. «Non succederà nulla a nessuno di voi. Siete venuti nel posto giusto. Potremmo essere un po' bizzarri e rustici, quassù nel Northwoods, ma sappiamo come proteggere ciò che è nostro.»

Era passata da sospetta assassina a parte della famiglia nel giro di cinque minuti. «Non so come ringraziarla, Mr. Brennan. Molta gente ci avrebbe voltato le spalle, scappando a gambe levate.»

L'uomo si alzò in piedi. «La mia famiglia non è molta gente, li ho cresciuti meglio di così, i miei ragazzi. Ringraziami prendendoti cura di tuo figlio. Scommetto che è una peste quando è sveglio.»

«Ah, sì.» A parte il fatto che non diceva una parola, ma questa conversazione l'avrebbero fatta un'altra volta. Magari l'indomani sarebbe riuscita a far disegnare Michael e lui avrebbe fornito ai federali le informazioni che servivano per catturare i suoi persecutori, così avrebbero potuto andarsene a casa.

«Farò meglio a tornare da tua madre. Ah, l'interruttore continua a fare cilecca, dovrò comprare un altro fusibile» disse

Jeremiah al figlio, che annuì. Poi si alzò, mise il cappotto e infilò gli scarponi. «Tieni il fucile. È carico. Porterò altra roba domani.»

«Non gli servirà?» domandò Vivi, ma l'uomo era già sparito nell'oscurità. Jed richiuse la porta sulla neve che ancora cadeva.

«Fidati, ne ha altri in macchina». Jed appoggiò il fucile vicino alla porta d'ingresso, poi chiuse e mise la chiave in alto, sullo stipite.

Lei andò alla finestra e scostò la tapparella. La neve cadeva in fiocchi larghi e fitti, circondandoli e tagliandoli fuori dal mondo. Voleva solo sparire, stare lì per sempre e non preoccuparsi più di nessuno che volesse fare del male al suo bambino. «Hai imparato a sparare prima di imparare a camminare, vero?»

«Più o meno, sì.» Si voltò per guardarla. «Vorrei insegnare a te e Michael a sparare, a cominciare da domani.»

Un brivido le attraversò il corpo. L'idea del suo piccolo che maneggiava un'arma... «Odio le armi.»

«Lo capisco, ma con ogni probabilità Michael si troverà in mezzo alle armi, in un modo o nell'altro, almeno per un po'. Che ne dici di iniziare con qualche lezione sulla sicurezza e un po' di autonomia nel maneggiarle? Se c'è un bambino che se lo merita, quello è Michael.»

Pensò a tutte le volte che David aveva provato a portarla al poligono. Ma questo era diverso. Qui c'era di mezzo la sopravvivenza, che rendeva tutto decisamente peggiore. L'idea di togliere la vita a qualcuno era aberrante, ma l'idea di qualcuno che uccideva suo figlio perché lei era troppo idealista e incapace di prendere in mano un'arma era peggiore. Fece un sospiro e acconsentì a qualcosa che solo pochi giorni prima sarebbe stato impensabile. «Lo apprezzo molto. Grazie.»

Quegli occhi scuri e profondi le accarezzarono il volto, soffermandosi sulle labbra. Un brivido di consapevolezza le si arricciò nel bassoventre, perché nonostante tutto quello che stava accadendo, non poteva fare a meno di riconoscere l'uomo che c'era dietro l'agente. Un uomo attraente. E il calore che percepiva nel suo sguardo, quando non lo abbassava in tempo da non essere visto, le faceva capire che anche lui la trovava attraente. A proposito di tempismo pessimo.

«Sembri stanca morta.» Rabbrividì per la scelta delle parole, ma continuò. «Tu vai nella stanza principale, di sopra. Io dormirò nell'altra qui di sotto.»

Si bloccò. «M-ma c-credevo che avrei dormito con Michael.» La balbuzie la fece incazzare. Pensava di averla superata da ragazzina.

Gli occhi scuri la guardarono severi. «Dormi con lui a casa?»

Lei scosse il capo. «No, ma...»

«Allora che ne dici se lo facciamo rientrare in una sorta di routine? Tu hai detto che è quello di cui ha bisogno. Perché non iniziamo da subito?»

«Ma è un posto che non conosce, e dopo quello che è successo...»

«Michael ha attraversato l'inferno, ma è forte, tosto e resiliente. Dagli la possibilità di dimostrarlo.» La prese delicatamente per il braccio, e lei si ricordò di come l'avesse baciata quando aveva scoperto che era viva dentro il portabagagli di quell'auto. Un tintinnio di consapevolezza le si irradiò lungo i nervi.

Pensò a tutti i modi in cui David aveva provato a convincerla a fare la stessa cosa. Che lei stava soffocando Michael, lo stava rovinando, facendolo diventare un mammone che tutti i bambini avrebbero preso in giro. Invece, tutto ciò che quest'uomo aveva fatto era usare un po' di logica e di naturale compassione.

Doveva smetterla di pensare al suo ex e iniziare a vivere il presente.

Gli occhi di Jed si addolcirono, come se avesse capito che

aveva vinto. «Lo sentirò se si veglia e voglio essere al piano terra, in caso succeda qualcosa. Ci sono solo due stanze qui di sotto, perciò a te spetta la suite di lusso di sopra. Il tuo aspetto mi dice che ne hai bisogno.»

Vivi non lo prese come un insulto, piuttosto si sentì svenire per la stanchezza, come se avesse le vertigini.

«Mi accerterò che stia bene e ti verrò a chiamare in caso gli servisse qualcosa, okay?»

Dopo tutto quello che era successo, era strano che la gentilezza e la comprensione di Jed la spingessero oltre il limite, portandola quasi alle lacrime.

«Okay.» Era troppo stanca per controbattere. «Prima andrò a dargli un'occhiata e lascerò le porte socchiuse in caso si svegli.»

Lui annuì.

Senza pensarci, lei allungò una mano e gliela poggiò sulla mascella scolpita. Lui rimase calmo, con gli occhi scuri, impenetrabili, lei si immobilizzò. Poi si alzò sulle punte e gli posò un bacio veloce sulla guancia. Le piacque la sensazione della barba incolta sotto le sue labbra. «Grazie per tutto.»

Lui la bloccò, con gli occhi puntati sulle sue labbra. Una carica sessuale guizzò tra di loro, facendole trattenere il respiro mentre l'eccitazione le montava calda nel bassoventre. L'aria intorno a loro crepitò, e Vivi rabbrividì mentre lo fissava, rapita.

Jed si fiondò con le labbra sulle sue, come se avesse l'urgenza di assaporarla, la stessa che aveva provato quando li aveva trovati vivi nel bagagliaio. Fu un pieno assalto a bocca aperta, e lei gli andò incontro con la stessa foga. La lingua di lei si intrecciò a quella di lui in uno scambio setoso e scivoloso. Il suo sapore era eccitante e fortemente mascolino. Qualcosa dentro di lei prese fuoco. La miccia, un desiderio recondito e dimenticato. Provò ad avvicinarsi di più, ma lui staccò la bocca, gli occhi lucidi.

Entrambi avevano il fiato corto e il petto che pulsava forte. Un ciocco scoppiettò nel camino, rompendo l'incantesimo.

Jed la lasciò andare e si allontanò. «È stato uno sbaglio. Non avrei dovuto farlo.» Si passò una mano tra i capelli corti. «Mi dispiace. Vai a riposare. Prometto che ti chiamerò se Michael ha bisogno di qualcosa.»

Lei annuì, più che scioccata da quello che era appena successo. Il fatto che avesse baciato un uomo quando suo figlio era in pericolo di vita la disgustò. Si fece indietro, desiderando che le cose fossero diverse. Avrebbe voluto non averlo mai conosciuto o che lui non le avesse ricordato che era esistita un'altra parte della sua vita, che includeva pelle nuda e stoccate vigorose e colme di piacere.

Quel piacere un tempo le aveva portato il suo prezioso bambino, ma le aveva anche spaccato il cuore in due.

«Anche a me dispiace.» Era stata un'idiota. Doveva ricordarsi che Jed era qui perché era il suo lavoro, non perché era coinvolto o attratto da lei.

Jed aveva bisogno delle informazioni che Michael poteva conoscere, e il modo migliore per ottenerle era tenerli al sicuro e diventare una parte integrante della vita di suo figlio. Doveva cambiare il modo in cui vedeva Jed Brennan, tenendolo a distanza non solo fisicamente, ma anche mentalmente. Non importava quanto la tentasse, questa non era una fuga romantica o la scusa per una sveltina che avrebbe saziato gli istinti animali. Era una corsa per la sopravvivenza e Michael era il premio finale.

Finché Vivi non lo aveva baciato sulla guancia, Jed era riuscito a non pensare che era stato il primo a farlo quando l'aveva trovata nel bagagliaio dell'auto. Al contatto delle labbra di lei sulla sua pelle, il ricordo era esploso con violenza, e aveva sentito l'urgenza di baciarla di nuovo. Un'urgenza di sicuro alimentata dall'afflusso di adrenalina degli ultimi giorni, sospesi tra la vita e la morte. Non c'era altra spiegazione sul perché gli fosse piaciuto così tanto.

Adesso non riusciva a togliersi di dosso il suo sapore. Avrebbe voluto seguirla su per le scale, inchiodarla al letto e baciarla tutta la notte. Ovunque.

Camminò avanti e indietro davanti al camino.

Non era di certo il modo con cui di solito si approcciava ai testimoni.

Specialmente non madri single con problemi e responsabilità, per giunta in fuga dai terroristi. Ma che cazzo gli era passato per la testa? Approfittarne così?

Dopo aver perso Mia in Afghanistan aveva evitato di farsi coinvolgere troppo sul fronte delle relazioni. Manteneva le cose a un livello superficiale, concentrandosi più a risolvere gli omicidi che inondavano la sua scrivania come un infinito fiume di violenza. Ogni volta che arrestava un assassino era come se segnasse una vincita per la giovane donna soldato che aveva amato e che aveva perso per mano di un altro mostro. Ma Vivi riusciva a risvegliare quella parte di lui addormentata da quasi dieci anni. Il tempismo faceva proprio cagare. L'intera situazione era una merda. E lui non poteva permettersi di mandare tutto a puttane per qualche ora di sollievo fisico che si sarebbe tramutato in angoscia e rimorso non appena la loro pelle si fosse raffreddata.

Emise un lungo sospiro. L'immagine di Vivi nuda tra gli spasmi della passione gli fece pompare il sangue con troppa foga nelle vene. Lei si meritava di più di un flirt, ma era tutto ciò che Jed aveva da darle. Non poteva permettersi di rimanere coinvolto un'altra volta.

E allora smetti di pensare a lei, brutto coglione.

Si versò da bere qualcosa di forte e aggiunse un ciocco al fuoco della stufa. Aprì il portatile e controllò le sue email.

Cinquantasette messaggi. *Però*. Sembrava andato via da due giorni, non da poche ore. Rispose al suo capo, che gli comunicava che non c'erano notizie di Vivi e Michael, perciò che spegnesse il computer e si prendesse una pausa da tutto.

Certo, come no.

Un filo di senso di colpa s'insinuò tra i suoi nervi. Doveva dirlo a Frazer?

Anche se lo aveva messo in panchina, considerava quell'uomo un amico. Era intelligente, zelante e prendeva il suo lavoro molto seriamente.

Poteva fidarsi di lui.

E allora perché non si confidava con lui?

Sapeva il perché.

Il modo migliore per Vivi e Michael di rimanere in vita era non dire niente ad anima viva, neanche al suo capo. Nessuno doveva sapere, eccetto i suoi genitori e suo fratello, che lo avrebbero aiutato sul campo.

Una delle nozioni di base sull'essere umano è che reazioni e azioni cambiano a seconda di quello che un individuo sa. Jed usava questo principio ogni giorno, e lo stesso faceva Frazer. Era così che catturavano i criminali, e sperava che seguendolo avrebbero catturato anche quei terroristi di merda. Rispose al suo capo, chiedendogli se avessero scoperto come i terroristi avevano rintracciato la casa sicura, o se c'erano progressi in merito. Frazer rispose subito che ancora ci stavano lavorando, anche se da una prima analisi delle telecamere di sorveglianza del parcheggio in cui si trovava l'auto di Hinkle, non pareva ci fossero segni di pedinamento.

Jed pensò a come avrebbe fatto lui se non avesse voluto esser visto. Magari avevano installato dei dispositivi nell'auto di Hinkle per rintracciarla...

Arrivò un'altra mail. *Nessun dispositivo installato nell'auto di Hinkle, anche se c'è la possibilità che l'abbiano rimosso prima di iniziare l'attacco.*

Jed sogghignò. Erano spesso sulla stessa lunghezza d'onda. Rispose chiedendo se ci fossero prove di una qualche talpa tra di loro.

Ci sta pensando Alex Parker, rispose Frazer.

Alex Parker era socio di un'azienda che si occupava di sicurezza informatica, e aveva un'ottima reputazione a Washington. Era anche il ragazzo del nuovissimo membro dell'unità comportamentale, l'agente speciale Mallory Rooney. Jed pensò che avrebbe scoperto presto se questo tizio era davvero all'altezza della sua reputazione. Per ora avrebbe accettato qualsiasi tipo di aiuto.

Un'altra mail arrivò nella casella di posta. Killion. *Nessun segno di Vivi e Michael, ancora.*

Jed gli rispose. *Cos'hai scoperto oggi dagli interrogatori?*

Il suo cellulare squillò un attimo dopo, e lui fece un sospiro. Killion. Non aveva voglia di rispondere, ma non voleva neanche allertare i suoi sensi di ragno. Visto chi era e cosa faceva, avrebbe potuto trovarlo facilmente. In più, Jed voleva informazioni.

«Brennan.»

«Ti manco già?» gli chiese Killion.

«Mi spiace deluderti, ma non sei il mio tipo.»

«Credo che il tuo tipo sia più qualcuno con lunghi capelli rossi e una lingua tagliente.»

Jed attese un secondo, scioccato, e trattenne il fiato. «Questo è decisamente indelicato anche per te.»

«Già, ma non credo che lei o il bambino siano morti. Penso che siano fuggiti e si stiano nascondendo da qualche parte.»

Merda. «Spero proprio che tu abbia ragione, ma è un po' improbabile, non trovi?» Il suo tono invitava l'altro tizio a provare a convincerlo.

«Quella gente non si sarebbe mai presa la briga di portarli con loro. Li avrebbero fatti secchi e via.»

Erano stati così vicini dal farlo veramente che la nausea gli attanagliò lo stomaco. «Cristo santo.» Usò la fantasia per aiutarsi, la sua personale forma di distacco. «Spero che siano vivi.»

«Uno dei terroristi non aveva un'arma con sé. E abbiamo trovato dei proiettili da nove millimetri che non corrispondono a nessuna pistola presente nella casa.»

Jed aveva imbustato ed etichettato l'arma che aveva preso Vivi e l'aveva messa su una mensola in alto, dove Michael non sarebbe potuto arrivare. «Se c'era un quarto uomo forse l'ha presa lui, l'arma.»

«Forse... ma perché sei così certo che siano morti?» gli domandò Killion.

«Senti. Da quello che sappiamo, questa gente è parte di un gruppo di terroristi islamici e lei è una bella donna. Se non l'hanno uccisa, magari l'hanno presa per...». Venderla. Stuprarla. Tagliarle la testa incappucciata su YouTube per mostrare al mondo intero la loro potenza. *Fanculo*. Del sudore gli colò sulla fronte. Tutto questo sarebbe potuto accadere. Poteva *ancora* accadere, se non avesse giocato le mosse giuste. «E se fosse viva, perché cazzo non si sarebbe fatta avanti?» Stava alzando la voce in modo antipatico.

«Dopo l'attacco alla casa sicura? Io mi nasconderei da solo, senza il cosiddetto aiuto del governo.»

Jed grugnì. Questo tizio era un manipolatore esperto, senza dubbio. Ma non ci sarebbe caduto. «Cos'hai ricavato dagli inter-rogatori?»

«A parte che Abdullah è uno spietato assassino?»

«Questo te lo avrei potuto dire io dopo che gli ho tolto le dita dalla gola di un bambino di otto anni.»

«Be', gli ho mostrato delle foto di come erano ridotti i suoi colleghi e non ha mostrato la benché minima emozione.»

«Sarà per via delle vergini vestali.»

«E a dirla proprio tutta, chi cazzo vorrebbe passare l'eternità con una vergine? Cioè, dico sul serio, dammene una con esperienza almeno...»

«Killion» scattò Jed. Mr. CIA stava andando decisamente fuori tema.

«Okay. Sono emerse due cose interessanti, a parte il fatto che è un sociopatico del cazzo. Primo, Abdullah è un membro ufficiale della Guardia Repubblicana siriana.»

Non era affatto una buona notizia per la pace mondiale.

«Ma potrebbe anche lavorare con i ribelli apposta per creare problemi alle forze governative. Ci sono molte fazioni rivali che combattono laggiù, Al-Qaeda, l'Esercito Siriano Libero, perfino Hezbollah, che invece aiuta il regime. È difficile reperire informazioni valide e sapere chi è collegato a chi. La politica e la religione sono strettamente legate e l'Iran ha le mani in pasta in entrambe. È anche possibile che il coinvolgimento della Siria sia una trappola. Ci sono tanti gruppi in Medioriente che vorrebbero vedere l'America mangiare merda e soccombere. La Primavera Araba si sta rivelando un incubo per i nostri interessi all'estero. Diciamocela tutta, la democrazia è strepitosa solo se tutti fanno quello che vogliono gli americani.»

Lottare per la democrazia e la libertà era una delle cose più importanti che aveva fatto quando era nell'esercito, ma il risultato in alcuni Paesi era instabile o non era durato a lungo e in altri, invece, i loro sforzi si erano rigirati ed erano tornati dritti nel culo. Eppure elezioni libere e oneste avrebbero dovuto essere un diritto umano. «Qual è la seconda cosa?»

«Ah, questa è bella. I servizi segreti inglesi ci hanno contattato perché uno dei tre terroristi morti alla casa sicura è risultato in uno dei loro database. Perciò sono in attesa che uno dei valorosi servitori di Sua Maestà attraversi lo stagno con un plico di documenti che non potevano mandarmi via mail. Non so cosa abbiamo in mano, se siamo riusciti a cogliere una falla, oppure se hanno qualcuno all'interno da qualche parte. Comunque arriva domani.»

Perciò la cellula aveva dei collegamenti con il Regno Unito. Nulla di strano, i terroristi si spargevano come scarafaggi e avevano mezzi finanziari in tutto il mondo. Però ciò significava che erano stati addestrati e sovvenzionati da qualcuno. Jed voleva i finanziatori.

«Nessuna voce su internet di altri imminenti attacchi?»

Killion sospirò ad alta voce. «Nulla. Secondo i nostri analisti, non comunicano via internet o email o cellulari.»

«O si sono molto evoluti, o il piano era già in moto da prima.»

Killion rimase in silenzio per un po'. «Ma tu te ne stai veramente in vacanza nel mezzo di un'operazione di queste dimensioni?»

«Certo che sì. Senti, ho due scelte. Esaurirmi e distruggere quella che fino ad ora è stata un'eccellente carriera, oppure fermarmi a riprendere il fiato. Ho scelto la seconda.»

Killion grugnì. Probabilmente non si concedeva una pausa da quando era entrato nella CIA.

Jed si sforzò di parlare di Vivi e Michael. «Senti, se i Vincent saltano fuori...»

«Non ti preoccupare, ti chiamerò non appena saprò qualcosa. Ehi, magari ti raggiungo per una vacanza quando quest'incubo sarà finito.»

Un pensiero balenò nella mente di Jed. *Merda.* Forse aveva frainteso. Si schiarì la voce. «Sai che sono etero, sì? Cioè non mi frega se tu non lo sei, ma io...»

«Ma che cazzo dici? Sei serio?» Killion attaccò a ridere.

«Non pavoneggiarti troppo, Brennan. Non mi dispiace giocare col mio uccello, ma non mi avvicinerei mai al tuo.»

«Lo spero bene». Jed fu sollevato di non aver perso la sua abilità di leggere le persone.

«Mi piacciono giovani, carine e femmine. Meno cervello hanno e meglio è.» Killion pareva esausto. Non solo perché era sveglio da ore, ma per *qualcos'altro*. Gli agenti dell'intelligence si logoravano più velocemente di quelli dell'FBI.

Jed mantenne la conversazione leggera. Non voleva farsi trascinare. «Meno cervello hanno e più sono le possibilità di scopartele, giusto?»

«Ehi, non fare lo stronzo.» Killion rise di nuovo. «Rilassati, non voglio il tuo corpo anche se godo a romperti il cazzo. A te, agli altri.» L'accenno di disprezzo verso se stesso nella voce di Killion lo bloccò di colpo. Aprì la bocca per chiedergli come stava, anche se sapeva che probabilmente stava giocando con lui. Killion tagliò corto prima che ne avesse la possibilità. «Okay, ho passato un po' di tempo e mi sono divertito abbastanza, adesso vado a fare due chiacchiere con Abdu-figlio di puttana. Stiamo cercando di confondere il suo orologio biologico per accelerare una qualche confessione. Il tizio è perso senza il suo Rolex.»

«Mi piange il cuore per lui.»

«Già, ma non credo che confesserà per quello. Okay, a più tardi.»

Jed borbottò un saluto e agganciò, cercando di ricordare cosa sapeva dei terroristi. Il terrorismo politico era diverso da quello religioso. Trovare motivi a questo attacco era forse il modo migliore di scoprire se ce ne sarebbero stati altri.

La gente non capiva come persone normalissime potessero uccidere degli innocenti in nome di una causa o un'ideologia. La psichiatria suggeriva un fenomeno chiamato sdoppiamento, che era stato riscontrato la prima volta tra i nazisti. Erano partiti con il desiderio di aggiustare qualcosa che loro percepivano come rotto, ma dopo un buon indottrinamento erano diventati due persone. La parte benevola già esistente e quella assassina senza morale, capace di compiere atti orribili.

Il terrorismo sostenuto dai governi era una bestia diversa, con corna, artigli e tentacoli.

Ironicamente, lo sdoppiamento era incoraggiato in alcune professioni. La sua, per esempio. Le forze dell'ordine erano maestre nell'arte dello sdoppiamento. Altrimenti, come avrebbero potuto affrontare il male e la morte quotidianamente, e tornare a casa sereni dalle loro famiglie?

Ma com'era possibile che il conflitto interno siriano fosse collegato a un attacco terroristico al Minneapolis Mall? Si premette le tempie per cercare di alleviare la tensione. Non sapeva niente della Siria, e pensò che fosse arrivato il momento di istruirsi. Si connesse a Internet e s'immerse nel blog di Brown Moses.

Un'ora dopo stava per addormentarsi quando vide dei fanali illuminare lo spesso velo di neve sulla strada. Tirò fuori la pistola e si diresse verso la porta. Vide una macchina della polizia con lampeggiante e motore acceso davanti all'ingresso. Jed si mise gli scarponi e uscì nella notte, dirigendosi verso una delle poche persone di cui si fidava ciecamente.

CAPITOLO TREDICI

Vivi si svegliò, disorientata e intontita, col cuore che le batteva per un incubo. I numeri sgargianti sulla sveglia indicavano che erano solo le due del mattino. Aveva la gola secca, perciò decise di scendere di sotto per bere qualcosa.

Scaldò un pentolino di latte nel microonde, poi notò che il fuoco si stava spegnendo e mise un altro ciocco.

Quando si voltò, si rese conto che la stanza non era vuota. Jed Brennan era stravaccato sul divano. La sua camicia era sgualcita, sbottonata sul collo e con le maniche arrotolate fino ai gomiti. La cravatta e la giacca gettate sul pavimento, poco distante.

Aveva un braccio steso sopra la testa, e le lunghe gambe uscivano dal bracciolo del divano, era troppo alto per stare comodo. Aveva la bocca leggermente aperta e pareva dormire come un sasso. Con tutta probabilità, questa era la prima volta dall'attacco che riusciva a dormire, e per quanto le piacesse stare lì immobile a fissare il suo bel viso, avrebbe dovuto lasciarlo in pace.

Non poteva credere che prima l'aveva baciato. Sentirsi un'idiota non era una bella sensazione.

Le vennero i brividi. Faceva freddo lì. Il microonde squillò, ma Jed non si mosse. Decisa a non svegliarlo, prese una coperta di lana morbida dalla sedia e l'avvolse intorno al suo corpo addormentato. Il gesto le fece venire in mente che lo faceva sempre con suo figlio. Jed rimase immobile. Aveva una penna in mano. Vivi si chinò per togliergliela, così da evitare che sporcasse la camicia e il divano. Gliela prese dalle mani, ma si trovò a fissare la profondità oscura dei suoi occhi, e si pietrificò.

Wow. Lo guardò sorpresa. No, questo non era come rimboccare le coperte a Michael.

Sapeva di maschio, caldo e stropicciato. Il ritmo del suo cuore accelerò a dismisura. Una scossa elettrica partì dai suoi seni e le si irradiò tra le gambe, ricordandole che effetto faceva il sesso.

Vai via.

Gli occhi di lui cercarono i suoi, mentre provava a svegliarsi e orientarsi. Lo sguardo gli cadde sulle sue labbra e l'espressione sul suo volto si fece calda per un istante.

Lei deglutì nervosa. Non poteva fare qualcosa di stupido come baciarlo di nuovo. Non avrebbe sopportato un altro rifiuto.

«Ciao.» Il suono della voce di Vivi lo fece uscire dall'intontimento.

Lui fece un profondo sospiro. «Scusa, per un attimo mi son ritrovato in una tenda dell'esercito a Bagram.» La sua voce era roca per il sonno.

«Era una cosa brutta?»

«Certo che no. Stavo sognando che una delle mie più grandi fantasie si avverava.»

«Non è quello che intendevo» disse lei piano.

«Lo so, ma questo è tutto ciò che ti dirò per ora». Le sfoderò un sorriso, eliminando l'asprezza.

Lei si allontanò con una certa esitazione. Non voleva

tornare a letto, ora che era sveglia, ma non volava neanche disturbarlo. «Mi dispiace averti svegliato. Devi essere esausto.»

Lui annuì, ancora sdraiato, e sbatté gli occhi più volte come se questo servisse a spazzare via la stanchezza. «Lo ero. No, lo sono.» Scosse la testa e si sedette con un movimento fluido.

«Ci sono novità nel caso?»

Jed fece cenno di no col capo.

Lei ricacciò indietro la delusione. «Do un'occhiata a Michael e torno a letto.»

«Sei una mamma splendida, lo sai?»

Lei sbuffò. «Sono ossessiva.» Entrambi sussurravano per non fare rumore.

«Vivi, non essere così dura. Essere una madre single è difficile.» I suoi occhi rivelavano una tale dolcezza, e pazienza, da riuscire a placare la paura furiosa di venire sopraffatta da tutta quella situazione.

Vivi stava facendo il possibile nella circostanza infernale in cui si trovavano, ma delegare era molto dura. Fidarsi di chiunque, quando si trattava di suo figlio, era durissima.

«Mi ricordi mia madre.»

«Nevrotica?» Provò a fare una battuta, ma fallì miseramente. Lui vedeva l'insicurezza e la debolezza insite dentro di lei.

«No, grintosa e determinata come una leonessa». Alla luce del fuoco, il volto di Jed era una commistione di cavità aspre e ombre.

«Come ci si sente ad avere una madre grintosa e determinata?» Temeva che Michael, crescendo, l'avrebbe colpevolizzata per il suo essere iperprotettiva.

«Non sono mai riuscito a farla fessa, e ancora adesso non ci riesco, ma...» Si fermò a pensare. «Non ho mai, neppure una volta, dubitato del suo amore per me. Neanche Michael dubiterà mai del tuo amore per lui.»

Il suo cuore fece un ruzzolone e la gola le si serrò. Lui non aveva idea di cosa significasse questo per lei. O forse sì. Forse sapeva che bisogno disperato aveva di aggrapparsi a qualcosa di positivo.

«Grazie.»

Andò da Michael, che dormiva come un sasso. Poi prese il latte e s'incamminò su per le scale, anche se avrebbe preferito rimanere seduta con Jed.

«Buonanotte» gli disse piano.

Il problema non era che non le piacesse Jed. Aveva salvato Michael due volte e solo per questo non le sarebbe bastata una vita per ringraziarlo. Il problema era che le piaceva tutto di lui. E dopo l'agonia emozionale che aveva dovuto attraversare con il suo ex, adesso si sentiva a disagio. Una volta chiusa questa orribile faccenda, lui se ne sarebbe andato e lei aveva troppo da perdere per potersi permettere di abbassare la guardia. Non era rimasta solo scottata dal suo ex, lui l'aveva incenerita.

Il rischio non valeva un cuore spezzato.

***

Il mattino seguente, Vivi se ne stava in piedi nel portico, sveglia come un grillo, a guardare il lago che emanava un leggero vapore nella luce fioca dell'alba. Lo scenario era di una bellezza talmente strabiliante che le facevano male gli occhi. Era tutta infagottata; indossava dei jeans elasticizzati nuovi, che però erano un po' duri e troppo larghi in vita, uno spesso maglione a trecce color crema, calzettoni di lana, scarponi e giacca a vento senza maniche. Jed aveva pensato a tutto, anche alla biancheria intima e alla camicia da notte per dormire. Le sembrava strano indossare abiti che qualcun altro aveva scelto per lei; si sentiva come un attore che entrava nel ruolo che doveva interpretare. Ma senza l'aiuto di Jed non aveva idea di dove sarebbero stati ora. Di sicuro a lottare per sopravvivere. Impauriti, senza ombra di dubbio. Morti, con molta probabilità.

Il fatto che lo avesse baciato, addirittura due volte, e che avesse sognato di fare ben altro con lui, una volta tornata in camera ieri notte, l'aveva fatta svegliare insoddisfatta, vuota e super sensibile ad ogni sfaccettatura di quell'uomo.

Quel bacio era stato un errore, ma di certo non per il motivo che credeva Jed.

Le aveva risvegliato il desiderio di *sentire*, di essere una donna. Si era gettata anima e corpo nella maternità, ma così facendo aveva perso quella parte di sé che la rendeva essenzialmente una femmina. Il desiderio di fare sesso e di sentirsi desiderata si era assopito ben prima che il suo ex la lasciasse. David aveva iniziato a comportarsi stranamente non molto tempo dopo la nascita di Michael. Era pieno di risentimento e molto duro nei suoi giudizi e nelle critiche. Come reazione, lei aveva innalzato delle barriere emotive e la maggior parte della fisicità fra loro era scivolata via man mano che i muri si ergevano. Quando le relazioni finivano, il sesso era spesso la prima cosa che spariva.

La porta dietro le sue spalle si aprì e Jed uscì nel porticato. Vivi si irrigidì e si voltò verso di lui, cercando di sfoderare un sorriso amichevole — ma non troppo.

Indossava abiti simili ai suoi, ma la camicia blu scuro si abbinava bene ai capelli neri corvini. Non si era rasato, e questo gli dava un'aria ruvida e perfetta per il paesaggio in cui si trovavano.

O solo perfetta, punto.

Merda.

Incontrò il suo sguardo e sentì quell'inspiegabile attrazione che si ha solo con certe persone. Quello strano desiderio reciproco che si provava sempre meno con l'avanzare dell'età, diventando così più raro e speciale. Aveva creduto di essere ormai troppo adulta per questo tipo di sensazioni. Evidentemente si sbagliava. Tuttavia avevano cose ben più importanti a cui pensare.

Un lato della bocca di Jed si sollevò. «Ti stanno bene i capelli.» Allungò una mano per toccare un ciuffo appena tinto di castano scuro che le usciva dal berretto comprato il giorno prima. Erano quasi scuri come i suoi, e lei pensava la facessero assomigliare a una strega. Se li infilò sotto il berretto, imbarazzata e scocciata che le importasse.

«Non credo che sarà una cosa semplice far tingere i capelli a Michael.»

Jed rise. «Magari gli diamo solo una rasata e gli pitturiamo la testa di marrone.»

Anche Vivi rise. «A questo, ci starà di sicuro.»

Jed le faceva dimenticare la realtà che li circondava, e lei non sapeva se fosse una cosa buona o no.

«Avrei dovuto dirti di comprarmi dei trucchi, così da avere lo stesso colore per le ciglia e le sopracciglia.»

«Spero che nessuno si avvicini tanto da vederti le ciglia, ma posso sempre andare a comprare qualcosa se ti fa sentire meglio.»

Un uomo che le comprava dei trucchi. Questo sì che era un miracolo.

«Credi che io e Michael dovremmo rimanere nascosti qui e basta?» Un gomitolo di senso di colpa le si stava annodando nello stomaco per non aver raccontato a Jed chi era il padre di Michael. Ma se glielo avesse detto adesso, lui avrebbe potuto cambiare idea e non farli più stare lì. E lei voleva rimanerci, invece. Voleva nascondersi in mezzo alla foresta il più a lungo possibile.

Chissà se David aveva capito che erano loro ad essere stati attaccati alla casa sicura. Gli sarebbe importato qualcosa? Aveva chiuso tutti ponti con lei e Michael anni fa. Ma era possibile che nessuno li avesse ancora collegati?

«Visto lo spiegamento di forze dell'ordine, non penso ci vorrà molto per scovare questa gente e sbatterli in prigione. Credo che la cosa migliore da fare sia rimanere nascosti qui, anche se so che è difficile.»

L'aveva del tutto fraintesa.

«Oh, no. Non mi dispiace affatto stare qui. Adoro questo posto. È bellissimo.» Si strinse nella giacca a vento e guardò la nebbia che veniva dal lago. «È bello avere la possibilità di respirare di nuovo. È incredibile che prima dessi tutto per scontato.»

Lui si avvicinò e chinò appena il capo da un lato. «Cosa intendi dire?»

«La vita mi sembrava durissima prima, con tutti i problemi di Michael. Invece me la cavavo abbastanza bene.» Gli sorrise voltandosi indietro. «Negli ultimi giorni è stato come camminare all'inferno. Ma questo spettacolo fa sembrare tutto lontano... e mi fa apprezzare tutto quello che ho.» Indicò la bellezza luccicante della foresta coperta di neve.

Lui era dietro le sue spalle, vicino abbastanza perché lei ne percepisse il calore. «Ti puoi rilassare, almeno per po'.» Le strofinò un braccio, come se non riuscisse a trattenersi dal toccarla. Era molto naturale, e aveva un effetto così calmante che lei chiuse gli occhi e rilasciò un po' della tensione che aveva accumulato.

Avrebbe voluto che lui l'abbracciasse e la tenesse stretta a sé.

Non lo fece.

«Non sarà per sempre, Vivi.» Il suo alito caldo le accarezzò l'orecchio. Era certa che non stesse parlando del loro essere in fuga. Stava parlando di loro.

Di certo pensava che lei fosse un'inguaribile romantica, e non la donna che la vita aveva reso realista e cinica. Posò una mano su quella di lui, guardando lontano verso il lago ghiacciato che luccicava come migliaia di diamanti sotto il sole nascente. I momenti di felicità erano fugaci, anche quando non c'era nessuno che cercava di ucciderti.

«Non ho bisogno che sia per sempre. Forse per ora è proprio quello che voglio.» Se questo non fosse stato sufficiente a fargli capire che voleva andare a letto con lui ora, senza promesse per il futuro, non sapeva proprio cos'altro fare.

Il rumore di un'auto che si avvicinava fece alzare la tensione.

«Dentro, subito.» Tornato immediatamente in modalità guardia del corpo, mise la mano sotto la giacca e la spinse verso la porta. Lei inciampò nel rientrare, si chiuse in casa e si nascose dietro la tenda della finestra che dava sul porticato per vedere chi era arrivato. Michael dormiva ancora. Possibile che li avessero trovati? Jed era sembrato così sicuro che non sarebbe accaduto.

Stava per prendere il fucile, quando un furgoncino malridotto parcheggiò di fronte alla baita, lasciando una scia di fumo nero. Una donna snella, coi capelli legati in una lunga coda bionda, saltò giù dal veicolo e si gettò tra le braccia di Jed.

Vivi rimase di stucco. Oh, buon Dio, si era appena offerta a un uomo che era già coinvolto con qualcun'altra.

Jed ricambiò l'abbraccio ma poi si scostò in fretta. Una ruga di delusione solcò la fronte di Miss America mentre lui si ritraeva. Era alta e slanciata, la classica cheerleader del cavolo. La parte nerd di Vivi si sentì piccola. Poi si riprese e sbruffò... *come se fare la ragazza pompon fosse chissà che abilità fondamentale nella vita.* Ma chiunque fosse sopravvissuto agli anni del liceo sapeva che era molto più di questo.

Uff! E chi era mai, lei, per giudicare questa donna come avrebbe fatto una fidanzata gelosa che incontra la ex del suo uomo? Lei non era nulla per Jed Brennan. Niente di niente, solo *lavoro.* Anzi, un lavoro fastidioso che lei continuava a gettargli addosso.

L'imbarazzo si fece strada in lei strisciando su per il collo fino alle guance. *Uh.* Essere donna non era semplice, ma almeno non le stavano sparando addosso.

La bionda disse qualcosa e poi puntò il pollice dietro le spalle con un sorriso curioso stampato sulle labbra lucide di rosso ciliegia. Jed si voltò un attimo verso la baita, ma non sembrò accorgersi di Vivi. Intorno alla sua bocca si erano formate delle rughe di tensione. Sulle labbra c'era un sorriso tirato, che sembrava quasi una smorfia. Non sembrava contento della visita. Si voltò verso la donna, scuotendo il capo. Non voleva che entrasse, anche se era evidente che lei si aspettava di farlo.

Chi era esattamente? Una fidanzata? La misteriosa *Angela?*

Nel sedile posteriore dell'auto Vivi intravide un bambino piccolo legato a un seggiolino, e fece un passo indietro. Era forse figlio di Jed? Questo avrebbe spiegato come mai ci sapesse fare così tanto coi bambini. Magari lei era un'ex moglie o una ex importante di cui non aveva fatto menzione.

D'un tratto, si sentì stupida. La stessa sensazione di quando aveva capito che suo marito faceva molto di più che evadere le scartoffie in ufficio attardandosi al lavoro. In questo caso, però, non aveva il diritto di sentirsi così. Jed Brennan non le doveva assolutamente nulla. Non avevano una relazione, li legava solo la minaccia nei confronti della vita di suo figlio. Come poteva sentirsi ferita da quanto vedeva, dopo tutto quello che aveva passato e stava ancora passando?

Le erano bastati una spruzzata di testosterone e due parole dolci per farle abbassare la guardia. Si voltò e vide Michael in piedi nell'ingresso, tra la camera da letto e la cucina. Raddrizzò la schiena. «Ehi, tesoro!» esclamò dirigendosi verso di lui. «Vieni, facciamo colazione.»

Udì il furgoncino riaccendersi e ripartire. Jed rientrò dopo qualche secondo, ma lei evitò di guardarlo e lui andò dritto in camera sua, chiudendosi la porta alle spalle con un leggero click.

La vergogna si riversò sul corpo di Jed. Si passò una mano sulla faccia sperando di sparire, sprofondando nella terra. E gli salì una gran nausea che gli fece rivoltare lo stomaco.

Ogni volta che era tornato a casa — dalla morte di Bobby e, *Cristo*, persino prima che lui morisse — aveva sempre percepito l'inequivocabile volontà di Angela di riallacciare la loro vecchia relazione. Erano stati insieme a intermittenza durante il liceo ma, come tutti gli atleti, lui aveva sempre avuto un atteggiamento di disinvolta indifferenza, e di certo non si era mai impegnato in modo esclusivo. Aveva rotto del tutto con lei quando si era trasferito nel Michigan, pensando che Angela avrebbe superato quella storia e proceduto con la sua vita.

Ma lei l'aveva presa molto male, e Bobby si era trovato lì a raccogliere i cocci. Per tutto il tempo in cui Jed e Angela se l'erano spassata, Jed non aveva mai capito che Bobby era sempre stato innamorato di lei.

Era stato una testa di cazzo. Se avesse saputo che il suo amico provava dei sentimenti per Angela, si sarebbe fatto da parte. Bobby era come un fratello per lui, e lo conosceva da sempre. Anche se a Jed Angela piaceva, non ne era innamorato.

Considerato il lavoro impegnativo che faceva, quel piccolo senso di colpa sarebbe stato facile da superare, ma la morte di Bobby aveva colpito duramente lui, la sua famiglia e tutta la comunità. Angela invece era sembrata quasi sollevata. Avevano diversi problemi coniugali, perché essere dislocati nelle basi in giro per il mondo, per mesi, era difficile per chiunque. A volte si chiedeva se lei avesse mai rivelato a Bobby che l'aveva baciato, magari mentendo sulla reazione che Jed aveva avuto. Era per questo che Bobby non gli aveva mai scritto il mese prima che morisse?

Era stato *Jed* il motivo per cui il suo migliore amico era morto?

Cristo santo. Non aveva bisogno di quell'angoscia. Era un agente federale. Stava cercando di catturare degli assassini, di nascondersi dai terroristi e di proteggere Vivi e Michael da chi li voleva morti. Questo era reale, importante e vitale. Non era più al liceo, e invece era proprio come lo aveva fatto sentire Angela poco fa.

Si riprese e si concentrò. Non era qui per risolvere problemi con le donne, anche se sembrava che d'un tratto si stessero moltiplicando. Vivi gli aveva in pratica dato il via libera per un flirt veloce, e non sembrava rendersi conto che non era nello stato mentale giusto per prendere una tale decisione.

Il desiderio di stringerla tra le braccia prima, sotto il porticato, aveva quasi preso il sopravvento su di lui. Già, *abbracciarla*. Era quello che voleva fare con la rossa infuocata dall'intelligenza acuta e dallo sguardo vulnerabile... e no, non qualcosa che includesse una parete e gambe intrecciate intorno alla sua vita. Senza contare che idea geniale fosse sedurre una donna che stava cercando di proteggere. Anche se lei pensava che fosse okay, non ne sarebbe poi stata così sicura in seguito. Cazzo, le conosceva le donne.

Era più che consapevole di essere *sbagliato*, in realtà. Si guardò allo specchio e provò a non odiarsi, perché sapeva quello che voleva fare davvero. Passare notti infuocate, stare nudi, spingersi a fondo dentro di lei. Ma sarebbe stato un errore madornale nel lungo termine, e Jed non voleva ferire né Vivi né Michael.

Uscì dalla stanza con un sorriso stampato in faccia. Aveva del lavoro da sbrigare.

Tenere quei due al sicuro e provare ad aprire il coperchio

dei ricordi di Michael erano la sua priorità. Aveva un'idea che avrebbe potuto funzionare, ma richiedeva zero pressione e molta pazienza, due cose difficili quando l'orologio ticchettava scandendo l'urgenza della situazione.

«Ehi, Mickey. Com'è la colazione?»

Il bambino gli fece un sorriso stentato. Le labbra gli ricaddero all'ingiù dopo pochi istanti, in un'espressione triste. Ma almeno *aveva fatto* un sorriso. Vivi passò a Jed un caffè e appoggiò zucchero e latte sul tavolo.

«Grazie.» La sua voce era aspra, ancora provata dalle emozioni a fior di pelle.

«Una vecchia amica?» La domanda apparentemente innocua lo fece fermarsi a riflettere. Guardò a lungo Vivi.

Era gelosa? O era solo curiosità?

Lui non faceva giochetti, soprattutto non con i sentimenti delle persone. Aveva perso l'unica donna che aveva davvero amato in vita sua per mano di un sadico assassino. Ogni trucchetto era diventato insignificante dopo quello. Ecco perché le buffonate di Angela lo facevano incazzare così tanto. *A Mia sarebbe piaciuta Vivi...* il pensiero arrivò dal nulla.

Perciò guardò fisso quegli occhi blu penetranti e fu diretto. «Io e Angela stavamo insieme al liceo, poi lei ha sposato il mio migliore amico Bobby, che purtroppo è morto due anni fa in Afghanistan. Sta faticando molto a rimettersi in sesto, e credo che voglia riallacciare vecchie abitudini ormai andate.»

Lei sbatté le palpebre meravigliata e lui capì subito che non si aspettava tanta sincerità. I suoi problemi di fiducia stavano riemergendo. Poi lo lasciò di stucco, rivelando un altro po' di sé. «Credo di essere uscita con un solo ragazzo, al liceo, e fu un totale disastro. Nessuno voleva uscire con la sfigata della classe, se non l'equivalente maschile. Ricordo di aver spaventato a morte quel povero tizio, chiedendogli un bacio.» I suoi occhi parevano divertiti. Non si rendeva conto che adesso avrebbe potuto scegliere qualsiasi essere di sesso maschile, preferiva vedersi come uno scarto, invece della donna bella e intelligente che era. Il suo ex aveva davvero fatto danni enormi.

«Il liceo è una giungla. Alcune persone ce la fanno, altre no.» Lui le fece l'occhiolino e lei sbruffò, facendola sembrare più avvicinabile e meno "nerd tramutata in dea". «Aspetta che Michael vada al liceo, vedrai le ragazze come si fionderanno su di lui.»

Michael si strozzò coi cereali, spargendo latte sul tavolo. Ridendo, Jed gli diede una pacca sulla spalla, gli lanciò un tovagliolo e lo aiutò a pulire quello che era uscito dalla tazza. Vivi rimase come in bilico. «E non credere che il fatto che parli poco le terrà lontane, ragazzo.» Gli diede una spallata complice e si allungò per dirgli qualcosa all'orecchio. «Alle ragazze piacciono i tipi forti e silenziosi.»

Michael fece una smorfia schifata, mostrando tutti i cereali che aveva in bocca. Si vedeva che Vivi si stava sforzando a non riprenderlo per le sue cattive maniere. Si voltò e si mise a lavare i piatti. Ma era difficile far disgustare Jed. Due fratelli maschi e troppi serial killer alle spalle.

«Inoltre, a loro piacciono anche le pistole.»

Gli occhi di Michael si illuminarono quando li puntò sull'arma che Jed portava nella sua fondina a spalla.

«Perciò, visto che le ragazze ti fanno schifo, di certo non vorrai imparare a maneggiare una di queste, no?»

Gli occhi di Michael si spalancarono come ad implorarlo. Non c'era ombra di dubbio.

Vivi li guardò e sospirò. Lanciò lo straccio sul piano della cucina. «E va bene, ma solo se potrò imparare anch'io.»

Jed e Michael si scambiarono un'occhiata veloce. Michael sbatté le palpebre per la sorpresa. «Cosa dici Mickey? La lasciamo provare?»

Il sorriso aperto che sbucò sul viso del bambino provocò a

Jed un dolore acuto proprio sotto lo sterno. Illuminava la stanza da quanto era radioso. Nonostante tutto quello che aveva passato, e nonostante fosse spaventato a morte, riusciva ancora a sorridere.

Per nulla al mondo avrebbe permesso a qualcuno di fare del male a quel bambino, o a sua madre. Diede un colpetto leggero alle dita di Michael per spingerlo a mangiare e finirono la colazione in un pacifico silenzio. Quando colse lo sguardo di Vivi, ci lesse un mix di speranza e sconfitta. Speranza che sarebbero riusciti a sconfiggere le persone che li cercavano per ucciderli; sconfitta perché sapeva che il suo mondo era cambiato in maniera irreversibile e non sarebbe mai più stato quello di prima. C'era dell'altro, nel suo sguardo, che assomigliava molto ad ammirazione. Deglutì e si concentro sui suoi cereali. Una cosa era certa, quella donna aveva gusti orribili in fatto di uomini.

Pilah entrò in ospedale. L'arma era nella borsa, nascosta in un contenitore per il pranzo. C'era un gran numero di poliziotti che camminava per i corridoi. La gente era ancora in evidente allerta. Lo sguardo di uno sbirro s'inclinò su di lei, la guardò una seconda volta, ma senza sospetto. Gli occhi dell'uomo si soffermarono sui jeans attillati e la vita stretta, salendo verso l'alto in un modo che avrebbe fatto infuriare suo marito. Spinse in fuori il petto e alzò appena il mento. *Ecco, Adad. Questo perché sei morto.*

Camminò dritta verso la camera di William Green, dove era stata il giorno prima, e si accigliò quando arrivò in corsia e vide che il letto era vuoto. Poi ricordò le parole dell'uomo ombra e tornò indietro dalle infermiere.

«Ah, sì, è stato spostato in una stanza privata. Credevo che lo sapesse.»

Pilah scosse la testa.

L'infermiera la condusse lungo il corridoio. Alcuni poliziotti e altri membri della sicurezza uscirono dalla stanza davanti a cui si era fermata l'infermiera.

Pilah guardò su verso il muro di muscoli e testosterone che incombeva sulla corsia, e una paura fredda come il ghiaccio le attraversò la schiena. Il gruppo si diresse verso la stanza dall'altra parte del corridoio.

«Chi sono?» chiese a bassa voce, anche se lo sapeva. Sapeva benissimo chi fossero e cosa stessero facendo. Strinse a sé la borsa che aveva in mano.

L'infermiera spinse in fuori le labbra e scrollò le spalle, facendole cenno di entrare nella stanza.

William Green giaceva attaccato a una macchina che misurava i battiti cardiaci e varie altre funzioni. Le bende che gli avvolgevano il capo erano bianche candide rispetto alla pelle rosea del viso.

«Torneranno qui?» Temeva di stare reagendo in maniera esagerata, ma quegli uomini incutevano molta paura. Sargon credeva davvero che sarebbe riuscita a ingannare gente del genere? Di sicuro no. Ma lei aveva di più da perdere rispetto a loro. Molto di più.

«Qualche pezzo grosso sta per fare visita e stanno facendo dei controlli di sicurezza a tappeto. Mi hanno addirittura controllato l'auto in cerca di esplosivi prima di farmi parcheggiare.»

«Ma perché dovrebbero cercare qui?» domandò Pilah.

L'infermiera evitò di guardarla. «Non saprei.»

Quindi, sarebbe successo davvero. Pilah non sapeva bene come sentirsi a riguardo. Però, se l'uomo nell'ombra avesse mantenuto la sua promessa e salvato le sue figlie, lei avrebbe mantenuto la sua.

«Le dispiace se mi siedo un po' qui con lui?» domandò Pilah.

«Oh, no, affatto. Anzi, gli parli e gli legga qualcosa. Gli fa bene sentire una voce familiare.»

Pilah prese la mano dell'uomo. Era calda e asciutta. Gli strinse le dita, ma non ottenne alcuna reazione. Le dispiaceva che fosse stato ferito. Era sembrato tutto molto più semplice durante le fasi di pianificazione, perché era facile "abbattere" un nemico immaginario. Pilah si pentì di tutto quello che aveva fatto, ma ora non contava più. Non aveva scelta.

***

La targa del suv che aveva fatto sparire i Vincent dall'hotel apparteneva all'agente speciale dell'fbi Jed Brennan. La cosa interessante era che, da quel momento, il segnale gps dell'auto era stato interrotto. L'agente era pesantemente coinvolto con i Vincent, da prima della loro scomparsa, e ora pareva fosse in ferie dopo essersi allontanato immediatamente dalla casa sicura, in seguito all'attacco.

Elan avrebbe *potuto* anche credere alla storia dell'uomo, ma sapeva che gli assalitori non avevano portato via la donna e il bambino. Aveva fatto controllare i movimenti della carta di credito di Brennan e, o il tizio stava facendo regali di Natale a tutto il Minnesota, oppure stava rifornendo due persone che avevano bisogno di tutto, da zero.

Il suo istinto gli diceva che Brennan aveva la donna e il bambino con sé.

Quando il segnale gps si era bloccato, stava andando in direzione di Sawyerville. Il fratello gemello di Brennan era il capo della polizia locale, e i suoi genitori affittavano baite sul lago a circa dieci chilometri verso sud... avrebbe cominciato da lì.

L'altro fratello era all'estero, per fortuna, così non avrebbe dovuto occuparsi anche di lui.

Ci avrebbe scommesso la testa che Brennan era tornato a casa.

Ancora non era certo che il bambino fosse con lui, ma non c'erano altre piste o avvistamenti e il tempo stava scadendo. Avevano una sola chance. Se il bambino avesse comunicato qualsiasi informazione sui loro piani, l'opportunità sarebbe saltata e tutta quella gente sarebbe morta invano.

Pilah Rasheed era la carta migliore che avevano da giocarsi perché il secondo attacco andasse in porto. Elan intendeva essere presente, in disparte, per assicurarsi che ci riuscisse o che morisse nel tentativo. Non le avrebbe permesso di parlare, la posta in gioco era troppo alta. Avevano troppo da perdere se qualcuno dei pezzi del puzzle non si fosse incastrato alla perfezione.

Parcheggiò lontano dalla strada principale ed entrò in un bar del posto, assorbendo il fetore di birra stantia e ammirando i disgustosi arredi fatti di animali morti. Pesci infilati in teche di vetro e pelose creature della foresta contorte in bizzarre parodie umane.

Cacciare, pescare e sparare. Le uniche cose che contavano in quest'area.

Cacciare.

L'unica cosa che contava per lui. Cacciare e non essere catturato.

Il legno brillava come miele sul bancone del bar, sulle pareti e sul soffitto. Il pavimento di mattonelle bianche e appiccicose avrebbe avuto bisogno di una bella spazzata e della passata di uno straccio bagnato. Camminò verso uno sgabello in acetato bordeaux e si sedette, attendendo paziente di essere servito.

«Cosa ti do?» Gli occhi arrossati del barista continuavano a guizzare verso lo schermo acceso del televisore appeso al muro.

Bene. Non si sarebbe ricordato di lui. «Birra. Quella che hai su va bene.»

Stavano ancora facendo vedere le scene dell'attacco al centro commerciale e brevi flash dell'intervista di Vivi Vincent sulle abilità artistiche del figlio. Senza dubbio si era pentita amaramente di essersi anche solo avvicinata a Minneapolis. Lui di sicuro avrebbe preferito che fosse rimasta a casa.

Il barista fece scivolare un bicchiere di liquido schiumoso sul bancone. Elan gli diede dieci dollari e gli disse di tenere il resto.

«Sto cercando un posto dove stare per qualche giorno. E anche un posto decente dove mangiare.»

«Sei qui per andare a caccia?»

Annuì. «Cervi.» Si era calato nella parte. Scarponi pesanti, pantaloni termici da campo, camicia beige, giacca da caccia e un cappello arancione. Il fucile che aveva in macchina era uno Springfield M1A con un mirino Nightforce, buona qualità ma nulla di eccezionale. Indicò lo schermo. «Volevo andarmene via dalla città e sono partito prima.» Il giorno seguente si sarebbe aperta la caccia ai cervi senza corna, per un breve periodo di tempo. Era fortunato, poteva nascondersi alla luce del sole.

«C'è tutto quello che ti occorre qui. L'ufficio delle risorse naturali ti darà le mappe e una licenza. Ti posso dare anche dei nomi di gente che ti macella tutto quello che hai cacciato.» Dietro il rossore di quegli occhi, il barista lo stava valutando.

Elan doveva tenere bene a mente che questa gente era molto a suo agio nel proprio ambiente e che avevano tutti dei fucili. Doveva andarci piano. Tutto dipendeva dal rintracciare il bambino ed eliminare la potenziale minaccia che rappresentava. Un'intera nazione dipendeva da lui. Non poteva permettersi di provare pietà o compassione. Se il piano fosse andato storto, la guerra sarebbe stata una realtà tra nemici e alleati.

La sua gente stava rintracciando Sargon, che era fuggito

dalla sua villa subito dopo l'attacco al centro commerciale. Si era mosso fino a un piccolo villaggio tra le colline, dove una delle sue figlie si era trasferita dopo il matrimonio con il capo di una tribù locale. Aveva quattordici anni.

Quello stesso giorno, le figlie di Pilah erano state portate da lui. Merce di scambio per assicurarsi che la donna facesse il suo lavoro. Se Abdullah non fosse stato catturato, ora probabilmente Pilah sarebbe stata già morta, ma troppe pedine di Sargon erano cadute e a lui serviva chiunque potesse aiutarlo.

Elan aveva promesso a Pilah che avrebbe provato a salvare le sue figlie, e lui manteneva la maggior parte delle promesse. Alcune truppe vicine al villaggio libanese avrebbero salvato le bambine prima che la casa in cui stava Sargon venisse rasa al suolo. Gli sarebbe dispiaciuto se quelle povere creature fossero finite in un campo profughi o in un orfanotrofio. Non provava nessun piacere a uccidere i bambini, ma la lealtà verso il suo paese era di gran lunga superiore, perciò avrebbe eliminato la minaccia che Michael Vincent rappresentava.

Elan controllò l'orologio e finì la sua birra, mentre il barista gli indicava un motel lungo l'autostrada. Lui lo ringraziò e se ne andò.

Guidò verso l'ufficio delle risorse naturali, passando di fronte alla centrale di polizia. Era tempo di prendersi un biglietto per andare a caccia. Tempo di risolvere il problema una volta per tutte.

CAPITOLO QUATTORDICI

Venne fuori che non stavano solo andando nella foresta a sparare ad alcune lattine di birra. Il padre di Jed aveva creato un poligono fisso nel suo terreno, lungo circa duecento metri e largo una decina, ritagliato tra la densa vegetazione del bosco. L'uomo aveva tirato fuori un arsenale di armi che sarebbero state perfette nel covo di un narcotrafficante messicano.

Vivi inalò l'aria fredda e guardò Jeremiah insegnare a Michael come impugnare un'arma, dove puntarla quando non si sparava a qualcosa, e a tenere le dita lontane dal grilletto finché non fosse pronto a fare fuoco.

Nonostante la repulsione di Vivi per le armi, non c'era dubbio che suo figlio si stesse godendo appieno la lezione. Da quando erano arrivati alla baita, Michael era molto più vigile e sveglio. Aveva dormito e mangiato. La paura e il trauma dei giorni passati erano ancora visibili nei suoi occhi, ma ora apparivano come un'ombra, non più il sudario che lo aveva avvolto fino al giorno prima. Forse il povero dottor Hinkle aveva ragione, tutto ciò di cui aveva bisogno Michael era un po' di pace, starsene tranquillo e ritrovare una parvenza di normalità. In aggiunta, una lezione di tiro da un uomo che sembrava vivere di pane e armi...

«Sta bene.»

Vivi alzò lo sguardo verso Jed, in piedi accanto a lei. «Facile per te, da dire.»

I suoi occhi si illuminarono. «Fidati. Non conosco bene Michael, ma ho esperienza diretta di cosa significhi essere un bambino di otto anni. Farlo sparare a dei bersagli è un successo garantito.»

Jed Brennan pareva sapere come allettare suo figlio. Michael non era mai sembrato più "normale". Guardava intento Jeremiah, facendo esattamente quello che gli veniva detto. Il fatto che ci fossero di mezzo le armi la rendeva nervosa, ma sembravano avere una grande attrattiva su Michael. Ovviamente l'avevano su parecchi bambini, e almeno così aveva l'opportunità di imparare a usarle in un ambiente sicuro.

Gli occhi di Vivi si voltarono verso l'uomo accanto a lei, e notò la barba ispida di qualche giorno sulla guancia che gli aveva baciato la sera prima. Scostò lo sguardo, prima che lui la sorprendesse a fissarlo e le desse un altro avvertimento sul non dover commettere uno sbaglio. L'aveva capito, ma le piaceva guardarlo. Le piaceva il fatto che lui provasse a far sorridere lei e Michael. Nonostante le cose terribili con cui aveva a che fare ogni giorno, Jed aveva mantenuto il senso dell'umorismo e, soprattutto, la sua umanità. Ciò dimostrava che era un uomo buono.

Erano rarissimi, purtroppo.

Gli voleva chiedere del suo lavoro, ma aveva l'orribile sensazione che se lo avesse fatto, la loro situazione sarebbe diventata troppo reale, troppo spaventosa, e ne aveva avuta abbastanza di paura da bastarle per una vita intera. Perciò rimase su argomenti leggeri.

«Tutto questo deve esserti tornato utile durante l'addestramento militare.»

«Ah sì. Mio padre portava me e i mei fratelli quassù ogni domenica dopo pranzo, e passavamo ore qui al poligono. Un paradiso per dei ragazzini.»

Lo sguardo di Vivi si posò sulla sua fondina. «Certi piccoli ragazzini non crescono mai.»

Lui si sfregò le mani nell'aria fredda cercando scaldarle. «Piccolo, eh?» La luce nei suoi occhi si accese divertita, mentre torreggiava sul già notevole metro e settantacinque di Vivi. Le si avvicinò all'orecchio. «E se pensi che essere nell'FBI sia una brutta cosa, dovevi vedermi nell'esercito con l'artiglieria pesante.»

«Oh, per piacere, niente bombe. Non credo che il mio istinto materno sopravvivrebbe all'esperienza.»

«Meglio che ti copri le orecchie» le disse Jed, mentre suo padre e Michael si dirigevano verso il bersaglio.

Le mise un paio di cuffie in testa, e Vivi rabbrividì nel sentire le sue dita fra i capelli. Cavolo, non doveva farle questo effetto, non aveva mica quindici anni. Si aggiustò le cuffie e fece una smorfia quando Michael svuotò l'intero caricatore di pallottole nel cerchio rosso del bersaglio.

Cazzo.

Michael si voltò con un sorriso così orgoglioso che il suo cuore sussultò. Ripeté l'esercizio, con molte pistole diverse e anche con fucile ad aria compressa. Jeremiah alla fine sollevò lo sguardo verso di lui con un sorriso fiero.

Lei si tolse le cuffie e il padre di Jed fece loro segno di raggiungerli.

«Sei pronta a provare, Vivi?» le chiese.

«Non lo so, ho paura che Michael si stia raffreddando troppo.»

Jeremiah posò l'ultima arma che avevano usato sul tavolone

che aveva allestito. «Non ti preoccupare di Michael, lo porterò a casa. Mary avrà già messo la cioccolata calda sulla stufa per riscaldarci quando torneremo. Voi due prendetevi un po' di tempo per imparare le basi.» Lui la inchiodò con uno sguardo stretto. «Credi nella parità, no?»

Vivi rimase scioccata. La stava sfidando su un livello differente. Le stava dicendo che le sue responsabilità ora includevano essere capace di proteggere la vita di Michael e quella di Jed con ogni mezzo disponibile, anche uno letale.

Sarebbe stata capace di farlo?

Una settimana prima avrebbe detto di no, ma sentiva di non avere più la possibilità di scegliere. Tutto quello che doveva fare era ricordarsi l'attacco al centro commerciale, o il cervello spappolato del dottor Hinkle, o l'agente agonizzante sul pavimento della *cosiddetta* casa sicura. L'idea che avrebbero potuto essere Michael o Jed le fece sentire un bolo soffocante nello stomaco.

Avrebbe fatto la sua parte. Avrebbe imparato come maneggiare un'arma e come sparare.

«Forza, facciamo questa cosa» disse infine.

Jeremiah toccò una delle pistole sul tavolo. «Bene. Prova la Glock e la 1911, e per ultimo il fucile. Il rinculo potrebbe buttarti a terra se non sei abituata, ma è il più efficace per spaventare a morte le persone.»

Jed aiutò suo padre a impacchettare tutto l'armamentario e a caricarlo sul fuoristrada.

«Ci vediamo a casa, senza fretta.» Jeremiah le fece un cenno col capo e poi aiutò Michael a salire sul 4x4 per il breve viaggio verso la baita situata sopra la riva del lago, lungo la strada pulita dallo spazzaneve. Aveva pensato che Michael sarebbe rimasto abbarbicato a lei, in un ambiente a lui sconosciuto, ma sembrava che stare con i Brennan gli venisse naturale. Non l'aveva neanche salutata. Si fidava davvero tanto di loro, e la cosa strana era che si fidava anche lei.

Il motore del fuoristrada si affievolì sempre di più, e il silenzio della foresta imbiancata si posò su di loro delicato come un velo di seta.

C'erano solo lei e Jed, e qualche centinaio di munizioni.

«Okay, cambia postura.»

Jed aveva già insegnato ad altri come sparare. La cosa più importante era che la persona con la pistola in mano si ricordasse che quell'oggetto metallico andava trattato con la massima cautela e rispetto, altrimenti qualcuno ci avrebbe potuto lasciare la pelle. Ma questo non era un grosso problema con Vivi. Più cauta di così significava alzare le mani e indietreggiare fino alla strada.

Tenne la pistola con due mani e la puntò sul terreno di fronte a lei, facendo scivolare un piede da un lato.

«Prova a rilassare le spalle.»

Si afflosciò come se qualcuno avesse tagliato i fili che la tenevano su.

Lui nascose un sorriso. «Sei tesa?»

«Come la corda di un violino.»

«Ecco.» Le aggiustò la presa così che la pelle della mano non venisse ferita dalla slitta sul dorso dell'arma, o si trovasse nella traiettoria del bossolo espulso. «Ora muovi le dita sopra il grilletto e mira al bersaglio. Premilo piano.»

Vivi iniziò a stringere le dita sul grilletto, le braccia le tremavano così tanto che temette che la pistola le cadesse a terra. Il che non era il massimo.

«Non succede nulla» disse coi denti serrati.

«Rilassati» le ripeté lui. Poi si mise dietro di lei e le tenne sollevato il braccio sinistro, quel tanto per mantenerla in equilibrio. Vivi profumava del sapone alla lavanda che sua madre aveva fatto trovare nella baita. Avrebbe preferito che restasse al suo solito sapone, perché ora tutto ciò che voleva era inalare la fragranza di lavanda mista all'odore della pelle di Vivi. Voleva chinarsi su di lei, assaporarla.

Non era né il luogo né il momento per pensare ad altro che non fossero armi da fuoco, proiettili e la contingenza della situazione in cui si trovavano. Erano insieme per necessità, non per scelta.

Ma significava anche non poter godersi i momenti di tranquillità?

Le supportò il braccio per farla smettere di tremare e alzò la voce, così da farsi sentire nonostante i tappi auricolari. «La Glock 21 ha un peso di scatto di due chili e mezzo.» Mantenne la voce e l'espressione severa per non farle fraintendere la situazione, che era solo una lezione pratica di sopravvivenza. La pistola sparò e lui la stabilizzò di nuovo. «Devi solo farci la mano.» Lei premette di nuovo, e questa volta l'arma sparò in modo più fluido. Con gli ultimi due colpi centrò il bersaglio. Poi sparò per altri tredici giri senza mai sbagliare un colpo. Un talento. Ma non era una sorpresa: le donne erano sempre le migliori a sparare. Una volta terminato, lei gli sorrise in un modo che la fece assomigliare da morire a suo figlio.

Gli porse l'arma con un sospiro di sollievo, i loro volti a pochi centimetri di distanza.

Coi capelli neri non era di certo meno attraente. Il fatto che non fosse truccata la rendeva più giovane e più fresca. Aveva le lentiggini sul naso e le labbra rosa e piene. Bellissime labbra. Cristo santo, sembrava una studentessa del liceo invece che una donna adulta. Ma c'era qualcosa nei suoi occhi. Non erano solo la tristezza e la paura, e neanche quel lampo di attrazione che entrambi cercavano di contrastare. Era saggezza? Coraggio? La forza interiore e l'intelligenza che le brillavano nello sguardo?

Qualsiasi cosa fosse, lo colpiva come non era più successo con nessuna donna, dopo Mia.

Cristo.

Fortuna che suo fratello Liam non poteva vederlo in quel momento. Quando era venuto alla baita la notte precedente, gli aveva detto di guardarsi le spalle e mantenere l'obiettività.

Certo, come no.

Si schiarì la gola. «Che ne dici di questa?»

Lei sogghignò. Lui controllò che l'arma fosse scarica e ripeterono la stessa lezione con la sw1911, poi le insegnò a caricarla.

«Questa mi piace di più.» Provò la presa con entrambe le mani, aggiustando le dita per trovare la posizione migliore. Aveva colpito il bersaglio ripetutamente, senza sbagliare un colpo.

«La Glock picchia duro, almeno sai cosa aspettarti se ne devi usare una...»

Il suo entusiasmo parve evaporare, come se si fosse ricordata all'improvviso del perché stessero facendo quelle lezioni. Lui le toccò una spalla. «Ehi, questa è l'ultima opzione. Non dovrebbero trovarci qui, ma se lo fanno, dobbiamo essere pronti.»

«Lo capisco. Giuro. È solo che non mi fa sentire affatto meglio.»

Perché sparare a un bersaglio era una cosa, infilare un proiettile dentro un altro essere umano era una faccenda completamente diversa. Jed prese il fucile e lo aprì con un crack. Le mostrò come caricarlo, e dove fosse la sicura. Poi la fece spostare di fronte a un bersaglio differente, il più lontano. Si mise dietro di lei e incastrò il calcio del fucile sulla spalla di Vivi. «Allinea la visuale, come prima. Il colpo si sparge, e dovrebbe essere più facile colpire qualcosa — qualsiasi cosa — anche a distanza.»

Lei abbracciò il fucile e lui restò dietro, pronto a prenderla in caso cadesse. Vivi puntò il fucile e restò ferma nel silenzio della foresta. Il cielo era di un morbido colore viola, come un livido, e prometteva ancora neve. Premette con delicatezza il grilletto e anche gli alberi sembrarono scuotersi per l'esplosione. Lei fece un passo indietro, ma non cadde. Lui le appoggiò le mani sui fianchi, per sorreggerla. Gli piaceva metterle le mani addosso. Non stava neanche pensando al sesso... *okay, forse ora sì*, ma di solito le piaceva toccarla e basta. Dopo qualche secondo lei respirò profondamente e riposizionò l'arma sulla spalla. Sparò di nuovo, e questa volta non si mosse di un pelo.

Abbassò il calibro dodici e lui glielo prese dalle mani, controllando che il tamburo fosse vuoto. Si tolsero entrambi le cuffie di protezione e rimasero immobili a fissarsi, con il fiato che si vaporizzava all'aria gelida sotto zero. «Sei andata alla grande.»

«Grazie.» Aprì la bocca come per dire qualche altra cosa, ma esitò.

«Cosa c'è?»

«Devo farti una domanda.»

«Avanti» disse guardingo.

Un'ombra le attraversò lo sguardo. «È facile uccidere qualcuno?»

Non era quello che si aspettava. Il ricordo di quando aveva tagliato la gola al terrorista al centro commerciale gli si riversò addosso. Non era stato piacevole, ma non aveva alcun rimorso. «Facile? No. Neanche difficile però, quando la persona sta uccidendo un sacco di gente innocente.» Iniziò a riporre le armi e le munizioni in un piccolo zainetto lasciato da suo padre.

Una mano lo toccò. «Non ti sto giudicando. Sarei morta, se non fosse stato per te. Solo, non so se io sarei capace di farlo, se fossi costretta.»

Lui si voltò e le prese le dita fredde tra le sue, sfregandogliele per scaldarle. Era congelata, ma non si era lamentata neanche una volta. Lui chiuse le mani su quelle di Vivi e ci soffiò dentro.

«Sparare a qualcuno da lontano è più facile che uccidere a mano nuda, ma non consiglio nessuna delle due opzioni a meno che non siano circostanze straordinarie.» La lasciò andare e si concentrò sul metter via le munizioni.

«Tu sei un profiler, giusto? Quindi passi la maggior parte del tuo tempo in ufficio. Eppure sei riuscito ad avere la meglio su quell'uomo solo con un coltello. Era enorme.»

Il tizio era stato stupido e lento, ma soprattutto il desiderio di sangue che lo pervadeva lo aveva lasciato scoperto. «Sono un agente federale che lavora all'unità di analisi comportamentale, non esiste la professione di profiler. Sono stato nell'esercito per alcuni anni e sono addestrato al combattimento. Pratico spesso arti marziali per tenermi allenato.» *Per non impazzire.* «Ed ero molto motivato per abbattere l'energumeno al centro commerciale.» Un lato della sua bocca si sollevò. «Il mio capo vorrebbe che passassi più tempo in ufficio, perché ho l'abitudine di farmi coinvolgere troppo dai casi che seguo.» Era chiaro che il suo capo avesse ragione.

Gli occhi di lei lampeggiarono di sorpresa e incrociò le braccia al petto, subito sulla difensiva.

«Non con le donne, Vivi. Solo nel catturare i criminali.» Il suo tono si indurì. Era un buon momento per assicurarsi che capisse in modo chiaro che non le avrebbe fatto avances, nonostante l'avesse baciata e provasse un'ovvia attrazione per lei. Voleva solo che Vivi si rilassasse e si fidasse di lui a ogni livello, ma era dura con quell'energia destabilizzante che serpeggiava fra loro. «Non mi faccio coinvolgere personalmente dalle donne, nei casi a cui lavoro. Non voglio che tu fraintenda solo perché ho commesso un errore e ti ho baciata.»

Così tanti pensieri le si accavallarono sul volto che Jed non riuscì a capire cosa provava. Forse era meglio così.

«Perciò, per rispondere alla tua domanda, alcune persone non hanno problemi a uccidere. Altre ci godono. Se non fosse così, inseguirei rapinatori di banche per le strade. Anche se mi è capitato di togliere la vita a qualcuno in più di un'occasione, non mi piace farlo.» Le esperienze passate si riflettevano nei suoi occhi scuri. «Non so dirti se sarai o meno in grado di uccidere qualcuno, anche se fosse per autodifesa. Ci sono molti casi di uomini che messi di fronte alla morte imminente durante un combattimento in campo, si sono rifiutati di sparare.» Lui le sfiorò il gomito. «Questo non fa di loro dei codardi o dei deboli, li rende solo umani. Sono certo che faresti tutto quello che è in tuo potere per proteggere Michael, anche se questo significasse sparare a qualcuno e ucciderlo.»

Lei rabbrividì, ma raddrizzò le spalle. Quel feroce istinto materno che le aveva letto negli occhi fin dall'iniziò riemerse.

«Farei di tutto per proteggere mio figlio.» Afferrò un lembo della sua giacca a vento e lo tirò a sé, lasciandolo di stucco. «Ma quello che non avevo capito fino ad ora è che lo farei anche per proteggere te. E voglio che tu lo sappia.» Strinse gli occhi. «Devi avere fiducia che ti coprirò le spalle, come io devo fidarmi di te.»

Cristo. Le aveva detto che non si faceva coinvolgere dalle donne sul lavoro, e lei gli aveva appena detto che avrebbe ucciso per lui.

Uno dei due stava mentendo, e non pensava che fosse Vivi.

Il senso di colpa se lo mangiò vivo, insieme all'implacabile fascino della tentazione.

Qualcosa si mosse tra la vegetazione, e lei si nascose dietro di lui.

«È solo uno scoiattolo» la rassicurò. Quando riemerse da dietro le sue spalle con una risata sarcastica nei confronti di se stessa, se la ritrovò vicinissima e, nonostante quello che aveva detto, desiderava baciarla. Le labbra di Vivi si schiusero, e lo fissò con un'espressione che di sicuro rispecchiava quella di

Jed. Anche lei lo voleva, ma sapeva che non avrebbero dovuto farlo.

Un attimo dopo la stava baciando e Vivi si spinse in avanti afferrandogli il bavero della giacca a vento e tirandolo più vicino. Gli leccò l'interno della bocca e Jed sentì un'esplosione dentro di sé. La fece indietreggiare di qualche passo verso la capanna che avevano costruito anni prima. La fame di lei lo riempiva, e senza mai lasciarle la bocca, le tirò fuori la camicia dai jeans e con la mano le afferrò un seno, sentendo il capezzolo duro e rigido contro il suo palmo.

Come riusciva a fargli questo? Ridurlo a nient'altro che puro desiderio.

Le mani di Vivi gli toccarono la pelle nuda, mentre si infilavano tra gli strati di vestiti che lui indossava. Erano fredde ma anche una delizia contro la sua pelle infuocata. Le dita frenetiche di Jed si infilarono nell'elastico dei jeans, e lei aprì le gambe, dandogli pieno accesso alle sue pieghe nascoste e scivolose.

Gli tremarono le gambe. Era una pessima idea, ma le sue dita si infilarono dentro di lei lo stesso. Vivi trattenne il fiato, senza mai staccare la bocca dalla sua. Al contrario, gli mise la mano sulla lampo dei pantaloni e iniziò ad accarezzarlo da sopra i jeans, finché Jed pensò di stare per esplodere.

Lui la penetrava con le dita, in profondità, con un ritmo che la faceva contorcere sotto le sue mani e non le permetteva di fare altro che reagire alle sue spinte. Dio, quanto gli piaceva. Gli piaceva farla godere. Con il pollice cercò il clitoride e poi spinse il palmo sopra quel nucleo di pelle pulsante, strofinandolo con foga. Spinse le dita più a fondo, e avrebbe voluto che non ci fosse quel cazzo di freddo così avrebbe potuto spogliarla nuda lì in mezzo al bosco.

D'un tratto la sentì irrigidirsi contro di lui e poi lasciarsi andare, coi muscoli che si stringevano e pulsavano contro la sua mano. Jed si staccò da lei per guardarla, ma i suoi occhi erano chiusi, e le labbra arrossate per i baci. Lei si aggrappò alla sua giacca per non cadere a terra.

Fanculo. Ma che cazzo gli era preso?

Lui ritirò la mano in fretta e le rinfilò la camicia nei pantaloni. Lei aprì gli occhi, che erano così persi in un torpore di passione da farlo quasi piangere. «Cristo. Mi fai diventare scemo.»

«Oddio, scusami...» Vivi gli scansionò il viso. L'incertezza che lui le lesse dipinta sul volto gli ricordò il danno enorme che il suo ex le aveva fatto, e lui di certo non la stava aiutando.

«Non è colpa tua. Essere stupido mi viene naturale.» Sentiva il bisogno impellente di scusarsi. Il suo corpo doleva e il sangue gli scorreva bollente nelle vene, spingendolo a finire quello che aveva cominciato. Perché, cazzo, era un uomo, oltre che un coglione patentato. Ma quello che voleva davvero era essere un buon agente dell'FBI.

E stava fallendo.

Aveva bisogno di tirare fuori le informazioni che Michael custodiva nella sua mente prima che i terroristi li trovassero, perché non sarebbero potuti stare lì per sempre. E più a lungo rimanevano, più alta era la probabilità che Jed mandasse tutto a puttane, portando le cose su un piano ancora più personale. Come se il fatto che gli fosse appena venuta tra le mani non fosse già abbastanza personale. *Merda.* Il suo corpo lo implorava di infischiarsene delle regole, ma la sua parte razionale gli diceva che non sarebbe sopravvissuto al rimorso se avesse compromesso la situazione.

Non è già compromessa?

Incasinata, lo era di sicuro. Si voltò dall'altra parte. Non voleva che Vivi leggesse le emozioni contrastanti che lo stavano divorando. Non voleva che gli vedesse negli occhi la voglia di spogliarla e farsela contro il primo albero. *Già, proprio un bel lavoro, agente speciale Brennan. Adesso vai a lucidare il distintivo e a scrivere un bel rapporto.*

«Faremo meglio a rientrare» disse.

Dopo la mattinata di lezione pratica di tiro al bersaglio, si erano goduti tutti una bella cioccolata calda dai genitori di Jed, il quale aveva cercato inutilmente di fare finta di non essere incazzato nero con se stesso per aver perso il controllo e superato il limite.

Loro tre avevano poi fatto ritorno alla baita passando con le ciaspole nel bosco; suo padre avrebbe riportato il suv più tardi. La passeggiata nel cuore della foresta con Vivi e Michael gli aveva finalmente calmato i bollenti spiriti, forzandolo a rilassarsi. Proprio come una vera vacanza. Ovviamente, ai suoi genitori Vivi e Michael erano piaciuti molto. E questo aggiungeva un tocco surreale a quella relazione falsa, che comunque andava meglio di qualsiasi altra relazione vera avesse avuto.

Ora erano di nuovo alla baita. Il fuoco scoppiettava e la radio mandava musica a basso volume in sottofondo.

Vivi aveva preparato una zuppa per pranzo, e Jed aveva dovuto scacciare ogni rimorso dalla mente. Gli servivano tutte le energie di cui disponeva per proteggerli e fare in modo che Michael riprendesse a disegnare.

Lei si sedette coi piedi sul divano, fingendo di leggere un libro. Tutto molto rilassante, se non fosse stato per l'aria colma della carica sessuale che scricchiolava tra di loro. Senza dimenticare gli assassini là fuori che stavano dando loro la caccia.

Jed si grattò la nuca. Niente di tutto questo lo aiutava ad allentare la tensione.

Avevano bisogno di una svolta nel caso. Aveva pensato che appena Michael si fosse sentito al sicuro sarebbe tornato al suo abituale modello mentale di affrontare le situazioni. Vivi diceva che era il disegno.

Non sapeva a che punto fossero le indagini, e ne era infastidito. Killion e Frazer lo avrebbero di certo chiamato più tardi, ma lui non poteva permettersi di apparire troppo interessato, anche se bruciava per avere informazioni.

Afferrò uno specchio dalla camera da letto e lo sistemò sopra il tavolo. Prese uno degli album da disegno che aveva comprato per Michael, una matita, e iniziò a disegnare il proprio riflesso nello specchio. Aveva ripiegato su arte al liceo solo perché gli orari di musica si sovrapponevano a quelli del football. Ironia del caso, si era scoperto molto portato per il disegno. Fece uno schizzo del mento. Aveva bisogno di una bella rasata, ma non se ne preoccupava mai quando tornava a casa. Ad ogni modo, sembrava l'uomo di Neanderthal. Lo sguardo rimbalzò verso Vivi.

Sistemò meglio lo specchio e iniziò a tracciare linee con la matita dove avrebbero dovuto esserci occhi, naso, bocca e la sua fronte troppo spaziosa. Da dove venivano quelle linee severe che gli solcavano la fronte? Fissò con attenzione l'uomo riflesso nello specchio. C'erano ombre profonde sotto i suoi occhi, la prova di troppe notti insonni tormentate dal senso di colpa. Lo invecchiavano, e non ci aveva mai fatto caso prima.

Era arrivato il momento di andare avanti.

Mostrava tutti i trentaquattro anni che aveva. Non poteva dirsi vecchio, ma neanche più giovane.

Michael sedeva al tavolo mangiando biscotti e bevendo latte. Ogni tanto allungava un dito e toccava lo schermo del tablet che Jed gli aveva comprato. Sembrava che stesse cercando di capire cosa farci, anche se non provava a prenderlo o a portarselo più vicino. Il ragazzino era davvero terrorizzato da quello che sarebbe accaduto se lo avesse rotto, nonostante Jed gli avesse detto almeno venti volte che non avrebbe avuto alcuna importanza. Gli incidenti capitano.

«H» disse un convertitore di testo con voce metallica.

La testa di Vivi si mosse di scatto.

«Ehi, Mickey, ma è fantastico» gli disse Jed sorridendo, e lui ricambiò.

La lettera successiva fu una C, che smontò un po' Jed. Aveva sperato in una parola intera, magari una spiegazione dettagliata di cosa era successo nel negozio di giocattoli. Scosse il capo e si diede dell'idiota, poi tornò a disegnare. La pazienza era la chiave.

Jed non aveva dubbi che Michael fosse un ragazzino sveglio, e capiva il motivo per cui i medici si rifiutavano di etichettarlo come autistico, perché le sue capacità cognitive erano davvero molto sviluppate. Ma il bambino non emetteva un suono neanche quando era terrorizzato, e questo non era normale.

Era straziante, ma anche snervante quando cercavi di catturare terroristi che stavano quasi sicuramente pianificando un altro attacco. Jed sapeva anche che, se avesse mostrato la sua frustrazione, avrebbe perso il rapporto che aveva costruito con Michael. Non poteva permetterselo, perciò doveva fare un passo indietro. Ignorare. E sperare.

Abbozzò sul foglio il naso, le labbra e la forma degli occhi.

Dalla radio partì il notiziario, e il giornalista iniziò a parlare delle indagini dell'FBI sull'attacco al centro commerciale. Jed appoggiò l'album da disegno e si alzò in piedi. Gli sembrava incredibile che fossero passati solo due giorni dalla sparatoria. Due soli giorni da quei terribili eventi che avevano cambiato per sempre le loro vite. Si diresse verso la radio e l'abbassò, perché non voleva spaventare Michael, ma Jed voleva sentire cos'avevano da dire i media. Non c'era la TV via cavo o satellitare alla baita. Solo un televisore collegato a un lettore DVD e Internet.

Vivi gli si avvicinò, con le braccia incrociate al petto, mordendosi il labbro inferiore mentre ascoltava con attenzione.

«... una fonte non ufficiale oggi ha riferito che le armi usate per l'attacco al centro commerciale erano state fornite dal governo siriano alle proprie forze armate...»

Un sudore gelido gli imperlò la fronte.

«Cosa significa?» sussurrò Vivi, agitata. «Il governo siriano ha attaccato il Minneapolis Mall?»

«Non necessariamente.» Ma era quello che tutti avrebbero creduto. «All'inizio del conflitto, molte delle milizie governative hanno disertato per passare nelle file ribelli, e di certo hanno portato via più armi possibile.» Ma Abdullah era una guardia repubblicana siriana. Se i media lo avessero scoperto, ci sarebbe stata una reazione violenta e la richiesta di azioni concrete.

Vivi si avvicinò di più al suo fianco, entrambi schiacciati contro il bancone della cucina dove si trovava la radio. Lui cercò di ignorare la presenza di quel corpo e i punti in cui aderiva al suo. Non era un adolescente con gli ormoni impazziti, in teoria avrebbe dovuto avere un certo autocontrollo.

No.

«... I funerali delle vittime verranno celebrati domani, con una commemorazione pubblica.... Le persone ancora in ospedale... La donna e il bambino scomparsi... Continua la caccia alla misteriosa terrorista donna...»

Posò un dito sulle labbra di Vivi, prima che ripetesse l'informazione ad alta voce. Le si dilatarono le pupille, mentre una scossa di calore attraversò il corpo di Jed. Non le aveva mai detto che uno dei terroristi era una donna per non influenzare Michael. Lasciò cadere la mano quando fu chiaro che Vivi avesse recepito il messaggio, e ignorò il fatto che il dito gli sembrava fosse stato marchiato a fuoco.

«... Voci di corridoio affermano che il Presidente Hague

parteciperà alla commemorazione... La Casa Bianca non ha rilasciato dettagli a riguardo...»

«Ho lavorato alla Casa Bianca, molti anni fa» disse Vivi pensierosa. «È dove ho incontrato il padre di Michael.»

Un formicolio di disagio gli strisciò lungo la schiena. «Il tuo ex lavora alla Casa Bianca?»

Lei fece una smorfia. «No. Al Pentagono.» E si mise una mano sulla fronte, come se avesse mal di testa. «Coordina l'assegnazione degli addetti militari in giro per il mondo.»

Il leggero formicolio si tramutò in un afflusso violento di gelo su tutto il corpo. «Il tuo ex lavora per i servizi segreti della Difesa, e tu non mi dici nulla?»

L'espressione sul volto di Vivi mostrava sofferenza e senso di colpa. «Lo so, avrei dovuto farlo, ma non credevo fosse importante quando eravamo alla casa sicura... e dopo l'attacco...», spinse in fuori le labbra per un attimo, abbassando lo sguardo, «me ne sono scordata».

Lavorava per la DIA. *Porca puttana!* Questa donna aveva probabilmente distrutto la carriera di Jed senza neanche saperlo.

«... Continua la ricerca di Veronica Vincent e di suo figlio Michael, che ricordiamo sono stati portati via da una casa sicura ieri; si teme per le loro vite...»

Fanculo. Fanculo. Fanculo!

Si sfregò una mano tra i capelli. «Dovremmo chiamarlo? Informarlo che state bene?»

La postura, l'espressione e la voce di Vivi cambiarono all'istante, come se una coltre di distacco le fosse scivolata addosso. «L'ho chiamato quando eravamo in ospedale, dopo il primo attacco.» Anche se stava dritta mostrando un rigido autocontrollo, Jed intravide le lacrime che le bagnavano gli occhi. «Non ha mai richiamato. Davvero dovrei pensare che gli freghi qualcosa di noi, adesso?»

Jed trattenne la rabbia per qualche secondo e poi la tirò con forza a sé, senza rendersi conto di quanto ormai gli importasse di cosa Vivi pensava di lui, finché non la sentì rilassarsi tra le sue braccia. *Merda.* Il suo ex era uno stronzo. La strinse così forte da farle male, ma non la lasciò andare. I suoi capelli erano morbidi contro le sue labbra, l'odore dello shampoo dolce e fragrante. Poi alzò lo sguardo e si pietrificò.

La fece voltare piano e si chinò per sussurrarle all'orecchio: «Guarda. Guarda cosa sta facendo Michael...»

CAPITOLO QUINDICI

Michael disegnava da ore, profondamente concentrato.

A un tratto, Vivi si alzò e fece per andare verso di lui, ma Jed la fermò prendendola per un braccio.

«Ha bisogno di mangiare.» Provò a divincolarsi, ma lui la trattenne con gentile fermezza.

«Mettigli accanto un sandwich e qualcosa da bere. Lo faccio io, aspetta.» Si alzò e si diresse verso il frigo. Lei lo seguì.

«Deve anche riposare» insistette guardandolo con occhi stretti.

«Ha più bisogno di continuare a fare quello che fa.»

Il senso di protezione la pervase. «Intendi dire che tu ne hai bisogno.»

Lui sospirò, paziente. «Ne abbiamo tutti bisogno, ricordi?»

Lei rabbrividì e si allontanò. Jed la lasciò andare, sperando di riguadagnare un po' della fiducia e della connessione di prima, ma il bambino era sotto pressione e lei preoccupata a morte. Jed lo capiva bene, ma le loro opinioni riguardo a cosa fosse meglio per Michael erano differenti. Lui pensava che avesse bisogno di buttare fuori tutto, e sì... Jed aveva anche bisogno di salvare la sua cazzo di carriera, che probabilmente era già andata a puttane. Se questo faceva di lui uno stronzo, allora era uno stronzo. Niente di nuovo comunque.

Porca puttana, uno della DIA. Ma non poteva essere un venditore d'auto?

Non faceva alcuna differenza, in realtà. Anche se lo avesse saputo, non avrebbe fatto nulla di diverso, eccetto forse dire a Frazer quello che stava succedendo.

Dopo altri trenta minuti, Jed non riuscì più a starsene seduto. Uscì e andò a controllare il perimetro della proprietà in cerca di impronte, soprattutto per scaricare un po' della tensione accumulata. Non sapeva cosa avesse di preciso, ma la pelle gli formicolava e non riusciva a stare fermo. Forse perché stava per fare un enorme passo avanti nelle indagini? Chiamò suo fratello Liam, il capo della polizia, che aveva acconsentito a tenere d'occhio tutti i forestieri e a fare ronde regolari nelle strade locali per controllare i veicoli o qualsiasi cosa di sospetto. Fino ad ora, nulla di strano.

Quando tornò alla baita, Michael stava ancora disegnando, Vivi camminava su e giù, e lui era ancora sulle spine.

Attese.

E attese.

Ogni quarantacinque minuti circa, Michael appoggiava un disegno finito da un lato, e ora Jed aveva in mano una serie di immagini, alcune delle quali lo toccarono profondamente. La prima era di lui che teneva Vivi stretta tra le braccia in cucina. Qualcosa in quel momento aveva motivato Michael a prendere la matita e disegnare. Jed non sapeva cosa, ma ne era grato. Il disegno era perfetto, poteva vedere le emozioni che aveva cercato di nascondere quando aveva tirato Vivi contro il suo petto. Ansia, angoscia ed eccitazione.

Lei non disse nulla quando Jed infilò il disegno nell'album.

Suo padre era il soggetto successivo, e la somiglianza era tale e i dettagli così precisi che Jed non avrebbe mai creduto che l'avesse disegnato Michael, se non l'avesse visto all'opera coi suoi occhi. Suo padre aveva una piccolissima cicatrice sul sopracciglio sinistro e un minuscolo neo sul naso. Il ragazzino li aveva disegnati entrambi alla perfezione. Era un po' inquietante che questi capolavori uscissero dalle mani di un bambino di otto anni, come se fosse posseduto da un Picasso o un Michelangelo con memoria fotografica. Adesso capiva perché Vivi pensava che fosse un bambino prodigio.

«Chi è questo?» domandò a Vivi, tenendo in mano il ritratto di un uomo di colore dal volto largo.

«L'infermiere dell'ospedale.» Lei evitò di guardare la somiglianza dei disegni del dottor Hinkle e dei due agenti.

«Michael ha un talento incredibile.»

«Lo so.» Quei suoi occhi blu erano serissimi ora. Mostravano il distacco che lui stesso aveva creato.

«Mi dispiace se me la sono presa per la questione del tuo ex, prima. Non ne avevo alcun diritto.» Era un idiota, perché avrebbe potuto scoprirlo dal primo giorno, ma era stato troppo occupato ad annusare la gonnella di Vivi come un cane.

La fronte di lei si corrugò. «Avrei dovuto dirtelo.»

Lui rimase immobile e la guardò fissa. «Quando abbiamo lasciato la casa sicura, ti ho dato l'opportunità di chiedergli aiuto. Perché non ci hai provato?» Fece un passo verso di lei, una sottile rabbia gli montava dentro, una che conosceva bene. Veniva dal pensare a qualcuno che faceva del male a un altro essere umano solo perché aveva il potere di farlo. «Picchiava anche te?» DIA o no, gli avrebbe spaccato la faccia se le aveva messo le mani addosso.

Lei scosse il capo. «Non ha mai alzato un dito contro di me.» Il luccichio nei suoi occhi suggeriva che lui non avrebbe osato. «Ma mi ha sempre derisa e svalutata, e spesso di fronte agli altri. Sembra una cosa stupida a ripensarci ora, ma ha corroso qualsiasi cosa pensassi ci fosse tra di noi.» Fece una pausa, cercando le parole giuste. «Hai mai avuto una relazione finita così male da cancellare tutto il bello che c'era stato prima?»

Angela. «Sì.»

«È come se l'amore provato finisse sepolto da una montagna di sofferenza. Non lo perdonerò mai per quello che ha fatto a Michael o a *me*.» La voce le si incrinò. D'un tratto, si strinse forte le braccia con le mani fino a far diventare bianche le nocche. «Non voglio avere niente a che fare con lui, mai più.»

«Neanche per salvarti dai terroristi?»

Gli lanciò uno sguardo, aveva un sorriso triste sul volto. «Mi fido più di te che di David, per quanto riguarda la nostra sicurezza.»

I residui di risentimento che ancora covava evaporarono in un istante. La fiducia era una cosa enorme per Vivi e quelle parole dimostravano che credeva davvero in lui. Doveva fare del suo meglio per non mandare tutto a puttane.

Lei attraversò la stanza e mise un ciocco nel camino.

Killion chiamò, e Jed si spostò in camera sua per rispondere.

«Come vanno le vacanze?»

«Da dio. Sto sorseggiando un *Mai-Tai* sulla riva del lago. Ho visto i miei e ho fatto una ciaspolata nel bosco.» Jed guardò l'oscurità fuori della finestra per assicurarsi che tutto fosse a posto. «Come vanno le indagini?»

«Un incubo. La visita del presidente sta mandando in agitazione ogni singola persona al comando, stanno tutti cercando un modo per pararsi il culo visto che ancora non hanno preso la terrorista.» La voce era quella di uno che non dormiva da giorni.

«Perché non l'avete ancora presa? Lo schiaccia pollici si è rotto?»

«Eh... credimi, non mi dispiacerebbe affatto spaccare qualche osso al nostro amico, ma dobbiamo seguire le regole. Federali del cazzo.»

«Maledetta Convenzione di Ginevra.»

«Peccato che quegli stronzi dei terroristi non l'abbiano sotto-scritta. Ah, il tizio in terapia intensiva è morto.»

«Bastardo.»

La risata di Killion era stremata. «Davvero? Non lo avrei mai pensato.»

«E il tizio inglese dei servizi segreti, cosa ti ha detto?»

«Era una tizia.»

«Dolce e sinuosa?»

«Come un serpente a sonagli.»

Jed attese.

«I servizi segreti avevano un file su uno dei killer della casa sicura. Era un mercenario.»

«Cosa?» Non se l'aspettava.

«Un tedesco chiamato Klaus Schmidt.»

Cosa ci faceva un mercenario nell'agguato a una casa sicura della polizia? «E gli altri?»

«A parte Klaus, gli altri sono tutti di origine araba, anche se non abbiamo ancora concluso tutti i controlli su di loro.»

Chissà se Klaus era un convertito o solo un esaltato che godeva nell'ammazzare la gente. Magari stava facendo un favore a qualche amico jihadista, ma di solito non operavano così. «Qualche buona notizia sul fuggitivo?»

«Svanito senza lasciare traccia. Sembra un gruppo molto ben addestrato. Se tu non avessi trovato Michael Vincent nella piscina dell'hotel, Abdullah lo avrebbe ammazzato e se ne sarebbe andato sereno e sorridente. Qualcosa mi dice che gli hai mandato a puttane i programmi quando lo hai catturato.»

«Mio dovere.»

Killion grugnì. «Ma non mi aiuta a capire chi ci sia dietro l'attacco. Il vice presidente sta facendo pressioni sul presidente perché lanci un'offensiva contro la Siria.»

Il vice presidente era ebreo e un deciso oppositore della poli-tica pacifista del presidente Hague. *Merda*. Stavano già assistendo a un'escalation senza che neanche fosse chiaro chi era il vero responsabile.

Jed aveva un'altra domanda da fare a Killion. «Hai contattato l'ex di Vivi?»

Il silenzio dall'altro capo fu più che eloquente.

«Ci ho parlato.»

«Li ha per caso sentiti?»

«Neanche una parola.»

«Gli credi?»

Killion non rispose subito. «Devo andare. McKenzie sta urlando a uno degli agenti su chi deve prendersi la responsabilità per l'attacco alla casa sicura... oh cazzo, l'agente ha appena cercato di saltargli al collo.»

«No, vorrei esserci.»

«Be', immagino tu abbia cose più interessanti da fare.» Riagganciò.

Fanculo. Cosa aveva voluto dire? Sapeva che Vivi era lì? No, stava solo lanciando l'amo. Forse. Fanculo due volte.

Jed tornò in sala. Michael stava ancora disegnando. Sembrava che andasse a ritroso nel tempo, ignaro di lui, di sua madre e di qualsiasi altra cosa eccetto le immagini che si riversavano dalla matita.

Vivi fece scivolare una banana nella mano libera di Michael, che iniziò a mangiare senza neanche alzare lo sguardo.

«Ha bisogno di riposare» disse lei a bassa voce ma con tono insistente, dopo un'altra ora.

«Sono solo le dieci di sera.» Jed sapeva che doveva far dormire Michael, anche se non voleva interrompere il flusso delle informazioni che sgorgavano dalla sua mente. «Fargli finire l'ultimo, poi vediamo come si sente.» L'avrebbe implorata se avesse potuto. «Abbiamo bisogno di queste informazioni, Vivi. Potrebbe avere la chiave per impedire una guerra mondiale.»

Il sangue le si prosciugò dal viso a quelle parole. «Okay, ma se non si riposa non riuscirà ad alzarsi domattina, figurarsi disegnare.»

Jed dovette ricorrere a tutta la sua pazienza. Lei conosceva Michael meglio di chiunque altro, e ci stava provando. La stava già forzando ad andare oltre la sua zona di confort.

La cosa divertente era che Vivi stava facendo la stessa cosa con lui, ma in modo totalmente differente. Si spostò, riconoscendo finalmente quell'irritante smania per ciò che era. Un'implacabile frustrazione sessuale. La desiderava, ancora. Un'ondata di rabbia gli montò addosso. Rabbia verso se stesso. Questo non era il tipo di agente federale che voleva essere. Voleva essere concentrato e onesto, perché la debolezza gli ricordava Angela e quanto gli fosse costato quello sbaglio.

Tieni duro, perdio.

Era inchiodato qui finché non sarebbe tutto finito, e poi basta. Ma era una tortura starle vicino, perché non riusciva a dimenticare la morbidezza delle sue labbra o a non immaginare quelle lunghissime gambe strette attorno alla sua vita.

Sospirò sbruffando, e si forzò a concentrarsi sullo schermo del computer. Basta pensare al sesso. Basta pensare a quei baci o al suo orgasmo esplosivo. Ma era come dire alla neve di non cadere mentre stava cadendo.

«Non appena inizia a disegnare qualcosa che non riconosci, dovrò dire al mio capo che siete qui e condividere le immagini con lui.»

L'espressione di Vivi si incupì, ma annuì comunque. La loro location poteva venire compromessa e Jed doveva far arrivare più rinforzi, almeno lungo il perimetro.

«Con un po' di fortuna, tutto questo finirà presto e potrai tornartene a casa» le ricordò.

Lei alzò la testa di scatto e incontrò il suo sguardo. Poi lo distolse, cercando di nascondere qualsiasi pensiero le fosse passato per la mente.

Non riusciva più a leggere dentro di lei. Credeva di riuscirci, ma più tempo passavano insieme e più lei si allontanava, come se si fidasse sempre di meno invece che di più.

Si sentì ferito nell'orgoglio, ed era una cosa molto sciocca.

Si grattò il mento e decise che era arrivato il momento di farsi la barba. Se ne andò a farsi una doccia veloce, grato di avere una scusa per stare lontano dalla donna a cui si stava attaccando sempre di più.

Nonostante quel che aveva detto, Vivi non era la tipa da una sveltina e via, e lui aveva un lavoro che non gli permetteva di farsi una famiglia, sebbene molti dei suoi colleghi ce l'avessero.

Porca puttana, gli *piaceva* la vita da single.

Ma, per la prima volta in anni, non riusciva a trovare un solo valido motivo del perché.

Un'ora dopo, lavato, rasato e ancora nervoso, Jed dovette convenire che Michael era cotto. Teneva il mento appoggiato sul tavolo, e gli occhi gli si chiudevano mentre la matita andava sempre più lenta. Però aveva disegnato molte immagini di persone che Vivi non era riuscita ad identificare, e Jed pensò che stavano finalmente arrivando a qualcosa di concreto. Poi gli occhi di Michael si chiusero e la matita cadde sul tavolo. Vivi si alzò di scatto, come sempre una madre vigile, ma Jed arrivò prima di lei. Sollevò il bambino dalla sedia e lo prese tra le braccia. Magari dopo qualche ora di sonno avrebbe ripreso da dove aveva interrotto.

«Posso farlo io» si offrì Vivi.

Lo sguardo fiero e autosufficiente dipinto sugli occhi di Vivi gli formò un nodo in gola. «Non ti ha mai aiutata nessuno con Michael?»

Lei spalancò la bocca e il suo viso si accartocciò in una smorfia.

Cazzo. «Scusa, non intendevo...»

Lei alzò una mano. «No, no. Sono solo stanca. Ti sono molto grata per il tuo aiuto.» Si passò in fretta le mani sul viso, le difese abbassate, e lui le poté vedere dritto nell'animo. «E comunque la risposta è no. Nessuno mi ha mai aiutata. Nessuno. Mai. Perciò vedere te con Michael mi fa capire tutto quello che si è perso a non avere un padre che... facesse queste cose per lui.»

Che lo amasse, stava per dire.

La gola di Jed bruciò per le emozioni che cercava di ricacciare giù. Il fatto che un uomo avesse abbandonato lei e questo bambino gli fece venire voglia di picchiare qualcuno, nello specifico quella merda umana del suo ex che lavorava alla DIA. Gli ci volle un momento per ritrovare la voce, e quando lo fece, gli uscì bassa e dura.

«È la sua, di sconfitta, Vivi, non la tua. Ricordatelo sempre. Non tutti gli uomini sono delle teste di cazzo.» Detto questo se ne andò, sentendo come se fosse una sconfitta anche per lui, perché questa donna e il suo bambino non erano la sua famiglia, e non lo sarebbero mai stati. Lui doveva solo assicurarsi che sopravvivessero abbastanza a lungo da poter tornare alle loro vite, che erano a migliaia di miglia da lui.

Elan aveva affittato le ciaspole dal tizio del motel in cui alloggiava. I suoi uomini avevano scoperto la zona in cui si trovava la proprietà dei Brennan, ma non molto altro riguardo alla famiglia. Niente social, niente sui giornali se non fatti riguardanti la loro attività di affitto. C'era un sito in cui pubblicizzavano le baite e i servizi disponibili, ma non riportavano l'esatta ubicazione. Erano più cauti della maggior parte degli americani moderni. Aveva controllato molte delle baite e mentre alcune erano vuote, altre erano occupate da cacciatori con le loro famiglie. Aveva passato ore a fare appostamenti per assicurarsi che la donna dai capelli rossi non fosse lì.

Faceva così freddo che non sentiva più le dita. La scomodità e il fastidio poteva sopportarli, ma non voleva compromettere le sue abilità, perciò era tornato al motel per farsi una doccia e mangiare qualcosa di caldo prima di avventurarsi di nuovo fuori. C'erano altri tre posti da visitare prima di appostarsi davanti alle baite dei genitori e del fratello. Aveva lasciato quella specifica zona per quando fosse calata la notte, anche se ci sarebbe voluta una bella scarpinata sul terreno impervio per raggiungerla, visto quanto era isolata e remota. Era quasi impossibile arrivarci, se non violando la proprietà privata. Era situata su una piccola isola, con una sola strada che andava e veniva, e protetta tutto intorno da un lago semi ghiacciato.

Parcheggiò il mezzo vicino alle foreste che fiancheggiavano la proprietà a ovest. L'attraversata con le ciaspole di più di due ore sembrò durarne almeno dieci nella neve troppo alta e fresca. Gli bruciavano i muscoli. Anche il fucile che gli penzolava sulla schiena pesava come un macigno. Considerato il suo addestramento si sentiva penoso, ma non raggiungevano questa temperatura estrema nel posto da cui veniva. A volte nevicava, ma non c'era questo freddo gelido che bucava la pelle. Stava invecchiando.

Per fortuna la neve rischiarava il buio permettendogli di vedere dove stesse andando senza rischiare di rompersi il collo. Arrivò all'ultima salita prima di avere una visuale chiara della baita di legno circondata da alberi, e si avvicinò con molta cautela. Le luci erano accese e il fumo usciva dal camino. Guardò dal mirino del fucile, ma le tapparelle e le tende erano tirate. Gli si drizzarono i peli sulla nuca.

Ti verrebbe mai in mente di serrare scuri e tende in un posto così remoto?

Ma Brennan era un agente federale, magari non gli piaceva starsene seduto sul divano, esposto come un culo nudo di fronte ai fari di una macchina della polizia.

Era possibilissimo che Brennan fosse lì da solo, a prendersi una pausa mentre il resto del mondo stava andando all'inferno. Ma non ci credeva.

Da dov'era, Elan non riusciva a vedere il veicolo parcheggiato. Poteva anche non essere Brennan. Magari stava dai suoi, o forse era già in Canada a quest'ora. Merda. Doveva avvicinarsi di più. Si accovacciò dietro la cresta della collina e controllò la pistola prima di tornare ad arrancare nella neve. Il sudore iniziò a gelarsi sulla schiena e lo fece tremare come una foglia. Solo due mesi prima, tutto questo era sembrato un piano infallibile, e ora stava dando la caccia a un bambino per il bene della sua patria.

Metteva piano un piede avanti all'altro nella neve profonda, incapace di contrastare del tutto la fretta che gli pizzicava i talloni. Il silenzio della foresta gli parlò. Qualcosa in questo ambiente duro e ostile gli ricordò la posta in gioco: sopravvivenza, pura e semplice. Niente di più elementare. La vecchia poesia di Robert Frost gli risuonò in testa. Anche lui aveva una lunga strada da percorrere prima di riposare.

Gli ci vollero altri venti minuti di scarpinata tra i rovi e i cespugli intricati che costeggiavano le rive. Il lago era incrostato da uno strato di ghiaccio troppo sottile per sostenere il suo peso, il che rendeva la baita una fortezza inespugnabile con un attacco via terra. Una sola strada di entrata e uscita.

Si riposò un attimo e riprese fiato, coi polmoni e i muscoli che bruciavano per il freddo e la fatica. Gli piaceva quel leggero dolore. Lo faceva sentire vivo. Come se fosse più degno di ottenere la sua preda.

Un rombo basso lo immobilizzò sul posto. I suoi occhi cercarono nell'oscurità e riconobbe la sagoma di un veicolo di colore scuro, mezzo nascosto dagli alberi folti. Una macchina della polizia. Elan sorrise.

Era venuto nel posto giusto.

Da quando aveva conosciuto Jed Brennan il suo corpo si stava lentamente svegliando dal lungo letargo. La cosa che la faceva infuriare era non riuscire a chiedere ciò che desiderava con tutta se stessa, e cioè la possibilità di fare l'amore con un uomo di cui si fidava. Di riscoprire la sua femminilità. Di restituirgli quello che lui le aveva donato quella mattina. Anche solo per una volta.

Se ne stette un po' sotto la doccia, con l'acqua calda che le cadeva addosso. Si lavò i suoi poveri piedi, contenta di vedere che stavano guarendo. Immaginò che fossero le mani di Jed a scivolarle lungo il corpo insaponato. Quelle mani grosse e forti che le stringevano i seni, le pizzicavano i capezzoli duri, per poi scendere in basso, oltre l'ombelico, tra le sue gambe e verso luoghi caldi, oscuri e segreti che lo desideravano da impazzire. Strinse le cosce e le tremarono le gambe al ricordo di ciò che le aveva fatto provare quella mattina. Era passato così tanto tempo che si era quasi dimenticata di avere bisogni e desideri che solo un uomo poteva soddisfare.

C'era stato un tempo in cui era stata sicura di sé a letto. Prima. Prima che Michael richiedesse ogni briciolo di energia e attenzione di cui Vivi disponeva. Prima che suo marito la tradisse, facendola sentire fallita come donna.

Si era rinchiusa in una bolla di dolore così patetica che quasi si vergognava a pensarci. Era sconcertante che avesse permesso al suo ex di avere il controllo assoluto sulla propria autostima e sul proprio valore come persona. Si toccò, e gettò la testa all'indietro, coi capelli neri appiccicati alle mattonelle. Si strofinò e due dita scivolarono nel suo sesso umido; era piacevole ma non fu abbastanza. Voleva un uomo. Voleva Jed.

Digrignò i denti per la frustrazione. Suo figlio era in pericolo e lei pensava a farsi scopare? Che razza di madre era?

Piena di difetti, debole e sfigata. Come il resto dell'umanità.

Gli eventi di quella settimana avevano annientato il suo piccolo mondo, sicuro e grazioso. Le avevano ricordato che esisteva un altro luogo oltre gli impegni scolastici, gli appuntamenti con gli specialisti, o il farsi il culo al lavoro per arrivare a fine mese. Sopravvivere era diventata la priorità, mettendo da parte tutti i motivi e le paure che aveva per non aprirsi a un uomo e fidarsi. Caspita, ora aveva pure una pistola sul comodino, in caso servisse. La sua vita non avrebbe potuto essere più surreale di così. Quindi non doveva sentirsi in colpa perché pensava al sesso. Era perfettamente normale.

Anzi, forse era l'unica cosa normale della sua vita, in quel momento.

Tutto il resto andava contro la natura umana. Sangue. Morte. Omicidi. Invece, voler sentire il peso del corpo di Jed spingerla contro il materasso e premere tra le sue gambe era normale e salutare. Era okay.

L'acqua iniziò a raffreddarsi e lei chiuse il rubinetto. Era ancora dolorante, frustrata e affamata di un uomo che era deciso a non lasciarsi coinvolgere dalla donna che stava proteggendo. Uscì dalla doccia, si asciugò e tamponò i capelli, poi si avvolse in un asciugamano asciutto e lasciò il bagno, seguita da una scia di vapore.

Jed era in piedi nell'ombra, aveva appena appoggiato un bicchiere di vino sul comodino.

«Hai dimenticato... credevo gradissi...» Quando Jed alzò gli occhi, fece un passo indietro, consapevole del fatto che lei stesse indossando solo un asciugamano.

La luce proveniente dal bagno fu abbastanza da illuminargli gli occhi pieni di desiderio. La desiderava. Anche se l'aveva tenuta a debita distanza da quella mattina, lui la desiderava. Anche se aveva detto che non voleva farsi coinvolgere. La desiderava. E lei desiderava lui.

Era egoismo questo? Forse. Ma il tempo insieme stava finendo.

Lui iniziò a indietreggiare per uscire dalla stanza, e Vivi prese la decisione. Lasciò cadere l'asciugamano.

Jed serrò la mascella. Il desiderio bruciante era chiaro nei suoi occhi, quasi violento, ma era determinato a resisterle e non si mosse. Ancora provava a essere nobile. A non approfittarsi di lei. Be', era lei che intendeva approfittarsi di lui. Voleva sentirsi di nuovo donna. Voleva fare l'amore. Anzi, voleva fare sesso.

Non era in cerca di un impegno per la vita, solo di mutuo rispetto e un sacco di piacere.

Si diresse verso di lui e vide i suoi occhi scuri brillare mentre chinava il capo da una parte, chiaramente deluso dal comportamento di Vivi. Perché non solo lo stava provocando, ma intendeva andare ben oltre la sola tentazione, e lui lo sapeva.

Le mani frementi di Vivi trovarono muscoli infuocati sotto la pesante camicia di lana e scivolarono tra gli addominali e i pettorali scolpiti, fin su, sulle spalle larghe che solo a guardarle la mandavano in subbuglio.

Si alzò sulle punte dei piedi e lo baciò all'angolo della bocca. «Non ho bisogno che sia per sempre.»

«Ti meriti molto di più di un semplice flirt.» La sua voce era roca. Ancora non l'aveva sfiorata, ma lei poteva sentire e quasi toccare lo sforzo immane che faceva per trattenersi.

Si spinse ancora più avanti, prendendo tra i denti un lobo del suo orecchio. Ci provò. «Potrebbe essere l'unica occasione che abbiamo.»

Lui rabbrividì, poi la prese con forza per i fianchi. Lei pensò che la stesse allontanando, ma le sue dita strinsero ancora più forte e la tirarono contro di sé. Sentì tutta la lunghezza e la durezza del suo sesso contro lo stomaco. Oh, sì. La voleva, decisamente. Lei si avvicinò ancora... Dio, quanto le era mancato tutto questo. Erano anni che non faceva sesso e quasi si vergognava della voglia che aveva di saltare addosso a quest'uomo. La bocca di Jed le accarezzava il collo e lei spinse i seni doloranti contro il suo petto.

Lui gemette e senza mollare la presa la fece ruotare, girando con lei, inchiodandola con la schiena alla porta, intrappolata tra le sue braccia. Affondò la testa sul seno di Vivi e con la lingua si fece strada, verso un capezzolo. S'infilò quella perla sensibile in bocca e iniziò a succhiare e a far guizzare la lingua intorno alle terminazioni nervose, provocandole un piacere quasi doloroso. Poi fece scivolare giù l'altra mano per sollevarle la coscia, che si avvolse intorno all'anca. Si spinse contro il sesso umido e caldo di Vivi, inviandole sensazioni dimenticate che la colpivano come dardi.

«È passato così tanto tempo. Ti voglio sentire dentro di me.» Gli passò le mani sulla pelle tesa. Trovò il bottone in alto della camicia e lo fece schizzare fuori dall'asola, rivelando un ciuffo di peli scuri. Sbottonò il secondo, poi il terzo. Il suo corpo era magnifico, coi muscoli definiti e perfetti. Aveva una cicatrice che pareva fresca e altre più vecchie, ma non le davano fastidio, anzi, le ricordavano quello che faceva tutti i giorni della sua vita. Combattere per proteggere le persone.

Il coraggio e il valore che rivelavano la facevano eccitare da morire.

Era possibile che fosse ancora più bello nudo che vestito, il che la diceva lunga, e lei moriva dalla voglia di vederlo. Voleva che fosse alla sua mercé, anche solo per venti minuti di piacere rubati all'orrore che li circondava. Sapeva che era tutto quello che potevano godersi prima che il rimorso iniziasse a mangiarli vivi.

Jed si tirò fuori la camicia dai pantaloni e provò a strapparsela di dosso, ma la fondina a spalla glielo impedì. Grugnì per la frustrazione e lei lo aiutò a liberarsi dell'imbracatura. Lui poggiò la pistola sul comodino. Vivi sapeva il significato di quel gesto, ma sapeva anche che se gli avesse lasciato il tempo di pensare, lui avrebbe cambiato idea. Jed chiuse gli occhi e respirò profondamente. Non la guardava né la baciava più.

Ripensamenti.

Era certa che le stesse per propinare la storia sulla linea che separava il fatto di proteggerla con l'approfittarsi di lei. Come se non fosse nuda di fronte a lui.

Così lo sfiorò da sopra i jeans. Le anche di Jed si mossero contro le sue dita, come se non avesse alcun controllo sul suo corpo, ed era proprio quello che Vivi voleva. Nessuna riflessione. Nessuna cautela. Solo sesso, bollente e selvaggio. Erano entrambi adulti e single, e lei non gli avrebbe chiesto nulla di più.

Fremeva di un'impazienza febbrile. Ecco cosa succedeva quando stavi quattro anni senza un uomo e all'improvviso morivi dalla voglia di fartene uno. Desiderava che entrasse dentro di lei. Non voleva più avere paura, ma solo sentirsi viva. Gli slacciò il bottone dei jeans e gli aprì piano la zip, liberandolo dagli slip. Il suo sesso scattò come una molla tra le sue mani e lei toccò la pelle setosa e morbida che si tendeva sulla carne rigida. Lui tremò, e a lei quasi venne da ridere al pensiero che lo aveva sedotto. Non conosceva neanche l'abc della seduzione, ma di sicuro presentarsi nuda e disponibile di fronte a lui aveva giocato a suo favore.

Voleva dargli piacere, magari liberarlo da un po' della tensione accumulata, e voleva soprattutto disfarsi di quella voglia bruciante che provava per lui. Con le dita gli tracciò una linea sull'addome, mentre Jed continuava a tenere gli occhi chiusi e la mascella così serrata che Vivi pensò gli si potesse rompere. Si mise in ginocchio di fronte a lui e usò la bocca. Lui gemette e fece sbattere la testa con forza contro la porta, tanto che Vivi si staccò. «Vuoi che smetta?»

«Sì... no». Le sembrò quasi sofferente, ma ricominciò. Ci avrebbe riflettuto mentre lei continuava a divertirsi. Si era dimenticata la gioia del dare piacere. Il dare e il ricevere quando si faceva dell'ottimo sesso.

Le mani di Jed affondarono tra i suoi capelli e la presa cambiò. Ora le teneva ferma la testa così da potersi spingere dentro la sua bocca. A un tratto si ritirò e calciò via i jeans. Appariva mirabilmente eccitato e la voglia di lui crebbe smisurata.

Jed la fissò con uno sguardo da predatore che le diede i brividi, poi si chinò per prendere qualcosa dalla tasca posteriore dei jeans. La spinse con la schiena contro il materasso, senza darle il tempo di riprendersi e si fiondò con la bocca sul suo sesso. Spirali di piacere l'avvolsero e dovette aggrapparsi alle lenzuola per non contorcersi senza controllo. Lui le sollevò una coscia, spinse la lingua dentro di lei, per poi guizzare fuori, leccarla e infilarsi di nuovo nelle sue profondità, in un ritmo continuo che la portò a ruotare i fianchi e a gridare il suo nome in un respiro soffocato.

«Voglio di più» mormorò, perché Michael dormiva al piano di sotto e non poteva gridare.

Lui le sollevò anche l'altra coscia, facendole allargare le ginocchia ed esponendola al suo sguardo. Gli brillarono gli occhi. «Sei meravigliosa.»

Non le importava di essere meravigliosa o meno, voleva solo sentirlo dentro. Udì il rumore di un pacchetto che si apriva e vide Jed infilarsi un profilattico sul membro grosso e rigido. Si rendeva conto che la eccitava da morire? Che la faceva bagnare, che la faceva fremere?

I suoi occhi dicevano di sì.

Lei provò ad abbassare le gambe, ma lui la bloccò prendendola per le ginocchia e spalancandole le cosce ancora di più. «Non avevo intenzione di fare sesso con te, Vivi. Voglio che tu lo sappia.»

Lei si morse il labbro e annuì.

«E se avessi pensato di fare l'amore con te, mi sarei immaginato una lenta e romantica seduzione, una volta finito quest'incubo.» I suoi occhi la trapassarono come un fuoco. Era arrabbiato. Lei gli aveva portato via la possibilità di scegliere, e la voleva punire.

«Non ho bisogno di una storia d'amore. E non voglio che mi scopi piano.» Si sollevò e gli catturò le labbra tra le sue prima di ricadere sul materasso. «Io ti voglio, e basta.» Si rese conto che era davvero così. Non voleva solo sfogare i suoi bisogni. Se Jed Brennan non fosse stato qui, se lei non fosse stata attratta dai suoi modi oscuri, affascinanti e protettivi, non sarebbe stata così disperata per la voglia di fare sesso.

Lei si stava innamorando di lui e questa consapevolezza la pietrificò.

Non innamorarti di nessuno, stupida.

Jed si posizionò di nuovo di fronte alla sua apertura, ma doveva aver percepito la sua esitazione. Intrecciò le mani tra i suoi capelli e le sollevò il capo fino a incontrarle gli occhi. «Sei sicura?» Le sfiorò con il mento la guancia, in una carezza intima.

Lei fremette per quel gesto. Sapeva di buono. Di caldo, forza, bellezza. Si allungò e gli toccò il labbro inferiore, morbido e pieno di desiderio. Dolce e deciso.

Si sentiva un fascio tremante di disperato bisogno e non era affatto piacevole. «Sì, sono molto sicura.»

Jed si spinse in avanti, facendosi strada dentro di lei piano, un centimetro alla volta, dentro e fuori, muovendosi con cautela tra la sua carne e ricordando al corpo di Vivi quanto fosse bello sentirsi piena e trepidante. Infine entrò fino in fondo e appoggiò un momento la fronte sulla sua. «È bellissimo essere dentro di te.» Le tenne le cosce ben aperte e si spinse in profondità, tirandosi fuori quasi del tutto, prima di infilarsi di nuovo in quel luogo caldo e umido. Lo fece ancora e ancora. Nonostante quello che lei gli aveva detto, lui la prendeva con calma, anzi con una calma quasi straziante. *Oddio.* Era passato così tanto tempo ed era così eccitata che pochi colpi profondi bastarono a frantumarla in mille pezzi. Jed non cambiò il ritmo, ma ora c'era un sorriso soddisfatto sul suo volto, e la serietà con cui avevano iniziato era svanita.

Uscì dal suo corpo e la spinse più su, sul letto, tornò tra le sue gambe e si appoggiò le ginocchia di Vivi sulle spalle.

«Ti ho detto che le tua spalle mi fanno impazzire?» gli disse lei tra i sospiri.

«Ti ho detto che adoro le tue gambe?» Le diede una leccata, sollevandole il bacino.

Non era mai venuta due volte nello stesso amplesso, ma aveva tutte le intenzioni di provarci.

«Il tuo sapore mi fa impazzire.»

Quando la vide col fiato corto, le spinse le ginocchia contro il petto e la penetrò di nuovo, da una nuova angolatura e in modo più profondo. Lei trattenne il fiato quando lui sfiorò quello che doveva essere il punto G. Si era sempre chiesta se esistesse davvero e dove fosse. Jed lo aveva trovato con infallibile precisione.

«Vuoi che ti scopi forte?»

Lei sentiva che stava per esplodere. «Sì, ti prego.»

Invece, lui le abbassò le gambe e la baciò. La sua lingua la mandò fuori di testa, mentre la riempiva con colpi deliziosamente decisi. Poi iniziò a sbatterla forte e lei ricambiò con lo stesso slancio mentre le mani scorrevano sulla sua pelle tesa e liscia. Gli afferrò il culo e piantò i piedi sul materasso, tirandolo a sé e aggrappandosi ai suoi movimenti per non farlo uscire. La frizione, feroce e selvaggia le infiammò ogni nervo del corpo, e Vivi esplose intorno a lui, coi muscoli che si strinsero forte, come non le era mai successo. Sentì l'orgasmo di lui fiottare dentro, e questo le provocò un altro spasmo che la squarciò e la fece tremare così tanto che entrambi vacillarono.

Rimasero stesi, accaldati, sudati e senza respiro, coi cuori che pulsavano impazziti.

Jed si sollevò, provocandole fremiti lungo tutto il corpo, poi le scostò i capelli dalla fronte; aveva gli occhi scuri e seri.

«Va tutto bene» gli disse lei prendendolo per il polso, poi gli fece un sorriso triste. «Non mi aspetto nulla da te. Avevo solo bisogno...»

«Non dire nulla.» Si spinse di nuovo dentro di lei. Vivi obbedì, e lui la premiò con un'altra affondata profonda.

Gemette. «Credevo fossi venuto.»

«Infatti, ma non sei l'unica che non fa sesso da un pezzo.»

Lei pensò di non essere capace di reggere altro piacere. Eppure, lui mantenne il suo ritmo incessante e lento, e il corpo di Vivi, un attimo prima fluido e rilassato, iniziò di nuovo a tendersi e a fingere che sarebbe andato tutto bene. A fingere che tutto questo non fosse affatto straordinario, né lui speciale. A fingere che sarebbe stata in grado di andarsene via senza il cuore spezzato.

CAPITOLO SEDICI

Pilah si svegliò e si mosse scomodamente sulla sedia dell'ospedale. La schiena le faceva male. Le palpebre erano pesanti per la stanchezza. La stanza era buia, eccetto per le luci blu ghiaccio dei macchinari. Il bip costante del misuratore cardiaco era come una tortura cinese, dopo averlo sentito per ore. Ma qualcosa era diverso. Qualcosa era cambiato. A poco a poco si rese conto che il corpo sotto le lenzuola era rigido per la tensione. Alzò lo sguardo e incontrò gli occhi spalancati di William Green.

Nonostante Pilah non indossasse il velo, l'uomo la riconobbe subito. Tentò di raggiungere il campanello per le emergenze, ma lei gli bloccò la mano. Lui lottava e si dimenava nel letto, e Pilah aveva il terrore che si strappasse via qualche tubo. Tenendogli ferma la mano sul materasso, si appoggiò sul suo braccio, raggiunse la borsa e vi rovistò dentro alla cieca. Qualcosa sbatacchiò e seguendo il rumore con le dita, estrasse il tubetto di pillole che le aveva dato l'uomo nell'ombra. William lottò ancora più strenuamente contro la sua presa. Disperata, Pilah si mise a cavalcioni su di lui, bloccandogli entrambe le braccia con le ginocchia, poi si buttò di peso sul suo petto e lo inchiodò al letto.

Il battito sul macchinario per il monitoraggio del cuore era schizzato alle stelle, e anche le pulsazioni di Pilah seguivano lo stesso ritmo impazzito. Usò i denti per aprire il tappo del tubetto. Catturò una pillola al volo, facendone cadere alcune sul letto. Non aveva importanza. Era necessario che l'uomo tornasse nel mondo dei sogni prima che qualcuno venisse a controllare. Gli afferrò la mascella, ma lui parve capire le sue intenzioni e serrò le labbra. In preda alla frustrazione, Pilah gli tappò il naso finché non fu costretto ad aprire la bocca per respirare e, a quel punto, ci ficcò una pillola. Lottò con entrambe le mani per tenergli la bocca chiusa, usando tutta la forza che aveva, mentre lui strattonava e si dimenava sotto di lei. Il monitor era impazzito, come se il cuore dell'uomo fosse in procinto di esplodere.

Non morire!

Sargon e l'uomo ombra non sarebbero stati felici se lei lo avesse ucciso rovinando i loro piani.

Venti secondi dopo, sentì i muscoli di William allentarsi sotto di lei. Udì dei passi e si sollevò in fretta dal corpo dell'uomo, spianando le lenzuola e raccogliendo anche due pillole cadute, che rimise nel tubetto prima di infilarselo in tasca. Si lisciò i capelli e si sedette appena prima che entrasse l'infermiera.

«È ancora qui?»

Pilah annuì. «Sì, mi sono addormentata. Sembrava che sognasse, poco fa. Gli ho tenuto la mano finché non si è calmato.»

L'infermiera controllò il monitor. «È stato un bene che fosse qui, allora. Oh, guardi, si è tolto una cannula.» Con un gesto impaziente rimise a posto il tubo e si voltò verso di lei. «Dovrebbe andare a casa per qualche ora» le diede dei colpetti affettuosi sulla mano. «La chiamerò se ci saranno cambiamenti. È molto fortunato ad avere lei.»

Pilah prese borsa e cappotto e fece un respiro profondo,

sperando che l'infermiera non notasse che stava sudando. I suoi passi riecheggiavano nel corridoio; non vedeva l'ora di uscire di lì. Una parte di sé voleva ingoiare tutte le pillole rimaste e porre fine a ogni sofferenza. Ma non era una codarda. Ormai si era spinta troppo oltre per tirarsi indietro. Se l'uomo ombra avesse salvato le sue figlie, lei avrebbe portato a termine la missione.

Elan strisciò furtivamente nell'ombra, con la pistola nella mano sinistra e il silenziatore montato sulla canna. Si era tolto le ciaspole e le aveva lasciate nascoste sotto un cespuglio insieme al fucile, nel punto in cui la strada curvava, appena fuori dalla vista.

Fece il giro del bosco e si avvicinò alla macchina della polizia da dietro, usando gli alberi per coprirsi. Il motore era acceso e il gas di scarico aveva formato una nebbia che lo aiutò ad occultarsi.

Il veicolo era un suv. Elan intravide la sagoma di qualcuno sul sedile anteriore. Se non fosse stato per il ponte stretto che doveva attraversare in piena vista, lo avrebbe lasciato in vita, ma con la neve che illuminava la strada, non poteva rischiare. Sentì l'adrenalina schizzargli nelle vene, ma non fu abbastanza da fargli venire quella voglia incontrollata di uccidere, come da ragazzo. Forse perché queste persone non erano il nemico, facevano solo parte dei danni collaterali di una guerra senza tregua.

Si diresse verso il posto del guidatore e sparò da dietro la lamiera. Un grido di dolore arrivò soffocato dall'interno. Elan aprì la portiera e infilò altri due proiettili nella testa dell'uomo, che si accasciò da un lato. Morto.

Le spalle di Elan s'infossarono quando osservò quel viso sbarbato e i capelli castani, ora appiccicati di sangue. Un viso giovane. Bello.

Un altro martire per la causa.

All'anulare della mano sinistra portava una fede, che brillava alle luci del computer di bordo. Altre vite rovinate. Elan serrò le labbra. Una gran pesantezza gli riempì il petto. Era stanco. Sarebbe stato il suo ultimo lavoro, anche se forse il più importante di tutti.

Aveva fatto la differenza? *Sì.*

Ma i suoi nemici non avrebbero mai smesso di perseguitarli, e lui e la sua gente non avrebbero mai avuto pace. Pensò alla sua famiglia. Sua madre, sua nonna, sua sorella e le loro famiglie. La loro sicurezza valeva qualsiasi sacrificio. Il suo popolo conosceva il prezzo del fallimento. Sapeva quanto costasse rimanere in attesa che il resto del mondo andasse in loro aiuto.

Mai più.

Mai più.

In silenzio chiuse la portiera dell'auto e camminò rapido lungo la strada, sopra il ponte che svoltava sul retro della baita di legno. Udì un fruscio rumoroso provenire dai cespugli. Cervo, lepre, lupo? Qualsiasi cosa fosse, se lo avesse lasciato in pace, Elan avrebbe fatto lo stesso.

Strisciò lungo il muro dell'edificio, procedendo piano e facendo meno rumore possibile. Il chiavistello della porta del seminterrato era molto solido, ma per Elan sarebbe stato un gioco da ragazzi scassinarlo ed entrare. Prese un kit dalla tasca posteriore e inserì un grimaldello appuntito nella serratura. Lavorava con diligenza e attenzione, mentre i suoni circostanti attutivano il rumore sordo di metallo che sfregava contro metallo. Ci volle più del previsto, perché aveva le dita intirizzite dal freddo. Ci soffiò sopra e riprovò, finché non sentì il familiare click del lucchetto che si apriva.

Alzò la pistola ed entrò muovendosi molto lentamente. Nonostante fosse buio pesto, aveva la sensazione di trovarsi in uno spazio ampio, e non se l'era aspettato. Chiuse la porta in silenzio e si azzardò ad accendere la torcia. Potenti raggi di luce si sprigionarono nella stanza piena di scorte di legname, canoe, giubbotti salvagenti e arredi da giardino. Il luogo era perfettamente in ordine e odorava di legna appena tagliata.

Dietro le scale c'erano una lavatrice e una caldaia. Mettendo da parte il suo apprezzamento per quel posto, si preparò alla missione che lo aspettava. Era tempo di porre fine a questa minaccia, prima che il bambino riducesse i loro sforzi a mere illusioni di poveri pazzi.

La centralina elettrica si trovava sul muro. Si infilò il visore notturno e fece scattare l'interruttore.

<hr>

Jed giaceva nell'oscurità fissando il soffitto. Vivi era stesa al suo fianco, con gli occhi chiusi e il respiro che si faceva sempre più lento e regolare.

Che cazzo aveva appena fatto? *Per ben due volte?*

Il coinvolgimento con una testimone era la cosa più sbagliata del mondo. Di sicuro il sesso era stato spettacolare, ma restava comunque un errore madornale. Essersi spinto fino a quel punto gli sarebbe costato il posto. Non aveva importanza che avesse iniziato lei. Anzi, la sua audacia l'aveva spaventato a morte, perché sapeva che Vivi non prendeva il sesso alla leggera, nonostante quello che sbandierava.

E lui aveva una vita troppo complicata per iniziare una relazione con una donna come Vivi. Una madre single, Cristo santo. Non stava giocando solo con la sua felicità, ma anche con quella di suo figlio, e non voleva assolutamente fare del male a nessuno dei due. Lui per vivere dava la caccia ai serial killer. Non era il tipico lavoro che le donne ricercavano negli uomini. La realtà che viveva lui non era quella che le madri volevano in casa.

Ma che cazzo gli passava per la testa? Ora stava già parlando di una *relazione*?

Erano inchiodati nel mezzo del nulla per nascondersi dai terroristi, e lui si immaginava fiori sulla tavola e una donna sull'uscio di casa, pronta ad accoglierlo dopo una lunga giornata di lavoro?

Idiota.

Rispetto alla sua vita sterile e vuota, l'idea aveva una certa attrattiva. Una relazione simile a quella che avevano i suoi genitori. Qualcosa che durasse più di un paio di settimane, qualche cena e sesso mediocre. La relazione che lui e Mia avrebbero avuto, se la sua giovane vita non fosse stata spazzata via in modo brutale. Un rapporto costruito su solide basi di fiducia e supporto reciproco, che col tempo sarebbe maturato in un amore profondo, quell'amore da film purtroppo raro nella vita reale. Non aveva mai pensato di potersi sentire di nuovo in quel modo, ma stava accadendo e doveva trovare il modo di fermare la cosa, prima che qualcuno ci rimettesse la vita.

Gli apparve d'improvviso il volto senza sorriso di Bobby e gemette.

Nessuno viveva in eterno...

Non aveva bisogno di altre complicazioni, anche se era attratto da ogni aspetto di Vivi: dal suo cervello al suo corpo, fino all'amore devoto per suo figlio. Era inspiegabile per Jed che qualcuno potesse non amare quel bambino. Michael era speciale, e suo padre uno stronzo. Non si capacitava che si fosse fatto scivolare via dalle mani una persona incredibile come Vivi. Se lui avesse mai infilato la fede al dito di una donna, avrebbe smosso mari e monti per renderla felice e tenersela stretta.

Ma non era quello che il futuro aveva in serbo per lui.

Amava il suo lavoro, sempre che ne avesse avuto ancora uno dopo la fine di quella brutta storia. Lui faceva la differenza e teneva gli assassini lontani dalle strade. E lei viveva a Fargo. Cristo. Digrignò i denti.

Avrebbe fatto meglio a pensare ai terroristi e a tornare di sotto a scansionare e inviare le immagini. Una volta che Frazer avesse saputo che Michael e sua madre erano vivi, li avrebbe inseriti in un programma di protezione testimoni. Il fatto che lui prendesse tempo stava già inficiando il caso.

All'improvviso, la luce del bagno si spense. La lampadina doveva essersi guastata ancora.

Si scostò dal calore seduttivo di Vivi, sentendone già la mancanza, perché sapeva che non avrebbe potuto commettere lo stesso errore di nuovo. E poteva anche smettere di preoccuparsi che fosse lei a legarsi emotivamente. Lui c'era già dentro fino al collo. Avrebbe dovuto preoccuparsi di rendere il mondo un posto sicuro, per loro e per gli altri, invece di rilassarsi e fare sesso con una bella donna. Rovistò sul pavimento, raccolse i jeans e se li mise. Doveva sistemare l'interruttore e mandare i disegni a Frazer, così avrebbero potuto verificare se le persone ritratte da Michael fossero coinvolte nell'attacco.

S'infilò la camicia e un rumore lo raggelò. *Quella* era la porta del seminterrato.

Forse Michael si era svegliato e gironzolava per casa.

L'istinto gli disse che non era Michael, e il battito cardiaco accelerò. Merda.

In silenzio, afferrò la sua SIG dal comodino. Toccò col palmo il telefono e mandò un messaggio a suo fratello chiedendogli di raggiungerlo subito, perché c'era qualcuno in casa. Se si fosse sbagliato, si sarebbe sorbito la presa per il culo. Sempre meglio che finire morti ammazzati.

Poteva essere suo padre, anche se non sarebbe mai arrivato all'improvviso di notte, senza prima avvisare. Era stato lui quello che aveva insegnato a Jed a sparare prima e a fare domande poi.

L'FBI aveva passato settimane a cercare di fargli passare quell'abitudine ben radicata.

L'adrenalina gli schizzò nelle vene, e Jed scivolò piano sul pavimento, grato che la solida fattura della baita non facesse scricchiolare le travi sotto il suo peso. Si sporse dal ballatoio e guardò di sotto. Il fuoco ardeva basso nel camino, emanando una debole luce arancione nella stanza.

Ascoltò attentamente, ma non udì nemmeno il ronzio del frigorifero. Dopo alcuni lunghi secondi di silenzio assoluto, percepì un fruscio leggero di passi sul tappeto e un'ombra muoversi nell'oscurità sotto di lui – un'ombra troppo grossa per essere quella di un bambino di otto anni.

Ce n'erano altri?

Non aveva tempo di pensarci. Michael era lì, isolato e vulnerabile. Sarebbe bastato un unico proiettile. Uno solo. Avrebbe dovuto fare la guardia al bambino, invece di scoparsi sua madre. Cristo santo.

La rabbia gli diede la spinta. Non si preoccupò delle scale, si lanciò dal parapetto e atterrò con violenza nella densa oscurità. Mirò alla testa con i piedi e fu quasi certo di averlo colpito dal gemito di dolore che udì prima che l'ombra di fronte a lui cadesse a terra, sbattendo il cranio contro l'isola della cucina. Qualcosa rotolò via sul pavimento. La pistola di quel figlio di puttana.

Bene. Assestò un calcio alla figura indistinta di fronte a lui, un attimo prima che questi gli si lanciasse contro. La SIG gli volò dalle mani. Cazzo. Jed si ritrovò schiena a terra, attaccato da una serie di colpi veloci in faccia e sul corpo. Si concentrò e ricordò l'addestramento, nel momento in cui vide una lama saettare verso il suo stomaco.

Balzò all'indietro. Agguantò un cuscino dal divano e lo usò per cercare di afferrare la mano del tizio che teneva il coltello. Lo spinse fino alle scale, rovesciando un tavolo e una lampada, e mentre gli sbatteva il polso contro il muro gli conficcò con forza un gomito in gola, dandogli al tempo stesso una ginocchiata nelle palle. Era una mossa da teppistello di strada, qui però non c'era in ballo il suo onore. Ma la sopravvivenza.

L'assalitore fece cadere il coltello e Jed lo calciò via.

L'uomo doveva probabilmente provare dolore per la ferita in testa, che spruzzava così tanto sangue che Jed lo vedeva zampillare nella luce fioca del fuoco.

Jed era cintura nera terzo dan di Taekwondo, ma aveva la terribile sensazione che l'altro fosse più forte. Senza il colpo in testa, che gli aveva annebbiato la vista e i riflessi, forse Jed sarebbe già morto. Poi sarebbe toccato a Michael. E poi a Vivi.

Questa consapevolezza riportò l'attenzione di Jed sull'attacco. Non era ancora finita. Si scagliò verso le parti deboli: reni, ginocchia, gola e occhi.

L'uomo cercò di schivare i colpi. Respirava a fatica e i suoi occhi riflettevano una luce impassibile e glaciale, nel chiarore della stufa a legna. La sua espressione era spietata. Era abituato a uccidere. Non avrebbe avuto nessuna pietà, neanche verso un bambino.

«Sei in arresto, figlio di puttana.»

Lui gli rise in faccia, divincolandosi dalla presa.

«Non credo proprio.» Aveva un accento straniero, anche se molto lieve. Così americanizzato che Jed non riuscì a collocarlo. Il killer lo attaccò di nuovo, spingendolo all'indietro e cercando di avvicinarsi al punto in cui era scivolata la pistola, sotto il mobile. Jed non aveva intenzione di lasciargli prendere nessuna delle due armi disperse a terra.

L'aggressore gli afferrò il braccio e glielo torse, poi scagliò Jed oltre le sue spalle contro un tavolino che si frantumò in mille pezzi. Jed non mollò, rotolò su se stesso e afferrò una lampada spaccandola sulla tempia di quel figlio di puttana, che barcollò come se stesse per svenire. Con la coda dell'occhio, Jed percepì un movimento dalle scale.

Vivi.

Merda. Aveva in mano l'arma che le aveva dato prima.

Il tizio si scagliò contro di lei. Jed non esitò. Per quanto non desiderasse essere colpito da un proiettile, non era sicuro che Vivi sarebbe riuscita a fare fuoco su un altro essere umano, e se il bastardo avesse raggiunto lei o la pistola sarebbe finito tutto, eccetto lo scavarsi la fossa.

Il tappeto scivolò sotto i piedi di Jed, che inciampò.

Il rumore dello sparo frantumò il silenzio. L'assalitore barcollò, ma continuò a muoversi verso di lei. Vivi sparò di nuovo, ma il proiettile rimbalzò sulla pietra del camino e uscì da una finestra che dava sul lago. Poi sparò un'ultima volta. L'uomo grugnì e virò fuori della porta, fuggendo via.

Jed gli corse dietro, ma lei gli afferrò un braccio. Lui esitò un attimo. Gli occhi di Vivi erano enormi nell'oscurità, poi le sue mani iniziarono a tremare e lui le tolse la pistola dalle dita.

«Michael» mormorò lei e si precipitò in camera di suo figlio.

Merda. Jed era combattuto. Doveva acciuffare quell'uomo e sgominare il gruppo di terroristi. Ma sentiva anche la necessità impellente di assicurarsi che Michael stesse bene.

Chiuse a chiave la porta principale, raccolse la sua arma dal pavimento in caso ci fossero altri terroristi appostati, e seguì Vivi in camera di Michael. Nella luce fioca, vide appena la sagoma del bambino che dormiva come un sasso, scoperto, con il petto che si alzava e si abbassava adagio, come se non avesse un pensiero al mondo.

Vivi deglutì rumorosamente e si voltò verso di lui, afferrandolo per la camicia. Affondò il volto sul suo petto e mormorò: «Ho appena sparato a un uomo e il mio bambino non si è accorto di nulla.»

Jed la strinse forte e le baciò il capo. «Ci hai salvato la vita.»

Avrebbe dovuto fiondarsi fuori a dare la caccia a quell'uomo, ma il respiro affannoso di Vivi rivelava quanto fosse profondamente scossa e non riuscì a lasciarla sola. Un altro errore da aggiungere alla lista.

«Non so per quanto potrò reggere tutto questo, Jed.»

Lui non disse nulla, la strinse solo più forte a sé.

Elan inciampò nella neve. La sua vista era annebbiata, col sangue che usciva copioso dalla profonda ferita alla testa, che gli si era aperta in due quando l'uomo era atterrato su di lui dal piano superiore. *Pivello*. Barcollò su un cumulo di neve, con la spalla che bruciava nel punto in cui si era conficcato il proiettile. Non era uscito e ora doveva estrarre i frammenti di metallo, non solo perché facevano un male cane.

La neve dava sollievo alla pelle calda e dolorante. Nessuno lo aveva ancora seguito, il che era un miracolo, ma se non se ne fosse andato via subito, si sarebbe trovato presto in trappola.

Alzati!

Traballò fino al suv, aprì la portiera e scaraventò sulla neve il corpo del poliziotto morto, infilandosi nel sedile del guidatore. Forzandosi a usare il braccio ferito, mise la marcia e sterzò il volante tutto a destra per fare inversione nella corsia stretta. Reagì all'oscurità che tentava di travolgergli la mente.

Era andato tutto storto.

Una risata gli provocò un dolore al petto. Non aveva mai contemplato il fallimento, figurarsi venire colpito da un'arma da fuoco. Magari morire, ma non questa patetica fuga da animale ferito.

Le gomme slittarono e lui allentò la pressione sull'acceleratore. La vista andava e veniva. Fanculo. Si diede due schiaffi in faccia e vide una bottiglia d'acqua sul lato passeggero. L'aprì stringendola tra le cosce, chinò il capo da un lato e si gettò il liquido in faccia, nonostante fosse gelato. La temperatura lo scosse abbastanza da riportare l'attenzione del suo cervello sulla strada e non sul fossato.

All'incrocio girò a sinistra e guidò per un chilometro o giù di lì prima di impostare una mappa dell'area sul computer di bordo. Si fermò e si orientò, cercando di ignorare il sangue che gli colava dalla faccia. Studiò la zona, facendo fatica a ricordare la direzione in cui aveva camminato per arrivare alla baita. Finalmente identificò la sua posizione e continuò a guidare. Un altro chilometro e raggiunse una svolta a sinistra, che riconobbe per averla percorsa prima. Cinquecento metri dopo, parcheggiò in una piccola area nascosta dalla strada, e trovò il suo furgoncino esattamente dove lo aveva lasciato.

Lasciò la macchina della polizia lì di fianco. Si spinse contro la portiera, con appena le forze per aprirla. Cercò le chiavi in una tasca della giacca a vento, le prese e avviò il veicolo, facendo scaldare il motore per almeno un minuto. Tirò fuori il kit di pronto soccorso dal ripiano di mezzo del cruscotto, applicò delle garze sulla testa, ripulì il sangue dalla faccia e si infilò un berretto stretto sulla fasciatura. Trattenne il respiro per il dolore, ma dopo qualche istante la pressione crescente bloccò il flusso di sangue.

Mise un'altra garza sulla ferita alla spalla, coprendo il foro di entrata del proiettile. Aveva smesso di sanguinare, a parte qualche occasionale fiotto disgustoso.

Si forzò a uscire dal veicolo nel gelido freddo notturno. Trovò il localizzatore GPS del SUV e lo strappò via. Poi usò delle tronchesi – che gli fecero un male cane – per rimuovere il computer di bordo prima di gettarlo nella neve. Non sarebbe durato cinque minuti a queste temperature. Una volta tornato al suo mezzo, frugò nella borsa da palestra e tirò fuori una pesante felpa col cappuccio che indossò, allacciandosela fino al collo. Sperava di non sembrare ferito, in caso qualcuno lo avesse visto.

Ingoiò un paio di antidolorifici particolarmente forti con un po' d'acqua. La spalla era insensibile, adesso. Gli squillò il telefono e lo controllò. Un messaggio.

«Via libera. Dimentica il bambino. Torna in citta. Subito.»

Elan imprecò, fece marcia indietro e se ne andò. Se solo gli avessero mandato quel messaggio un'ora prima. Maledizione. Gli tremarono le mani. Era stato a un passo dall'uccidere il bambino. Vicinissimo. Sentì salirgli d'improvviso una curiosa ondata di sollievo. Grazie a Dio.

La partita finale era stata messa in moto. Doveva scoprire cosa stava succedendo esattamente. Capire quanto tempo aveva per prepararsi a entrare in azione. Doveva togliersi quel proiettile dal corpo e ricucirsi. C'era molto da fare in appena poche ore, ma doveva prestare attenzione. Tutto doveva essere perfetto e nulla poteva andare storto.

Avrebbe riposato una volta morto.

Lasciando Vivi a fare la guardia a Michael, Jed corse fuori a vedere se il bastardo era morto nella neve. C'erano abbastanza macchie scure sul terreno da capire che Vivi l'aveva colpito almeno una volta. Una scia di sangue portava lungo la strada dall'altra parte del ponte stretto. *Merda!* C'era un corpo steso a terra. La vista di un'uniforme da poliziotto gli arrestò il cuore. *Liam!* Corse e si lasciò cadere in ginocchio in scivolata, girando il corpo per cercare il polso e provare a rianimarlo.

Non era Liam. E la respirazione bocca a bocca non sarebbe servita a niente.

Chiamò il fratello, che rispose al primo squillo.

«Merda. Non ho visto il messaggio. Cos'è successo?»

Dal respiro affannoso e il tono di voce colpevole, Jed capì di averlo interrotto mentre era con una donna. Se avesse potuto ritardare o cambiare la realtà, lo avrebbe fatto. Sfortunatamente, la verità avrebbe ferito molto Liam, e nessuno lo capiva meglio di Jed.

«Abbiamo avuto visite» gracidò Jed. Non c'era motivo di negare il dolore.

«Merda.» Colse un rumore di abiti che venivano indossati. «Ho mandato T-Bone a sorvegliare la zona. Si è addormentato? Gli ho detto che sarei arrivato tra un'ora. Cazzo.»

Sentì la voce di una donna in sottofondo e Jed si accigliò, perché sembrava identica a quella di Angela. Ma in quel momento non aveva alcuna importanza.

«Non si è addormentato, Liam.»

«Oh, cazzo, no. No, no, *no*.»

Udì una porta sbattere e un motore accendersi, insieme alle sirene.

«Dimmi che sta bene, Jed.»

Ma T-Bone – che Jed ora riconosceva come il fratello più giovane di un suo compagno di scuola – non stava affatto bene. Non sarebbe più stato bene.

«È morto, Liam. Il tizio che l'ha ucciso era un vero fuoriclasse. Dubito che T-Bone lo abbia persino visto arrivare.» Jed chiuse gli occhi. Cristo, se Liam non avesse avuto un appuntamento galante, probabilmente il corpo che stava fissando sarebbe stato quello di suo fratello. La presunzione e la sicurezza di riuscire a gestire questa cosa da solo avevano causato la morte di un uomo innocente. «Vivi ha sparato al killer, ma lui è fuggito con l'auto dell'agente. Dirama un'allerta per il veicolo e chiama i federali. Mi dispiace.» Jed riagganciò e chiamò suo padre. «Ho bisogno che vieni a prendere Vivi e Michael. Portali a casa e proteggili con la tua stessa vita.»

Come erano riusciti a trovarli? Lanciò un'occhiata al suo suv. Finché qualcuno non avesse controllato che non ci fosse installato un dispositivo di localizzazione, non avrebbe portato

Vivi da nessuna parte con quello. Ma come avevano scoperto che *l'aveva presa* lui? Qualcuno aveva di certo fatto due più due molto in fretta. Oppure avevano avuto un gran culo. Killion probabilmente l'aveva capito. Tutto ciò avrebbe dovuto metterlo in guardia dal pericolo molto prima. La sua soddisfazione personale aveva messo a rischio la vita dei Vincent e causato la morte di un poliziotto.

Tornò a grandi passi verso casa e mise altra legna sul fuoco per scaldare l'ambiente. Usò il telefono per fare delle foto veloci ai disegni di Michael e li inviò a Frazer, a Quantico.

Il telefono gli squillò trenta secondi dopo.

«Dimmi che non è come penso.»

«È peggio. Credevo che fosse la cosa giusta da fare, invece ho combinato solo un gran casino. Michael e sua madre sono entrambi qui, vivi e vegeti, e non grazie a me. Ho bisogno che una squadra di emergenza venga a esaminare la scena del crimine.» Chiuse il telefono in faccia al suo capo, sentendosi paralizzato dalla testa ai piedi. La sua carriera era andata a puttane, ma a farlo stare peggio era il biasimo feroce verso se stesso che sentiva strisciare dentro al cranio. Come aveva potuto pensare di tenere al sicuro Vivi e Michael da solo? Li aveva delusi come aveva fatto con Mia tutti quegli anni prima.

Ma questa gente aveva tentacoli ovunque. Di chi cazzo poteva fidarsi? Dovevano avere qualcuno dentro le forze dell'ordine.

Raccolse gli strumenti da disegno e il tablet che aveva regalato a Michael e mise tutto in una busta da mandare con loro. Poi serrò gli occhi stretti. Anche in quel momento stava provando a usare il bambino per carpire dati, cercando di strizzare quella giovane mente vulnerabile per reperire ogni singola informazione che potesse aiutarli a trovare e assicurare i terroristi dietro le sbarre, l'unico posto giusto per loro.

Poi Michael e Vivi sarebbero stati al sicuro.

Notò un paio di visori notturni sul pavimento della cucina, sotto la lavastoviglie. Merda. Il tizio era davvero preparato. Jed aggrottò le sopracciglia quando vide l'arma di fianco all'isola della cucina. Una fitta di disagio lo attraversò. I Tanfoglio erano degli armaioli eccellenti. Ed erano anche i principali fornitori di armi del Mossad.

La situazione poteva essere più complicata di così?

Certo, sarebbe potuta peggiorare se fosse successo qualcosa a Vivi, Michael o a qualcun altro a cui teneva. In quel momento era impreparato a fermare la minaccia. Avevano bisogno di una protezione migliore di quella che poteva fornire lui.

Si diresse in camera da letto e toccò la spalla di Vivi. Era fredda come un cadavere. Gli occhi shoccati e vitrei. La donna con cui aveva fatto l'amore poco prima era sparita da qualche parte dentro di lei.

«Liam arriverà a minuti. Corri di sopra. Vestiti.» Indossava solo una maglietta e gli slip e quella visione gli ricordò quanto si fosse spinto troppo oltre con lei poco prima. «E prendi la tua roba. Dobbiamo andarcene di qui il prima possibile.»

Ci fu un rumore all'ingresso. «Sono io» gridò Jeremiah, mentre Jed afferrava la sua arma.

Era ovvio che Vivi non volesse lasciare da solo Michael. Jed posò entrambe le mani sulle sue spalle e la spinse verso la porta. «Lo terrò d'occhio io. Vai, in fretta. Mio padre vi porterà a casa sua. Se siamo fortunati, Michael non si sveglierà fino a domattina.»

Le sue labbra tremarono. «Non dovrò rilasciare una deposizione?»

«Sì» rispose Jed. «Ma prima voglio che ve ne andiate da qui così potremo iniziare le indagini e assicurarci che non ci siano altri cecchini qui vicino.»

Lei appoggiò una mano sul suo petto e lui trasalì. Lo guardò stupita, come se si rendesse finalmente conto che quello che era successo prima tra loro era stato un errore madornale. Lasciò cadere la mano e si scostò da lui più in fretta che se le avesse dato un morso. E di morsi gliene aveva dati quando invece avrebbe dovuto sorvegliare Michael.

«Non voglio mettere in pericolo i tuoi genitori» disse a bassa voce. «Forse dovremmo andare alla centrale di polizia.»

Lui provò ad addolcire i lineamenti, ma era impossibile. Era così furioso dentro di sé, con la situazione e con se stesso, che riusciva a malapena a parlare. Si scrollò di dosso le emozioni che gli impedivano di reagire, finalmente aveva capito quello che il suo capo provava a infilargli nel cervello da anni. Era arrivato il momento di fare un passo indietro. Mantenere il distacco. Non poteva dare la caccia a questa gente e al tempo stesso proteggere Vivi.

«Mio padre vi terrà al sicuro per le prossime ore. Ha anche una stanza blindata nel seminterrato.» Gli occhi di Vivi si accesero. «E ci saranno delle persone a guardia dell'area. Devi fare in fretta, però, ho molto lavoro da fare.» La sua voce era fredda e dura. Sarebbe stato più semplice così, alla lunga.

Lei serrò le labbra e annuì. Uscì dalla porta della stanza in tutta fretta e passò davanti al padre di Jed, che le chiese se si sentisse bene. Jed non udì risposta, solo i colpi pesanti dei passi sulle scale. Poi, sopra di lui, il suono di cose gettate alla rinfusa nella valigia. Ormai erano ben oltre le finezze logistiche. Di nuovo in fuga da persone che non si sarebbero fermate di fronte a nulla pur di ucciderli.

Ma *chi* cazzo erano? E perché volevano così disperatamente Michael morto?

Gli squillò il cellulare. Frazer. Jed si raddrizzò e rispose, domandandosi se avesse ancora una carriera che valeva pena di salvare.

CAPITOLO DICIASSETTE

Vivi corse di sopra, passando davanti al padre di Jed senza neanche preoccuparsi di essere mezza nuda. La paura, la rabbia e l'angoscia dell'ultima mezz'ora l'avevano resa immune a quei dettagli insignificanti. La camera da letto odorava ancora di sudore e sesso, che parevano portarsi appresso il prezzo pagato per aver abbassato la guardia.

Così stupida. Così ingenua.

Udì una macchina della polizia arrivare a sirene spiegate. La sua vita era diventata una serie di eventi disastrosi che includevano pistole, morte e sirene della polizia.

Per qualche ora, quel giorno, era fuggita via. Essere lì, in quella bellissima baita isolata tra la neve, con un uomo che lei aveva pensato...

Le tremarono le mani. Prima, di sotto, avrebbe voluto che Jed l'abbracciasse come una bambina e si prendesse cura di lei, ma era Vivi quella con un figlio da proteggere. Era lei che doveva farsi forza. Okay, aveva sparato a un uomo. Uno che l'avrebbe di sicuro uccisa, se Jed non l'avesse disarmato. Un uomo che era arrivato fino a lì con l'intenzione precisa d'infilare un proiettile nella testa di suo figlio.

Il pensiero le scatenò una rabbia tale da spazzare via lo shock e lo stordimento. Gli avrebbe sparato di nuovo, senza problemi. Era pronta a passare il resto della sua vita in prigione per omicidio, a patto che Michael sopravvivesse a questo calvario. E lui aveva dormito durante tutta la colluttazione.

Ingoiò un singhiozzo e ricacciò indietro lo shock, poi si mise jeans e calzini.

Jed era furioso con lei per averlo sedotto, e forse aveva ragione.

Sapeva che questa gente non avrebbe mollato così facilmente. Aveva sbagliato a credere a Jed quando le aveva detto che erano al sicuro. Temeva che non sarebbero mai più stati al sicuro, ed era orribile. Corse in bagno e raccolse in fretta le loro cose, incluso il sapone, come se non potesse mai più entrare in un negozio e quegli stupidi oggetti, per quanto insignificanti, fossero tutto ciò che avrebbe avuto. Li infilò in una busta di plastica.

Gettò da una parte la maglietta che indossava, si mise il reggiseno, una camicia e una felpa. Ficcò quello che rimaneva in altre buste, le radunò, e corse di sotto senza guardare le macchie di sangue sul pavimento.

Una voce dalla porta d'ingresso la bloccò di colpo. «Ciao, Veronica.»

La bile le risalì su per la gola, quando riconobbe la voce. Alzò lo sguardo. David Pentecost, il suo ex marito, era in piedi sull'uscio, con indosso un'uniforme che si adattava perfettamente all'ampio torace. Intorno alla bocca aveva rughe nuove che gli davano un'aria perennemente irritata, e i capelli cortissimi rivelavano tracce di grigio che non aveva notato l'ultima volta che l'aveva incontrato. Era ancora un bell'uomo, ma non c'era più la minima attrazione tra di loro.

Lo sguardo freddo e sprezzante di David sorvolò sui capelli spettinati di Vivi e guizzò sul succhiotto che aveva al collo.

Lui, che aveva scopato a destra e a manca durante il loro matrimonio, osava giudicare *lei*? Un fuoco le bruciò nelle ossa e la rabbia si accese sulla sua scia. Strinse gli occhi e sollevò il mento. E pensare che si erano giurati amore eterno! Non c'erano neanche andati vicino.

«Cosa ci fa qui?»

«Sono venuto a proteggere mio figlio.»

Vivi sollevò le sopracciglia incredula. «Proteggere *tuo* figlio?» Non alzò la voce. Anzi, fu molto fiera di come suonasse calma e pacata. Di quanto fosse *ragionevole*, perché dentro stava urlando. «Negli ultimi quattro anni non gli hai mai neanche mandato un biglietto di auguri per il compleanno e ora sei venuto a *proteggerlo*?» Il sangue sul pavimento era la prova che lei fosse perfettamente in grado di difendere Michael da sola.

Notò un altro uomo dietro David, quel tipo biondo che aveva incontrato alla casa sicura e di cui aveva diffidato sin dal primo istante. Killion entrò, osservando le macchie di sangue con un occhio critico.

«Ho sentito che l'ha ferito. Ben fatto Ms Vincent.»

David sogghignò. «È impossibile che sia stata tu. Non toccheresti mai un'arma, figurarsi sparare a qualcuno.»

Vivi sentì un sorriso ferino affiorarle sulle labbra fragili. «Oh, fidati. L'ho fatto eccome. E lo rifarei ancora a *chiunque* minacci mio figlio.»

«Nostro figlio.»

Lei serrò i denti. David voleva qualcosa e non di certo un rapporto con Michael. Non capiva bene cosa avesse in mente, ma David non avrebbe fatto loro del male solo perché gli era venuta voglia di farlo. Jed uscì dalla stanza da letto con in braccio Michael e trasportando altre buste di plastica con dentro i loro miseri averi. Lei gli toccò il braccio e guardò la sagoma fiacca di suo figlio. Dormiva come se fosse sedato e anche se da una parte si sentiva sollevata, da un'altra era molto preoccupata.

«Sta bene?»

«Solo sfinito.» Lo sguardo di Jed la scrutò da capo a piedi, come ad assicurarsi che non fosse ferita. Poi guizzò verso gli uomini alla porta.

«Ancora a viziare quel bambino, Veronica?»

«Dovresti provarci anche tu qualche volta, stronzo» disse Jed. Vivi avrebbe voluto esultare.

L'espressione di David divenne malvagia. «Considerando che stai per perdere il lavoro per aver mentito alle autorità federali, se non addirittura venire accusato di rapimento...»

«Non ha rapito nessuno, David, ci ha portati qui per sicurezza.»

Un sopracciglio sprezzante si sollevò nel momento in cui David indirizzò lo sguardo al pavimento. «E guarda che bella fine.»

L'espressione di Jed era vuota, e Vivi capì che si stava colpevolizzando.

«Vuoi che lo faccia secco per te, figliolo?» domandò il padre di Jed sulla porta, da dietro le spalle di David.

Vivi lo guardò sorpresa. David sbuffò indignato. Killion trattenne un sorrisetto.

«Posso gettare il corpo in uno dei laghi qua dietro. Nessuno lo troverà. Neppure le sue guardie del corpo.» Il tono di voce di Jeremiah era così piatto che Vivi per un attimo pensò che fosse serio. Ovviamente, anche David dovette crederlo per qualche istante.

Vivi non poté fare a meno di sentirsi tentata da quell'offerta.

«Potrei farla arrestare per comportamento intimidatorio» disse David, voltando la schiena verso la parete in posizione difensiva.

Il padre di Jed rise, decisamente imperturbato. «No. Se sei morto non puoi.»

Dal volto di Killion non trapelava alcuna emozione, questa volta. Stava osservando tutto. Vivi decise che lo detestava più di tutti.

David si mosse a disagio.

«Cosa vuoi, David?» domandò Vivi con tono sfinito.

«Sono venuto a prendere Michael in custodia.»

«No.» Tenne bassa la voce per non svegliare suo figlio, anche se il panico stava iniziando a montare dentro di lei. «Diglielo, Jed.»

Ma una strana espressione apparve sul volto di Jed. «Forse è la cosa migliore.»

Le tremarono le ginocchia.

«Cosa?» Come osava dirlo? Gli aveva raccontato quello che era successo in passato. Sapeva che razza di genitore – o meglio non genitore – fosse stato David. Il tradimento la colpì come una frustata quando guardò quegli occhi vuoti e inespressivi. Occhi che solo un'ora prima aveva fatto brillare di desiderio. Forse questo era il problema.

Jed parlò con calma. «Da quel che dice il mio capo, pensano di aver identificato il gruppo responsabile dell'attacco. Dovremmo essere in grado di usare le informazioni per stanare questa gente abbastanza in fretta, il che significa che la minaccia alla vita di Michael cadrà presto.»

Una sensazione di euforia travolse Vivi. «Allora possiamo andare a casa?»

Jed scosse il capo. Evitò il suo sguardo, ma la voce era tesa. «Dovrete stare sotto protezione ancora per qualche giorno. *Lui* potrà portarvi in un posto sicuro.» Indicò David.

Vivi lo afferrò per la manica. Lui s'irrigidì appena sotto le sue dita. E lei capì. Una violenta ondata di vergogna le s'infranse addosso.

Jed non aveva più bisogno di Michael. Di certo non aveva

bisogno di lei, che gli si era buttata addosso facendolo quasi ammazzare. Dio, che idiota. Gli stava rovinando la vita e la carriera solo perché lui era stato carino e aveva cercato di aiutarli. E in quanto al sesso, chi non andrebbe a letto con una donna nuda che si offre per una scopata veloce e senza impegno?

Un calore le salì sulle guance.

Era stato lui a chiamare David? Sembrava una bella coincidenza che il suo ex si fosse palesato proprio il giorno in cui Jed aveva scoperto che lavorava per la DIA. Forse per questo era stato così difficile sedurlo, perché sapeva che David sarebbe potuto arrivare in qualsiasi momento. Dio, come aveva fatto a essere così stupida? Pensare che a lui interessasse davvero qualcosa di loro? Come aveva potuto quasi innamorarsi di quest'uomo?

Quasi?

Se avesse dovuto giudicare dal dolore che le trapassava il cuore per il suo rifiuto, era ben oltre la fase del quasi innamoramento.

Ma non significava che doveva fare quello che diceva lui. Non era di sua proprietà. «Non voglio andare con quest'uomo. Ci saranno altre alternative, no?»

«Abbiamo appena aggiunto un'altra scena del crimine al mucchio. E un altro poliziotto ucciso.» La voce di Jed era fredda come il ghiaccio.

Vivi trasalì e il sangue le defluì dal cervello. *Oddio*. Non sapeva che qualcuno era morto lì, quella notte. Si cinse il ventre con le braccia.

«Le risorse sono al limite, perciò ha senso che la DIA venga coinvolta, a questo punto.» Lanciò un'occhiata di sbieco a David. «Immagino tu abbia portato con te la sicurezza.»

David annuì.

«Forse le varie agenzie lavoreranno insieme, per una volta, e prenderanno quei bastardi.»

Vivi spalancò la bocca quando vide Jed dirigersi verso David e porgergli il figlio. David rimase molto sorpreso per un istante, poi sollevò Michael e fece un cenno di assenso col capo. Si voltò e uscì a grandi passi dalla porta, lasciandola lì come un'idiota. Jed si voltò per guardarla, chiedendole scusa con gli occhi, ma lei si sentiva come se le avesse appena infilato una lama nel cuore. Gli diede un sonoro ceffone su una guancia. Poi corse verso l'uomo che teneva suo figlio. Non aveva dubbi che se ne sarebbe andato via senza di lei altrimenti, costringendola a implorarlo di rivelarle dove avesse portato Michael.

Le faceva male anche respirare. Perché aveva pensato che Jed fosse diverso dagli altri uomini? Che idiota. Che stupida idiota. Si sedette sul sedile posteriore dell'auto di David e strinse a sé suo figlio. Non si voltò neanche una volta verso l'uomo, lì in piedi, che li guardava andare via.

Jed si sentì sollevato che Vivi non fosse più una sua responsabilità. La DIA li avrebbe protetti meglio di quanto era stato in grado di fare lui. Si aggrappò a questa convinzione per tutto il tempo che Vivi impiegò a sparire dalla sua vista. Poi gli si contorse lo stomaco e vomitò.

Un calore improvviso gli percorse la pelle. L'ex di Vivi era uno stronzo, come poteva fidarsi che avrebbe protetto lei e Michael? Cristo, Vivi non lo avrebbe mai perdonato per quello che aveva appena fatto. La sua l'intenzione principale era stata di proteggerli, ma aveva anche tentato di salvare la sua carriera e cercato di allontanarsi dall'effetto che gli faceva quella donna: l'incapacità di svolgere il suo lavoro a dovere quando lei era coinvolta.

Fanculo.

Era fottuto.

Una mano si appoggiò sulla sua spalla, mentre vomitava nella neve di fianco alla baita. Quella notte non era andata secondo i piani.

Gli faceva male la guancia per lo schiaffo che Vivi gli aveva tirato. Niente più di quello che si meritava.

«Andrà tutto bene, figliolo.»

Era un'affermazione. Suo padre. L'àncora della sua vita. Jed non aveva dubbi che se avesse voluto David Pentecost morto, suo padre sarebbe montato sul gatto delle nevi portandosi dietro delle grosse pietre.

Jed sputò il sapore amaro della bile e si raddrizzò. Non stava bene, ma aveva un lavoro da fare che avrebbe finalmente risolto i problemi di Vivi e Michael, per lo meno quelli che rappresentavano una minaccia di morte imminente.

Poi avrebbero potuto cercare di risolvere anche gli altri. Il fatto stesso che volesse ancora farlo lo rendeva il più emerito degli idioti, perché si era giocato ogni possibilità di far funzionare le cose con Vivi nel momento in cui aveva messo Michael tra le braccia di David.

Un padre *dovrebbe* occuparsi di suo figlio. Il suo stesso padre glielo aveva insegnato. E allora perché cazzo si sentiva come Giuda?

Liam era arrivato sulla scena con alcuni vice sceriffi e lo sceriffo della contea. Lo sguardo truce e incazzato che lanciò a Jed mentre si occupava dell'agente morto gli fece tornare la nausea, ma la ricacciò indietro. Aveva del lavoro da sbrigare. Il senso di colpa per l'ufficiale rimasto ucciso era appesantito dal sollievo che provava per il fatto che suo fratello era ancora in vita, senza contare Vivi e Michael. Liam capì subito. Non ebbero bisogno di dire nulla.

Tornò alla baita e trovò Killion che esaminava i disegni di Michael.

«Non trotterelli dietro al tuo padrone?» domandò Jed in tono acido. Si sarebbe dovuto aspettare il tradimento, invece era stato un ingenuo a credere che ormai fossero amici. Quegli stronzi della CIA non avevano amici. Pugnalare alle spalle era il loro motto.

«Non ha niente a che fare con me» disse Killion con un'alzata di spalle. «Avevo bisogno di un favore dall'ufficio dell'Addetto alla Difesa e ho trovato il modo di ottenerlo. In cambio, gli ho promesso che lo avrei portato da sua moglie, se l'avessi trovata viva.»

«Sapevi chi era suo marito quando l'hai incontrata, non è vero?»

«L'hanno capito da Langley.»

«E hanno usato l'informazione.» Jed fissò l'uomo. Vibrava per la rabbia. «L'unico motivo per cui non ti sparo è perché non ho voglia di compilare poi tutte le scartoffie.»

«Ehi.» Killion alzò entrambe le mani. «Non sono io che l'ho ficcata dentro l'auto con quell'uomo, prima che potesse dire ciao. È stata tutta opera tua. Ma mi sarei aspettato che gli dessi una bella lezione, a quel coglione, non un lasciapassare. Che hai combinato da dovertene liberare così in fretta?»

Era ovvio che avesse combinato qualcosa.

«Se ti può consolare, me la sarei scopata anch'io» disse Killion con cinismo.

La rabbia gli dominava ogni singolo nervo. Jed strinse gli occhi e i pugni. Se fosse stato più vicino, l'avrebbe messo al tappeto. O magari strangolato e poi scaricato nel lago. Si trattenne solo perché sapeva che Killion voleva farlo incazzare. Voleva che gli desse un cazzotto. Jed doveva ritrovare il suo equilibrio e risolvere questo casino con la mente lucida. Ecco perché si era sbarazzato di Vivi.

Fanculo.

Lei lo avrebbe spellato vivo. Comunque, sarebbe stata meglio a Washington, lontano da quell'immenso inferno. Jed avrebbe potuto strisciare in ginocchio una volta finito tutto, ma prima doveva assicurare questa gente alla giustizia. Doveva fare il suo lavoro.

«Pare che quel tizio ti abbia dato un sacco di botte. Deduco che fosse un fuoriclasse, o che tu fossi indebolito da troppo... esercizio?» Killion si scostò più lontano, come se sapesse che punzecchiare Jed stava diventando pericoloso. Non c'erano dubbi al riguardo, ma almeno la rabbia era un passo avanti rispetto all'autocommiserazione.

«Era un professionista. È entrato dal seminterrato e ha staccato la luce. Gli sono saltato addosso da lassù.» Jed indicò il piano superiore col mento. «L'unica ragione per cui sono ancora in piedi è che quando gli sono piombato sopra, lui è caduto e si è fracassato il cranio.» Non era facile ammettere che il tizio fosse più forte di lui, ma era la verità. «Cos'è venuto fuori dagli interrogatori?»

Killion strinse gli occhi. Aveva sentito Jed dire a Vivi che sapevano chi ci fosse dietro l'attacco, ma per una volta fu paziente. «Abdullah ha negato tutto e come per magia ha giocato alla grande la carta dell'*immunità diplomatica*. È venuto fuori che non solo è una Guardia Repubblicana, ma è anche un lontano parente del presidente stesso. L'ambasciatore siriano è stato chiamato alla Casa Bianca e ora i diplomatici verranno espulsi come clandestini che attraversano il Rio Grande.» Killion si voltò per guardarlo e fece a suo padre un sorriso a trentadue denti che non ingannò nessuno.

«Hai trovato il suo DNA sui cellulari?»

Killion scosse il capo. «Ma abbiamo un DNA femminile che corrisponde a quello sugli abiti che hai recuperato tu. Nessun riscontro nei database, ancora.» Killion prese il disegno di una donna con lo hijab, dalla pila di Michael. «Credi che sia lei?»

Jed storse la bocca. «Probabile.» Ma il foulard copriva tutto tranne gli occhi ed era inutile per i programmi di riconoscimento facciale. L'FBI avrebbe potuto chiedere l'aiuto della gente. Qualcuno magari la conosceva, soprattutto se aveva lavorato al centro commerciale.

La pazienza di Killion si stava esaurendo. «Quindi? Chi c'è dietro l'attacco?»

Jed lo guardò con gli occhi stretti, e pensò che lo aveva fatto soffrire abbastanza. Alex Parker, il nuovo consulente per la sicurezza informatica, era un asso nell'accedere ai dati dei telefoni cellulari; okay, non sempre passando per vie legali, ma in quel momento avevano un bisogno disperato di abbattere la cellula terrorista prima che qualcun altro morisse. «L'FBI ha rintracciato delle chiamate tra Abdullah Mulhadre e un uomo chiamato Sargon Al Sahad. Combatte coi ribelli, ma recenti informazioni dall'interno suggeriscono che sia disponibile a vendersi al miglior offerente.»

Un'espressione furba passò nello sguardo di Killion. «Questo quadrerebbe con il fatto che abbiamo trovato quel mercenario tedesco morto alla casa sicura. I servizi segreti dovrebbero farsi sentire, ma ancora nulla. L'attacco potrebbe venire da un'ala scissionista, da estremisti islamici, o dal governo stesso.»

«I terroristi non assumono mercenari.» O almeno non lo avevano mai fatto, che lui sapesse. Era ironico essere un esperto del perché la gente uccideva e in quel momento non averne la più pallida idea. «E di solito sfruttano ogni occasione per farsi pubblicità. Perciò perché nessuno ha ancora rivendicato l'attentato al centro commerciale?»

«Mi hai capito in pieno» disse Killion.

«È possibile che questo Sargon e i ribelli abbiano cospirato contro il governo siriano, per incastrarlo al fine di ricevere più aiuti dall'Occidente per le loro guerre?»

Killion si fermò un attimo, come se stesse riflettendo sulle sue parole. «È possibile. Solo non quadra con il modo in cui di solito agiscono. Questa gente sta combattendo per la propria vita. Se dovessi scommetterci, direi che è più probabile che il regime abbia ingaggiato Sargon per mettere i ribelli in cattiva luce e interrompere la fornitura di armi e aiuti che ricevono dall'Occidente.»

Maledizione. Avevano bisogno di informazioni più precise. «Niente conversazioni via internet?»

«Amico, all'improvviso ci sono così tante conversazioni che non riusciamo a verificare un beato cazzo.»

Jed si strofinò la faccia pensando ad alta voce. «Chi altro potrebbe trarre vantaggio dal puntare il dito sul governo siriano?» Oh cazzo. La risposta gli fece male al cuore.

Si diresse verso il punto del pavimento su cui era scivolata l'arma dell'assassino. Non l'aveva toccata per non lasciare impronte. L'uomo non indossava guanti. «Dà un'occhiata a questa.»

Sia Killion che il padre di Jed si avvicinarono. Ci vollero pochi secondi perché capissero l'importanza della marca di quell'oggetto.

«Merda.» Killion allungò una mano verso la pistola, ma una voce lo bloccò.

«Tocca la mia scena del crimine e ti arresto.» Liam era sulla porta, e aveva un'aria alquanto incazzata.

«Se vuoi ritrovarti il Dipartimento di Stato dietro il culo, fai pure» replicò Killion.

Liam si avvicinò a lunghi passi con gli occhi freddi e stretti. Aveva perso uno dei suoi uomini quella notte. Jed conosceva suo fratello. Minacciarlo non avrebbe portato da nessuna parte. «Ci vorrà un po' prima che il Dipartimento di Stato scopra dove si trova, Mr...?»

«Ho diritto a una chiamata, no?»

«Solo se trovo un telefono. Come si chiama?». Suo fratello era privo di senso dell'umorismo quella sera, le sue ferite erano ancora troppo fresche. Caspita, Jed si rese conto invece che le sue non sanguinavano più da quando il capellone aveva cominciato a punzecchiarlo. Killion aveva completamente distolto la sua attenzione da Vivi e dal poliziotto morto e l'aveva riportata sul reale problema. Era bravo.

«Si chiama Patrick Killion. Agente dell'Intelligence per la CIA. E se questo non è un ossimoro, non so cosa lo sia.»

Killion incontrò lo sguardo di Jed. «Quindi questo è tuo fratello gemello?»

«E da cosa l'hai capito?»

«Avete lo stesso atteggiamento da gran rompicoglioni.»

«Avete preso l'assalitore?» domandò Jed a suo fratello, ignorando Killion.

«Ho mandato tutti gli agenti e gli sceriffi disponibili a dargli la caccia, qui e nelle contee vicine.» Liam scosse il capo. «Ho predisposto gli esami del SUV e allertato tutti gli ospedali della zona. L'hai visto bene in faccia?»

«No. Non gli ho mai visto il volto.» Sapere che era lì fuori e che in quel momento poteva essere sulle tracce di Vivi... La chiamò al cellulare, ma nessuno rispose. «Hai idea di come raggiungere David Pentecost?» chiese Jed a Killion. Il fatto che Vivi e Michael fossero lontani dalla sua custodia gli stava facendo venire il prurito, anche se era colpa sua.

Killion tirò fuori una tessera dalla tasca. «Questo è il suo cellulare privato. C'è una scorta aggiuntiva in autostrada. Il tizio non si affida alla sorte quando si tratta della sua incolumità personale.»

Jed fece un sospiro di sollievo. Aveva incasinato tutto, ma

rimaneva la scelta migliore. Programma di protezione. Merda. Non aveva funzionato tanto bene l'ultima volta. Si mise il biglietto da visita in tasca.

«Staremmo tutti meglio se quest'arma sparisse, almeno sulla carta» disse Killion.

«Quell'arma probabilmente ha ucciso il mio vice sceriffo. Nessuno la porterà da nessuna parte, se non al laboratorio prove» disse Liam con fermezza.

La tensione si accese tra i quattro uomini.

«Se la pistola viene esaminata, qualcosa mi dice che la prova sparirà prima del sorgere del sole.» Killion parlò con voce bassa, ma carica di impellenza. «Il che non mi preoccupa più di tanto, perché dubito che troveranno dei riscontri nel sistema. Quello che mi inquieta è che chi analizzerà le prove potrebbe diventare un danno collaterale.»

«Sta minacciando delle persone, agente?» Liam fece un passo avanti, con gli occhi iniettati di sangue. Jed lo bloccò pressandogli una mano sul petto.

«Non io.» La voce di Killion divenne più dura.

«E cosa mi dici di tutte le prove sul tappeto laggiù?» Indicò Jed.

Killion si raddrizzò e scrollò le spalle. «Non mi sorprenderebbe se sparissero anche quelle.»

«Devo dire che si è costruito un'enorme e complessa teoria cospirazionista.» Gli occhi di Liam si fissarono sull'agente della CIA.

Quelle prove non sarebbero sparite per nulla al mondo. «Hai delle fiale sterili?» chiese Jed a suo fratello. Si stava perdendo tempo prezioso. Aveva del lavoro da fare.

«Perché?»

«Più campioni di DNA abbiamo e meglio è.»

«Voglio delle copie» disse Killion. «Le manderò ai nostri laboratori.»

«Avete un vostro laboratorio?» chiese Jed.

«Forse» la risposta di Killion fu evasiva, ma gli disse tutto. «Finite le vacanze?» gli chiese.

«Finite le vacanze» convenne Jed.

Liam mise le mani in tasca e diede loro due fiale ciascuno. «L'arma rimane qui. La potete fotografare, ma questo è quanto. Chiamerò il laboratorio di stato per occuparsi della scena del crimine. Così avremo del tempo per provare a raccapezzarci in questo casino e trovare il bastardo che ha ucciso un poliziotto. Vi rendete conto, voi due, che la persona che ha sparato all'attentatore se n'è andata?» Liam fissò dritto suo fratello.

E tutto risalì a galla. Vivi aveva sparato a un uomo quella notte, dopo che lui le aveva promesso che sarebbe stata al sicuro. Chiuse gli occhi, incapace di credere a cosa aveva fatto. Quella mattina, Vivi gli aveva detto che si fidava di lui più che del suo ex. L'aveva ripagata sbattendola fuori della porta meno di un'ora dopo essersela scopata fino a svenire.

Lei non gli avrebbe più parlato. Ma perché gli importava così tanto? Si era già detto e ripetuto che non c'era un futuro per loro, che Vivi si meritava di meglio. Be', di sicuro qualcuno migliore di quello stronzo del suo ex. Diede le spalle agli altri. Fissò il buco del proiettile sul vetro della finestra, come se fosse il loro problema principale. «Mi spiace per il vetro, papà. Lo ripago io.»

«Sarà un delirio togliere le macchie dal tappeto» se ne uscì Killion, come sempre di aiuto.

Suo padre gli fece un ghigno che avrebbe spaventato a morte un sacco di persone, poi si voltò di nuovo verso Jed. «Non preoccuparti per la baita, figliolo. Pensa a trovare il modo di sistemare le cose con la tua donna e suo figlio.»

«Non è la mia donna.» La pressione che sentiva sul petto crebbe. «Michael è con suo padre.» Il suo tono era amaro. «Pensavo fossi d'accordo.»

«Ci vuole più di una spruzzata di sperma per essere padre, e lo sai.» L'uomo diede le spalle a Jed e toccò il braccio di Liam. «Tua madre verrà con te a dare la notizia alla moglie di quel ragazzo. Ci sarò anch'io, per vedere se posso essere d'aiuto in qualche modo.»

Liam annuì. «Lo apprezzo molto.» Puntò un dito su Jed e Killion. «Se ve ne andate o toccate qualcosa prima che ritorni, giuro che vi troverò e vi sbatterò in galera a prescindere dai vostri cazzo di lavori alla CIA e all'FBI. Chiaro?»

Il silenzio era assordante. Nessuno dei due promise nulla.

CAPITOLO DICIOTTO

Vivi si slacciò la cintura di sicurezza e lottò per mantenere i nervi saldi. Era entrata in un regno in cui David credeva di essere più potente di Dio. Ma quella notte, avendo sparato a un uomo che forse stava ancora tentando di uccidere suo figlio o forse no, non era in una posizione tale da poter fare altro se non seguire i piani di David. Per il momento.

L'essere stata scaricata da Jed le procurava un dolore che le tagliava le ossa, ed era una cosa folle. Gli era saltata addosso dicendo a se stessa, e a lui, che non aveva aspettative. Jed doveva dedicarsi al suo lavoro, un lavoro molto importante. Arrestare assassini era cruciale perché la loro società funzionasse correttamente, solo che in quel momento niente andava come doveva e i killer sembravano spuntare ovunque.

Stava tentando di giustificare il comportamento di Jed, il che significava che era nei guai più di quanto pensasse. Era innamorata di quell'uomo, e lui li aveva abbandonati più facilmente di come l'aveva fatto David. Ma in fondo, non aveva mai promesso nulla oltre al cercare di proteggerli.

Fissò il panorama piatto e desolato dal finestrino, mentre il senso di solitudine si allargava nel suo petto. Ecco perché non permetteva alle persone di avvicinarsi troppo. Faceva troppo male quando l'amore non veniva ricambiato.

Michael si era svegliato in elicottero e ora se ne stava appiccicato al suo fianco. Non era sembrato particolarmente spaventato all'inizio, poi suo padre si era voltato verso di loro e il suo corpicino si era irrigidito tra le braccia di Vivi. David non l'aveva salutato con un sorriso gentile, né aveva mostrato un qualche segno di legame genitoriale. Solo un freddo cenno del capo che era apparso più giudicante che amichevole. Bastardo.

Vivi aveva pensato che fossero diretti a Washington, ma il viaggio era durato appena mezz'ora. Li aveva riportati a Minneapolis. Al centro del pericolo.

Dio quanto odiava quell'uomo.

Forse Jed aveva ragione e l'allarme era quasi cessato. Sperava solo che gli attentatori avessero recepito lo stesso messaggio. Il pilota fece atterrare l'elicottero senza neanche un sobbalzo. Quando David aprì il portello, il rumore dei rotori era ancora troppo forte per fargli domande o esigere spiegazioni. Vivi raccolse tutte le sue cose reggendole con una mano e prese quella di Michael nell'altra.

Il labbro superiore di David si incurvò, ma non le fregava niente di cosa pensasse delle sue doti materne. Se la madre di David fosse stata meno insensibile e crudele, ora non si sarebbero trovati in quella situazione. Una Lincoln Town Car accostò sulla pista d'atterraggio e David le afferrò il gomito e la spinse in quella direzione. Vivi strinse i denti quando lui la toccò. Le si rivoltò lo stomaco all'idea che un tempo erano stati intimi.

Scivolarono dentro l'auto e l'autista ripartì immediatamente.

«Dove ci stai portando? Perché siamo qui?» domandò agitata.

«Calmati, Veronica. Così spaventerai il bambino.»

Una rabbia cieca le attraversò il corpo. Negli ultimi giorni erano stati attaccati più volte e ora le sue semplici domande avrebbero "spaventato il bambino".

Ma questo era un classico di David, cercare sempre di rigirare le questioni per avere il sopravvento su tutto.

«Accosti» disse Vivi all'autista.

Lui guardò David dallo specchietto.

«Ho detto accosti!» gridò.

David le afferrò un braccio così forte che l'indomani le sarebbe di certo venuto un livido. «Ignorala. Vai all'hotel.» Le storse il polso fino a farle male, mostrando una vampata di soddisfazione negli occhi quando le scappò una smorfia per il dolore. «Tieni la bocca chiusa e fai quello che ti dico per qualche ora, poi potrai tornare strisciando dal tuo sfigato agente dell'FBI. Anche se non mi sembrava che scalpitasse tanto per averti. Almeno non più. Avrei potuto avvisarlo che il premio finale non valeva il giocarsi carriera.» Lo sguardo di David guizzò sul suo collo.

Le prudevano le mani dalla voglia di prenderlo a schiaffi come aveva fatto poco prima con Jed. Solo la paura di fare una scenata isterica di fronte a Michael la trattenne. Quante volte gli aveva insegnato che la violenza non era il modo di risolvere le divergenze? Ma Jed l'aveva consegnata a David come se non contasse nulla per lui, perciò non doveva importarle. Eccetto che le importava eccome, altrimenti non lo avrebbe preso a schiaffi.

Era morto un uomo.

Un poliziotto che faceva la guardia alla casa era stato ucciso, probabilmente nel momento in cui loro stavano facendo sesso. Se Jed si era distratto, era colpa sua. Non c'era da stupirsi che lui stesse lottando col senso di colpa, e grazie a Dio, non era morto suo fratello. Se fosse accaduto ciò, non pensava che si sarebbe mai più ripreso. Ma un ragazzo era morto per cercare di proteggerli e questo la fece sentire meschina, dispiaciuta e sbagliata.

Perché questa gente era così determinata a ucciderli? Cosa pensavano che Michael sapesse? Il pericolo era davvero passato?

David si chinò più vicino al suo orecchio, così che solo lei potesse udirlo. «Da quando sei diventata così puttana, Veronica? Mi ci è voluto un anello al dito per poterti infilare le mani nelle mutande, e di certo non valeva il costo del biglietto d'ingresso.»

Girare il coltello nella piaga era il suo forte. Perciò gli sussurrò piano. «Nel momento in cui sei sparito dalla mia vita, sono saltata addosso a qualsiasi uomo che respirasse. E sai cosa? Mi piaceva da morire.»

Riappoggiò la schiena contro lo schienale con un sorriso, mentre David la guardava bieco. Era geloso. Lo era sempre stato. Glielo leggeva negli occhi. Anche se era sposato con un'altra donna, era geloso di chi si scopava lei, perché l'aveva sempre considerata di sua proprietà. D'improvviso, si sentì grata di aver fatto sesso con Jed. Sesso bollente, frenetico, favoloso. Lasciò che David le leggesse tutto questo negli occhi, che percepisse tutta la sua derisione.

«Posso renderti la vita difficile, Veronica. Non dimenticarlo.»

«Mi stai minacciando, David? Eppure prima hai dichiarato di essere venuto a proteggere tuo figlio» gli disse in tono furbo, sperando che Michael non stesse sentendo il loro scontro sussurrato.

«Forse lo farò internare.» Il suo sorriso era freddo come il ghiaccio. «Dovrebbe essere al sicuro in un istituto mentale, non pensi?» Dal tono di voce sembrava che stesse parlando del traffico.

Un tic nervoso le fece tremare la guancia. Vivi non era una persona violenta, ma voleva davvero fare del male a quell'uomo. Michael aveva gli occhi chiusi, la fronte appoggiata alla portiera. Si rifiutava di incontrare anche lo sguardo di sua madre, e lei sentiva che si stava allontanando. Gli strinse piano il ginocchio, dicendogli in silenzio che tutto si sarebbe sistemato.

Poteva farcela. Avrebbe fatto qualsiasi cosa, per lui. «Hai detto che hai bisogno della mia collaborazione per qualche ora. Credo sia ora di smetterla di fare giochetti e dirmi cosa vuoi. Poi deciderò se acconsentire o meno ad aiutarti.»

Gli occhi di lui divennero opachi come quelli di un serpente. «Mi hai frainteso. Se vuoi venire con tuo figlio puoi farlo, ma Michael viene con me a prescindere.»

Il bambino si appallottolò sul sedile e iniziò a dondolarsi su e giù. Lei gli passò una mano sulla schiena, sentendo la sporgenza della sua colonna vertebrale contro le dita.

«Smettila di frignare, mocciosetto» gli sputò addosso David. «Avrai l'onore di conoscere il presidente degli Stati Uniti oggi, e farai meglio a rivolgerti a lui e a me chiamandoci *signori*, chiaro?» Fece per afferrare la spalla di Michael, ma Vivi si mise tra di loro.

«Non ti azzardare!»

David la spinse da un lato, così forte che lei andò a sbattere contro la portiera. Il dolore si irradiò sulla guancia, ma qualcos'altro la sorprese di più.

Michael gridò. Si scagliò contro suo padre e prese a colpirlo in faccia coi suoi piccoli pugni chiusi. David lo spinse via. Vivi rimase seduta a bocca aperta.

Poteva anche essere stato provocato dalla cattiveria e dalla violenza, ma suo figlio aveva emesso il suo primo suono in quattro anni. Aprì le braccia e lui le si lanciò addosso, seppellendo il viso sul suo petto. Lo strinse forte e guardò l'ex marito provare a bloccare il sangue che gli usciva dal naso e gli rigava la guancia.

«Ti voglio bene, Michael.» Lo strinse ancora più forte e il bambino si aggrappò a lei.

Le lacrime spingevano per uscire, ma non lo avrebbe

permesso. Dopo tutto quello che avevano passato, questa era una cosa insignificante. Cancellò tutti i pensieri su Jed. Apparteneva già al passato. Poche ore. Solo poche ore. E poi si sarebbero liberati per sempre di quell'uomo.

Elan tornò nell'hotel di lusso che aveva appena intravisto da quando era arrivato. Aveva un kit di pronto soccorso ben fornito e poche ore a disposizione per prepararsi. Il salvataggio delle figlie di Pilah era in corso e, non appena le bambine fossero state al sicuro, lei avrebbe eseguito tutto quello che le aveva ordinato. Non che ne avesse mai dubitato, ma gli piaceva avere tutti gli assi in mano. E anche mantenere le promesse.

Trovava ironico che il loro complotto facesse affidamento sul nemico. O forse no. Quello da cui dipendeva veramente era la forza dell'amore materno. E l'amore che lui provava per il suo Paese era molto simile a quel sentimento.

Nel bagno della suite, si denudò e si infilò sotto il getto potente della doccia. Il dolore lo pugnalò quando lo spruzzo colpì la carne ferita. L'acqua scorreva via rossa mentre si lavava i capelli appicciati. Le spalle gli tremarono, e la situazione stava peggiorando.

Una volta che si fu pulito, chiuse i rubinetti e si premette un asciugamano sulla ferita in testa, che aveva ricominciato a sanguinare. Quando il flusso si arrestò, vi applicò dei cerotti a farfalla per suturare il taglio.

Poi si sedete su un asciugamano sul water. Usò un accendino per sterilizzare delle pinze appuntite di acciaio inossidabile e si versò del whiskey nel buco sulla spalla.

Strinse i denti per il fortissimo bruciore e spinse la punta di metallo nella carne ferita. Il dolore lo colpì con violenza e il sudore cominciò a uscire da ogni poro, colandogli sul corpo in rivoli. Fece qualche respiro profondo, desiderò poter bere l'alcol, desiderò essere a casa con la sua famiglia, poi spinse l'oggetto più a fondo e toccò qualcosa di duro. Eccolo. Ci vollero alcuni tentativi per afferrarlo, ma alla fine tirò fuori il pezzo di metallo e lo gettò nel lavandino, dove atterrò con un tonfo sordo. Per fortuna era tutto intero.

Si premette un altro asciugamano sulla ferita e rimase seduto, respirando profondamente.

Doveva prepararsi in fretta per il lavoro che lo attendeva.

Sargon Al Sahad aveva reclutato simpatizzanti ribelli che credevano di agire per incastrare il governo siriano negli attacchi sul suolo americano. Volevano che l'Occidente intervenisse e avevano raggiunto il loro obiettivo meglio di quanto previsto. Qualche minuto prima, Sargon aveva ricevuto una sostanziale somma di denaro da una società di proprietà di un funzionario di alto livello del governo siriano. L'uomo era in attesa del pagamento, solo che non si aspettava che provenisse da coloro che stava cercando di distruggere, o in una modalità così facilmente rintracciabile. Agli americani non ci sarebbe voluto molto per fare due più due. E la seconda parte del piano avrebbe assicurato una reazione travolgente e micidiale da parte del presidente, a prescindere che fosse pacifista o pro arabo.

Garantito.

Fecero il check-in in un hotel di lusso nel centro di Minneapolis. David mise una guardia alla porta, e Vivi si domandò se dovesse servire a tenere gli assassini fuori, o lei e suo figlio rinchiusi là dentro. Sperava che quella gente prendesse il rischio seriamente, troppe persone erano morte per aver sottovalutato la minaccia. Ma davvero Jed li avrebbe lasciati partire, se non fosse stato certo che l'allarme era cessato? Forse. Non ne era più così sicura.

David era in piedi vicino alla porta. Per la prima volta sembrava a disagio, probabilmente perché per la prima volta erano solo loro tre. Non c'era nessuno ignaro di quello che era successo nella loro tragica famigliola.

Michael tirò fuori il tablet che gli aveva dato Jed e si sedette appallottolato su una sedia, tenendolo stretto al petto.

David controllò il suo orologio. «Avete qualche ora per fare una dormita e ripulirvi.» Guardò con disapprovazione i jeans e gli stivali di Vivi. «Andrò a comprarvi qualcosa da indossare. Porti sempre la stessa taglia?»

Gli era sempre piaciuto vestirla. L'idea le procurò un'ondata di auto disgusto per aver assecondato molti dei suoi modi dominanti. Ma in quel momento avrebbe indossato una busta di carta pur di arrivare alla fine di quell'incontro.

Annuì, sapendo che sarebbe tornato con tacchi e gonna a sigaretta nonostante ci fosse la neve. «Cerca qualcosa di caldo.» Stava pensando a Michael. «E non dimenticare i trucchi.» Sembrava uno zombi.

«Vivi, io...» Per un attimo, sul suo volto apparve un'ombra di pentimento, ma il giorno in cui avesse chiesto scusa, sarebbe morto soffocato dalla sua stessa lingua. Poi l'espressione si smorzò, e lui rimase in piedi con la testa bassa per la vergogna. Ma lei si sentiva allo stesso modo. Entrambi si erano comportati male e nessuno dei due sapeva come fare a smettere.

«Passiamo oltre, okay?» disse Vivi. Che cosa triste che fossero arrivati a quel punto, due persone che un tempo avevano deciso di avere un figlio e ora sopportavano a malapena la vista l'uno dell'altro.

David se ne andò senza aggiungere una parola.

Lei si voltò verso suo figlio, che aveva un aspetto pietoso. Chiuse gli occhi. Nonostante tutto, doveva capire se c'era il modo di sistemare le cose nel rapporto con il suo ex, per poter comunicare come due adulti, senza traumatizzare ulteriormente Michael, e permettergli di conoscere suo padre – l'uomo di cui lei si era innamorata, non la testa di cazzo da cui aveva divorziato. Forse era ancora lì, sepolto sotto cumuli di amarezza, risentimento e ambizione.

Michael era ancora in pigiama. I capelli rossi erano ricresciuti abbastanza da cominciare ad arricciarsi. Gli occhi blu sostennero il suo sguardo, cercando rassicurazione. Era così grata che non fosse sparito nel suo mondo, dopo lo stress subito. Stava iniziando a pensare che il dottor Hinkle avesse ragione, che Michael non fosse autistico e che stesse affrontando la realtà quotidiana molto bene, viste le circostanze.

Si ricordò la gioia che aveva osservato sul suo volto mentre fissavano strabiliati le montagne russe, solo pochi giorni prima. Sembrava passata una vita intera. Un'intera storia d'amore.

Se ci fossero volute mille montagne russe per fare felice suo figlio, le avrebbe affrontate. Aveva intenzione di portarlo a Disneyland, una volta finito quest'incubo, e avrebbero fatto il giro di tutti gli ottovolanti, due volte.

Non sarebbe stato facile alleviare il dolore che sentiva nel cuore, ma era la vita. Ormai doveva esserci abituata e non avrebbe permesso che la spezzasse in due. Aveva un figlio a cui badare e un presidente da incontrare.

Dio, quant'era brutto il vittimismo?

E dov'era il suo spirito guerriero?

Si rese conto che aver paura di amare era come essere intrappolati dentro la propria mente, solo che era un esilio autoimposto.

Era una codarda.

Un dolore le attanagliò lo stomaco. Era solo una maledetta vigliacca. Pur sapendo quanto breve potesse essere la vita, aveva ancora paura di dire a un brav'uomo che era interessata ad avere una relazione con lui. E Jed era un brav'uomo. Aveva cercato di aiutarla da prima che iniziasse questo disastro – da quando le aveva dato una mano a rialzarsi da terra dopo che era stata travolta al centro commerciale, fino al portarla dai suoi genitori. Jed stava cercando di fare il suo lavoro e Vivi gli aveva reso le cose difficili. Non si meravigliava che ce l'avesse con lei.

Si sentiva la testa confusa e stava quasi per svenire dalla stanchezza. Era quello che succedeva quando si viveva in fuga, dormendo poco o niente. Ma presto si sarebbe riposata e avrebbe trovato una soluzione.

«Ehi, piccolo. Adesso vai sotto la doccia e poi ti fai un'altra dormita, okay?»

Michael posò il tablet sul tavolo e si precipitò in bagno. Lei aprì l'acqua e si assicurò che fosse alla giusta temperatura. «Non dimenticare sapone e shampoo.» Gli diede un bacio e fu premiata da un piccolo abbraccio e un movimento impercettibile delle labbra. Lo strinse forte, facendo attenzione a non fargli male da quanto voleva strizzarlo. Aveva provato a proteggerla prima, e lei sapeva che l'aver emesso un suono aveva scioccato Michael stesso più dei suoi genitori. Per Vivi era una speranza, però. Le faceva pensare che *forse...*

Tornò nel salotto e sistemò gli oggetti per il disegno vicino al tablet, perché disegnare aiutava Michael ad affrontare la vita, e ora ne aveva particolarmente bisogno. Un foglio scivolò sul pavimento. Si chinò e lo raccolse. Era il disegno di Jed che l'abbracciava in cucina, il pomeriggio precedente.

La reazione fu così violenta che Vivi si accasciò sulla sedia più vicina. Non era l'esatto momento in cui si era innamorata di Jed, ma racchiudeva tutto quello che provava. Aveva perso completamente la testa per lui quando aveva sollevato Michael dall'auto, la prima volta, e poi l'aveva messo a letto nella camera della casa sicura, rimboccandogli le coperte.

Toccò i capelli di Jed come se fossero reali, ma era solo piatta grafite su carta. L'espressione negli occhi dell'uomo suggeriva che tenesse a lei più di quello che dava a vedere, anche se forse era solo un desiderio di Michael. Le venne la nausea al pensiero di aver colpito Jed e che Michael avesse assistito alla litigata che lei e David avevano fatto in macchina. Cosa le era successo? Vivi tirò fuori il cellulare dalla tasca e vide che Jed aveva provato a chiamarla. Non aveva sentito suonare. Probabilmente era in elicottero.

Sentì un ridicolo senso di sollievo, anche se non avrebbe dovuto. Richiamò il numero.

«Vivi?»

La sua voce la fece trasalire, riportandole alla mente la prima volta che si erano incontrati al centro commerciale, prima che tutto questo casino scoppiasse.

«Vivi, sei tu?»

Lei si schiarì la voce. «Sì. Volevo solo scusarmi per prima. Non avrei dovuto farlo, e non riesco a dire quanto mi dispiaccia.»

Percepì lo shock nel suo silenzio.

Poi lui iniziò a parlare concitato. «Ehi. È stata colpa mia. Avrei dovuto avere più criterio. Eri in una situazione terrificante e io in una posizione di autorità. Veniamo messi in guardia da questo tipo di situazioni durante l'addestramento, e io mi sono approfittato di te...»

Vivi sbatté le palpebre e sorrise perplessa. «Credi che mi stia scusando per averti sedotto? Non sono affatto dispiaciuta per quello, ma per cosa è successo dopo. Anche se mi spiace che tu ne sia pentito.» Lui provò a intervenire, ma lei non gliela permise. «Mi scuso per averti dato uno schiaffo.»

«Oh.»

Dio. Sul serio? *Oh*? Era tutto ciò che aveva da dire? Ne aveva già abbastanza. Era ovvio che non provasse alcun interesse nei suoi riguardi, e lei stava mettendo entrambi in imbarazzo tirando di nuovo fuori l'argomento. Ecco perché si era chiusa a riccio nei confronti della gente, in tutti questi anni. Non sapeva come esporsi senza rimanerne sventrata. E nessuno amava venire ferito. Stava molto meglio da sola.

Era più codarda di quello che pensava.

«Avete preso il tizio che si è introdotto nella baita?» Doveva sapere se fossero ancora in pericolo.

«Non lo abbiamo trovato, ma son certo che sarai al sicuro a Washington.»

«Ah.» Si stupì di quanto suonò acido. «Non siamo a Washington. Siamo stati invitati a incontrare il presidente a Minneapolis. Che bello, eh?» Il suo entusiasmo forzato non ingannò nessuno dei due.

«Cosa?» Il segnale faceva cagare, e lui pareva essere su un veicolo in movimento. Oddio. Scommise che era in vivavoce. La vergogna le salì su per le guance all'idea che i colleghi potessero essere in ascolto... o peggio, che Killion stesse sentendo la conversazione, quando probabilmente era stato proprio lui a venderla al suo ex.

«Domattina il presidente farà visita al luogo della strage e ai feriti in ospedale. David scalpita per usare l'evento e presentargli suo figlio.»

«Cosa?» La stessa parola continuava a uscire in tono sempre più alto. Più duro.

«Siamo a Minneapolis.» Vivi si affossò nelle spalle. Sovrappensiero prese il tablet e lo accese. Il suo cuore smise di battere quando vide che Michael aveva scritto qualcosa. Le parole e le lettere erano mischiate, ma già solo l'idea che avrebbe potuto comunicare anche così... il cuore le si strinse. «Jed, Michael ha provato a scrivere sul tablet che gli hai dato. Sembra che stia tentando di dire qualcosa.»

«Mandami tutto.»

«Sono solo scarabocchi. Non hanno senso...»

«Vivi...» Il rimprovero nella sua voce le ricordò che non avevano ancora una pista su cui lavorare e che Michael poteva davvero sapere qualcosa. Anche se sembrava assurdo.

«Dammi il tuo indirizzo email» gli disse. E poi avrebbe dovuto dimenticarselo, altrimenti lo avrebbe stalkerato online. No, non sarebbe successo. Un altro paio di giorni e si sarebbe lasciata alle spalle Jed Brennan. Forse non lo avrebbe neanche più rivisto. Il pensiero le infilò un chiodo nel cuore.

Jed le diede l'indirizzo e lei gli inoltrò le note di Michael.

«Arrivate. Grazie. Ho pensato che saresti stata al sicuro con lui. Merda, non potevo immaginare che vi avrebbe riportati lì...»

Udì del trambusto in sottofondo. Killion era con lui di sicuro e sembrava eccitato per qualcosa. Jed stava per riattaccare, se lo sentiva. Lo anticipò. «Volevo dirti una cosa, farò in fretta.»

«Non è esattamente il momento migliore.» Era chiaro che si aspettasse una dichiarazione di amore eterno, ma a lei non piaceva il sadomasochismo.

«Michael ha emesso un suono, in macchina.»

«Cosa? Cazzo, se dico un'altra volta *cosa*, sparami. Michael ha parlato?»

Se gli avesse raccontato che era stato più un grido di rabbia da far drizzare i capelli non l'avrebbe presa bene. A prescindere dai sentimenti che Jed provava o meno per lei, si sarebbe incazzato da morire a sapere che David le aveva fatto del male. E soprattutto, Vivi non aveva bisogno che lui la difendesse.

«Non è stata proprio una parola, ma ha emesso un suono. È la prima volta che lo sento dire qualcosa da... be'. Ad ogni modo, volevo dirtelo. Grazie di tutto. Ti lascio proseguire.» Le lacrime iniziarono a scendere. Il peso di tutti gli anni di silenzio di Michael le pesavano come macigni. Finalmente le sue preghiere erano state esaudite, ma non sapeva ancora cosa ciò significasse o dove li avrebbe portati, e l'uomo con cui avrebbe voluto condividerlo non era chiaramente interessato – e andava bene così.

Era un agente dell'FBI e aveva fatto tutto il possibile per aiutarli. Lo apprezzava. Davvero. Ma aveva la terribile sensazione che questa faccenda di cuore sarebbe stata più difficile da digerire di quello che aveva immaginato.

Poi s'infuriò con se stessa. A che serviva avere una voce se non si riuscivano a dire le cose più importanti? «Ti amo, Jed.»

Ci fu un lungo silenzio scioccato dall'altra parte, che le disse tutto quello che aveva bisogno di sapere. Fiumi di lacrime le annebbiarono la vista. Non voleva sentire scuse o inutili spiegazioni, perciò gli chiuse il telefono in faccia. Quando lui la richiamò, lei lo ignorò e spense il telefono.

Era codardia?

No. Lo sarebbe stato se non gli avesse detto quello che provava per lui. Non era una bambina. Sapeva come funzionava il mondo ed era fiera di sé per aver messo i suoi sentimenti sul piatto. Per una donna che viveva in un mondo indipendente e autonomo, che ruotava intorno a suo figlio, questo era un passo enorme. Non le importava sentire le scuse per cui non poteva ricambiarla. Quel silenzio aveva reso chiaro che Jed non avrebbe fatto parte della sua vita, e il cuore le si frantumò in mille pezzi dentro al petto. Poi il rumore della doccia si interruppe e lei si riprese.

Nessun altro doveva sapere che aveva il cuore spezzato.

Soprattutto un bambino che ne aveva già passate tante. Afferrò un fazzoletto di carta e si soffiò il naso.

Sapeva chi era. Una madre prima di tutto. Si era un po' divertita, e ora era tempo di riprendere in mano la sua vita.

Una vita solitaria e desolata.

Oh Cristo santo! Come poteva dirgli che lo amava, così dal nulla, e poi sbattergli il telefono in faccia?

Perché hai cannato, brutta testa di cazzo. Le aveva fatto percepire la sua paura prima di riuscire a piantarla di fare il coglione e dirle che la voleva rivedere. Come se poi fosse possibile, con lui in Virginia e lei a Fargo... ma questa era solo geografia. *Merda.*

Voleva davvero rivederla, magari senza terroristi pronti a uccidere suo figlio.

Diede un pugno al volante del suv per la frustrazione. «Quello stronzo del suo ex li ha riportati a Minneapolis, dove pare che oggi incontreranno il presidente.» Controllò l'orologio.

Naturalmente Killion aveva carpito ogni parola. «Ah.»

Stavano tornando anche loro a Minneapolis, ci sarebbero volute un paio d'ore. Sperava solo che Liam non provasse a farli arrestare davvero per non aver eseguito i suoi ordini. Suo fratello li avrebbe perdonati se avessero preso il tizio che aveva ucciso il suo agente, ma non prima di allora. Il fatto che Liam fosse a letto con Angela quando lo aveva chiamato stava a significare che combatteva gli stessi suoi demoni, ma probabilmente più grossi e cattivi, con artigli che lo laceravano.

Si vedevano già quando Bobby era ancora vivo?

No, impossibile. Liam non avrebbe mai mancato di rispetto al loro amico, e Angela non ci avrebbe mai provato con Jed se si fossero già frequentati, perché sapeva quanto erano legati. Voleva prendersi a schiaffi sulla fronte: ecco come Angela aveva saputo che lui era alla baita, e probabilmente era venuta a dirgli che si vedeva con Liam quando l'aveva praticamente sbattuta fuori dalla sua proprietà. Coglione. E comunque, in quel momento, era un problema insignificante rispetto a quello che stava affrontando con Vivi e Michael.

Killion smaneggiò con la radio.

Jed gli lanciò un'occhiata. «Perché cazzo sei qui, vorrei sapere.»

Killion alzò le spalle. «Avevo bisogno di un passaggio.»

Jed scosse il capo. «Sei una gran testa di cazzo. E ancora non riesco a capire perché hai scelto di rompere le palle proprio a me.» Mr. CIA era troppo bravo a mentire perché si lasciasse scappare un qualche indizio, a meno che non lo decidesse lui. «Cos'hai scoperto dal tablet di Michael?»

Killion stava controllando gli scarabocchi di Michael e quasi vibrava per l'eccitazione. «Prima di tutto, considerando che è un artista geniale, ha bisogno di lavorare sul corsivo.»

«Lo farò presente a sua madre.» Jed emise un sospiro esasperato.

«Credo che abbia scritto i nomi dei terroristi in base ai suoni. Mi pare che qui dica Razor e Amer. Ne abbiamo identificati due come Razur e Amir, e presumibilmente erano nel negozio di giocattoli con Michael.»

L'eccitazione di Jed eguagliò quella di Killion. Michael aveva davvero delle informazioni, anche se probabilmente non erano così vitali come credevano loro. Se solo avesse potuto parlare, ci sarebbero voluti trenta secondi al massimo per fornire questi dati. «Qualcosa riguardo la terrorista donna?»

«Questo scarabocchio qui potrebbe essere Tira, Tila o Pila.»

«Passa le informazioni a Langley e ai federali che seguono le indagini. Controlla nella lista degli impiegati al centro commerciale, dei feriti, e fai un controllo incrociato con qualsiasi cittadino straniero. Prova con spelling diversi.»

«Grazie a Dio che ci sei, Brennan. Non ci avrei mai pensato da solo.» Killion alzò gli occhi al cielo.

«Fallo e basta.»

«Sissignore» rispose Killion.

«Coglione.»

«Testa di cazzo.»

Killion chiamò la centrale e Jed il suo capo. Lincoln Frazer.

«Hai fatto un gran bel casino a nascondere i Vincent in questo modo.» Jed aspettò che Frazer finisse la sua sfuriata. «Ma ci hai anche dato una grossa opportunità per capire chi è che dà loro la caccia. Parker ha scoperto delle tracce elettroniche che portano a una fonte nel dipartimento di polizia locale. Stiamo tenendo sotto controllo il soggetto finché non individueremo il prossimo bersaglio. Inutile dire che il dipartimento della sicurezza ha la bocca più chiusa del culo di una gallina, finché non lo scopriremo.»

Jed inviò i nomi scritti da Michael. «Potrebbe non essere nulla.»

«Ma potrebbe essere qualcosa. Bel lavoro. La donna e il bambino sono ancora con te?» domandò Frazer in fretta.

«Negativo. Sono andati via col padre. Pare abbiano un incontro galante con un vip, più tardi.»

«David Pentecost è uno stronzo.»

«Lo conosci?» Jed non fu sorpreso. Frazer era una specie di celebrità nell'fbi ed era invitato a tutti i grandi eventi diplomatici.

«Abbastanza bene da domandarmi cosa ci abbia trovato in lui Veronica Vincent. Ma forse ha dei gusti orribili in fatto di uomini.» Lincoln Frazer aveva letto tra le righe e capito un po' troppo di quella situazione, ma considerato che Jed era sull'orlo di perdere il lavoro, tenne la bocca chiusa.

«La cosa davvero ironica è che il presidente ha appena mandato un messaggio nel mio ufficio tramite il direttore, richiedendo la tua presenza durante la sua visita. Vuole incontrare tutti gli eroi dell'attacco.»

Jed non era un eroe e Frazer lo sapeva. Un sapore amaro gli rivestì la bocca. «Questo significa che non verrò licenziato fino alla prossima settimana?»

«Dipende se farai o meno buona impressione.» Frazer rise, ma sembrava sfinito. Il dipartimento di Analisi Comportamentale aveva avuto un mese d'inferno.

«Pentecost riuscirà a tenerli al sicuro?» chiese Jed.

«Sì, ha organizzato un ottimo sistema di protezione, anche solo per la sua sicurezza personale.» Ci fu una lunga pausa che mise Jed sulle spine. «Parker ha tracciato altre chiamate fatte negli USA da questo Sargon Al Sahad. Finora abbiamo trovato solo una massa di telefoni usa e getta, ma un paio di questi sembrano essere ancora attivi.»

Alex Parker si stava dimostrando il tipo giusto da avere nei paraggi durante le crisi.

«Tienimi aggiornato» disse Jed.

«Non mi piace questa storia di un killer professionista che viene nella tua baita. Era un uomo, giusto?»

Jed si strofinò la mascella. «Non fanno donne così grosse.» O così sperava. «C'è un'assassina, là fuori?».

Nessuna risposta.

Interessante. «Questo era un omone peloso, e abbiamo il suo DNA. Se è registrato nel sistema, lo scoveremo. C'è un'altra cosa, però.» Jed gli disse dell'arma del killer.

Frazer si fece molto silenzioso. «Sembrerebbe un po' troppo ovvio per la più autorevole agenzia di Intelligence del mondo, non pensi?»

«Forse ci si è messa in mezzo l'arroganza. Non si aspettavano che io sparassi, né tantomeno che lo facesse Vivi. Dovresti indagare.»

Anche Killion si era zittito. Jed capì che la sua gente stava già facendo indagini sugli spostamenti di ogni singolo agente del Mossad e dell'Aman.

Frazer finalmente parlò. «Non dare nell'occhio. Incontra e saluta l'uomo al comando e riporta il tuo culo qui, prima che mi penta di non averti già licenziato.»

«Chiedigli un trasferimento a Fargo» ironizzò Killion.

Jed gli fece il dito medio.

Frazer riattaccò.

Killion fece la milionesima chiamata e mise la mano sopra il ricevitore. «Un drone di precisione ha appena raso al suolo la casa dove stava Sargon. Ha ucciso almeno venti persone.»

«L'ha ordinato il presidente Hague?» Di già? Un'operazione militare in suolo straniero? Jed era scioccato. Di solito Hague evitava la violenza.

«La Casa Bianca ha tenuto una conferenza stampa e ha dichiarato che quanto accaduto è ciò che succede ai terroristi che attaccano gli americani, ovunque essi siano. È stato molto chiaro. Non occorre dire che tutta l'area è ora sull'orlo di un conflitto.»

Perfetto. Non erano ancora neanche certi che Sargon fosse l'uomo dietro gli attacchi. Forse qualcuno aveva appena fatto in modo che non lo scoprissero mai. «La situazione sta peggiorando, non migliorando» disse Jed.

«La verità è un cazzo di casino» concluse Killion. «Come sta Lincoln Frazer?»

Din-don. «Conosci il mio capo?»

Killion alzò le spalle con noncuranza. «Di vista.»

«E gli dovevi un favore.» *Din. Din Din*

«Non più.» Killion si sistemò sul sedile e si distese, chiudendo gli occhi.

Jed non sapeva se essere incazzato o grato che Frazer avesse mandato dei rinforzi. Ma non aveva importanza, ormai.

Il suo umore precipitò quando pensò alla conversazione con Vivi. Lei gli aveva detto che lo amava, ma dal tono di voce non era sembrata una rivelazione felice o ottimista.

C'erano tante cose che non le aveva raccontato – riguardo a Mia, al suo lavoro – eppure stava iniziando a pensare che non contassero molto. Non era un adolescente con l'ormone impazzito. Era un uomo adulto e si stava innamorando di questa donna così forte, eppure così vulnerabile.

Il temperamento della rossa gli avrebbe procurato guai. E ancora non avevano neanche iniziato a frequentarsi, anche se avevano vissuto insieme e fatto sesso. Jed voleva portarla fuori a cena e farla sentire speciale. Ma Vivi era talmente ostinata che non avrebbe più voluto saperne di lui, soprattutto dopo che aveva abbandonato lei, e in particolar modo Michael, nelle grinfie di quel pezzo di merda del padre.

Gli si seccò la bocca e le dita si strinsero con forza sul volante. Affrontare la minaccia terrorista, prima. Poi, cercare di capire come fare con quella donna.

CAPITOLO DICIANNOVE

Pilah si era vestita con molta cura quel giorno: indossava i suoi migliori pantaloni eleganti neri e un bellissimo top fucsia con l'orlo ornato di perline. Non aveva guardato i telegiornali, né acceso la radio. Non voleva che nulla s'insinuasse nella sua calma o disturbasse il suo stato mentale risoluto.

Lo stomaco era troppo in subbuglio per mangiare, ma bevve un po' del caffè turco che amava tanto. Poi si mise il cappotto e salì sulla sua utilitaria per dirigersi in ospedale. Parcheggiò a qualche isolato di distanza e camminò tra i cumuli grigi di neve spalata con i piedi intirizziti dal freddo, rimpiangendo di non aver indossato stivali più pesanti. In borsa aveva ancora le pillole per tenere William Green sedato, insieme a un libro che probabilmente non avrebbe mai finito. Una vampata di ansia l'attraversò quando arrivò all'ingresso dell'ospedale. C'erano due file di persone e un metal detector da attraversare. Il cuore le palpitò nel petto. Stava accadendo davvero.

Sorrise nervosa mentre un uomo controllava il suo nome nella lista dei parenti in visita e un altro la perquisiva. Era stato organizzato tutto con estrema precisione. Considerando che

Pilah non sarebbe dovuta sopravvivere all'attacco al centro commerciale, avevano fatto in fretta a riorganizzarsi.

Si rese conto che era Abdullah quello che avrebbe dovuto portare avanti la seconda fase del piano. Ma il bambino dai capelli rossi aveva incasinato tutto e Pilah si domandò se fosse ancora vivo. Lo sperava, ma non aveva importanza. Non in quel momento. Non fintanto che l'uomo ombra avesse mantenuto la promessa e salvato le sue figlie.

Dopo aver passato la sicurezza, si affrettò a proseguire prendendo le scale al posto dell'ascensore sorvegliato. Stava arrivando il presidente. Lode ad Allah. Il cuore accelerò, poi perse qualche battito. Era l'uomo che avrebbe avuto il potere di intervenire nel suo Paese e porre fine alla guerra civile mesi prima, o *anni* prima. Era lo stesso uomo che aveva rifiutato l'ingresso negli USA alle sue figlie, impedendole di salvarle in tempo. Anche se era una cittadina americana, lo odiava, come odiava il governo siriano e tutte le organizzazioni che trattavano la gente come merce da vendere e sacrificare.

Le sue azioni avrebbero causato guerra e distruzione, ma se lo meritavano. Non i civili, però. Non le povere anime infelici che morivano nel fuoco incrociato.

Rabbrividì.

Molte persone sarebbero morte...

Le si riempirono gli occhi di lacrime. Molti erano già morti. Doveva essere egoista e pensare solo a Dahlia e Corinne.

Fece un sorriso forzato all'infermiera e si infilò nella stanza di William Green. Rovistò nella borsa e ruppe una compressa a metà. Gli aprì la bocca e gliela posò sulla lingua, guardando mentre si scioglieva. Il ruolo dell'uomo sarebbe presto terminato, e le dispiaceva che avesse sofferto, ma non poteva rischiare che si svegliasse nelle prossime ore.

Lanciò uno sguardo alle notizie sul televisore posto in un

angolo della stanza. La scena mostrava l'attacco di un drone e un'esplosione. Poi lesse la scritta in sovraimpressione «Uccisa la mente dietro l'attacco terroristico al centro commerciale.»

Il nome di Sargon Al Sahad apparve sullo schermo e il dolore la colpì come un mattone sulla nuca. Le cedettero le ginocchia e cadde sul pavimento. Corinne e Dahlia? Morte? Le lacrime le rigarono il volto mentre guardava il missile colpire più e più volte.

Il cellulare tintinnò. Lo ignorò, ma poi pensò a chi potesse essere. Si rialzò da terra. Non c'era più motivo di portare avanti il piano. Le minacce non sarebbero più servite. Era troppo intontita per aver paura.

Prese il telefono e aprì l'immagine che qualcuno le aveva mandato. Erano le sue bambine che sorridevano alla fotocamera. Il cuore di Pilah si strinse. Erano in una spiaggia con delle palme sullo sfondo. Dahlia aveva perso i denti davanti. Una donna che Pilah non conosceva le teneva per mano. Non poteva vederle la parte alta del volto, ma i suoi capelli erano lunghi, biondi e scoperti. Indossava vestiti occidentali. Le aveva portate via lei da Sargon, le sue bambine?

Pareva forte e sicura di sé, una soldatessa.

Arrivò un altro messaggio. «Ho mantenuto la mia promessa. Ora tocca a te.»

Pilah annuì, anche se lui non poteva vederla. Raggiunse il mobiletto con gli oggetti personali di William Green e iniziò ad assemblare l'arma.

***

Un bip svegliò Alex Parker, che si era accasciato sopra il computer.

Afferrò il portatile e si precipitò a grandi passi verso la tana di Frazer. Non si preoccupò nemmeno di bussare, entrò e basta. «Uno dei cellulari usa e getta è stato attivato.»

Frazer si rigirò sul divano e si strofinò via il sonno dagli occhi. «Riesci a rintracciarlo?»

«Non c'è GPS. Posso provare a fare una triangolazione di segnali e darti più o meno un luogo.» Alex attendeva impaziente che il segnale arrivasse per potergli dare la posizione.

Frazer camminava su e giù. «Non so se sperare che sia la Siria, l'Iran o qualche gruppo terrorista indipendente. Se sono gli israeliani...» Lasciò cadere il discorso. «A prescindere, sta per scoppiare un casino madornale.»

Alex conosceva fin troppo bene il prezzo della guerra e del tradimento politico.

Aprì una mappa della zona. «Il telefono è nel centro di Minneapolis.» Sostenne lo sguardo freddo di Frazer. «Ripetimi che non sono così coraggiosi o stupidi da andare a caccia del Capo dello Stato.»

Frazer stava chiamando qualcuno, probabilmente i Servizi Segreti.

Alex digitò sulla tastiera.

Era passata solo poco più di una settimana da quando Frazer aveva sgominato un'organizzazione clandestina chiamata Progetto Portale, dove Alex aveva lavorato. Non poteva dire che si fidassero l'uno dell'altro, ma entrambi sapevano dov'erano sepolti gli scheletri. Avevano scavalcato l'usuale rito formale del conoscere i colleghi ed erano passati direttamente al pianificare strategie efficaci.

Frazer coprì il ricevitore. «Cosa stai facendo?»

«Cerco un feed satellitare sull'area. Vediamo se riusciamo a capire cosa cazzo sta succedendo laggiù.» Gli venne un'idea migliore. «Ehi, puoi procurarci un drone?»

Frazer continuò la sua conversazione telefonica, ma annuì.

L'agente speciale dell'FBI Mallory Rooney bussò alla porta ed entrò. Era andata a farsi una dormita sul divano della sala conferenze, dopo che aveva insistito per to;nare al lavoro e aiutare a neutralizzare la minaccia terroristica. «Cosa succede?»

Erano passati solo pochi giorni da quando il mondo di Alex si era ribaltato ed era cambiato per sempre. Mallory era ancora provata dopo la terribile esperienza che l'aveva quasi uccisa, ma lo shock di essersi trovata faccia a faccia con l'assassino di sua sorella stava scemando. Sapere di aver massacrato di botte quel figlio di puttana l'aiutava ad affrontare le conseguenze dell'aver trovato i resti di sua sorella gemella dopo diciotto lunghi anni.

Mallory era la persona più importante della vita di Alex; lei e il bambino che portava in grembo. L'idea di diventare padre lo spaventava ancora a morte, non che non volesse un bambino o l'opportunità di una vita diversa, solo non credeva di meritarselo.

Ancora le doveva un primo appuntamento, ma se Mallory era felice, allora lo era anche lui. Spostò una sedia per farla sedere mentre le spiegava la situazione.

Frazer chiuse il telefono. «I Servizi Segreti dicono che il presidente si rifiuta di cancellare il viaggio. Non si piegherà ai terroristi.»

«Grandioso.» Mallory alzò gli occhi al cielo.

Alex si accigliò guardando lo schermo. Aveva intercettato un feed, ma era difficile ricevere un'immagine abbastanza chiara e non sarebbe stato fisso lì a lungo.

«Dammi il drone, Frazer. E manda ogni agente in strada, nel caso avessero in mente un altro attacco durante la commemorazione funebre.» Nonostante il suo passato oscuro, Alex era sempre stato un patriota. L'idea che il presidente fosse in pericolo, che innocenti morissero quando potevano evitarlo...

Un'altra strage avrebbe minato del tutto la fiducia della

gente verso chiunque fosse al potere. Un attacco al presidente sarebbe stata una dichiarazione aperta di guerra. Diede un'altra occhiata online al telefono in questione e intercettò un messaggio ricevuto. Estrasse una foto e poi lesse il messaggio. Una donna teneva per mano due bambine che gli sorridevano. Girò lo schermo verso Frazer. «Devi vedere questa.»

Frazer imprecò. «Trova da dove viene il messaggio e cerca di capire chi sta parlando con chi. Rooney, vedi se riesci a collegare queste bambine a qualcuno coinvolto nell'attacco al centro commerciale.»

Lei annuì.

Frezer prese di nuovo il telefono. «Ho bisogno che l'aereo parta tra mezz'ora.»

Alex digitava. «È criptato. Cazzo, questa è roba di qualità militare avanzata. Avrò bisogno di un po' di tempo. Farei prima se potessi chiamare rinforzi.» Alex era comproprietario di una società che si occupava di sicurezza informatica ad altissimo livello.

Gli occhi di Frazer bucarono i suoi, poi scosse il capo. «Non posso rischiare. Se i nostri sospetti dovessero trapelare...»

Alex rilasciò il fiato che stava trattenendo. «Okay. Farò del mio meglio. Non prometto nulla.»

Frazer si alzò e si mise il cappotto. «C'è solo la vita del presidente americano in gioco.»

Alex imprecò e digitò più in fretta.

«Ah, e una terza guerra mondiale.»

Alex storse la bocca. «Nessuna pressione, quindi.»

Vivi si lisciò con una mano il completo rosso scarlatto con cui si era presentato David. *Rosso scarlatto* per una commemorazione funebre? Ma cosa gli era venuto in mente? Forse sperava che così i terroristi l'avrebbero individuata meglio, invece che vestita di nero.

Michael si strattonava la cravatta, come se fosse un oggetto creato per ucciderlo. Vivi gli prese la mano e gli scostò i capelli dal volto.

«Va tutto bene, Michael. Incontreremo il presidente degli Stati Uniti e tuo padre vuole che tu sia elegante.»

Il volto di Michael divenne bellicoso e tornò alla sua cravatta.

Gli prese di nuovo la mano e gliela strinse. «Sei stato fantastico, tesoro. Non ti chiederei di fare questa cosa se non pensassi che sia il modo più indolore di superare l'incubo in cui siamo finiti, okay?»

Gli occhi di Michael si fecero tristi, li spalancò. Aprì la bocca, come se volesse disperatamente dire qualcosa. Lei trattenne il fiato. Un suono fioco gli uscì dalle labbra. Non era una parola, ma solo un suono.

Le lacrime la minacciarono, ma Vivi le trattenne. Lo strinse forte contro il petto, anche se lui aveva un'aria molto frustrata.

«Ritroverai la voce, Michael. Lo farai. Ma non succederà in un giorno.» Vide il tablet che Jed gli aveva dato. «Ecco. Riesci a spiegare quello che vuoi dire?»

Michael si accigliò quando prese il tablet in mano. Avevano solo pochi secondi prima che David tornasse a prenderli.

Non voleva forzarlo. Avrebbe voluto avere gli stessi modi dolci e divertenti di Jed per riuscire a farglielo usare.

Non pensare a Jed.

Ma quando Michael digitò "Dove Jed?" si rese conto che entrambi stavano pensando a quell'uomo.

Si schiarì la voce. Suo figlio aveva appena fatto un passo da gigante per quanto riguardava la comunicazione, ma pensò fosse meglio mantenere il riserbo su questa cosa. *Non lo spaventare.* «Doveva lavorare. Deve catturare i cattivi, lui, lo sai.»

Michael sostenne il suo sguardo, con gli occhi blu così simili ai suoi. Poi digitò "Mi manca".

La maniglia della porta ruotò ed entrò David, squadrando entrambi con uno sguardo da ispezione. Vivi aggiustò di nuovo i capelli di Michael e gli sistemò la cravatta. Poi si chinò e gli sussurrò all'orecchio: «Anche a me, piccolo. Anche a me.»

***

Jed era in fila nell'atrio del County Hospital con altri uomini in completo che attendevano di essere presentati al presidente.

L'Agente Speciale Supervisore McKenzie era alla sua destra. «Ti farò un culo così quando tornerai a Quantico, per l'alzata di ingegno che hai avuto.»

«Che li ha tenuti in vita» replicò Jed, anche se forse aveva commesso un errore. Frazer aveva ragione riguardo al farsi coinvolgere troppo; aveva influenzato la sua capacità di prendere decisioni, ma ormai era troppo tardi per tornare indietro. E non era sicuro di volerlo fare. Vivi e Michael erano scampati al pericolo, e quel breve tempo al lago era un ricordo che avrebbe portato per sempre con sé.

McKenzie bofonchiò: «Ti farò comunque il culo.»

«Meglio delle scartoffie.»

«Oh, ce ne saranno tante da smaltire. Contaci. Montagne di pratiche.» L'uomo abbassò la voce quando il presidente si avvicinò.

Jed strinse la mano al presidente Hague.

«Quindi lei è l'agente che si trovava sul posto quando è avvenuto l'attacco?»

«Sì, signor presidente.» Jed l'avrebbe aggiunto alla lista dei motivi per non andare a fare shopping in futuro.

«Ha salvato delle vite quel giorno, figliolo.» L'uomo era alto e un po' ricurvo. Un economista di tutto rispetto, ma meno stimato come comandante militare, anche se aveva appena perso la verginità in ambito bellico, ordinando l'attacco aereo in suolo straniero. «So che Ms. Vincent e suo figlio le sono immensamente grati per la sua presenza quel giorno.»

Gli occhi di Jed si sgranarono un poco. Soprattutto quando intravide Vivi tra il gruppo di persone al seguito, con la pelle pallida contro il rosso del completo. Anche con i capelli scuri sembrava la donna sicura di sé e composta che aveva incontrato solo pochi giorni prima. Lei colse il suo sguardo e si voltò. David Pentecost sembrava infastidito dal fatto che Jed parlasse col presidente. Jed cercò Michael, ma il muro di agenti dei Servizi Segreti era spesso e impenetrabile.

«Darei la mia vita per proteggere entrambi, signore» disse a voce abbastanza alta perché potessero udirlo.

Il capo della sua nazione gli sorrise. «Si unisca a noi.» Poi passò a McKenzie. Jed si fece strada tra il gruppo di gente, verso Vivi. Lei tentò di spostarsi, ma non sapeva dove andare.

Jed ignorò Pentecost e le prese la mano, stringendole le dita. Vivi alzò lo sguardo su di lui. La diffidenza superava la speranza.

Lui si abbassò appena e le sussurrò all'orecchio: «Sono stato un coglione. Mi dispiace.»

Le labbra di Vivi tremarono, ma qualcuno si spinse tra loro prima che lui potesse chinarsi a baciarla.

Michael.

Jed lo sollevò da terra e gli diede una stretta. Il bambino lo abbracciò così forte che un bolo di emozioni rischiò di soffocarlo. Lo rimise a terra. «Stai con tua mamma per un attimo, devo parlare con tuo padre.»

Jed si fece strada per uscire dal gruppo e fece un cenno a Pentecost di avvicinarsi. Si sporse vicino all'orecchio dell'uomo e sussurrò a bassa voce. «Se alzi di nuovo un dito su uno di loro, ti farò gridare come una femminuccia. Ci siamo capiti?»

Lo sguardo di David guizzò su Vivi con una fiammata di colpevolezza.

Jed voleva prenderlo a sberle, ma dubitava che Vivi avrebbe apprezzato una rissa col suo ex durante una visita presidenziale. Era una persona riservata.

Più tardi.

Gli squillò il cellulare in tasca, e usò la chiamata per staccarsi dal gruppo. Il presidente e il suo entourage erano andati avanti. David Pentecost si era messo di fianco al capo dello stato, trascinandosi vicino Michael, determinato a fare buona impressione quando ancora ne aveva la possibilità. Vivi li seguì, voltandosi verso Jed con occhi interrogativi. Jed li scortava più lentamente.

Guardò lo schermo del telefono. Frazer. «Che novità ci sono?»

All'ascensore, il presidente e Vivi salirono al terzo piano, perciò Jed prese le scale con alcuni degli agenti dei servizi segreti.

«Abbiamo identificato la terrorista. Pilah Rashaeed. Ti mando una foto.»

«Grandioso. Sai dove si trova?»

«No, ma abbiamo rintracciato un cellulare che pensiamo stia usando nel raggio di duecentocinquanta metri dall'ospedale.»

Merda. Niente di buono, anche se c'erano talmente tante forze dell'ordine concentrate lì che chiunque avrebbe potuto svaligiare una qualsiasi banca negli Stati Uniti e svignarsela tranquillamente senza neanche bisogno di correre.

Lui e gli agenti dei servizi segreti si raggrupparono sul pianerottolo del terzo piano e Jed vide il corteo entrare in un reparto. Il presidente si fermò e si mise a parlare con un paziente, muovendosi lentamente nella stanza. I Servizi Segreti sapevano che c'era il rischio che accadesse qualcosa. Erano tutti nervosi e irrequieti. Cazzo, anche lui lo era.

Al presidente fu presentato un medico. Vivi lanciò a Jed uno sguardo e lui le fece l'occhiolino cercando di rassicurarla. Un leggero rossore le sfiorò le guance. La mente gli andò a quello che voleva dirle quando sarebbero stati soli. Non dovevano fare le cose in fretta. Non voleva spaventarla, ma in tutta onestà, una volta messo a letto Michael, aveva intenzione di mostrarle esattamente quanto contasse lei per lui, o meglio gli sarebbe piaciuto...

Il cellulare suonò di nuovo, riportandolo bruscamente alla realtà. Si sfregò la mano tra i capelli. Ecco come lo aveva ridotto quella donna.

Frazer disse: «Voglio che vai sul tetto a controllare che non ci siano cecchini.»

Un brivido di terrore gli attraversò il corpo. Usare cecchini non era la modalità scelta dai gruppi terroristici, ma per uccidere un presidente... «Okay.»

Non voleva andarsene senza avvisare Vivi. Si fece strada in avanti per dirle di aspettarlo dopo che i pezzi grossi se ne fossero andati.

Il presidente e il medico si fermarono di fronte a una stanza privata. I Servizi Segreti entrarono per primi, la controllarono e poi fecero passare Hague. Jed udì il medico raccontare che si trattava di un paziente in coma dal giorno dell'attacco e che da allora sua nipote era sempre stata con lui.

Jed non riuscì a farsi strada tra la sicurezza, ma fiancheggiò il muro e arrivò alla porta. La stanza era piccola. Tutti si affacciarono dentro, una volta che il presidente fu entrato. Michael si liberò dalla presa di suo padre e seguì il presidente nella stanza, tirandolo agitato per la giacca. Jed trattenne un ghigno quando vide David sull'orlo di perdere le staffe, che cercava di trattenersi per non sembrare uno stronzo.

E poi il suo cuore smise di battere mentre tre cose accaddero contemporaneamente. Vivi si spinse in avanti nella stanza per andare a prendere Michael. La nipote, una bionda stanca con la bocca incurvata in un'espressione triste, si abbassò nascondendosi dalla vista. E Michael iniziò a emettere uno strillo talmente acuto da bucargli il timpano come uno spillo.

Jed si fece strada dentro la stanza per aiutare Michael proprio nel momento in cui la nipote si rialzava con in mano quella che sembrava un'arma. *Oh, cazzo.* Si lanciò di fronte a Vivi e Michael quando la donna iniziò a sparare. Una vampata di dolore acuto gli tolse il respiro, poi un'altra. Jed abbrancò le tre persone che aveva davanti e le buttò a terra, formando un mucchio in un angolo. Rumori forti di spari rimbombarono nella stanza e il vetro si frantumò.

Porca puttana. Come aveva fatto a eludere la sicurezza?

Gli spari finirono. «State tutti bene?» la sua voce suonava patetica, ma aveva bisogno di riprendere fiato.

«Sto bene, figliolo» disse il presidente.

«Vivi? Michael?» domandò. Non era del Capo dello Stato che si preoccupava.

Michael si divincolò dal groviglio di gambe e braccia e si alzò tremando. Suo padre entrò nella stanza e gli toccò una spalla. Jed deglutì a fatica quando lo vide dare a suo figlio un abbraccio goffo.

Vivi giaceva a terra stordita e senza fiato. Jed era steso sopra lei e il presidente.

Gli uomini dei Servizi Segreti intervennero. Uno di loro calpestò Vivi e Jed lo spinse con forza da un lato. «Fai attenzione alla signora, coglione.»

Il presidente Hague fece un gesto con la mano. «Io sto bene. Ms. Vincent? Come sta?»

C'era un muro di corpi in piedi, alle loro spalle.

Vivi sbatté le palpebre confusa, poi fece roteare gli occhi e svenne. Cosa stava succedendo? Lui le scostò i capelli dal volto. «Ti amo, Vivi. Non osare morire.»

Il momento perfetto per questa grande rivelazione.

Poi Jed vide una macchia di rosso cremisi sul suo abito scarlatto. *Oh, cazzo, cazzo, cazzo.* Aveva fallito. Le sollevò la camicia, senza curarsi di chi ci fosse, ma non trovò nessun foro di proiettile. Jed strizzò gli occhi confuso, poi sentì qualcuno trascinarlo via.

«Lasciatemi andare.» Provò a gridare per liberarsi della presa, ma la voce era debole. Che cazzo stava succedendo? Guardò in basso e vide sulla sua camicia una grossa macchia rossa. Lui era stato colpito. Era il suo, non di Vivi, il sangue sull'abito scarlatto. Bene.

Poi il dolore iniziò a trapanargli la schiena. *Brutto figlio di puttana.*

Un medico gli stava parato in faccia e lui era steso su una barella con le ruote, che sfrecciava per i corridoi. Luci accecanti, gente che urlava. Una baraonda.

Doveva chiamare Frazer. Cercò di raggiungere il telefono nella tasca ma le mani non collaboravano. La vista gli si annebbiò. Cazzo, no, non stava per morire. Aveva appena trovato un'altra donna da amare e non le avrebbe fatto passare l'inferno che aveva affrontato lui quando aveva perso Mia.

«Dille che l'amo» ordinò a un uomo che torreggiava sopra di lui. Cercò le ultime forze e si aggrappò alla manica del tizio. «Diglielo.»

Lo sconosciuto annuì, poi la vista di Jed si fece grigia e si spense.

Vivi si svegliò con il cranio che le pulsava e la sensazione che fosse accaduto qualcosa di molto grave.

«Michael? Jed? Dove sono?»

Le girò la testa quando si alzò mettendosi a carponi. Non trovava più gli stupidi tacchi che David le aveva comprato. Si ripromise di usare solo scarpe da ginnastica, a prescindere dall'occasione.

«Ms. Vincent?» Anche il presidente Hague era in ginocchio accanto a lei. «Faccia piano. Ha battuto la testa.» Fece un risolino, ma sembrava genuinamente preoccupato. «Farebbe meglio ad aspettare che arrivi una barella prima di provare ad alzarsi...» Ma lei era già in piedi, barcollando e appoggiandosi al muro per supporto.

Il presidente sbuffò. «Ecco un'altra donna che non mi ascolta. Non vedo l'ora di farle conoscere mia moglie.»

Due energumeni arrivarono e fecero alzare il presidente, sollevandolo per le ascelle. Un altro la osservava da un angolo come un falco. «Voglio sapere come sta suo figlio...» Il presidente continuò a parlare mentre veniva portato via in tutta fretta.

Il cervello di Vivi era appannato da una fitta nebbia. Dov'era Jed? Dov'era Michael? Fece un passo verso la donna che aveva sparato. Il suo bel top rosa era crivellato di colpi. Un'immagine sgargiante. Una donna così ordinaria, ora, era morta. Lo stomaco di Vivi si rivoltò. Lanciò un'occhiata al letto. Il pover'uomo in coma aveva dormito per tutto il tempo. Cosa avrebbe pensato quando si sarebbe risvegliato?

«Jed, Michael.» Doveva trovarli. Dov'erano? Barcollò e qualcuno l'afferrò per un gomito.

«Ti tengo io.»

Era il tizio della CIA che detestava. Provò a scostarsi.

«E dai, Vivi. Siamo nella stessa squadra, te lo giuro. Michael è qui fuori. Ti accompagno da lui e poi ti porterò a farti dare una controllata.»

Lei abbassò lo sguardo verso il suo completo rosso e vide una grossa macchia di sangue. Ma a parte il cranio pulsante, non era ferita. Le salì il panico. «Dov'è Jed?»

Killion era pallido e provato. «Lo stanno portando in sala operatoria.» La sua voce era tesa.

«Portami da lui.»

«Non appena il medico ti avrà visitata.»

Lei tentò di divincolarsi, ma lui la strinse e la forzò a guardarlo.

«Jed ti ama. E se non ti faccio controllare dai medici prima che lui esca dalla sala operatoria, mi farà un culo così.»

Lei s'incupì. «Non mi ama.»

L'espressione di Killion era incredula. «Non l'hai sentito dichiararti il suo amore eterno pochi secondi dopo aver preso una pallottola al posto tuo?»

Vivi si guardò intorno, confusa. C'era un vago ricordo della sua voce che diceva *ti amo*. «No, i-io... forse. Non volevo che morisse per me.» Lo stomaco le si contorse e si coprì la bocca con una mano. Killion la portò in bagno a tempo di record. Mentre le teneva i capelli all'indietro, Vivi pensò che non era poi così terribile, dopotutto. All'improvviso, il figlio le fu accanto e lei lo abbracciò stretta al suo fianco non appena riuscì a mettersi seduta.

«Sto bene, Mikey. Non aver paura, piccolo. Oggi però pare che tocchi a me venire esaminata e punzecchiata. Devi essere tu quello forte, okay?»

David parlò in tono imbarazzato dalla porta. «Starò io con lui.»

Lei si voltò e lo guardò incredula.

Uno degli agenti dei Servizi Segreti del presidente gli bussò sulla spalla e gli disse qualcosa all'orecchio. Niente di meglio di un pubblico mentre si stava vomitando.

David si scostò dal tizio. «Non posso. Devo stare con mio

figlio.» Se ne stava lì, in piedi, a guardarla con la mascella contratta. «Glielo devo.»

Lei lo guardò dubbiosa, ma non era nella posizione di argomentare. «Non lasciare l'ospedale» lo ammonì.

David annuì.

Provò a non pensare a Jed quando i medici la portarono via in tutta fretta per una TAC, ma era l'unica cosa che aveva in mente.

CAPITOLO VENTI

Il colonnello israeliano Elan Gourda attraversò la galleria che lo portava al suo aereo e mostrò la carta d'imbarco allo steward.

Le sue ferite stavano guarendo. Lo squarcio in testa era coperto dai folti capelli neri e da un berretto di lana. La spalla era bendata e non pulsava né gli doleva. Non pensava fosse infetta.

Stava andando a casa per le feste e non si era mai sentito più sollevato, ma la morte della donna gli pesava come un macigno, anche se aveva solo assistito alla scena dal palazzo di fronte, pronto a ucciderla se non lo avesse fatto la sicurezza. Fortunatamente ci avevano pensato loro, gliene era grato.

Il piano era di mettere il presidente americano in serio pericolo, ma non volevano che morisse. Come membro del Kidon, il dipartimento contro il terrorismo, altamente segreto all'interno del Mossad, il compito di Elan era di gestire l'intero complotto tramato dal capo del Mossad e da un importante uomo politico americano. Avevano riunito un gruppo di aspiranti terroristi guidati dal mercenario Sargon al Sahad e avevano dato loro un'opportunità. C'erano stati sacrifici, ovvio, erano morte molte più persone di quello che si era immaginato, ma quella gente avrebbe comunque compiuto una qualche strage, in un altro posto. Almeno adesso erano morti.

La sua priorità era stata quella di creare un atto di guerra senza uccidere il presidente americano.

La cosa ironica era che aveva quasi fallito.

Pilah Rasheed era riuscita ad arrivare a un passo dall'uomo e lo avrebbe di certo ferito se non fosse stato per l'agente dell'FBI che si era immischiato sin dall'inizio nell'intera operazione. Il proiettile non lo avrebbe ucciso, ma ci sarebbe andato vicino.

La morte di Pilah lo infastidiva. Non sapeva il perché, dato che aveva ammazzato così tante vittime innocenti. Diede un'occhiata alla foto che aveva tenuto nel suo telefono. Due bambine piccole con la mercenaria che aveva ingaggiato per salvarle dalle grinfie di Sargon. Non sapevano che fosse un soldato addestrato. Dal modo in cui le tenevano la mano, si vedeva che alle bambine piaceva quella donna.

Non aveva ancora deciso cosa sarebbe stato di loro. All'inizio voleva mandarle in un campo profughi, ma la vita lì sarebbe stata dura e crudele. Fissò lo schermo, la strana consapevolezza che stava davvero andando in pensione lo pervase. Era stanco, non voleva più fare da apripista. Basta. Aveva chiuso con morte e doveri, e anche se i bisogni del suo Paese erano enormi, non avrebbe più ucciso nessuno per motivi politici. Toccò sullo schermo il piccolo sorriso sdentato e poi cancellò l'immagine. Sapeva cosa avrebbe fatto, una volta tornato a casa. Conosceva la sua prossima missione.

Le bambine avrebbero avuto una casa. Sarebbero state al sicuro. Avrebbe mantenuto la promessa fatta alla loro madre morta e iniziato una nuova vita. L'aereo rullava sulla rampa di lancio, continuando ad accelerare. In pochi secondi furono in volo, il capo pressato sul poggiatesta di pelle.

Elan chiuse gli occhi e pregò chiedendo perdono. L'immagine del piccoletto dai capelli rossi gli fluttuò tra i pensieri e sospirò. Forse il suo Dio lo aveva già perdonato. Aver risparmiato il bambino significava che Elan avrebbe potuto convivere con ciò che aveva fatto. E non credeva che sarebbe stato possibile, se avesse piantato due pallottole in testa a Michael Vincent, così come gli era stato ordinato.

Ted Burger, il vicepresidente degli Stati Uniti d'America, guardò fuori della finestra della sua casa nel Kentucky e sorrise. Aveva funzionato tutto alla perfezione. Gli squillò il telefono, ma non voleva parlare con nessuno in quel momento. Si alzò e rovistò nella tasca cercando l'apparecchio usa e getta. Estrasse la SIM card e la lanciò tra le fiamme. Buttò la batteria nel bidone della spazzatura, e il telefono, anch'esso nel fuoco.

Non era rimasto altro a collegarlo all'attacco terroristico o al finto attentato al presidente. Si permise di ridacchiare. Hague era un idiota che si fidava troppo. Se le cose fossero andate storte e il presidente fosse morto davvero, non avrebbe versato tante lacrime. Non era entrato in politica per essere secondo. E senza i suoi sostenitori danarosi, Hague non avrebbe mai vinto le elezioni, tanto per cominciare. Ma il piano aveva funzionato, consolidando la posizione di potere di Ted e rafforzando il supporto reciproco con lo stato di Israele.

Hague era un idiota con le sue idee pacifiste. Molti idioti, però, potevano essere manipolati, a patto che si fosse abbastanza risoluti da mantenere i nervi saldi.

Qualcuno bussò alla porta.

«Avanti.»

Una cameriera, che non riconobbe, spinse nella stanza un carrello con sopra caffè e dei dolci. *Era già ora?* Era molto carina. Lei gli sorrise e Ted si domandò come mai non l'avesse notata prima. Se la sarebbe di certo ricordata.

«Vuole che gliene versi un po', signor vicepresidente?»

«Certo.» Lui spostò una poltrona vicino al fuoco. L'odore di plastica bruciata permeava l'aria, ma la donna non commentò. «Dov'è Nancy?»

Nancy era con lui da anni e non era così carina.

«Le è venuta l'influenza intestinale.»

Ted fece un grugnito. L'ultima cosa che voleva era l'influenza intestinale. «Avete disinfettato prima che la prendiamo tutti?»

«Sì, signore.»

Lei gli portò il caffè e sostenne il suo sguardo. «Latte e niente zucchero.» Lo appoggiò sul tavolo di fianco a Ted. Dio, com'era carina. Occhi grigi e capelli biondi. Una figura snella con dita lunghe ed eleganti.

«Grazie. Non ho capito il tuo nome.» Le guardò il culo flettersi sotto l'uniforme, quando tornò al carrello.

«Rachel, signore. Vuole un po' di torta? Carote o cioccolato?»

«Carote, grazie.» Prese la tazza e si gustò un sorso di caffè. Si domandò se fosse il caso di provarci con questa pollastrella. Sua moglie era via a far visita alla madre e il resto della famiglia non era ancora rientrato per le vacanze natalizie. Sorseggiò dell'altro caffè e la guardò muoversi mentre gli tagliava una bella fetta di torta e la metteva su un piatto di porcellana finissima. Forse doveva attendere il momento opportuno. Poteva essere a caccia di soldi facili, o una porta guai. Meglio tastare il terreno prima di bagnare il biscotto. «Da quanto lavori qui, Rachel?»

«Oh, non da tanto, signore.»

«Chiamami Ted.»

Un largo sorriso le si dipinse sul volto, poi si diresse verso di lui e posò il dolce lì a fianco, sul tavolo.

Ted bevve ancora, e percepì un senso di sonnolenza. Era stato un grande giorno, quello. Non aveva dormito molto nell'ultima settimana.

«Tutto a posto, Ted?» la cameriera squittì vicino ai suoi piedi.

Il sudore gli imperlò la fronte. Gli tremarono le mani, e lei gli tolse la tazza dalle dita e la poggiò sul tavolo.

«Forse mi sono preso quella maledetta influenza» farfugliò e le palpebre gli si fecero pesanti. «Penso sia meglio chiamare il medico.»

Lei gli mise una mano sulla fronte. «Oh, credo che tu abbia solo bisogno di riposare un po', Ted.»

Ragazzetta audace. Ma gli occhi gli si chiudevano nonostante tutti i suoi sforzi.

«Questo è ciò che succede quando ti impicci di cose che non ti riguardano, Ted, con i saluti del Progetto Portale.»

Il *Progetto Portale*? Ma questa era una faccenda chiusa, finita! Fuggiti tutti come scarafaggi sotto il sole messicano. L'aveva sgominato lui stesso. A meno che... Il cuore accelerò. I muscoli pulsavano così forte e veloce che sembrava stesse correndo. A meno che qualcuno non avesse ancora finito. Qualcuno si stava ancora facendo giustizia da sé. *Contro di lui...* Un dolore lancinante gli trapassò il petto e i suoi occhi si spalancarono mentre si aggrappava al colletto. «Un dottore. Chiama un dottore...» Balzò dalla sedia. La cameriera si fece da parte e lui crollò a terra, sul tappeto persiano, rotolandosi sulla schiena col respiro che si faceva sempre più roco e sottile. Le mani afferrarono il tappeto. Le vene tiravano dolorosamente dentro di lui, mentre sentiva il sangue bollire. «Ti prego, aiuto.»

Occhi grigi e freddi lo scrutarono. «E ringrazia che era veleno invece di un proiettile, signor vicepresidente. Tutte quelle persone uccise solo per poter scatenare un'altra guerra.»

Non causare una guerra, ma proteggere la sua gente, voleva ribattere. Ma la lingua non gli funzionava più. Il dolore al petto era così intenso che pareva gli stessero strappando via il cuore.

«Dormi, ora» disse la donna a bassa voce. Poi gli strinse la mano, come per confortarlo. Un'assassina carina con la torta di carote e il caffè. I suoi occhi grigi e il bel viso furono l'ultima cosa che vide. Un angelo, un bellissimo angelo della morte.

Jed si svegliò lentamente, in un misto di fatica e confusione. Ma una cosa ce l'aveva ben chiara in mente. «Vivi.»

Sentì dei movimenti di fianco al letto e socchiuse gli occhi per la luce accecante. Quando la vista gli si schiarì, vide la versione coi capelli scuri della donna che amava. C'era voluto un cecchino per fare chiarezza nei propri sentimenti.

«Stai bene?» le domandò.

Vivi annuì. Jed le afferrò un braccio quando lei si chinò su di lui. Non le diede tempo di pensare, le tenne solo il volto tra le mani e le baciò le labbra, riversando in quella connessione ogni sentimento che provava per lei. Vivi rimase rigida per un istante e lui continuò a stringerla, rifiutandosi di lasciarla andare, finché lei non ricambiò il bacio.

«Pare proprio che alla fine l'FBI sia riuscito a combinare qualcosa di buono.»

Jed riconobbe quella voce. *Killion.*

«Non è l'FBI, sono i geni dei Brennan.» Suo fratello Liam.

Jed si staccò da Vivi, seppure con riluttanza. Era sotto morfina perciò non sentiva dolore. «Mi pare ci sia troppo pubblico per continuare.» Lui le fece l'occhiolino quando lei scosse il capo, esasperata.

Qualcuno tossì. «Guarda cosa c'è voluto per farti prendere una pausa.» Merda, il suo capo, Frazer. Grandioso.

«Si è gettato sul presidente» lo difese Vivi.

Jed sghignazzò. «Mi sono gettato su te e Michael, il presidente è stato solo fortunato a trovarsi nella mia traiettoria.»

«Non dirglielo.» Frazer sollevò un sopracciglio e si avvicinò al letto. «Credo che avrai un aumento, e le probabilità che io possa licenziarti sono pari a zero.» Un sorrisetto prese il sopravvento, ma la luce nei suoi occhi rivelò a Jed quanto fosse preoccupato per lui.

«Quindi, deduco che continuerò a vivere?» domandò Jed.

Annuirono tutti.

«Finché non ti prenderò a calci nel culo per essertene andato via quando ti avevo detto di non farlo» mormorò Liam con aria severa.

Jed lo ignorò. «Ho perso organi vitali?» Dio come gli faceva male la schiena.

«Un proiettile si è incastrato tra le costole. L'altro ha perforato il polmone sinistro ma ha mancato gli organi vitali.»

«Perciò il tuo uccello è salvo.» Killion lanciò a Vivi uno sorrisetto di scuse.

Jed provò a sedersi e tutti si gettarono letteralmente su di lui. Il dolore era tremendo, ma era più toccato dal fatto che ci tenessero a lui. Vivi gli passò il telecomando e Jed sollevò il letto.

«L'allarme è cessato?»

Frazer estrasse il cellulare e gli mostrò la foto di due bambine. «Crediamo che Pilah Rasheed sia stata obbligata a collaborare sotto la minaccia della vita delle sue due figlie.»

Merda. Stava cercando di salvare le sue bambine, ma era pronta a sacrificare la vita di altre persone?

«Quindi, questo era il vero obiettivo, non la strage al centro commerciale, ma l'attentato al presidente stesso» disse Jed.

«Perché di solito il presidente va a fare visita in ospedale alle vittime di fatti così eclatanti» confermò Frazer.

Vivi si sedette sul letto di fianco a Jed e lui le prese la mano. Indossava una t-shirt nera e un paio di jeans. Aveva scarpe da ginnastica ai piedi. Il terrore che aveva provato al pensiero di perderla gli aveva ripulito la mente e ora sapeva esattamente cosa voleva. Lei. Loro.

«Ma hanno fallito. Il presidente è ancora vivo» disse Liam.

Frazer e Killion si scambiarono un'occhiata. Forse la missione non era affatto fallita. Il Paese era in massimo stato di allerta e i rapporti con le nazioni arabe ostili. Forse avevano ottenuto esattamente quello che volevano.

«Non capisco. Chi aveva da guadagnarci se Hague fosse stato ucciso?» domando Liam. «Non la Siria. Gli usa bombarderebbero Damasco se la ritenessero responsabile dell'uccisione del nostro presidente. Uguale per l'Iran.»

L'elefante nella stanza iniziò a scalpitare.

«Un Paese sta *chiedendo* all'Occidente di mostrare più aggressività nei confronti della Siria e altre nazioni arabe» disse Vivi calma.

Il telefono di Frazer squillò e lui prese la chiamata.

«Un Paese circondato da coloro che hanno giurato di annientarlo.» Liam li osservava tutti con attenzione.

«E che avrebbe molto da guadagnare se qualcosa accadesse al presidente Hague?» chiese Vivi.

Il vicepresidente era ebreo e un grande oppositore della Siria, dell'Iran e di Paesi dello stesso stampo. Se gli israeliani fossero riusciti a mandarlo al potere, si sarebbero garantiti maggior sicurezza per ogni azione militare portata avanti nella regione. In più, avrebbero potuto incoraggiare una guerra, se gli Stati Uniti avessero pensato che fosse stata la Siria ad attaccare il suolo americano. In questo modo, Israele si sarebbe potuta sedere comodamente a guardare mentre i suoi nemici venivano distrutti. Senza muovere un dito.

«Chiudiamo questa conversazione.» Frazer riattaccò in modo brusco. «Il vicepresidente Burger è appena stato trovato morto in casa sua. Sembra un attacco di cuore, ma il medico legale effettuerà un'autopsia il prima possibile.» Si scambiarono tutti occhiate incredule. «Devo andare. Ho un briefing con il presidente.»

L'effetto degli antidolorifici di Jed stava scemando e lui era ansioso di parlare con Vivi da solo, prima di farsene dare un'altra dose massiccia, che lo avrebbe rispedito dritto nel mondo dei sogni.

«Avete catturato il tizio che ci ha attaccati alla baita?» domandò Vivi al suo capo.

Frazer scosse la testa. «Il DNA e le impronte non sono in nessuno dei nostri database. Ma abbiamo preso un agente della polizia locale che forniva informazioni ai terroristi. Ora che Sargon è morto sarà ancora più difficile capire perché l'abbia fatto e chi l'ha ingaggiato.» Frazer prese il cappotto e sorrise a Jed. «Sono contento di vederti vivo, Brennan. Goditi qualche settimana di vacanza. Per davvero, stavolta.»

Jed guardò lo stato in cui era ridotto. Probabilmente non aveva molta scelta. «Ti prendo in parola.»

Gli uomini se ne andarono tutti e Vivi esitò, non sapendo bene se doveva andarsene anche lei o meno.

Lui allungò una mano e lei si avvicinò lentamente. «Dov'è Michael?»

«Tua madre e tuo padre lo hanno portato in hotel a cambiarsi. Poi torneranno qui a trovarti.»

Jed la tirò a sé. «Ho fatto un casino, Vivi. Ho pensato che se ti avessi mandata via saresti stata al sicuro. Ma ho fatto una cazzata. Scusami.»

Gli occhi blu di Vivi erano seri e pieni di qualcosa che assomigliava molto all'amore.

«Lo pensi davvero quello che mi hai detto al telefono?» le domandò Jed. Sembrava fosse accaduto cento giorni prima.

Lei si voltò con la testa bassa. «Lo so che l'ho detto troppo in fretta. È stata una follia, ma volevo solo essere coraggiosa abbastanza da dirlo ad alta voce...»

«Lo pensi davvero?»

Lei rise e batté le palpebre velocemente. «Non sono mai stata più seria in vita mia.»

«Anche io intendevo davvero quello che ho detto dopo che mi hanno sparato, Vivi. Ho trovato la mia famiglia. Non ho mai neanche saputo di volerne una finché non ho trovato te e Michael. Ti amo, e amo lui. Lo so che ho esitato al telefono, ma mi avevi scioccato. Non mi sarei mai aspettato che ti saresti fidata di me dopo tutto ciò che ti avevo fatto passare. Dopo che avevo tradito le tue aspettative. Mi hai intimorito e mi hai fatto diventare scemo.» La tirò a sé finché le loro fronti non si toccarono. «Credi che troveranno un posto per me nella polizia di Fargo?»

«Non puoi lasciare il tuo lavoro per noi, Jed.»

«Il mio attuale impiego non va d'accordo con la vita familiare.»

«Stai parlando con una madre single e un bambino senza padre.» I suoi occhi brillarono, mezzi malinconici e mezzi divertiti. «Tutto il tempo che passeremo con te sarà un dono, ma fidati, possiamo benissimo cavarcela da soli.» Sollevò appena le labbra in un sorriso ironico. «Io non voglio che tu cambi lavoro. È importante e sei molto bravo.»

«Non so come fai a dirlo, considerando...»

Lei gli posò un dito sulle labbra, un gesto che a Jed piacque molto, anche se non era la bocca di Vivi a sfiorarlo. Sfortunatamente, il dolore ricominciò a farsi sentire.

«Ascoltami solo un attimo. Io posso lavorare ovunque. Perciò se vogliamo dare una chance a questa cosa tra noi e vedere come va, io e Michael potremmo venire a stare da te per un po'. Lui sta cominciando a comunicare.» Le si illuminarono gli occhi. «Ha digitato delle parole ed emette dei suoni. Cercherò un bravo logopedista che lo possa aiutare.»

«Facciamo in modo che sia graduale, per lui.» Jed sostenne il suo sguardo. «Starò con voi finché non mi riprendo. O potremmo andare tutti e tre alla baita.»

Lei deglutì a fatica. «Mi piacerebbe. Entrambe le cose.» Gli occhi di Vivi cercarono il volto di Jed, con l'incertezza che la faceva esitare. «Non voglio correre troppo e fare degli errori, ma...»

«Ma non sembra un errore» Jed finì la frase per lei. «Lo so.»

La porta si aprì e apparvero Michael e i genitori di Jed. I sorrisi sollevati sui loro volti rivelavano quanto si fossero preoccupati per lui. Sua madre aveva l'aria di chi aveva pianto parecchio.

Da uomo sposato col lavoro e che vedeva la sua famiglia raramente, Jed sapeva che la sua vita stava per cambiare radicalmente. Strinse la mano di Michael. «Occupati di loro finché non esco da qui, okay, Mikey? Dovrei farcela per domani.»

Tutti quanti ridacchiarono, ma lui aveva già preso un'altra dose di morfina, perché il dolore era così forte che temeva di iniziare a lagnarsi come un bambino. Vivi si chinò per baciarlo dolcemente sulle labbra. Era la donna più bella e tenace che avesse mai conosciuto. Non vedeva l'ora di andarsene da quel posto e cominciare la loro vita insieme. La vista cominciò ad annebbiarsi e Vivi gli afferrò la mano.

«Non andartene» mormorò lui tra la crescente nebbia.

«Non me ne andrò.»

«Promettimelo.»

«Promesso.» Lui percepì il sorriso nella sua voce, anche se aveva gli occhi troppo pesanti per aprirli. Almeno stavolta sapeva cos'avrebbe trovato al suo risveglio.

L'Agente Speciale vice al comando Lincoln Frazer aveva appena visto un uomo che sapeva essere un traditore e un assassino venire sepolto con tutti gli onori al cimitero di Arlington. Il vicepresidente Ted Burger non solo aveva complottato ordendo un attacco terroristico in suolo americano, incluso un attentato alla vita del presidente, ma era anche stato una figura di spicco del Progetto Portale, un'organizzazione clandestina di giustizieri gestita da molto in alto. Il fatto che solo poche settimane prima Frazer avesse acconsentito a insabbiare il caso per ordine del vicepresidente, piuttosto che rischiare la distruzione dell'Unità di Analisi Comportamentale dell'FBI, gli fece rivoltare lo stomaco. Doveva convivere con le sue scelte, ma ciò non significava che gli piacessero.

Ufficialmente, il vicepresidente era morto per un attacco cardiaco. In realtà aveva ingerito una minuscola quantità di batracotossina, che era stata spalmata sul bordo della tazzina del caffè. Lo aveva ucciso nel giro di pochi minuti. Nessuno aveva visto niente.

Frazer si consolò pensando che il credo religioso dell'uomo era stato messo in secondo piano rispetto alla commemorazione di stato. Ma visto che l'anima di Burger era già condannata all'inferno, dubitò che facesse qualche differenza.

Si alzò in piedi nella Sala Ovale della Casa Bianca, con solennità e non poco disagio, circondato da biglietti di auguri di buon Natale e decorazioni che proclamavano gioia e felicità al mondo. Auguri che non gli erano mai sembrati più precari.

«Cosa sappiamo della donna che gli ha somministrato il veleno?» Il presidente Hague sedeva dietro la sua scrivania linda e lo guardava da sopra la montatura degli occhiali. Joshua Hague era un economista, non uno stratega esperto in guerre e intrighi, ed era stato di vitale importanza per il risanamento dell'economia degli Stati Uniti. Ma si stava rendendo conto proprio in quel momento che essere il presidente degli USA implicava molto più che far quadrare i conti.

«È un'assassina professionista. Non sappiamo il suo nome né abbiamo foto chiare del suo volto. Ma l'ho già vista all'opera. È *un'appassionata* del veleno delle rane freccia.»

«Nessuna idea su chi l'abbia ingaggiata?»

Frazer si raddrizzò. «No, signor presidente. È possibile che abbia agito da sola.» Gli era stato concesso un colloquio privato con il presidente e quello di cui stavano discutendo era a conoscenza di un piccolissimo gruppo *selezionato*. Non poteva rivelare la verità senza mettere a repentaglio la vita di persone che stimava, persone che erano anche la migliore chance per catturare quella donna.

«Sono in pericolo?» domandò il presidente.

Frazer esitò. «Pare che uccida solo chi ha commesso omicidi, signore.» Si domandò se ciò facesse includere se stesso nella lista della donna. Lei non poteva scagliare accuse, viste le circostanze.

«Come presidente degli Stati Uniti, sono in molti a sostenere che commetto omicidi ogni giorno.» Hague fissò i fogli sulla scrivania, palesemente a disagio con alcune delle scelte che era stato forzato a prendere.

«Credo che dopo tutto quello che è successo lei debba essere estremamente cauto con la sua sicurezza, signor presidente. Per ora non sappiamo da chi sia stata ingaggiata la donna, o se lavori da sola. La sicurezza della Casa Bianca è eccellente, ma finché non viene catturata, lei farebbe meglio a essere prudente, anche se non penso che sia un bersaglio.»

Hague annuì pensieroso. «È sicuro che l'FBI abbia rintracciato tutti quelli implicati nell'attacco in Minnesota?»

«Tutti i terroristi direttamente coinvolti nell'attentato al centro commerciale sono morti. Così anche gli uomini che hanno attaccato la casa sicura, uno è stato trovato in un bidone con un proiettile in fronte sparato dalla sua stessa pistola. Un poliziotto del posto è stato corrotto, ma dagli interrogatori pare non fosse a conoscenza di chi teneva le fila. Abdullah Mulhadre non parla e mai lo farà.» Il che sollevava dei problemi con la Siria, visto che aveva l'immunità diplomatica. «Non abbiamo mai catturato l'uomo che ha attaccato Jed Brennan e Vivi Vincent alla baita.»

«Dovremmo rilasciare Mulhadre» disse Hague. «Qualcosa mi dice che la sua gente lo tratterà peggio di quello che faremmo noi.»

Frazer fu d'accordo. Dubitava che Mulhadre sapesse che il complotto era stato probabilmente istigato da Israele. Non avevano nulla di certo, solo una pistola Tanfoglio, una collezione di dati telefonici che Alex Parker aveva rintracciato illegalmente tra Burger, Al Sahad e Pilah Rasheed, e la morte del vicepresidente Burger per mano di una nota assassina giustiziera. Per fortuna Frazer era riuscito a persuadere Hague che, nonostante la pista dei soldi portasse al regime siriano, era improbabile che i siriani fossero responsabili di quello che era accaduto.

La guerra era stata evitata. Per ora. Ma tutti erano ancora in stato di massima allerta.

Hague si lasciò cadere sulla poltrona. «Ho parlato col Primo Ministro israeliano. Mi ha assicurato che il suo Paese non ha nulla a che fare con l'attacco.»

Frazer sollevò un sopracciglio. «Francamente, non penso che avrebbe potuto dire altro, signor presidente. Sospettiamo che un membro del Kidon abbia lasciato il Paese poche ore dopo l'attentato alla sua vita.» Il Kidon era un'organizzazione top secret all'interno del Mossad, che apparentemente commetteva omicidi politici. «Qualcun altro comunicava con Pilah Rasheed. Le sue figlie sono state salvate dalla casa di Sargon Al Sahad poco prima che lei, signore, ordinasse l'attacco col drone.»

Il presidente ruotò le spalle e posò la penna sul tavolo, poi si alzò. «Ho parlato col Capo di Stato Maggiore.» Gli ultimi eventi avevano scatenato delle rivolte simili a quelle della Primavera Araba, ma questa volta la rabbia era rivolta contro gli Stati Uniti. «Tutte le nostre basi e i consolati nei Paesi arabi sono in stato di allerta. Anche in Europa. Con i russi che stanno facendo le loro mosse, siamo un po' con l'acqua alla gola, in un momento in cui dobbiamo farci vedere più forti che mai.» Alzò lo sguardo. Le rughe sul suo volto si erano fatte più marcate negli ultimi undici giorni, ovvero da dopo il tentato omicidio. «Non posso neanche puntare il dito su Israele in questo momento. Se li abbandoniamo, l'Iran penserà di avere carta bianca per attaccare e Israele risponderà con le armi nucleari.» Voltò lo sguardo fuori della finestra, mentre le luci della città iniziavano ad accendersi. «Cosa credevano di ottenere?» Sembrava sinceramente perplesso.

«Be', sono riusciti a creare scompiglio in ogni Paese arabo, e credo che fosse il loro obiettivo principale.» Frazer si schiarì la voce. «E non si aspettavano di venire catturati. Il Kidon ha una reputazione tremenda. Il fatto che Jed, Vivi e Michael siano sopravvissuti...» *Miracolo.*

Il presidente annuì. «Non ho mai agito come Burger.»

«Ma lei lo ha scelto come candidato a vicepresidente.»

Un sorrisetto veloce mostrò a Frazer la mente acuta dietro quella persona così tranquilla. «Volevo vincere, Agente Speciale vice in comando Frazer. Avevo bisogno di Burger per riuscirci. Ora sceglierò qualcuno che ammiro e con cui potrò lavorare.» Si passò una mano tra i capelli fini. «Quell'uomo mi ha fatto un gran favore. Il che dovrebbe essere abbastanza da farlo rivoltare nella tomba.»

«Ha qualche idea su chi potrà ricadere la sua scelta?»

Hague torse le labbra. «Credo che chiederò a Madeleine Florentine.»

La governatrice della California sosteneva con forza lo sviluppo di energie alternative per provare a ridurre la dipendenza dell'economia americana dai combustibili fossili. Le grandi compagnie petrolifere si sarebbero infuriate, ma dal punto di vista della sicurezza, Frazer pensava che fosse un piano sensato, a lungo termine. «Ottima scelta.»

«Vorrei che facesse dei controlli su di lei, prima di prendere una decisione definitiva.»

Frazer rimase stupito. «Io, signore?».

Hague sostenne il suo sguardo e annuì. «Siete stati voi a capire la connessione tra Burger e l'attentato.»

«È tutto circostanziale, signore» gli ricordò Frazer. «Probabilmente non avremmo potuto usarlo in tribunale. E non siamo i soli ad averlo capito...»

«Questo è ciò che intendo.» Gli occhi del presidente brillarono. «Apprezzerei molto se facesse qualche controllo accurato, giusto per essere certo di non conferire l'incarico a qualcuno che potrebbe pugnalarmi alle spalle... letteralmente parlando. Amo il mio lavoro, ma spero di arrivare alla pensione.»

«Farò tutto il possibile, signore.»

Il presidente annuì con vigore e poi sorrise. «Ho una sorpresa per lei. Stasera ho invitato a cena l'agente Brennan e i Vincent, e vorrei che ci fosse anche lei.»

Frazer guardò l'orologio. Sarebbe dovuto andare alla festa di Natale dell'ambasciatore russo, ma nessuno avrebbe mai scaricato il presidente per la concorrenza. In più voleva vedere Jed.

«Grazie. Avrei bisogno di fare una telefonata, se posso.» L'agente speciale Matt Lazlo lo avrebbe sostituito. Viveva a meno di un'ora di distanza e Frazer gli avrebbe mandato un'auto. Lazlo aveva anche l'uniforme adatta all'occasione.

Una cena di Natale era proprio quello di cui avevano tutti bisogno. Poi qualche giorno di meritato riposo, prima di tornare a catturare criminali. Frazer sperò che questi ultimi avessero recepito il messaggio e si prendessero una pausa. Si domandò dove avrebbe passato il Natale l'assassina. L'avrebbe trovata prima o poi. L'avrebbe fermata, in un modo o nell'altro.

Grazie per aver letto *Caccia Fredda*. Spero che la storia di Vivi e Jed vi sia piaciuta. Pronti per il prossimo capitolo della serie Cold Justice? Non perdetevi *La Luce Fredda del Giorno*, disponibile subito.

Cosa succede quando un profiler dell'FBI si innamora della figlia della più nota spia nella storia degli Stati Uniti? Venite a scoprire la chimica esplosiva che divampa tra loro in questa coinvolgente spy story romantica della scrittrice bestseller del *New York Times* Toni Anderson

Scarlett Stone, studiosa di fisica, è la figlia della più famosa spia russa nella storia dell'FBI. Scarlett è pronta a tutto per provare l'innocenza del padre che sta morendo in prigione, ma il tempo stringe. Usando un'identità falsa, riesce a ottenere un invito al ricevimento di Natale dell'ambasciatore russo per cercare le prove di una trappola ai danni del padre.

Quando l'ex Navy SEAL, e ora agente speciale dell'FBI, Matt Lazlo, incontra Scarlett al ricevimento, si sente subito attratto da lei. Tuttavia, quando scopre che gli ha mentito sulla sua identità, le dà la caccia con la stessa spietata efficienza che di solito riserva ai serial killer.

Non solo il piano di Scarlett fallisce, ma la mette anche nel mirino di persone potenti e pericolose che rispondono alla curiosità in modo brutale. Nemmeno l'FBI – e Matt – la vedono di buon occhio. Quando, però, gli agenti coinvolti nelle indagini su Richard Stone iniziano a morire e i tentativi di uccidere Scarlett s'intensificano, Matt e i suoi colleghi cominciano ad avere dei dubbi. Scarlett sta dicendo la verità? C'è un traditore nell'FBI?

Mentre Scarlett e Matt scavano in cerca della verità, un'attrazione irresistibile cresce tra loro. La vera spia, però, non lascerà che qualcuno scopra i suoi segreti ed è decisa a rimanere nell'ombra a qualsiasi costo. Perché questo avvenga, Matt e Scarlett devono morire.

RINGRAZIAMENTI

Come sempre, il più grande ringraziamento va alla mia meravigliosa *critique partner* Kathy Altman, che è al mio fianco in questo viaggio da più di dieci anni. Un grazie anche a Laurie Wood e al mio adorato marito Gary, per l'incoraggiamento e la lettura delle bozze, e ai miei fantastici recensori per i feedback; siete fantastici!

Grazie.

Grazie ai miei editor, soprattutto Ally Robertson, così paziente e carina, che più di una volta mi ha tranquillizzata riguardo a questo libro. E Joan e JRT Editing che mi hanno aiutata a rimuovere le imperfezioni e, spero, a risolvere i miei problemi con la virgola.

E grazie anche ai miei lettori e amici su Facebook e in rete, che ci sono sempre quando ho bisogno di una spinta o di un calcio nel didietro – dipende dai giorni. Apprezzo ciascuno di voi.

Grazie anche ai miei traduttori italiani.

L'AUTORE

Toni Anderson scrive thriller romantici grintosi e sexy ambientati nel mondo dell'FBI, ed è un'autrice bestseller del *New York Times* e di *USA Today*. I suoi libri hanno ricevuto molti premi, tra cui: Daphne du Maurier Award for Excellence in Mystery and Suspense, Readers' Choice, Aspen Gold, Book Buyers' Best, Golden Quill, National Excellence in Story Telling Contest e National Excellence in Romance Fiction. È stata finalista al Vivian Contest e al RITA Award della Romance Writers of America. I libri di Toni, spesso in vetta alle classifiche, sono stati tradotti in cinque lingue diverse e sono state scaricate oltre tre milioni di copie.

Nota soprattutto per i libri della serie Cold Justice® (Giustizia Fredda n.d.t), forse non sorprende scoprire che Toni vive in uno dei climi più estremi del pianeta: Manitoba, in Canada. Ex biologa marina, Toni sente ancora la mancanza dell'oceano, ma ha la fortuna di viaggiare per motivi di ricerca. Alla fine del 2015 ha visitato il quartier generale dell'FBI a Washington DC, con tanto di visita al centro informazioni e operazioni strategiche. Spera di non venire arrestata per le sue ricerche su Google.

Vieni a scoprire tutti i libri di Toni sul suo sito (www.toniandersonauthor.com/books-2)

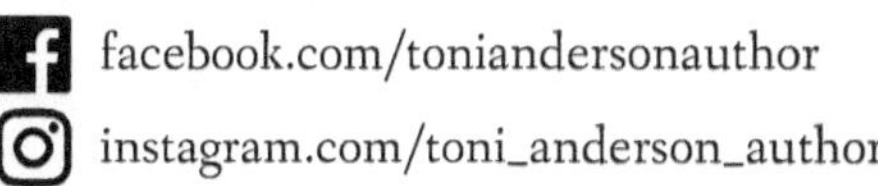